Kathrin Lange

Herz zu Asche

Weitere Titel von Kathrin Lange im Arena Verlag erschienen:

Schattenflügel
In den Schatten siehst du mich
Septembermädchen
Herz aus Glas
Herz in Scherben

Kathrin Lange,
geboren 1969, arbeitete als Verlagsbuchhändlerin und Mediendesignerin, bevor sie 2005 das Schreiben zu ihrem Beruf machte. Seither ist sie für ihre historischen Romane und Jugendthriller bekannt. »Herz zu Asche« ist der dritte Band ihrer Mystery-Trilogie für Jugendliche und junge Erwachsene.

Kathrin Lange

Herz zu Asche

Arena

Für Stefan.

Not *once*. Now.

Papier aus verantwortungsvollen Quellen

FSC® C110508

1. Auflage als Sonderausgabe im Arena-Taschenbuch 2017

Covergestaltung: Frauke Schneider
Umschlagtypografie: KCS GmbH · Verlagsservice & Medienproduktion, Stelle/Hamburg
Gesamtherstellung: Westermann Druck Zwickau GmbH
ISSN 0518-4002
ISBN 978-3-401-50958-7

Besuche uns unter:
www.arena-verlag.de
www.twitter.com/arenaverlag
www.facebook.com/arenaverlagfans

Last night she came to me, my dead love came in.
So softly she came that her feet made no din.
As she laid her hand on me, and this she did say:
»It will not be long, love, 'til our wedding day.«

(She moved through the Fair, Charlies Version)

1

Was ist es für ein Gefühl, wenn alles, was du zu wissen glaubst, von einem Moment auf den anderen zu Staub zerfällt?

Wenn Dinge, die dir Angst gemacht haben, plötzlich nicht mehr gelten. Weil plötzlich alles noch viel schlimmer ist, als du es dir selbst in deinen unheimlichsten Albträumen jemals hättest ausmalen können.

Heute frage ich mich manchmal, warum ich in diesem Augenblick, als wir alle zusammen dort oben auf der Klippe standen, nicht meinen Mut zusammengenommen habe. Ich hätte schon an diesem Tag einfach in die Tiefe springen sollen. Der Impuls war da, das muss ich zugeben.

Aber ich war zu feige dazu.

Dumm?

Auf jeden Fall hätte es mir eine Menge Leid erspart, wenn ich tatsächlich gesprungen wäre. Und einigen Menschen, die ich liebte, auch ...

»Hallo, David«, sagte Charlie.

Einfach nur diese zwei Worte, als sei es das Normalste der Welt. Als hätten wir alle sie nicht seit Monaten für tot gehalten.

Und nun stand sie da, auf den Klippen von Gay Head, während sich weit draußen auf dem Meer dicke Wolkenberge vor der Sonne türmten. Sie hatte die Arme um ihren Oberkörper geschlungen, wie um sich vor einem kommenden Sturm zu schützen. Sie trug nicht das rote Kleid, in dem ich sie in meinen Träumen immer gesehen hatte, sondern ausgebleichte, zweimal umgekrempelte Jeans und ein knappes T-Shirt. Mein Blick blieb an ihren eleganten, hochhackigen Pumps hängen und sonderbarerweise waren die es, die mir klarmachten, dass sie *kein* Geist war.

David fand als Erster von uns seine Stimme wieder. »Nein!«, wisperte er. Durch Walts Konfrontationstherapie war er sowieso schon blass gewesen, aber jetzt schien auch noch der allerletzte Tropfen Blut aus seinem Gesicht zu weichen. Fahl sah er aus. *Wie tödlich verwundet,* dachte ich und schämte mich nicht, weil es so melodramatisch klang. Die Situation *war* melodramatisch.

Und sie fühlte sich völlig irreal an.

David starrte Charlie ins Gesicht – er schwankte dabei. Wie wir alle sah er minutenlang einfach nur zu, wie der Wind mit ihren langen schwarzen Haaren spielte. Er wiegte den Oberkörper vor und zurück, vor und zurück und der Anblick sandte ein schmerzhaftes Brennen durch mein Herz. »Nein!«, wiederholte er.

Charlies Augen waren weit aufgerissen. Sie streckte die Hand nach David aus, aber sie war zu weit entfernt, sie konnte ihn nicht erreichen. Sie stand noch immer bei dem Findling neben dem Pfad.

»Nein!«, flüsterte David ein drittes Mal und jetzt wich er zurück.

»Charlie.« Auch Jason konnte nur flüstern. »Du ... du lebst? Wie ist das ...« Er stöhnte auf. Tief und qualvoll, sodass ich fürchtete, er würde einen neuen Herzinfarkt erleiden.

Walt hingegen wirkte ruhig, sehr ruhig. Wenn ich nicht so

von der Rolle gewesen wäre, hätte ich ihn für seine Selbstbeherrschung vermutlich bewundert. »David«, mahnte er. »Nicht weitergehen!«

Seine Worte machten mir klar, dass David viel zu dicht am Abgrund stand. Die Felsen unter seinen Füßen knisterten bedrohlich, doch er schien es nicht wahrzunehmen. Noch immer starrte er Charlie an wie eine Erscheinung.

Walt packte ihn am Ellenbogen und zog ihn auf sicheren Boden.

Ich versuchte, Luft zu holen. Es ging nur mühsam. Mir war schwindelig. So schrecklich schwindelig.

»Charlie.« Davids Stimme kam wie aus einem tiefen Grab.

Charlie nickte. Sie atmete schnell und schwer und ich erinnere mich daran, dass ich mich wunderte, warum nicht auch sie blass war. Ihre Wangen hatten eine lebendige rosige Färbung, ihre Lippen ebenfalls.

Schließlich war es Miley, die mit ihrem trockenen und wütend klingenden Tonfall den Bann brach: »Ich fasse es einfach nicht!«

Plötzlich kam Leben in uns alle. David verschränkte die Hände im Nacken. Ich vermutete, dass er die Augen schloss, aber sehen konnte ich es nicht, weil er den Kopf senkte und seine Haare sein Gesicht verschatteten. Miley warf mir einen Blick zu. Ich schlug eine Hand vor den Mund.

Und Jason presste die geballte Faust auf sein Brustbein. »Warum lebst du?«

Mein Herz raste und ich konnte mir vorstellen, wie seines das ebenfalls tun musste.

Er und Charlie ...

... ein Liebespaar ...

Dieser Gedanke zuckte und wand sich in meinem Kopf, bis er meinen Verstand schließlich vollständig ausfüllte.

Charlie ignorierte Jason völlig. Ihre Augen schimmerten jetzt hell von unterdrückten Tränen.

»Es tut mir so leid«, murmelte sie.

Und genau in dem Moment, in dem David die Arme sinken ließ und zu ihr aufsah, brach sie filmreif zusammen.

»Charlie!«, schrie David und stürzte vorwärts. Mit wenigen langen Schritten war er bei ihr, warf sich neben ihr nieder, packte sie, zog sie an seine Brust. »Charlie!«

Ich stand stocksteif da und musste miterleben, wie er sie an sich drückte, wie er einen langen Schrei ausstieß, den ich nicht deuten konnte.

Vor meinem Blick verschwamm alles. Undeutlich nur sah ich, dass Walt sich neben David hinhockte und Charlie untersuchte. »Sie ist nur ohnmächtig, Junge.« Seine Stimme klang, als hätte ich Watte im Ohr. Er machte Anstalten, Charlie hochzuheben, aber David riss sie an sich und drehte den Oberkörper weg, um es zu verhindern.

»Nicht!«

Dann besann er sich.

»Ich trage sie selbst«, sagte er, hob sie auf den Arm und kam mühsam auf die Füße.

Jason wollte David zu Hilfe kommen. »Lass mich dir ...«

»Fass sie nicht an!« Das erste Wort kam mit einem Zischen aus Davids Mund. Zornig und schmerzerfüllt zugleich funkelte er seinen Vater an.

Der wich betroffen zurück. »Ist ja schon gut! Schon gut!« Beschwichtigend hob er die Hände und ich sah, dass sie zitterten.

»Gehen wir.« Walt streckte die Hand aus, um David den Arm um die Schultern zu legen, aber auch das wehrte David ab. Schweigend wies Walt in Richtung Herrenhaus und dann machten er, Jason und David sich auf den Weg.

»Du liebe Güte!«, ächzte jemand. Ich wandte mich um. Es war Sheriff O'Donnell. Ich hatte völlig vergessen, dass er ja auch noch da war. Ratlos kratzte er sich am Kinn. »Ich sagte ja: Das tote Mädchen in Maine ist nicht Charlie.« Er starrte den dreien hinterher und sah zu, wie sie zwischen den Wacholderbüschen verschwanden. Dann erst erinnerte er sich an die beiden Waffen, die er noch immer in der Hand hielt: seine eigene und die, die Walt ihm gegeben hatte. Nachdem er seine Waffe mit einer geübten Bewegung ins Holster gesteckt hatte, klemmte er sich die von Walt in den Hosenbund. Schließlich warf er mir einen langen Blick zu und stiefelte hinter den anderen her.

Miley und ich waren die Letzten, die auf den Klippen zurückblieben.

»Tja«, meinte Miley. »Was sagt man dazu?«

Draußen auf dem Meer zuckte der erste Blitz nieder.

Seite an Seite stolperten wir hinter den anderen her, während der Wind weiter auffrischte und die ersten Donnerschläge über das Meer hallten. Der Himmel hatte mittlerweile die Farbe von Schwefel angenommen und Elektrizität lag in der Luft, die auf meinen Armen kribbelte.

»Warum ist sie ohnmächtig geworden?«, fragte Miley mich, kurz bevor wir die Männer eingeholt hatten. »Sie sah doch eigentlich ganz fit aus.«

Ich biss mir auf die Lippe, während ich Davids Rücken anstarrte. Charlies Kopf ruhte an seiner Schulter. Sie hielt die Augen geschlossen, aber ich hatte nicht den Eindruck, dass sie wirklich ohnmächtig war. Sie wirkte eher wie eine dieser Ladys aus dem neunzehnten Jahrhundert, die eine Ohnmacht vortäuschten, um einen dramatischen Effekt zu erzielen. Wenn das wirklich der Fall war, dachte ich, dann war sie allerdings eine ziemlich gute Schauspielerin. Immerhin hatte sie Walt getäuscht.

»Tja«, murmelte ich nur, und als habe Charlie meinen Blick gespürt, schlug sie die Augen auf.

Über Davids Schulter hinweg sah sie mich direkt an.

Ich weiß, es klingt bescheuert, aber in diesem kurzen Augenblick, in dem unsere Blicke sich kreuzten, spürte ich bereits die Gefahr, die von ihr ausging. Da war etwas unterschwellig Bedrohliches an der Art, wie sie lächelte, gleichzeitig triumphierend und herausfordernd. Irgendwie kam sie mir vor wie eine schlanke, wunderschöne Katze, die es zuließ, dass man sie streichelte, insgeheim jedoch schon die Muskeln anspannte, um die Krallen auszufahren.

Sei auf der Hut vor mir!

Alles an ihr schien genau das auszustrahlen und dieser Eindruck war so stark, dass ich voller Unbehagen den Blick abwandte.

Als ich Charlie erneut anschaute, hatte sie die Augen wieder geschlossen und sah zufrieden aus.

David hatte von dem kleinen Intermezzo nichts mitbekommen. Im Gegensatz zu Miley, die vielsagend die Augen verdrehte.

Wir hatten den Parkplatz vor dem Herrenhaus gerade betreten, als Grace die Haustür öffnete. Zunächst spiegelte ihre Miene ihr Unverständnis wider, während die kleine Gruppe mit David und Charlie an der Spitze auf sie zumarschierte, doch gleich darauf begriff sie, wen sie da vor sich hatte.

Ihr Mund rundete sich vor Verblüffung.

»Jesus Christus!«, hörte ich sie sagen. Dann öffnete sie die Haustür ganz und ließ David und die anderen hinein.

Ich wollte hinter ihnen herlaufen, aber Miley hielt mich am Arm fest. »Warte mal!«, befahl sie.

Voller Ungeduld wandte ich mich zu ihr um.

Sie sah mir einige Sekunden lang in die Augen. Ich habe keine Ahnung, was sie in meinen Zügen entdeckte, aber sie nickte langsam. »Egal, was passiert«, sagte sie leise. »Ich bin für dich da.«

Ich hätte mich bei ihr bedanken sollen, irgendwie angemessen auf diese Worte reagieren – mit einem Lächeln vielleicht oder wenigstens mit einem Nicken. Aber ich war dazu nicht imstande. Ich entzog ihr einfach nur meinen Arm, um quer über den Parkplatz zur Haustür zu laufen. Mileys tiefes Seufzen begleitete mich auf meinem Weg.

Grace stand noch immer auf der Haustreppe und blickte mir entgegen. Als ich sie erreichte, neigte sie leicht den Kopf vor mir. »Miss Wagner.«

»Wussten Sie es?«, fragte ich sie. Jeder Herzschlag fühlte sich an wie das Stampfen einer riesigen Dampfmaschine, die das Blut mit Gewalt durch meinen erstarrten Körper treiben musste. Meine Stimme klang mir fremd in den Ohren.

Grace lächelte leicht. »Dass Miss Sandhurst noch lebt?«

Ich nickte.

Sie schüttelte den Kopf. »Nein. Woher?«

Von Madeleine, hätte ich beinahe gesagt, aber ich verbiss es mir und marschierte an Grace vorbei nach drinnen.

»Ich hatte Sie gewarnt, Miss Wagner«, hörte ich sie sagen. »Kommen Sie nicht nach *Sorrow* zurück, hatte ich Ihnen gesagt. Dieses alte Haus findet Wege, Sie ins Unglück zu stürzen.«

Ich versuchte, ihre Worte nicht an mich ranzulassen, aber es ging nicht. Ein Frösteln erfasste meinen Körper und ich hätte mich auch nicht gewundert, wenn ich eine Gestalt in einem altmodischen roten Kleid am oberen Absatz der Treppe hätte stehen sehen.

Aber da war nichts. Nur die alte Standuhr, die ungerührt vor sich hin tickte, während ein Blitzschlag den Himmel über dem Herrenhaus erhellte und scharf umrissene Lichtreflexe durch das Buntglasfenster auf halber Treppe warf.

David und die anderen waren in Jasons Arbeitszimmer verschwunden, das konnte ich an ihren Stimmen erkennen, die gedämpft durch die halb offen stehende Tür drangen. Sheriff O'Donnell stand am Fuß der großen Treppe und telefonierte.

»Ja«, hörte ich ihn sagen. »Sie ist aufgetaucht ... ich habe nicht die geringste ... Was haben die in diesem Labor bloß ...«

Ich achtete nicht weiter auf ihn, sondern betrat das Arbeitszimmer.

David war gerade dabei, Charlie auf die lederne Couch zu legen. Offenbar hatte sie entschieden, dass dies der richtige Moment war, um aus ihrer Ohnmacht zu erwachen. Sie regte sich, dann schlug sie die Augen auf.

Von unten her sah sie David an und wieder erinnerte sie mich an eine Katze.

Er stand kurz in gebeugter Haltung über ihr, wie gelähmt. Schließlich richtete er sich auf. Seine Bewegungen wirkten abgehackt und ich konnte die Anspannung in seinen Nackenmuskeln sehen.

Charlie presste die Lippen aufeinander. Dann lehnte sie sich bequemer gegen die Armstütze. Ihre Füße waren an den Knöcheln überkreuzt.

Ich räusperte mich leise.

David drehte sich zu mir um.

Ich erschrak.

Seine Augen.

Sie waren ebenso rot wie bei unserer ersten Begegnung auf den Stufen von *Sorrow*.

2

Nun.« Walt fasste uns alle der Reihe nach ins Auge. Er wirkte wie ein Feldherr, der nach einem verlustreichen Gefecht das Schlachtfeld überblickte und die Überlebenden zählte. Sein Unterkiefer war verkrampft, seine Nasenflügel bebten, als er tief Luft holte. »Ich denke, hier gibt es einiges zu bereden.« Mit aufforderndem Blick wandte er sich an Charlie, die ihre Hände im Schoß verschränkt hatte.

Sie nickte schwach. Aus riesengroßen Augen sah sie erst David an, dann Jason.

David rührte sich nicht, aber Jason wandte sich brüsk ab, ging zu seinem Schreibtisch und setzte sich auf dessen vordere Kante. Abwartend verschränkte er die Arme. Es war eine grimmige Geste, die irgendwie nicht zu seinem absolut fassungslosen Gesichtsausdruck passte.

Charlie schluckte.

Ein paar Sekunden vergingen in betretenem Schweigen und irgendwie wäre ein ohrenbetäubender Donnerschlag in diesem Augenblick genau passend gewesen. Aber noch war das Gewitter offenbar nicht bereit, die absurde Szenerie angemessen zu untermalen.

»Es tut mir alles so leid«, flüsterte Charlie schließlich.

Ja, dachte ich gereizt. *Das hast du bereits oben auf den Klippen gesagt.*

Während ich durch die sommerliche Insellandschaft hinter

den Männern hergestolpert war, hatte sich meine Erschütterung in etwas verwandelt, das ich noch nicht deuten konnte. Ein bisschen fühlte es sich an, als hätte jemand die Sehnen und Muskeln in meinem Körper gegen Drahtseile ausgetauscht und diese so stramm gezogen wie Klaviersaiten.

Miley, die hinter mir das Arbeitszimmer betreten hatte, legte mir eine Hand unter den rechten Ellenbogen, um mich zu stützen, und erst da wurde mir bewusst, dass ich schwankte.

Charlie warf einen Blick in Mileys Richtung. »Ich würde das gern unter vier Augen mit David ...« Sie sprach den Satz nicht zu Ende, sondern senkte mit einem schüchternen Lächeln den Blick auf ihre Hände. Ihre Knöchel waren weiß und standen sichtbar hervor. Der Saum ihres T-Shirts wirkte zerknittert und feucht, weil ihre Finger schweißnass waren.

»Auf keinen Fall!«, brummte Walt.

Charlie hob den Blick und sah ihn an. Dann nickte sie zögernd, ehe sie auffordernd zu Miley und mir schaute, um wenigstens uns aus dem Raum zu scheuchen.

Vergiss es!, dachte ich, aber bevor ich den Mund aufmachen konnte, beendete Sheriff O'Donnell draußen in der Halle sein Telefonat und kam auch noch herein.

»So«, sagte er mit tiefer, energischer Stimme. »Jetzt wüsste ich gern, was hier vorgeht!«

Charlie begann damit, dass sie sich zum dritten Mal entschuldigte und dann in Tränen ausbrach. Sie brauchte eine Weile, um sich wieder zu beruhigen, und die gesamte Zeit über stand David wie zur Salzsäule erstarrt da. Das gab mir den Mut, zu ihm zu gehen. Dicht bei ihm blieb ich stehen, traute mich aber nicht, ihn zu berühren. Erst als er mich bemerkte und mich ansah – mit einem Ausdruck in den Augen, der *Hilf mir!* zu schreien schien –, schob ich meine Hand in seine. Seine Finger waren eiskalt und klamm und er krallte sich an mir fest, als ginge es um sein Leben.

Charlie bekam durch ihren filmreifen Tränenschleier vermutlich nur am Rande mit, dass ich mit ihrem geliebten David Händchen hielt. Jedenfalls reagierte sie kaum darauf.

Irgendwie logisch, dachte ich dumpf. *Sie ist viel zu sehr mit ihrem Auftritt beschäftigt.*

Irgendwann beruhigte sie sich wieder und begann zu erzählen. Am Anfang wurde sie noch von gelegentlichem Schluchzen unterbrochen, aber Sheriff O'Donnell stellte ihr mit kühler Stimme genau die richtigen Fragen und schließlich sprach sie immer flüssiger und schneller. Den ersten Teil ihrer Geschichte kannte ich bereits, aber trotzdem hörte ich ihr fasziniert zu. Sie hatte etwas an sich, das es unmöglich machte, sich ihr zu entziehen.

Sie berichtete davon, wie sie *Rebecca* gelesen und David gebeten hatte, sich mit ihm auf den Klippen zu treffen, um sich mit ihm auszusprechen. »Du bist gekommen«, sagte sie direkt an ihn gewandt. »Aber du hast mich nicht ausreden lassen. Ich wollte dir sagen, dass ich mich ändern kann, dass ich begriffen habe, was für ein mieses kleines Miststück ich die ganze Zeit gewesen bin.«

Gewesen bin?, dachte ich und sah Miley an der Nasenspitze an, dass sie genau das Gleiche dachte. Ich musterte die anderen Leute im Raum, um herauszufinden, ob sie Charlie ebenfalls für ein manipulatives Miststück hielten. David tat es offenbar und Jason auch, das war sehr deutlich zu sehen. Walts professioneller Psychiatermiene hingegen konnte ich nicht ansehen, was er dachte, und Sheriff O'Donnell schaute einfach nur so konzentriert, als betrachte er uns alle durch ein Mikroskop.

»Du hast mich nicht ausreden lassen«, wiederholte Charlie und David biss die Zähne zusammen. Er hielt ihrem Blick stand, auch wenn ich spüren konnte, dass etwas tief in seinem Innersten zitterte und bebte. Wieder entstand ein längeres, unbehagliches Schweigen. Ein Schweigen, in dem ich mich fragte, was für Gedanken Charlie hinter ihrer makellosen Stirn und der sahneweißen Maske ihres hübschen Gesichtes hegte. Irgendetwas an ihr machte mich nicht nur misstrauisch, sondern ließ mich schon in diesem Augenblick erahnen, wie verlogen und kaputt sie wirklich war. Ein tiefes Unbehagen erfasste mich bei ihren Worten – und sollte mich bis zum Ende unserer gemeinsamen Geschichte nicht wieder loslassen.

Charlie holte Luft. »Dann bist du weg und ich ...« Sie schüttelte den Kopf, wie jemand, der eingestehen muss, dass ihm die passenden Worte fehlen.

David nickte, um sie zum Weiterreden aufzufordern. Sein Griff um meine Hand fühlte sich an wie ein Schraubstock.

Charlie versuchte es ein zweites Mal: »Du bist weg, David, und ich ...« Draußen vor dem Fenster zuckte ein Blitz nieder. Der Donner folgte gleich darauf und untermalte ihre Worte, sodass sie den Satz noch ein drittes Mal sagen musste. »Du bist weg und ich bin näher an die Kante gegangen. Ich wusste, dass das gefährlich ist, aber in diesem Augenblick war mir das egal. Du hattest mich verlassen. Das war alles, was ich denken konnte. Und dann ist sie abgebrochen. Die Kante.«

Aus Davids Kehle kam ein undefinierbares Geräusch, eine Mischung aus Stöhnen und Würgen. Ich wollte meine Hand aus seinem Griff befreien, weil ich hier gerade ein paar Knochenbrüche riskierte. Aber er hielt mich eisern fest. Sanft berührte ich ihn am Arm, und als das nichts nützte, umklammerte ich sein Handgelenk und entzog ihm meine armen, malträtierten Finger.

Wieder streifte mein Blick Sheriff O'Donnell. Seine Miene enthielt jetzt einen Anflug von Misstrauen, aber das war vermutlich bei jeder polizeilichen Befragung der Fall. Bis eben hatte er gewirkt, als habe er die Lage im Griff, doch plötzlich schien auch er ein bisschen ratlos. Bevor er eine weitere Frage stellen konnte, flüsterte David: »Ich habe nicht auf dich geschossen?«

In dieser kurzen Frage lag so vieles von dem, was er in der letzten Zeit durchgemacht hatte, dass mir dabei ganz anders wurde.

Charlies Augen wurden groß und rund. »Geschossen?« Sie lachte schrill und ungläubig auf. »Niemand hat auf mich geschossen, wie kommt ihr denn auf diese Idee?«

Vor Erleichterung ließ David den Kopf hängen. Seine Haare rutschten ihm vor das Gesicht und verbargen seine Miene. Ich legte nun beide Hände um seinen Unterarm. Er hob den Blick und ... lächelte mir zu! Es war nur ein ganz kleines, verlorenes Lächeln, doch es traf mich mitten ins Herz.

Jason lehnte noch immer an seinem Schreibtisch, aber er hatte sich ein wenig vorgelehnt, um jedes Wort aufzusaugen. Sein Mund stand offen und auf der blassen, faltigen Haut an seinem Hals waren dunkelrote Flecken erschienen. Auch er nickte nun erleichtert. »Niemand hat auf dich geschossen ...«, murmelte er. Er wirkte unfassbar froh und mir wurde klar, dass er an den Vorwurf dachte, den ich ihm oben auf den Klippen gemacht hatte. Den Vorwurf, dass *er* Charlie erschossen hatte.

Sheriff O'Donnell und auch Walt schwiegen nachdenklich.

Ich spürte die Wärme, die von Davids Arm auf meinen abstrahlte. Dann lächelte auch ich ihn an.

Jetzt würde alles gut werden.

Es klingt bescheuert, ich weiß, aber genau das dachte ich in diesem Moment wirklich. Und wurde natürlich bald darauf eines Besseren belehrt.

Die geschickte Fragestellung des Sheriffs brachte ans Licht, was sich nach Charlies Sturz von den Klippen ereignet hatte. Wie durch ein Wunder war sie unversehrt im kalten Wasser gelandet. Charlie berichtet, dass sie allerdings beinahe doch noch gestorben wäre, denn die Strömung war stark gewesen und hätte sie fast auf den Atlantik hinausgezogen. Aber sie war eine gute Schwimmerin und sie wusste, wie man sich im offenen Meer verhalten musste. Es war ihr gelungen, sich an den Privatstrand der Bells zu retten. Sie war so von der Rolle gewesen, dass sie nach Hause geeilt war. Sie hatte gehofft, dort auf Adam zu treffen, doch ihr Adoptivvater war nicht da gewesen. Verwirrt und geschockt von dem, was geschehen war, hatte sie sich umgezogen und ein paar alte Klamotten in eine Plastiktüte gestopft. Danach war sie einfach aus dem Haus gerannt, ohne so recht zu wissen, wohin sie sich wenden sollte. Ein paar Tagestouristen, die mit einem gemieteten Wagen einen Ausflug auf die Insel gemacht hatten, hatten sie schließlich am Straßenrand aufgegabelt und ihr erzählt, dass sie auf dem Weg zur Schnellfähre waren, um zurück nach New York zu kehren.

Im Sommer verbinden etliche Schnellfähren Martha's Vineyard mit den Städten im Umkreis von hundert bis zweihundert Meilen. Ab November dagegen wird auf den meisten Linien der Betrieb eingestellt, nur die New-York-Fähre verkehrt bei günstigem Wetter auch zu dieser Jahreszeit. Charlie sah das als ein Zeichen an. Sie kaufte sich ein One-Way-Ticket und verließ die Insel. Da sie eine Freundin in New York hatte, beschloss sie, erst mal zu ihr zu fahren.

»Einfach so?« Miley stellte diese Frage völlig verständnislos.

O'Donnell wandte ihr kurz den Kopf zu, aber dann konzentrierte er sich wieder auf Charlie.

»Haben Sie gar keinen Gedanken daran verschwendet, dass man Sie vermissen würde?«, griff Walt Mileys Einwurf auf. Auch durch seine professionelle Psychiatermiene schimmerte jetzt etwas Ungläubigkeit hindurch. Während Charlie geredet hatte, hatte er sich auf die zweite Couch neben ihr niedergelassen. Jetzt saß er da, das eine Bein seiner grauen Hose über das andere geschlagen, und zupfte an seiner Bügelfalte herum.

Charlie machte ein schuldbewusstes Gesicht. »Die ersten vierundzwanzig Stunden nicht«, gestand sie. »Ich war einfach nur ...« Sie seufzte. »Ich habe mich bei meiner Freundin verkrochen, wir haben getrunken und geredet.«

»Aber du musst doch gewusst haben, dass sich deine Familie Sorgen um dich machen würde!« Jason wirkte genauso ratlos wie wir alle.

Ich wusste, dass Charlie eine egozentrische, selbstverliebte Person war, aber das, was sie jetzt hier erzählte, war auch für mich unfassbar. Hatte sie wirklich keinen einzigen Gedanken an ihre Eltern verschwendet? Und an David, den sie ihrer Aussage nach doch immerhin so sehr liebte?

In einer resignierten Geste hob Charlie die Schultern. »Ich bin nicht stolz darauf.«

Unwillkürlich musste ich an die Berichte über Jasons Geburtstagsfeier denken, die in sämtlichen Klatschblättern erschienen war. Daran, wie man David als »reichen Verlagserben« bezeichnet hatte, der um seine Verlobte trauerte, die auf so tragische Weise ums Leben gekommen war. Mit Sicherheit hatten diese Medien bereits im November über den Unfall und Charlies Tod berichtet, genauso wie die regionale Tagespresse. »Du musst doch mitbekommen haben, dass man dich für tot hielt!«, warf ich ein.

Charlie senkte den Blick. »Hab ich ja auch. Aber erst später. Und da war es zu spät.« Sie schien zu vibrieren, während sie das sagte.

»Du warst zu feige dazu«, knallte Jason ihr an den Kopf. Die roten Flecken an seinem Hals waren nach oben gewandert und überzogen jetzt auch seine Wangen. »Du warst zu feige dazu, den Telefonhörer in die Hand zu nehmen, anzurufen und Bescheid zu sagen, dass du noch ...«

»Ich war krank!«, schrie Charlie ihn an und brachte ihn damit zum Verstummen. Plötzlich strömte eine Energie von ihr aus, die mir unheimlich war. Sie vibrierte jetzt wirklich, sie zitterte und bebte und dann schluchzte sie auf. Es war ein Geräusch von tief empfundenem Kummer.

»Krank!«, zischte Miley mir ins Ohr. »Klar.«

David wandte sich von mir ab und ich konnte mir nur schwer vorstellen, was das Gesagte mit ihm machte. Ich wollte ihn festhalten, wollte ihn in den Arm nehmen, aber er sah jetzt aus, als stünde er kurz vor der Explosion. Jeder Muskel seines Körpers war angespannt, er hielt das Kinn hocherhoben. Seine dunklen Augen glommen unheilvoll, als er den Blick auf Charlie richtete.

Dann fuhr er herum. Und marschierte mit langen, zornigen Schritten aus dem Raum.

3

Charlie sprang auf und eilte ihm nach.

»David!«, hörte ich sie draußen in der Halle rufen und durch die offen stehende Tür sahen die anderen und ich mit an, wie David am Fuß der großen Freitreppe stehen blieb. Es kam mir ein bisschen vor wie eine Szene aus einem Theaterstück und ich bemerkte, dass Walt und der Sheriff unschlüssig waren, ob sie eingreifen sollten oder nicht. Beide entschieden sich dafür, es nicht zu tun.

David hatte Charlie den Rücken zugewandt und seine Hand lag auf dem Knauf des Geländers.

Charlie näherte sich ihm nicht weiter. »David«, wiederholte sie. »Bitte!«

Er reagierte nicht sofort. Ich stellte mir vor, wie er mit sich rang. »Was?«, stieß er schließlich hervor, und als Charlie nicht antwortete, fügte er hinzu: »Was, Charlie?« Mit diesen Worten drehte er sich zu ihr um. Seine Augen waren feuerrot, aber genauso trocken wie damals, als ich ihn kennengelernt hatte. Mit flacher Stimme meinte er: »Auf den Klippen. Erinnerst du dich? Du hast geweint. Und du hast behauptet, dass du mich liebst.« Er fuhr sich mit der freien Hand in die Haare. »Sieben Monate, Charlie! Sieben Monate!« Er ließ die Hand wieder sinken. »Wie konntest du mir das nur antun?« Er wollte sich abwenden, doch Charlie trat jetzt ganz dicht an ihn heran. Sie packte seine Hand, zog sie an ihre Brust.

»Aber so war es doch gar nicht!«, rief sie aus. »Ich habe ... ich wollte dir nichts antun, David, das musst du mir glauben! Ich war einfach völlig von der Rolle. Die Tatsache, dass du mit mir Schluss gemacht hast, der Sturz, das kalte Wasser ...« Sie sah ihm lange in die Augen, bevor sie flüsterte: »Ich war in der Graceland-Klinik, David. Die ganzen Monate lang.«

»Graceland?« David entzog ihr seine Hand. In meinem Herzen krampfte sich alles zusammen, als er sich über die Augen wischte.

Charlie nickte. »Ich habe mich selbst dort eingeliefert. Ich ... ich wusste nicht, wie ich damit klarkommen soll, dass du dich von mir getrennt hast.« Sie hielt inne, sah David flehentlich an.

»Macht sie richtig gut, oder?«, zischte Miley mir zu. »David Schuldgefühle bereiten, meine ich.«

Ich nickte beklommen und revidierte meinen Eindruck von vorhin. Sie ähnelte nicht einer Katze, die ihre Krallen versteckte, sondern einem exotischen Tier, das friedfertig schnurrte und einem den Kopf am Bein rieb, gleichzeitig jedoch unter seinem glänzenden Fell die Fähigkeit verbarg, tödliche Stromstöße auszuteilen.

»Graceland«, wiederholte David. Natürlich wusste er, was es mit dieser Klinik auf sich hatte. Ich wusste es auch: Die Graceland Psychiatric and Neurological Clinic in Lower Manhattan war eine Luxusklinik für die psychischen Probleme der Reichen und Schönen.

Charlie holte zitternd Luft. »Ruf Dr. Hintzman an, wenn du mir nicht glaubst!«

»Genau das werden wir tun«, sagte O'Donnell. »Später.«

»Warum nicht gleich?«, fragte Walt, zog sein Telefon hervor und hielt es in die Höhe. »Ich kenne Dr. Hintzman zufällig recht gut. Ich habe seine Nummer gespeichert.« Fragend sah er O'Donnell an, der nach kurzem Zögern schließlich nickte.

Es dauerte nur wenige Minuten, dann hatte Walt sich zu Dr. Hintzman durchstellen lassen. Während wir alle gespannt lauschten, erklärte er seinem Kollegen kurz, worum es ging.

»Terry, ich bin's, Walt. Ich arbeite gerade als eine Art Berater für das Sheriffbüro auf Martha's Vineyard. Sag mal, kann es sein, dass ihr kürzlich eine junge Frau namens Charlie Sandhurst über einen längeren Zeitraum behandelt habt? ... Ich weiß nicht, weshalb, nein. ... Sie steht mir hier gerade gegenüber und behauptet, bei euch gewesen zu sein. Von Dezember bis vor ein paar Tagen. ... Ja. Jung, noch keine zwanzig. Schwarze Haare, hübsch. ... Nein.« Er lauschte eine ganze Weile, und während er das tat, sah er Charlie an. Mehrfach nickte er, dann wurden seine Augen kurz groß vor Verwunderung. »Ich verstehe«, sagte er schließlich. »Kann sein, dass sich der Sheriff noch mal selbst bei dir meldet. – Ja, es geht um eine polizeiliche Ermittlung. – Nein. Aber darf ich dem Sheriff diese Nummer von dir geben? – Ich danke dir, Terry. Ich bin dir was schuldig.« Er legte auf. »Sieht so aus, als würde sie die Wahrheit sagen.« Er seufzte, dann berichtete er uns, was er erfahren hatte. »Dr. Hintzman sagt, dass sie tatsächlich eine junge schwarzhaarige Frau über die letzten sieben Monate bei sich in Behandlung hatten. Offenbar hat sie sich selbst eingeliefert. Sie hat allerdings nicht den Namen Charlie Sandhurst angegeben, sondern sich Summer Adams genannt.«

Summer Adams. Ich hätte beinahe laut aufgelacht.

»Haben sie gesagt, ob sie den Namen überprüft haben?«, erkundigte sich Sheriff O'Donnell.

Walt schüttelte den Kopf. »Das ist ein Haus, in dem viele Prominente absteigen. Und Angehörige von reichen und einflussreichen Familien, die es gern vermeiden, die Öffentlichkeit wissen zu lassen, dass eines ihrer Mitglieder wegen psychischer Probleme behandelt wird. Darum ist man großzügig mit falschen Namen und Adressangaben. Solange die Schecks pünktlich abgeliefert werden – und offenbar war das bei Miss Sandhurst der Fall.«

Was die Frage aufwarf, wer das getan hatte, dachte ich, und im selben Moment sprach der Sheriff genau diesen Gedanken laut aus. Charlie antwortete, dass ihre Freundin ihr mit einer größeren Geldsumme ausgeholfen habe, aber das schien ihn nicht gänzlich zufriedenzustellen.

Ich sah zu, wie er Dr. Hintzmans Telefonnummer in seinem eigenen Handy speicherte. Er sah entschlossen aus. Mit Sicherheit würde er zu diesem Fall in der nächsten Zeit noch eine Menge Fragen stellen. Vorerst jedoch zog Charlie die allgemeine Aufmerksamkeit wieder auf sich. Sie stand noch immer dicht bei David und wirkte, als würde sie die Situation auf perverse Weise genießen. Sie mochte es, im Mittelpunkt zu stehen, das war deutlich zu sehen. »Ich war völlig unfähig, auch nur mein Bett zu verlassen, David«, erklärte sie. »Ich konnte mich nicht bei euch melden.«

David war rückwärts bis an die erste Treppenstufe gewichen. Wenn er noch einen Schritt machte, würde er ins Stolpern geraten.

O'Donnell sah Walt an, als warte er auf eine Erklärung für Charlies Verhalten.

Und Walt lieferte sie ihm. »Dr. Hintzman sagte mir, dass Charlie an einer schweren depressiven Episode mit psychotischen Symptomen litt.« Er verließ das Arbeitszimmer, ging zu

David, dessen Hand jetzt wieder Halt suchend auf dem Knauf des Treppengeländers lag. »Sie sagt die Wahrheit, David.«

»Schwachsinn!«, murmelte Miley verächtlich, aber so leise, dass nur ich sie hören konnte.

Sachte legte Walt eine Hand unter Davids Ellenbogen. »Kommt wieder rein«, bat er.

Als Charlie sich auf die vorderste Kante der Couch gesetzt hatte, auf der sie schon eben gelegen hatte, zögerte David noch, aber dann sank er neben ihr in die weichen, lederbezogenen Polster. Er achtete sorgsam darauf, genügend Abstand zwischen sich und Charlie zu haben.

Jason, der seinen Platz auf der Schreibtischkante zwischenzeitlich verlassen hatte, kehrte dorthin zurück.

O'Donnell räusperte sich. »Was mich am meisten interessiert, Miss Sandhurst, ist: Wie lange sind Sie schon wieder auf der Insel?«, fragte er und sprach mir damit aus der Seele.

Charlie überlegte. »Seit ein paar Tagen«, sagte sie völlig unbefangen.

David riss die Augen auf. »Seit ... ein paar Tagen!«, keuchte er. Jeder im Raum verstand den unausgesprochenen Vorwurf, der hinter seinen Worten steckte: *Warum bist du nicht sofort zu mir gekommen? Warum hast du mich noch länger gequält?*

Und wenn ich die ungläubigen Gesichter der anderen richtig deutete, dann schien jeder irgendetwas Ähnliches zu denken.

Bis auf Charlie natürlich.

Sie schien ziemlich überrascht davon, dass er so heftig reagierte. »Ich musste mich dafür wappnen, dir gegenüberzutreten. Das ging nicht so einfach, wie du dir das vorstellst, David!«

Miley schnaubte kaum hörbar, und als ich sie ansah, drehte sie mit dem Zeigefinger einen kleinen Kreis neben ihrer rechten Schläfe, um zu zeigen, wie durchgeknallt sie Charlie fand. Ich war froh, dass Miley bei mir war, denn auch wenn die anderen auf Charlie ebenso ungläubig reagierten wie ich, war ich mir sonderbarerweise trotzdem nicht hundertprozentig sicher, dass nicht ich hier die Irre war. Es ist mir fast ein bisschen peinlich, aber nach allem, was in diesem unmöglichen Herrenhaus schon passiert war, überlegte ich tatsächlich kurz, ob Charlie real war oder ob ich das Ganze nicht einfach nur träumte. Es wäre schließlich nicht das erste Mal gewesen, dass ich hyperrealistische Träume hatte.

Die Stimme des Sheriffs riss mich aus dieser Überlegung. »Wo haben Sie sich die ganze Zeit aufgehalten?«

Charlie lächelte schuldbewusst. »Bei meiner Mutter.«

Summer?

Ich hörte Walt etwas Unverständliches murmeln und mein Verstand geriet ins Taumeln, als mir eines bewusst wurde. Wenn Charlie tatsächlich schon vor ein paar Tagen zurück auf die Insel gekommen war, dann hatte sie sich im Haus befunden, als ich Summer neulich besucht hatte. Das Poltern im Obergeschoss, das ich gehört hatte, war also möglicherweise gar nicht von der rot getigerten Katze gekommen, sondern von ihr. Mir wurde kalt bei dem Gedanken.

Ein lang gezogenes, qualvolles Luftholen ertönte und ließ uns alle den Kopf in Jasons Richtung wenden. Sein Gesicht war jetzt nicht mehr blass und auch nicht mehr rotfleckig wie noch eben. Jetzt war es grau.

»Mr Bell!« Walt wandte sich ihm zu und wollte sich um ihn kümmern. Doch Jason stieß sich erst mit einer sehr fahrig wirkenden Geste von der Schreibtischkante ab, dann riss er den Arm hoch, um Walts Bemühungen abzuwehren. »Lassen Sie mich!«, ächzte er mit einer Stimme, die hoch und gepresst klang. Er stürmte zur Tür, langte nach der Klinke und verfehlte sie. Er drehte sich zu Charlie um.

»Du ... du ... Hexe!«, brachte er hervor und riss gleich darauf mit so viel Schwung die Tür auf, dass sie gegen die Wand krachte. Wir alle hörten ihn mit Riesenschritten die Treppe ins Obergeschoss hochstürmen. Dann krachte oben eine Tür hinter ihm ins Schloss und ich musste nicht lange nachdenken, welche es gewesen sein mochte.

»Er ist ins Lilienzimmer gegangen«, vermutete ich.

Walt, der als Einziger von uns eine medizinische Ausbildung hatte, folgte Jason, um nach ihm zu sehen. Während er fort war, herrschte ein ungutes Schweigen im Raum, das mich ganz kribbelig machte. Der Sheriff telefonierte mit irgendeinem seiner Männer und gab ihm den Auftrag, Summer Sandhurst überprüfen zu lassen.

Ich setzte mich neben David und legte eine Hand auf seinen Oberschenkel. Zu gern hätte ich mich jetzt allein mit ihm unterhalten, hätte erfahren, was er empfand, ob er froh über Charlies Rückkehr war oder nicht. Was jetzt mit uns geschehen würde. Aufrecht wie eine Statue saß er neben mir, blickte grübelnd in die Ferne und schien sich der Tatsache, dass wir alle ihn anschauten, kaum bewusst zu sein.

Irgendwann kam Walt zurück. »Es geht ihm gut«, beruhigte er uns. »Ich habe Grace trotzdem gebeten, seinen Hausarzt anzurufen. Zur Sicherheit. Sein Herzinfarkt ist noch nicht lange her und man sollte ein EKG machen.« Er blieb mitten im Raum stehen, betrachtete der Reihe nach erst David, dann mich, dann Charlie. Schließlich räusperte er sich und fragte etwas, das mir den Boden unter den Füßen wegzog: »Weiß Ihr Vater eigentlich, dass Sie noch leben, Miss Sandhurst?«

Charlie, die während der letzten Minuten eine ihrer Haarsträhnen gezwirbelt hatte, hielt inne. »Adam.« Sie wurde ein bisschen blass und mir wurde gleichzeitig mit Walt klar, dass Charlies Adoptivvater – genau wie wir bis vorhin auf den Klippen – nicht die geringste Ahnung davon hatte, dass sie noch lebte.

»Herr im Himmel!«, flüsterte David.

»Ich denke, dann sollten wir zu ihm fahren und es ihm ein bisschen schonender beibringen als diesen Menschen hier«, sagte Walt ruhig.

Ich sah ihn an, dankbar dafür, dass er die Übersicht behielt. Ich selbst fühlte mich wie auf einem Karussell, das jemand auf Lichtgeschwindigkeit beschleunigt hatte. Nicht mehr lange und ich würde aus der Kurve fliegen.

Charlie grub die Zähne in ihre Oberlippe. »Ja. Das ist wohl eine gute Idee.« Plötzlich sprach sie mit einer Kleinmädchenstimme, die Miley schon wieder ein leises höhnisches Schnauben entlockte.

Walt nickte. »Fahren wir.« Er wartete, bis Charlie aufgestanden war, dann schickte er sich an, das Arbeitszimmer zu verlassen. Charlie folgte ihm. Sheriff O'Donnell beendete sein Telefonat und schoss einen bösen Blick hinter ihr her.

»Ich weiß nicht, ob wir eine juristische Handhabe gegen die beiden haben«, sagte er zu David, »aber ich werde prüfen, ob wir sie oder ihre Mutter für ihr Verhalten irgendwie zur Rechenschaft ziehen können.« Mit einem knappen Griff zur Krempe seines Hutes verabschiedete er sich. Gleich darauf wurde draußen der Motor seines Wagens angelassen und man konnte hören, wie der Sheriff durch das Gewitter davonfuhr.

David, Miley und ich blieben zurück.

Miley musterte David von Kopf bis Fuß, dann meinte sie: »Ich glaube, ich gehe dem Rest der Mannschaft mal Bescheid sagen, dass es Neuigkeiten gibt.« Sie rang sich ein Grinsen ab, als freue sie sich darauf, die Gesichter von Lizz und Kimmi und den anderen zu sehen, wenn sie erfuhren, dass Charlie noch lebte.

»Schockier sie nicht zu sehr«, schickte ich ihr nach, aber ich war nicht sicher, ob sie mich noch gehört hatte, denn schon fiel die Tür hinter ihr ins Schloss.

Zum ersten Mal seit der Szene auf der Klippe waren David und ich allein.

Ich überlegte fieberhaft, was ich sagen konnte, aber mir wollte einfach nichts einfallen, also sah ich tatenlos zu, wie er sich mit hölzernen Bewegungen von der Couch erhob. Er wollte ans Fenster treten, doch auf halber Strecke verließ ihn seine Selbstbeherrschung. Er musste sich auf der Kante des Schreibtisches abstützen, um nicht zu taumeln.

»David!« Blitzschnell sprang ich auf die Füße, hielt dann aber inne, als ich seinen Blick registrierte. Er starrte geradeaus und da war dieser Ausdruck auf seinem Gesicht, den ich inzwischen so gut kannte und fürchtete.

In dieser Sekunde schien er einen seiner Flashbacks zu haben.

Mir blieb nichts anderes übrig, als zu warten, bis er zu mir zurückkehrte.

»Alles okay?«, fragte ich, als es so weit war, und hätte mich ohrfeigen können für diese bescheuerte Frage. Man musste ihn ja nur ansehen, um zu erkennen, dass nichts okay war.

Er schwieg. Lange. Seine Schattenhaare verschleierten seinen Blick.

»Wenn es nicht so absurd wäre …«, ächzte er irgendwann, fügte aber nicht hinzu, was dann gewesen wäre.

Ich wartete.

»Man könnte wirklich denken, ihr Auftauchen wende nun alles zum Guten. Ich meine: Dass sie noch lebt, ändert alles, oder? Ich habe sie nicht in den Selbstmord getrieben und es gibt keinen Grund mehr zu glauben, dass ich sie erschossen habe.«

Und trotzdem hat er eben offenbar einen weiteren Flashback gehabt.

Der Gedanke steckte wie eine Messerklinge in meinem Hirn.

»Sie hat sich nicht umgebracht, weil ich sie sitzen lassen habe.« Er lachte. Es war ein furchtbares Geräusch. »Es war ein Unfall. Die Klippe ist einfach abgebrochen.« Seine Stimme klang, als müsse er sich all diese Dinge vorsagen, um sie begreifen, nein, um sie *glauben* zu können.

Ich nickte. »Das stimmt«, murmelte ich, konnte aber aus irgendeinem Grund nicht erleichtert sein. Weil ich das Gefühl hatte, dass David sich selbst nicht glaubte. »Bist du froh?«, hörte ich mich fragen.

Er hatte mir inzwischen den Rücken zugewandt, sodass ich sein Gesicht nicht mehr sehen konnte. »Dass sie noch lebt?«

Ich schluckte. »Ja.« Furchtsam wartete ich auf seine Antwort, aber er gab sie mir nicht.

»Es ist alles gut«, sagte ich leise.

Da drehte er sich um. Sah mich an, als begegne er mir gerade zum allerersten Mal. Seine Blicke wanderten in meinem Gesicht umher, fanden meine Augen und glitten von dort aus zu meiner Schläfe. Er hob die Hand und berührte sachte die Beule dort, die er mir in einem Anfall von blinder Wut selbst beigebracht hatte.

»Es tut mir leid, dass du meinetwegen die Hölle durchmachen musst«, flüsterte er.

Seine Worte versetzten mir einen Stich und fast hätte ich angefangen zu heulen.

Ich nahm seine Hand und hielt sie fest. »Das alles spielt keine ...«, setzte ich an, aber ich beendete den Satz nicht.

Weil in diesem Augenblick im Obergeschoss ein Schuss fiel.

4

Jason!

David und ich waren bereits die Treppe hochgelaufen, als in schneller Folge zwei weitere Schüsse fielen. Sie kamen aus dem Lilienzimmer.

Wir blieben stehen, unsicher, was wir jetzt tun sollten. Beim ersten Schuss hatten wir beide gedacht, Jason habe sich etwas angetan, aber jetzt war uns klar, dass das nicht der Fall sein konnte. Ganz im Gegenteil: Offenbar ballerte er wild um sich.

Fragend sahen David und ich uns an. Unten in der Halle wurden eilige Schritte laut. Miley und die anderen im Speisezimmer hatten die Schüsse auch gehört und kamen nun angerannt. Wie eine Herde von ängstlichen Schafen drängten sie sich am Fuß der Treppe zusammen.

Ich sah David schlucken. Dann fasste er sich ein Herz und trat vor die Tür des Lilienzimmers. Zögernd streckte er die Hand nach der Klinke aus. Ganz vorsichtig drückte er sie hinunter, die Tür öffnete sich ein paar Millimeter weit. »Dad?«, fragte David mit rauer, angespannter Stimme.

Jason antwortete nicht, aber ich konnte seinen pfeifenden Atem hören. Ich schloss die Augen und versuchte, mir vorzustellen, was er wohl gerade tat. Stand er mitten im Raum und hielt die Pistole auf die Tür gerichtet, bereit, den Ersten, den er zu Gesicht bekommen würde, zu erschießen?

Sorge und Beklemmung zeichneten tiefe Falten um Davids Mund. »Ich komme jetzt rein, Dad!«, sagte er.

Er erhielt keine Antwort.

Noch immer vorsichtig schob er die Tür ein bisschen weiter auf. Theo, der Gärtner der Bells, kam die Treppe heraufgerannt, aber auch er schien nicht zu wissen, was zu tun war. Ratlos blieb er stehen und starrte David an.

Der schluckte.

»Nicht!«, wisperte ich. Vor lauter Anspannung zitterten meine Knie so sehr, dass ich mich an der Wand abstützte.

David warf mir einen Seitenblick zu, dann straffte er die Schultern. Und öffnete die Tür ganz.

Der Geruch von Schießpulver hing in der Luft.

David betrat das Lilienzimmer. Theo folgte ihm und ich ebenfalls. Meine Schritte waren wackelig.

Jason stand vor dem abgedeckten Sofa in der Mitte des Raumes. Er hielt eine Pistole schussbereit in beiden Händen, aber zu meiner grenzenlosen Erleichterung zielte er nicht auf uns, sondern auf Charlies Bild über dem Kamin. Die drei Schüsse hatten offensichtlich ein konkretes Ziel gehabt. Dort, wo ursprünglich Charlies hübsches Gesicht die Leinwand geziert hatte, hingen nun nur noch hässliche Fetzen. Jason registrierte, dass er nicht mehr allein war. Mit einer mechanischen Bewegung drehte er sich zu uns herum.

Zum zweiten Mal innerhalb von kürzester Zeit schaute ich in den Lauf einer Waffe – mit dem Unterschied, dass diese jetzt geladen war. Und dass der Mann, der sie umklammerte – ganz im Gegensatz zu Walt oben auf den Klippen –, keine Ahnung zu haben schien, was er tat.

»Dad!« Bevor ich mich auch nur rühren konnte, trat David vor – und genau in die Schusslinie. »Was tust du da?«

Theo neben mir ächzte. Ich dachte an den Hass, der zwischen David und seinem Vater herrschte. War er stark genug, dass Jason jetzt abdrücken würde?

Eine endlos lange Sekunde rührte sich keiner von uns.

Dann ließ Jason die Waffe sinken.

Mein Herz, das von dem Moment an, in dem der erste Schuss gefallen war, bis jetzt keinen einzigen Schlag mehr getan zu haben schien, sprang mit einem schmerzhaften Stottern wieder an.

»Diese ...« Jason holte mühevoll und keuchend Luft. »Diese ... elende ...« Er ließ zu, dass David zu ihm kam, ihm die Waffe abnahm, sie sicherte und Theo gab. Dann tastete er hinter sich nach der Sofalehne und sank auf das schwere Möbelstück nieder. »... Hexe«, kam es als kaum verständliches Wispern aus seinem Mund.

David bedeckte beide Augen mit der flachen Hand, während sein Vater auf einen Punkt zwischen seinen Füßen starrte. Mein Herz zog sich schmerzhaft zusammen. In meinen Augen wirkten sie beide verloren – jeder auf seine eigene Weise.

Miley stand in meinem Zimmer am Fenster und schaute mit mir gemeinsam in das Gewitter hinaus. Es regnete nicht, aber ab und zu flammte ein Blitz über dem Meer auf. Das Donnergrollen, das dann über uns hinwegrollte, klang, als würde der Weltuntergang kurz bevorstehen. Nachdem David und Theo Jason auf sein Zimmer gebracht hatten, hatte David eine Weile allein sein wollen. Es war mir schwergefallen, ihn in Ruhe zu lassen, aber da ich ihn inzwischen gut genug kannte, hatte ich es akzeptiert und war in mein eigenes Zimmer gegangen. Kurz darauf war Miley aufgetaucht und hatte mir von der Freude und der Bestürzung der anderen Gäste erzählt. Danach hatten wir uns über die Schüsse auf Charlies Bild unterhalten und waren am Ende bei dem eigentlichen Thema gelandet.

Charlie.

»Glaubst du den ganzen Quatsch, den sie erzählt hat?«, fragte Miley mich.

»Dass sie sieben Monate lang so stark depressiv war, dass es ihr egal war, ob alle sie für tot halten?« Das war mir schon vorhin spanisch vorgekommen und jetzt, da ich darüber nachdachte, erschien es mir noch unglaubwürdiger als zuvor. »Keine Ahnung!«, sagte ich dumpf. Ich wandte mich vom Fenster ab, warf mich der Länge nach auf mein Bett und starrte gegen die Decke. Komisch. Mir war noch nie zuvor aufgefallen, dass sich dort ein langer Riss befand. Er sah aus wie ein weit verzweigter Fluss auf einer Landkarte. Ich tastete nach dem Glasherzen an meinem Hals.

Miley wartete den nächsten Donner ab. Als er verklungen war, meinte sie: »Sie war in einem Krankenhaus, nicht auf einem anderen Planeten! Hat sie die ganze Zeit keine einzige Zeitung gelesen? Ich meine: Die Klatschblätter haben monatelang immer wieder über sie und den armen unglücklichen David berichtet.«

Ich musste Miley recht geben. In Charlies Geschichte klafften mehrere Lücken. Selbst wenn man voraussetzte, dass jemand wirklich so schwer depressiv sein konnte, um so zu handeln, wie sie es getan hatte, hätte sie erkannt werden müssen. Wenigstens von einigen der anderen Patienten.

Ich dachte daran, was David mir im Winter über sie erzählt hatte.

Charlie war ein sehr manipulativer Mensch, hatte er gesagt.

»Vielleicht spielt sie irgendein fieses Spiel mit ihm«, murmelte ich.

Miley drehte sich zu mir um. »Du denkst, sie plant irgendwas?« Ein weiterer Blitz zuckte über den Himmel und kurz wirkte meine Freundin wie ein Scherenschnitt vor dem grell erleuchteten Fenster.

Ich wusste nicht, was ich denken sollte. In meinem Kopf war ein einziges riesiges Chaos. »Vielleicht ist es ja genau so, wie sie sagt.«

»Wenn sie wirklich was plant«, überlegte Miley, »dann scheint ihre Mutter ihr dabei zu helfen.«

Summer!

Ich musste an die Nacht auf den Klippen denken, als Summer diese furchtbare Charlie-Gedächtnisparty gegeben hatte. Die ganze Zeit hatte sie dabei so getan, als trauere sie um ihre Tochter. Sie hatte mehrere Toasts auf sie ausgebracht und davon gefaselt, wie gut es Charlie gefallen hätte, dass David da war. Dabei hatte sie zu diesem Zeitpunkt offensichtlich bereits gewusst, dass Charlie noch lebte! *Seit ein paar Tagen,* hatte Charlie auf O'Donnells Frage geantwortet, wie lange sie schon wieder auf der Insel war.

In meinem Kopf liefen ein paar Takte von Hurts *Somebody to die for* ab.

Das war Charlies Lieblingslied, hörte ich Summer sagen und plötzlich beschlich mich eine tiefe Beklemmung, die kaum auszuhalten war. »Ich brauche dringend frische Luft!«, presste ich hervor und stand auf.

Miley zögerte. »Soll ich mitkommen?«

Ich sah sie an. »Auf jeden Fall!«, sagte ich.

Draußen auf dem Flur prallte ich beinahe gegen Grace, die dabei war, die Lilien vor Amandas Zimmer auszutauschen. Die neuen, die sie in die Vase stellte, hatten einen leichten

Apricot-Ton und sahen sehr hübsch aus. Ich glaubte, ihren Duft riechen zu können.

Ich nickte Grace zu und wollte schon an ihr vorbeigehen, als mir auffiel, wie blass sie wirkte. Ihre dunklen Augen waren weit aufgerissen und sie hielt die Blumen in den Händen, als hätte sie sie völlig vergessen.

»Grace?«, erkundigte ich mich. »Alles in Ordnung?«

Ihre Lippen bewegten sich, und obwohl sie genau in meine Richtung sah, schien sie mich überhaupt nicht wahrzunehmen.

»Ich verstehe«, hauchte sie. Ich war mir relativ sicher, dass sie nicht mit mir sprach.

Sondern mit Madeleine.

Unwillkürlich drehte ich mich um, weil ich fürchtete, ihr Geist würde hinter mir stehen. Aber selbstverständlich war da niemand. Abgesehen von Miley natürlich, deren Blicke verwundert zwischen mir und Grace hin- und herwanderten.

Grace senkte den Kopf. Ihre Haare, die wie immer zu Zöpfen geflochten waren, rutschten nach vorn und mit einer unbewussten Bewegung des Kopfes schleuderte sie sie wieder nach hinten. Dann klärte sich ihr Blick. Ihr wurde bewusst, dass sie nicht allein war.

»Miss Wagner. Wie lange stehen Sie da schon?«

Ich fröstelte. »Lange genug«, sagte ich.

Da seufzte sie. »Madeleine hat mich gewarnt«, berichtete sie mit tonloser Stimme. »Es wird ein Unglück geschehen, Miss Wagner. Jemand, den Sie sehr lieben, ist in großer Gefahr.«

In meinem Magen bildete sich ein fester Knoten und ich konnte nicht genau ausmachen, ob er von Angst verursacht wurde oder von Ärger. »Ach?«, schnappte ich. »Aber Miss Ichspuke-hier-rum-Bower hat natürlich nicht gesagt, um was für ein Unglück es sich dabei handelt, nicht wahr?«

Grace schüttelte den Kopf. »Alles, was ich weiß, Miss Wagner, ist, dass es jemanden treffen wird, den Sie lieben.«

Miley lachte verächtlich. Ich versuchte, mir ihren Hohn zu eigen zu machen, aber es gelang mir nicht besonders gut. Zu vieles war passiert, als dass ich Grace' Warnungen einfach so abtun konnte.

»Was frage ich eigentlich?«, brummte ich und ließ sie mit ihren Lilien stehen.

»Ich tu jetzt einfach mal so, als wäre das eben nicht passiert«, sagte Miley auf dem Weg nach unten. Sie wirkte verblüfft, aber nicht verängstigt. Ich wünschte mir, ich könnte ähnlich empfinden, doch leider war das nicht der Fall. Grace' Worte hatten mich beunruhigt. Schließlich hatte sie mit ihren Warnungen bislang stets recht behalten.

Unten in der Halle trafen wir auf Kimmi und Carlos, die sich noch immer darüber unterhielten, dass Charlie wieder da war. Kimmi versuchte, Miley in ein Gespräch zu verwickeln, während Carlos mich fast ebenso besorgt musterte, wie David es eben getan hatte.

Ich ließ ihn links liegen und ging hinaus auf den Parkplatz. Eine Weile lang stand ich einfach nur da, starrte in Richtung Westen, wo der Himmel noch immer von Wolken mit schwefelgelben Rändern bedeckt war. Das Gewitter schien abgedreht und sich ausgetobt zu haben. Noch immer regnete es nicht. Der Kies lag trocken und staubig vor meinen Füßen in der Auffahrt von *Sorrow*. Durch ein paar Lücken in den Wolken warf die Nachmittagssonne schräge Strahlen hindurch, die aussahen wie Speere.

»Scheint, als wär's das schon gewesen.« Miley hatte sich von Kimmi losgeeist und war neben mich getreten. Der leicht skeptische Blick, den sie in den Himmel warf, zeigte mir, dass sie von dem Gewitter sprach. »Willst du wirklich einen Spaziergang machen?«

Ich nickte entschlossen. Das Bedürfnis nach frischer Luft und vor allem nach Bewegung war jetzt fast übermächtig.

Miley seufzte. »Also dann. Aber wir gehen nicht hoch zu den Klippen!«

Ich schaute sie so vorwurfsvoll an, als hielte ich es für eine Beleidigung, dass sie das überhaupt ansprach.

Sie rümpfte die Nase. »Ich mein ja nur!«

Wir überquerten den Parkplatz und schlugen den Pfad ein, der runter zum Strand führte. Wir gingen langsam und redeten nicht viel dabei. Ich hatte das Gefühl, als müsse ich mir bei jedem Schritt neu überlegen, wie man sich aufrecht hielt. Die Luft roch würzig und irgendwie scharf. Wie vorhin auf dem Rückweg nach *Sorrow* glaubte ich, die elektrische Spannung in der Luft als feines Kribbeln auf meinen Armen zu spüren. Als der Pfad sich hinab zum Strand senkte, merkte ich, dass der Wind ziemlich aufgefrischt hatte. Die Blitze zuckten jetzt wieder in schnellerer Reihenfolge nieder. Das Gewitter hatte kehrtgemacht. Es kam erneut auf die Insel zu.

Und gleich darauf öffnete der Himmel seine Schleusen.

»Na toll!«, grummelte Miley.

Übergangslos war es, als stünden wir unter einer voll aufgedrehten Dusche. Ich war innerhalb von Sekunden bis auf die Haut durchnässt. Das Regenwasser brannte an meiner Schläfe, dort, wo die Haut über der Beule abgeschürft war. Aber das war nicht das Schlimmste. Viel schlimmer war, dass das Gewitter innerhalb von einer Minute fast bei uns angekommen war. Die Luft knisterte vor Spannung. Ich glaubte, kleine Elmsfeuer an den Spitzen von Mileys Haaren entlangtanzen zu sehen. Blitz folgte auf Blitz und die Donnerschläge waren nicht mehr voneinander zu unterscheiden. Wir waren wie in einen Vorhang aus ohrenbetäubend lautem Grollen eingehüllt.

Miley sah mich mit einer Mischung aus Resignation und Ärger an, dann machten wir wortlos kehrt und rannten zurück in Richtung *Sorrow*.

»Juli!« In einer kurzen Pause, in der Blitz und Donner Atem schöpften, war David plötzlich bei uns. »Gott sei Dank!« Er war uns gefolgt und stand jetzt schwer atmend vor mir. »Zum Haus ist es zu weit.« Er packte meine Hand und sah sich zu Miley um. »Los, runter zum Bootshaus!«

Er zog mich mit sich, während um uns herum das Getöse wieder einsetzte. Ein Blitz schlug nur wenige Dutzend Meter von uns entfernt in den Strand ein.

»Hilfe!«, quietschte Miley.

Mir standen alle Haare zu Berge. So schnell ich konnte, stolperte ich hinter David her.

Er zerrte mich auf den Bootssteg hinaus, hin zu dem kleinen Bootshaus. Mir schossen zwei Gedanken fast gleichzeitig durch den Kopf: *Wir sind schon mal bei einem Regenguss hier gewesen.* Und: *Ob uns die kleine Hütte wirklich Schutz bieten kann?* Sie war nur aus einfachen Brettern gezimmert und das Unwetter tobte inzwischen mit aller Gewalt.

David öffnete die Tür des Schuppens und erst, als wir alle drei im Trockenen waren, wurde mir bewusst, dass er dafür das Schloss diesmal nicht hatte auftreten müssen. Offenbar war der Schuppen nicht mehr verschlossen gewesen, seit Carlos mich hier herausgeholt hatte.

In der Mitte des kleinen Raumes drehte David sich zu mir um. »Scheiße, Juli!«, rutschte es ihm heraus. Miley schien er für den Augenblick völlig vergessen zu haben. Regenwasser lief ihm aus den Haaren, rann ihm über Stirn und Wangen. Ein einzelner Tropfen hing an seiner Nasenspitze.

Ich streckte die Hand danach aus und wischte ihn weg.

»Glaubst du, dass wir hier sicher sind?«, fragte ich, und wie um meine Sorge zu unterstreichen, fuhr draußen ein Blitz nieder. Mit einem fiesen Geräusch schlug er in die aufgewühlte Oberfläche des Ozeans ein.

David nickte. »Ja. Keine Sorge. Das Bootshaus hat einen Blitzableiter.« Er holte tief Luft. Dann ächzte er und erinnerte sich wieder an Miley. »Scheiße, ihr beiden«, wiederholte er. »Was habt ihr euch dabei gedacht? Mitten in ein Gewitter zu rennen ...«

»Wahrscheinlich nicht viel mehr als du«, murmelte ich, bevor Miley den Mund aufmachen konnte.

David schnaubte. Dann wischte er sich eine nasse Haarsträhne aus den Augen. »Lizz hat mir gesagt, dass ihr spazieren seid. Ich habe mir Sorgen um dich gemacht!«

Wie berechtigt das war, zeigte mir ein Blitz, der in diesem Augenblick direkt über unseren Köpfen ins Dach des Bootshauses einschlug. Es gab ein ohrenbetäubend lautes Krachen. Dann ein Zischen, das klang wie von etwas Lebendigem. *Etwas sehr großem Lebendigen.*

Ich zuckte so heftig zusammen, dass David schlagartig seinen Ärger vergaß und mich in seine Arme zog. »Alles gut! Hier drinnen kann dir nichts passieren.«

Es fühlte sich wunderbar an, dass er da war. Er war hinter mir her mitten in ein Gewitter gelaufen. Hinter mir! Obwohl Charlie wieder da war.

Ich legte die Stirn gegen seine Brust. »Du bist nass«, beschwerte ich mich.

Er lachte. »Gott, Juli«, sagte er.

Da es so aussah, als müssten wir länger bleiben, bis das Gewitter vorbei war, machte David uns ein Lager aus Decken und wir setzten uns mit dem Rücken gegen eine der Wände gelehnt auf die Erde. Eine Weile lang lauschten wir dem Unwetter und ich rang um die passenden Worte. Was sagt man, wenn man keine Ahnung hat, wie man mit der Gesamtsituation umgehen soll?

Man hält einfach die Klappe.

»Wie fühlst du dich?«, fragte Miley irgendwann.

David atmete durch. »Wegen Charlie?« Miley nickte und er lauschte lange in sich hinein. »Ich bin nicht sicher. Wütend natürlich. Erleichtert. Aber auch irgendwie ...« Er zuckte die Achseln. »... beunruhigt.«

Ich setzte mich etwas bequemer hin. David hatte sich umgezogen, als er auf sein Zimmer gegangen war. Das T-Shirt, das er trug und das ebenso nass war wie meines, war weiß. Ich konnte sein Tattoo durch den Stoff hindurchschimmern sehen. Ich versuchte, nicht zu offensichtlich darauf zu starren. Fast bedauerte ich es jetzt, dass Miley bei uns war. Die Vorstellung, allein mit David bei Gewitter in diesem Bootshaus zu sein, hatte etwas prickelnd Verbotenes an sich.

Miley warf mir einen missmutigen Blick zu. Ahnte sie, was ich dachte? Vermutlich, denn das tat sie oft. Ich unterdrückte das Bedürfnis, ihr die Zunge rauszustrecken.

Sie grinste anzüglich. »Warum beunruhigt?«, wandte sie sich wieder an David.

»Du hast sie vorhin erlebt! Sie hat etwas Manisches an sich. Jetzt noch viel mehr als früher.«

»Du lässt dich aber nicht wieder von ihr manipulieren!«, stieß sie hervor.

David verneinte rasch. »Natürlich nicht.« Sein Hinterkopf berührte die Schuppenwand.

»Also, mein Vorschlag wäre: Du schnappst dir Juli und ihr beide fahrt morgen mit mir zurück nach Boston!«

David schluckte.

Oh, oh.

Ich rückte ein Stück von ihm ab, um ihn besser ansehen zu können. »David?«, fragte ich, weil er nicht sofort antwortete.

Sein Blick richtete sich auf die gegenüberliegende Bootshauswand. Ich hätte meinen rechten Arm dafür gegeben, zu erfahren, was er dachte.

»Ich weiß, das hörst du nicht gern«, wandte er sich dann an mich. »Aber ich muss noch ein paar Tage hierbleiben. Es gibt da etwas, das ich klären muss.«

Und das wäre?

Die Frage blieb mir im Hals stecken. Hilfe suchend schaute ich Miley an, aber sie schien auch nicht zu wissen, was sie von Davids Worten halten sollte. Sie wirkte verständnislos und auch ein bisschen ärgerlich. »Und dieses Etwas hat nicht zufällig was mit einer gewissen Miss Sandhurst zu tun, oder?«, brummelte sie.

David schloss für eine Sekunde die Augen. »Nein«, sagte er dann schlicht.

Ich wollte ihm glauben, aber ich wusste nicht, ob ich es konnte. Ich hätte verstanden, wenn er das Bedürfnis gehabt hätte, Charlie zur Rede zu stellen. Und ich glaube, irgendwie hätte ich es sogar verstanden, wenn er in diesem Moment nicht bei mir gewesen, sondern ihr hinterhergefahren wäre. Um sie zu packen und zu schütteln für ihr Verhalten. Die Tatsache, dass er hier bei mir war, machte mir die Kehle unerträglich eng vor Erleichterung – und vor allem vor Zuneigung zu ihm.

Er öffnete die Augen wieder und sah mich an. »Du hast Angst vor ihr«, sagte er mir auf den Kopf zu.

Ich verneinte, aber ich war nicht ehrlich. »Als du sie vorhin zum Haus getragen hast, hat sie mich ganz sonderbar angelächelt. So, als sei sie sich ganz sicher, dass sie dich zurückbekommen wird.«

David ächzte leise. »Ich habe damals mit ihr Schluss gemacht und daran hat sich nichts geändert. Im Gegenteil. Sie hat mich monatelang in dem Glauben gelassen, sie sei tot. Du weißt, dass ich ihretwegen beinahe selbst von den Klippen gesprungen wäre.« Er hielt inne, als müsse er gegen etwas ankämpfen, das ihm die Brust eng machte. »Dass Charlie wieder da ist, Juli ... Es ändert nichts zwischen uns beiden! Rein gar nichts, hörst du? Sollte sie tatsächlich denken, dass sie mich zurückhaben kann, werde ich ihr unmissverständlich klarmachen, dass es aus ist.« Er musterte mich, weil ich nicht reagierte. »Hast du mich verstanden, Juli?«, hakte er nach.

Und da nickte ich.

Einer seiner Sätze aber hallte in mir nach und ich konnte nichts dagegen tun.

Du weißt, dass ich ihretwegen beinahe selbst von den Klippen gesprungen wäre.

Die Zeit, bis das Gewitter endgültig vorbeigezogen war, verbrachten David, Miley und ich mit belanglosen Gesprächen, die verbergen sollten, dass die unbeantworteten Fragen sich in unseren Köpfen zu etwas verknoteten, das sich wie Schmerz anfühlte.

Und dann, plötzlich, griff eine wilde, urtümliche Panik nach mir. Mein Herzschlag beschleunigte sich schlagartig. Ich rang nach Luft.

David rückte von mir ab. »Juli?« Als ich nicht antwortete, griff er nach meinem Kinn. »Du bist auf einmal ganz blass geworden.«

Ich schaute an ihm vorbei, auf eine ungefähr fingerbreite Lücke in den Holzplanken der Schuppenwand. Täuschte ich mich oder war draußen auf dem Bootssteg eine geisterhafte Gestalt vorbeigehuscht? *Eine Gestalt in einem roten Kleid ...*

»Nichts«, krächzte ich. »Es ist nichts.« Und weil ich den Zweifel in seinen und auch in Mileys Augen sah, lächelte ich.

»Master David?« Die Stimme, die aus einiger Entfernung kam und von den Windböen in kleine Fetzen zerhackt wurde, rettete mich vor einer Antwort. »Miss Juli? Sind Sie hier irgendwo?«

David vergaß meinen kleinen Anfall. »Klingt nach Theo«, murmelte er und stand auf. »Wir sind hier! Im Bootshaus.«

Schwere Schritte näherten sich über den hölzernen Steg, im nächsten Moment wurde die Tür aufgerissen. »Gott sei Dank! Es geht Ihnen gut!« Theo sah ziemlich erleichtert aus. Seine Haare und Klamotten waren nass, das Wasser lief ihm über das Gesicht und in den Kragen. Aber er lächelte.

»Natürlich geht es uns gut«, sagte David und reichte mir die Hand. »Ich habe die jungen Damen nur vor dem Gewitter in Sicherheit gebracht.«

Ich ließ mich von ihm auf die Füße ziehen.

Weit draußen auf dem Atlantik krachte ein letzter lauter Donnerschlag.

5

Nachdem wir zurück im Herrenhaus waren, teilte Grace David mit, dass Sheriff O'Donnell angerufen hatte. »Er hat gesagt, dass er verstehen könne, wenn Sie Miss Sandhurst und ihre Mutter zur Rede stellen wollen«, sagte sie. »Er bittet Sie aber, es einstweilen nicht zu tun, da er sich selbst um sie kümmern wird. Und er ersucht Sie dringend«, sie verzog das Gesicht, als sie O'Donnells Worte wörtlich wiedergab, *»die Füße still zu halten.«*

David holte tief Luft. »Danke, Grace«, sagte er. Das Regenwasser rann an seinem Körper herab und bildete eine große Lache zu seinen Füßen. Er starrte sekundenlang darauf. Dann meinte er: »Ich glaube, wir brauchen jetzt alle drei ohnehin erst einmal eine heiße Dusche.«

Weil Miley und ich das für eine gute Idee hielten, verschwand Miley in ihrem Zimmer im Gästehaus und ich ging in den Raum neben dem Lilienzimmer, den ich noch immer bewohnte. Ich duschte lange und ausgiebig und versank dabei in ziemlich düsteren Gedanken, die sich um Charlie und Summer drehten, vor allem aber um das, was eben im Bootshaus passiert war. Woher war die Panikattacke gekommen, die ich gehabt hatte? Und hatte ich wirklich eine Gestalt in einem roten Kleid gesehen? Ich dachte daran, wie mich jemand neulich in dem Bootshaus eingesperrt hatte. An diesem Tag hatte die Gestalt nicht so geisterhaft gewirkt wie heute, sondern im

Gegenteil ziemlich real. Ich war mir inzwischen relativ sicher, dass es sich bei ihr nur um Charlie gehandelt haben konnte, die zu diesem Zeitpunkt ja schon wieder auf der Insel gewesen war. Aber das eben?

Obwohl ich unter dem heißen Wasserstrahl stand, fröstelte ich.

Ich legte beide Hände flach gegen die Fliesen und schloss die Augen, doch damit erreichte ich nur, dass auf der Innenseite meiner Lider ein Bild aufflackerte.

David am Fuß der Klippen. Sein zerschmetterter Körper, der von den Wellen sanft gewiegt wurde. Blut, das aus einem kreisrunden Loch in seiner Brust quoll und auf seinem weißen Shirt erblühte wie eine rote Blume …

Ich riss die Augen wieder auf. Seine Worte hallten in mir wider.

Du weißt, dass ich ihretwegen beinahe selbst von den Klippen gesprungen wäre.

Das Gefühl, das ich vorhin in Jasons Arbeitszimmer kurz gehabt hatte, das Gefühl, dass jetzt alles gut werden würde, war plötzlich fort. Stattdessen empfand ich ein dumpfes Unbehagen, einem Gruseln nicht unähnlich. Es fühlte sich an, als stünde Madeleine Bowers Geist hinter mir und streichele mir ganz sanft, aber mit eiskalten Fingern rechts und links von der Wirbelsäule über den Rücken.

Ich musste mich zusammenreißen!

Mit einer entschlossenen Handbewegung drehte ich den Wasserhahn ab und zerrte das Handtuch von der Kante der Duschabtrennung. Dann rubbelte ich mir ziemlich unsanft die Haare trocken. Vielleicht würde ich ja zusammen mit ein paar Strähnen auch die bekloppten Gedanken und Ängste aus meinem Schädel los.

Ich zog mich fertig an, kämmte mich und versuchte dann, meinen Vater zu erreichen, der noch immer irgendwo zwischen L. A. und Boston gestrandet war. Er war an der Westküste gewesen, um sich mit seinem Literaturagenten und einem Filmproduzenten zu treffen, und auf dem Rückweg hatte ihn ein landesweiter Fluglotsenstreik erwischt. Seitdem kämpfte er darum, irgendwie nach Hause zu kommen, und seine Versuche ähnelten inzwischen fast den Irrfahrten des Odysseus. Ich hatte keine Ahnung, wo er sich gerade befand, und mein Bedürfnis, ihm von dem Geschehen hier auf Martha's Vineyard zu erzählen, war ziemlich groß.

Ich ließ es lange klingeln, aber Dad ging nicht ran. Vielleicht saß er endlich in irgendeinem Flugzeug, dachte ich und beschloss, es später noch einmal zu versuchen.

Mit noch feuchten Haaren trat ich auf den Flur hinaus. Walt stand in der Tür des Lilienzimmers und redete mit Jason.

»... bin ich ziemlich sicher, dass sie ihr in Graceland Medikamente gegen ihre Störung gegeben haben«, sagte er gerade, dann bemerkte er mich. »Ich bin allerdings nicht sicher, ob sie sie auch nimmt. In meinen Augen verhält sie sich so, als habe sie die Medikamente eigenmächtig abgesetzt.«

Ich begriff, dass er von Charlie sprach.

»Können Sie ihr helfen?«, hörte ich Jason fragen. Sehen konnte ich ihn nicht, weil die Tür im Weg war.

Walt warf mir einen Blick zu, der irgendwie verzweifelt aussah. »Man müsste sie gründlich therapieren, denke ich. Ich vermute, das Beste würde es sein, sie wieder in diese Klinik zu bringen.« Er stieß die Tür so weit auf, dass ich Jason nun sehen konnte.

Er saß auf dem Sofa, das in der Mitte des Raumes stand und mit einem weißen Laken bedeckt war.

»Juli«, sagte er. »Hast du einen Moment Zeit? Ich würde gern mit dir sprechen.«

Das kam etwas unerwartet. Erstaunt sah ich Walt an, aber er schien nicht zu wissen, worum es ging. Er kehrte in einer ahnungslosen Geste die Handflächen nach oben. Etwas lag in seinem Blick, eine Art stille Faszination, und ich fragte mich, ob er in uns allen hier einfach nur spannende Studienobjekte sah. Immerhin hatte er in Boston genug mit seinen anderen Patienten zu tun. Trotzdem war er noch immer hier.

Ich dachte daran, wie Jason auf das Bild geschossen hatte. Der Gedanke, allein mit ihm zu sein, war mir unheimlich und Walt schien mir das anzumerken. »Soll ich dableiben?«, fragte er.

Jason jedoch schüttelte den Kopf. »Ich wäre Ihnen sehr verbunden, wenn Juli und ich unter vier Augen reden könnten.«

Walt zögerte, aber dann nickte er. »Theo hat alle Waffen im Haus weggeschlossen, Juli. Ich bleibe in der Nähe, wenn du willst.«

Ich schluckte. »Okay.«

Als Walt die Treppe hinunterging, hoffte ich, dass er in Hörweite bleiben würde. Mit Gewalt hinderte ich meinen Kopf daran, mir irgendwelche Horrorbilder auszumalen. Mit einem ziemlich mulmigen Gefühl betrat ich das Lilienzimmer.

Jason saß so, dass er Charlies zerstörtes Bild anschauen konnte, aber offenbar hatte er das nicht getan, sondern er hatte gelesen. Auf seinem Schoß lag ein dicker, in blaues Leinen gebundener Band mit goldenen Buchstaben auf dem Rücken. Ich erkannte ihn sofort.

Es war das Buch mit den herausgeschnittenen Seiten.

Ich zwang mich zu einem Lächeln und trat näher an das Sofa heran. »Wie geht es dir?«, fragte ich.

Er sah noch immer grau aus, wirkte jedoch nicht mehr ganz so fertig wie noch vorhin. Ich vermied es, Charlies Bild allzu genau anzuschauen. Sie sah darauf definitiv kaputter aus als Jason.

»Ich bin okay. Dr. Grant hat ein EKG angeordnet, aber das ist nicht nötig. Es geht mir gut.« Er rückte ein paar Millimeter zur Seite, um mir zu bedeuten, dass ich mich zu ihm gesellen sollte.

»Und worüber willst du mit mir sprechen?«, fragte ich und setzte mich. Er schien nicht so recht zu wissen, wie er beginnen sollte. Stattdessen schürzte er die Lippen, und als er sie anschließend zwischen die Zähne sog, beschloss ich, den Anfang zu machen. »Vielleicht sollte ich mich bei dir entschuldigen.«

Er schaute fragend.

»Wegen heute Morgen. Was ich auf den Klippen gesagt habe.«

Er schien erleichtert, dass ich es angesprochen hatte, ließ mich aber trotzdem zappeln.

»Dass du Charlie erschossen hast«, schob ich hinterher.

Da lehnte er sich zurück. Das Buch lag zwischen uns und seine Hand ruhte auf seinem Einband. »Nun«, meinte er. »Da ja eindeutig erwiesen ist, dass ich es nicht getan habe, denke ich, wir sollten das Thema vergessen.« Sein Blick wanderte von meinem Gesicht zu dem Buch und von dort aus zu dem Bild über dem Kamin. Die von seinen Kugeln zerfetzte Leinwand sah gruselig aus. Genauso gruselig wie die seit fünfzehn Jahren mit weißen Tüchern verdeckten Möbel in diesem Raum. Und wie die Lilien vor der Tür.

»Bist du froh, dass sie noch lebt?« Ich musste mich zwingen, das zu fragen.

»Natürlich!«

Ich dachte daran, wie er sie bei seinem Abgang vorhin als Hexe bezeichnet hatte. Mit ihrem monatelangen Verschwinden hatte sie ihn verletzt, genauso tief, wie sie David verletzt hatte. »Was glaubst du, warum hat sie euch das angetan?«

Jason grub die Fingernägel in seine Daumenballen. »Uns glauben zu lassen, dass sie tot ist?« Er räusperte sich. »Du hast es doch gehört. Sie ist krank im Kopf.« Er spuckte den letzten Satz förmlich aus und ich wurde daran erinnert, was er über psychische Krankheiten dachte. Er hatte David gegenüber mehr als einmal durchblicken lassen, dass er Depressionen und Ähnliches für weibisch hielt. Auf seinem Gesicht erschien ein wehmütiger Ausdruck. »Früher, da war sie anders. Sie hatte schon immer etwas Flirrendes. Etwas, das einen in ihren Bann zog und gegen das sich niemand wehren konnte. Aber so, wie sie sich jetzt benimmt ...« Er zog die Schultern bis zu den Ohren hoch. »Walt sagt, dass sie in der Klinik vermutlich einen schweren depressiven Schub auskuriert hat und dass man ihr Medikamente gegeben hat.«

»Er glaubt, dass sie sie nicht nimmt. Ich habe es gehört, ja.« Es wäre eine gute Erklärung für Charlies Verhalten, dachte ich und automatisch wanderten meine Gedanken wieder zu Summer. Der hätte auch jemand dringend mal ein paar der richtigen Pillen geben sollen.

»Manchmal denke ich, dass sie vielleicht auch unter Madeleines Fluch leidet«, murmelte Jason. Er sprach immer noch von Charlie.

Meine Panikattacke im Bootshaus kam mir in den Sinn. »Glaubst du an diesen Fluch?«, krächzte ich.

Er schaute mich an, dann starrte er in Charlies zerschossenes Gesicht.

Ich wartete gespannt, was er antworten würde.

»Früher oder später«, murmelte er, »glaubt vermutlich jeder, der hier lebt, daran.«

Wie wahr!

Ich überlegte, was ich darauf erwidern sollte, aber mir fiel nichts ein, also schwieg ich.

Und er ebenso.

Die Stille im Zimmer wurde schwer und drückend, und als ich sie nicht mehr aushielt, fragte ich: »Du hast sie geliebt, oder? Charlie, meine ich.«

Er verzog schmerzlich das Gesicht. »Ich bin nicht stolz drauf, glaub mir!«

Ich wartete und da lachte er. Es klang kalt und zornig. »Ein Mann, der sich von der jungen Verlobten seines eigenen Sohnes verführen lässt? Würdest du den anders bezeichnen als ein gottverdammtes Arschloch?« Seine Finger spielten mit dem Einband des Buches, klappten ihn auf und wieder zu, auf und wieder zu. Ich hatte den Eindruck, dass wir das Thema, über das er eigentlich mit mir sprechen wollte, noch nicht einmal gestreift hatten.

»Wusstest du, dass jemand hier Seiten rausgeschnitten hat?«, fragte er schließlich.

Ich nickte. Jede einzelne Seite, auf der eine gewisse Mary Willows erwähnt wurde, war fein säuberlich aus dem Buch entfernt worden. Ich dachte daran, dass ebendiese Mary Willows erschossen worden war. Von einem Mann aus der Familie Bell.

Erschossen.

Früher oder später glaubt jeder, der hier lebt, an den Fluch.

Ohne dass ich etwas dagegen tun konnte, huschte mein Blick zu Charlies Bild. Theo hatte alle Waffen im Haus weggeschlossen, sagte ich mir.

»Weißt du, wer es gewesen ist?«, fragte ich.

Jason antwortete mir nicht, sondern holte tief und seufzend Luft. »Irgendwie beneide ich David«, flüsterte er.

Irritiert sah ich ihn an. »Warum das?«

Er wiegte den Kopf. »Er hat dich.« Sein Blick hing an Charlies Bild über dem Kamin, doch es wirkte, als nähme er es überhaupt nicht wahr. Ich hatte eine Ahnung, was er stattdessen dort sah: das Gemälde, das zuvor dort gehangen hatte – das von seiner Frau, die vor mehr als fünfzehn Jahren gestorben war. Plötzlich glaubte ich, den Schmerz zu spüren, den Amandas Tod Jason verursachte. Ganz tief hinten in seinem Blick konnte ich plötzlich sehen, was ihn wirklich quälte.

»Du vermisst Amanda nach all den Jahren immer noch, oder?«, sagte ich leise.

Er schluckte so schwer, dass er mir keine Antwort zu geben brauchte. Aus diesem Grund beneidete er David. Weil ich am Leben war und Amanda tot. Darum hatte er sich auch mit Charlie eingelassen. Um das Loch zu stopfen, das Amanda in seinem Herzen hinterlassen hatte. Charlie musste es gefallen haben, dass Jason sich für sie interessierte – Jason Bell, der hoch angesehene, gut betuchte Verleger mit der schillernden Familiengeschichte. Wie eine Katze mit der Maus hatte sie mit ihm gespielt.

Um mich von Charlie abzulenken, dachte ich daran, wie Amanda gestorben war. Sie hatte sich in einem schweren Anfall von lang anhaltender Wochenbettdepression nach Davids Geburt von den Klippen gestürzt. Jason gab David die Schuld daran. Wäre sein Sohn nie geboren worden, so dachte er wohl, hätte Amanda keine Depressionen bekommen und würde dementsprechend heute noch leben.

»David kann nichts dafür, dass Amanda tot ist«, murmelte ich. »Er war vier, als sie starb.«

In Jasons Gesicht zuckte ein Muskel.

»Du quälst ihn damit, dass du so fies zu ihm bist«, setzte ich hinzu.

Da endlich riss Jason sich von Charlies Bild los. Er wandte den Kopf in meine Richtung und es sah aus, als würden nicht Muskeln, sondern alte, verrostete Zahnräder seinen Nacken bewegen. »Er quält sich selbst viel mehr, als ich es jemals könnte«, murmelte er. »Du weißt das. Und *du* fragst *mich,* ob ich an den Fluch glaube?«

Für ein paar Sekunden war ich nicht in der Lage, mich zu bewegen. Auch meine Gedanken waren schlagartig zum Stillstand gekommen.

Jason schwieg.

Es kostete mich meine ganze Kraft, aufzustehen und ihn schließlich mit Charlies zerstörtem Bild allein zu lassen.

Der Himmel hatte aufgeklart, nachdem das Gewitter abgezogen war. Ich hatte nach dem sonderbaren Gespräch mit Jason das Bedürfnis nach etwas, das sich echt anfühlte, darum trat ich auf den Parkplatz vor dem Haus hinaus.

Und erstarrte.

Charlie war da. Sie schien mit einem kleinen pinkfarbenen Sportflitzer gekommen zu sein, jedenfalls stand sie neben dessen offener Fahrertür und unterhielt sich mit David.

Wobei *unterhalten* das falsche Wort war. Die beiden schienen sich ziemlich in der Wolle zu haben. David wirkte noch genauso angespannt und zornig wie vorhin, aber jetzt machte auch Charlie diesen Eindruck.

Offenbar hatte sie gerade etwas zu hören bekommen, das ihr ganz und gar nicht gefiel.

Gut so!

Ich wich in den Schatten unter dem Eingangsportal zurück in der Hoffnung, ein wenig von dem Gespräch mitzubekommen. Die Abendsonne tauchte die regennasse Landschaft in ein warmes goldenes Licht, das Reflexe auf Charlies schwarzes Haar zauberte. Sie trug noch immer ihre Jeans, hatte aber das T-Shirt gegen eine schlichte weiße Bluse ausgetauscht, die sie vor dem Bauch verknotet hatte. Statt High Heels trug sie jetzt Sneaker, die einen ähnlichen Farbton hatten wie ihr Wagen. Rosa.

»Aber ...«, setzte sie an, doch David unterbrach sie.

»Kein Aber, Charlie. Ich meine das sehr ernst, das kannst du mir glauben.«

Sie wich hinter ihre Autotür zurück wie hinter einen Schutzschild und umklammerte die obere Kante mit beiden Händen.

David biss sich auf die Lippe. »Sobald ich kann, werde ich mit Juli nach Boston zurückkehren. Mit dir und mir ist es aus, und das ...« Er hielt inne, weil er mich bemerkt hatte. Als wolle er mich auffordern, näher zu kommen, stellte er sich ein wenig anders hin. »... das war es schon letzten November.«

Charlie schoss einen giftigen Blick auf mich ab, der mich an die Mauer des Herrenhauses spießen sollte.

Ich verspürte Widerwillen, meinen sicheren Platz zu verlassen und mich in die Reichweite von Charlies radioaktiver Ausstrahlung zu begeben, aber ich überwand ihn und ging die paar Stufen nach unten. In Gedanken war ich bei dem, was Walt eben zu Jason gesagt hatte.

Sie benimmt sich so, als habe sie die Medikamente abgesetzt.

Tatsächlich flackerten ihre Augen. Sie wirkte getrieben, von inneren Dämonen gehetzt, denen sie nicht das Geringste entgegenzusetzen hatte. Ich stellte mich so dicht wie möglich neben David. Er warf mir einen kurzen, warmen Blick zu, und wie um Charlie zu demonstrieren, dass er wirklich mit ihr Schluss gemacht hatte, legte er mir den Arm um die Schulter. Sein Daumen streifte mich dabei am Hals.

»Aber du bist noch hier«, sagte Charlie. Ihre Stimme klang verzweifelt, verletzt und kämpferisch zugleich. »Du hättest schon vorhin nach Boston aufbrechen können, als du so wütend auf mich warst. Aber du bist noch hier. Du kannst mich nicht einfach allein lassen! Das willst du nicht!«

Mit der freien Hand rieb David sich seufzend Stirn und Augenbrauen. »Ich bin nur noch hier, weil ich etwas zu erledigen habe.« Er schoss einen warnenden Blick auf sie ab, als sie einhaken wollte. »Und das hat *nichts* mit dir zu tun.« Dann fuhr er mit etwas sanfterer Stimme fort. »Ich weiß, dass es dir damit nicht gut geht, Charlie, und das tut mir leid. Wirklich. Vielleicht solltest du …«

»Vielleicht sollte ich zu den Klippen hochgehen und diesmal freiwillig springen!«, zischte sie ihn an. Ihre Worte hätten eigentlich mitleiderregend klingen sollen, aber ihr giftiger Tonfall machte diese Wirkung zunichte. Ihr giftiger Tonfall – und die Tatsache, dass sie dabei die Wagentür packte und sie mit einer zornigen Bewegung zuknallte.

Trotzdem spürte ich, dass David sich verkrampfte, als sie vom Springen sprach.

»Vielleicht solltest du dir professionelle Hilfe holen«, wandte ich ein.

Davids Lippen waren ganz schmal.

»Klar!«, höhnte Charlie. »Weil ja die Seelenklempner in Graceland bei Samuel auch so wunderbare Arbeit geleistet haben!«

Ich hatte keine Ahnung, wer dieser Samuel war oder wovon sie überhaupt sprach, aber David wusste es offensichtlich. Er seufzte erneut. »Charlie, nach allem, was du mir erzählt hast, kann ich verstehen, dass du dir Gedanken wegen dieses Samuels machst. Aber du solltest ...«

»Nein!« Mit wildem Gesichtsausdruck ruckte sie zu ihm herum. Sie sah aus, als würde sie ihm im nächsten Moment mit ihren lackierten Fingernägeln das Gesicht zerkratzen. »Weißt du, was? Es ist ja auch egal, was er mit mir macht!« Ihre Augen begannen zu glitzern, als habe sie hinter ihnen einen unsichtbaren Hahn aufgedreht. Sie wartete und genau in der Sekunde, als sich auf jeder Seite eine Träne von ihren langen Wimpern löste, flüsterte sie: »Ich habe doch nur Angst vor ihm, David!«

Dann warf sie sich herum und eilte quer über den Parkplatz. Und natürlich rannte sie auf den Pfad zu, der zu den Klippen hochführte.

David versteinerte. »Scheiße«, murmelte er. Für einen Moment schien er unschlüssig, was er tun sollte, doch dann kam Leben in ihn. »Ich laufe ihr nach«, sagte er. »Hol du Walt!«

6

An Walts Seite hetzte ich den Pfad entlang. Meine Füße fanden den Weg hier hoch inzwischen ganz von allein. Als wir die Klippen erreichten, hatte ich in meiner Fantasie die schrecklichsten Szenarien durchgespielt: dass die beiden am Rand des Abgrunds miteinander rangelten, weil Charlie versuchte zu springen und David sie nur mit Müh und Not davon abhalten konnte. Dass Charlie gesprungen war, noch bevor David sie erreicht hatte. Dass er hinter ihr hergesprungen war ...

Womit ich allerdings überhaupt nicht gerechnet hatte, war, dass die beiden seelenruhig nebeneinander auf einem Baumstamm saßen und redeten.

Verblüfft und von der Situation auch verunsichert, blieb ich am Ende des Pfades stehen, während nur Walt sich den beiden näherte. David bemerkte ihn und sah zu ihm auf. Vor Erleichterung sackte er ein wenig in sich zusammen. »Gut, dass du da bist!«

Mir ging auf, dass er alles andere als seelenruhig war. Im Gegenteil. Er wirkte wie jemand, der in der letzten Viertelstunde um sein Leben geredet hatte. Nein. Nicht um seines. Um Charlies.

Du lieber Gott!

Walt nickte. »Ich übernehme jetzt«, sagte er. »Ihr beide solltet zurückgehen.« Sein Blick sagte alles: Er glaubte, dass unsere Anwesenheit sich störend auswirken könnte.

David sprang auf. Er war schon halb auf dem Weg zu mir, als ihm noch etwas einfiel. Er wandte sich noch einmal zu Walt um. »Sie glaubt, dass sie verfolgt wird.« Wie um zu verhindern, dass Charlie mitbekam, was er ihm sagte, neigte er sich dicht zu ihm und flüsterte ihm ein paar hastige Sätze ins Ohr.

Walt hörte genau zu. »Gut«, sagte er dann. »Ich verstehe.«

David und ich kamen nicht besonders weit. Unter einem der großen Wacholderbäume am Rand des Pfades blieb er stehen und ächzte, als sei er kurz vor einem Herzinfarkt.

»Walt hilft ihr«, murmelte ich, weil ich nicht wusste, was ich sonst sagen sollte. »Er passt auf sie auf.«

Mit beiden Händen rieb David sich die Wangen. Dann stand er einige Sekunden lang einfach nur da, die Hände über den Augen, und ich wusste nicht, was in seinem Kopf vor sich ging. Als er die Arme sinken ließ, waren seine Lider rot. Mit den Schultern lehnte er sich gegen den rauen Baumstamm und schob die Hände tief in die Taschen seiner Jeans. Plötzlich sah er abweisend aus. Nach einer gefühlten Ewigkeit, in der nur das Rauschen der Wellen zu hören war, begann er zu reden. »Ich habe mir sieben Monate lang Vorwürfe gemacht, weil ich geglaubt habe, sie sei meinetwegen in die Tiefe gesprungen. Wenn sie jetzt wirklich springen sollte ...« Ganz leise war seine Stimme und er brauchte ein paar unendliche Sekunden, bevor er zu mir aufsah und weitersprach: »Ich könnte das nicht noch mal aushalten, Juli!«

Ich schob alle Ängste und Emotionen, die ich selbst empfand, in den Hintergrund. »Sie wird nicht springen! Walt wird es verhindern. Er kümmert sich um sie. Er sorgt dafür, dass sie ihre Medikamente nimmt, und dann geht es ihr besser, glaub mir.«

David sann über meine Worte nach. Endlich nickte er. »Ja«, sagte er leise. »Ja. Hoffen wir es.« Dann stieß er sich von dem Baumstamm ab, zog eine Hand aus seiner Tasche und reichte sie mir. »Lass uns zurückgehen.«

Wir hatten *Sorrow* schon fast erreicht, als mir etwas einfiel. »Wer ist eigentlich dieser Samuel, von dem sie gesprochen hat?«, fragte ich, während mein Blick auf Miley fiel. Sie saß auf den Stufen des Herrenhauses und schien auf mich gewartet zu haben. Als sie uns entdeckte, sprang sie auf.

Wir erreichten den Parkplatz und David ließ mir den Vortritt zwischen zwei Autos hindurch. »Sie hat mir von ihm erzählt, kurz bevor du aus dem Haus gekommen bist. Sie behauptet, dass er aus der Klinik geflohen ist und sie stalkt.«

Ich warf ihm kurz einen skeptischen Blick über die Schulter zu. »Glaubst du, dass er wirklich existiert?«

David kam nicht dazu, mir zu antworten, denn nun hatte Miley uns erreicht. »Wie geht es ihr?«, erkundigte sie sich und schien ehrlich besorgt zu sein.

Gute Miles!

»Walt ist bei ihr«, sagte ich. Während wir ins Herrenhaus zurückgingen, berichtete ich ihr, was geschehen war.

Weil David gleich darauf zu seinem Vater gerufen wurde, kamen er und ich erst später am Abend dazu, unser unterbrochenes Gespräch über Samuel fortzusetzen.

David war lange bei Jason im Lilienzimmer gewesen. In der Zwischenzeit hatten Miley und ich die Zeit totgeschlagen, indem wir uns darüber ausließen, wie verrückt hier inzwischen alle zu sein schienen.

Es war schon nach dem Abendessen, das David verpasst hatte, als er an meine Zimmertür klopfte. Miley chattete in ihrem eigenen Zimmer mit »ein paar beruhigend normalen Typen in Boston«, wie sie es mir gegenüber ausgedrückt hatte. Ich selbst saß auf dem Bett und versuchte, ein bisschen zu lesen, aber natürlich vergeblich. Als David eintrat, legte ich das Buch zur Seite.

»Wie geht es dir?«, fragte ich und ließ mich in seine Arme ziehen.

Er seufzte in meine Haare. »Ganz okay, denke ich.«

Ich verspürte das Bedürfnis, die Situation durch einen Scherz aufzulockern. »Walt hätte sich wohl nicht träumen lassen, dass er hier alle Hände voll zu tun bekommt!«

David rückte ein Stück von mir ab. Stirnrunzelnd sah er mich an und ich merkte, dass der Scherz nicht besonders gut gewesen war. »Ist er wieder da?«, fragte er.

Ich schüttelte den Kopf. Walt war mit Charlie fortgefahren, nachdem er sie von den Klippen gelotst hatte. »Vielleicht bringt er sie gleich in die Klinik.«

»Ja. Das wäre wohl eine gute Idee.«

»Dieser Samuel ...«, setzte ich an.

David rutschte neben mich auf das Bett und lehnte sich an. »Vermutlich hat sie ihn einfach erfunden, um mich unter Druck zu setzen.«

Charlie ist ein sehr manipulativer Mensch, Juli, hörte ich ihn in meiner Erinnerung sagen.

Ich schauderte. Ich hatte noch nie mit jemandem von Charlies Kaliber zu tun gehabt und irgendwie überforderte mich die Situation ziemlich. Eigentlich war das ja ein Zustand, an den ich gewohnt war, oder? Aber es geht eben immer noch ein bisschen heftiger.

Ich strich über Davids Handrücken. »Du glaubst nicht, dass Samuel existiert?«

Er schüttelte den Kopf. »Nein.« Während er nachdachte, was genau er sagen sollte, nahm er meine Hand und streichelte mir an der Innenseite des Ringfingers entlang. Ein Kribbeln erfasste mich und wanderte bis hinauf in meinen Nacken. »Sie hat ihn sich ausgedacht. Ich bin mir allerdings nicht ganz sicher, ob sie das bewusst getan hat.«

Ich glaubte zu wissen, worauf er hinauswollte. »Du denkst, dass sie unter Verfolgungswahn leidet.«

Er nickte. »Du hast sie erlebt.«

Das hatte ich. Und es kam mir glaubhaft vor, dass Charlie krank genug war, um sich eine Bedrohung für ihr Leben einzubilden. Vielleicht hielt sie Samuel tatsächlich für real.

Ich schluckte, weil ich wieder an die geisterhafte Gestalt am Bootshaus denken musste.

David ließ seinen Zeigefinger in meiner Handfläche ruhen und ich schloss meine Finger darum. Plötzlich wollte ich nicht mehr über Charlie reden. Ich wollte nicht über Geister und anderen Kram nachdenken, sondern einfach nur ein ganz normaler Teenager sein, der mit seinem Freund auf dem Bett knutschte. Und zu meinem Glück schien David das ganz ähnlich zu sehen. Ich konnte seinen Atem auf meinen Lippen spüren, als er sich zu mir beugte. Er zögerte kurz. Dann küsste er mich.

Draußen war es längst dunkel, als David aufstand, ans Fenster trat und nachdenklich hinausstarrte.

Ich blieb auf dem Bett liegen. »Woran denkst du?«

Er zuckte die Achseln, aber es war nicht die schroffe, abwehrende Geste, die ich von ihm kannte, sondern einfach nur ein Zeichen, dass er es selbst nicht genau wusste. Ich konnte sein Gesicht in der Spiegelung der Scheibe sehen. Seine Augen sahen müde aus. »Ich war ziemlich geschockt, als mein Vater heute auf das Bild geschossen hat«, sagte er.

Jason.

Stimmt. Der war ja auch noch da.

Ich stand nun doch auf, ging zu David und legte ihm von hinten die Arme um den Bauch. »Er ist genauso geschockt wie du, dass sie wieder da ist.«

David stieß Luft durch die Nase und schwieg.

Ich hätte zu gern gewusst, was er bei dem Gedanken empfand, dass Charlie mit seinem eigenen Vater geschlafen hatte.

»Hast du mit ihm über Charlie geredet, vorhin?«, fragte ich, während ich meine Wange an seinen Rücken schmiegte. Er war mehr als anderthalb Stunden bei Jason im Lilienzimmer gewesen.

»Man kann mit meinem Vater nicht reden, Juli. Schon gar nicht über Frauen.« Seine Bauchdecke hob und senkte sich langsam. Ich konnte seine Muskeln durch sein T-Shirt fühlen und war mir plötzlich des Tattoos auf seinen Rippen sehr bewusst.

»Vielleicht schämt er sich einfach nur dafür, dass er mit Charlie ...« Das Bild von Jason und Charlie im Bett fühlte sich in meinem Kopf an wie etwas Krankes, Ungesundes, und das tut es auch heute noch.

»Vielleicht«, sagte David.

Ich musste an das rätselhafte Gespräch denken, das ich vorhin mit Jason geführt hatte. Dass David seiner Meinung nach ebenfalls an den Fluch glaubte, rief noch immer ein Gefühl der Beklemmung in mir hervor. Ich löste meine Wange von Davids Rücken und legte den Kopf leicht in den Nacken. »Ich war bei ihm«, sagte ich. »Er wollte mit mir sprechen.«

»Hoffentlich hat er dich anständig behandelt.«

Ich zwang mich zu einem Lächeln, auch wenn David das nicht sehen konnte. »Jedenfalls hat er mich nicht wieder dein kleines Betthäschen genannt.«

David schwieg.

Mein Blick fiel auf die zerwühlten Laken meines Bettes. »Auch wenn es ja stimmt.«

»Wohl wahr.« David drehte sich zu mir um, ohne sich dabei aus meiner Umarmung zu lösen. Ich schaute zu ihm auf in der Hoffnung, dass meine Scherze ihn wenigstens ein kleines bisschen aufgemuntert hatten. Aber natürlich hoffte ich vergebens. Zu viel war in den vergangenen Stunden passiert, als dass man es einfach mit ein paar müden Witzen wegwischen konnte.

Ich legte die Wange nun an Davids Brust und lauschte dem gleichmäßigen Schlag seines Herzens. »Wie geht es jetzt weiter?«

»Am liebsten würde ich dich schnappen und mit dir von hier weggehen. So weit wie möglich.«

Seine Worte taten mir gut, sehr viel mehr, als ich mir eingestehen mochte. Irgendwo, das merkte ich jetzt, war da tief in mir eine Angst. Die Angst, dass Charlie ihn doch noch davon überzeugen würde, zu ihr zurückzukehren, und sei es nur aus Mitleid oder Angst um ihr Leben. »Aber?«, murmelte ich.

Sein Herz schlug nun schneller.

Ich malte mir aus, wie es sein würde, mit ihm in Boston zu sein. Fort von *Sorrow,* fort von seinem Vater, der ihn gleichzeitig hasste und offenbar doch auch liebte. Fort von bescheuerten Flüchen und drohendem Wahnsinn, an die man glauben konnte oder vielleicht auch musste.

Und fort von Charlie.

Vor allem fort von Charlie.

Er seufzte. »Aber ich fürchte, es geht nicht, Juli. Jedenfalls nicht sofort.«

Ich zwang mich, nicht ebenfalls zu seufzen. »Wenn sie wirklich springen will, David, kannst du nichts dagegen tun! Egal, ob du hierbleibst oder nach Boston fährst.«

Sein Kinn berührte meinen Scheitel und warm strich sein Atem mir durch die Haare.

»Lass uns erst mit Walt darüber reden, bevor wir uns deswegen verrückt machen, okay?«, bat ich.

»Walt hat mir gesagt, dass ich für ihr Verhalten nicht die Verantwortung übernehmen darf. Dass ich nicht schuld bin, selbst wenn sie springen sollte ...« Seine Stimme verhallte. Ich wollte Walt zustimmen, wollte bekräftigen, was er gesagt hatte, aber plötzlich hatte ich einen dicken Kloß in der Kehle. Ich wusste, dass David diesen Rat nicht befolgen konnte, denn schließlich kannte ich ihn inzwischen lange und gut genug. Ihn und seinen Hang, sich an allem die Schuld zu geben.

»Lass uns mit Walt reden«, wiederholte ich.

Er schwieg. Lange.

»Vielleicht habe ich auch das Gefühl, dass ich aufpassen muss, dass mein Vater sich keine Kugel in den Schädel jagt«, sagte er irgendwann.

Meine Knie wurden ein bisschen weich. Wann war ich eigentlich aus dem Leben eines ganz normalen amerikanischen Teenagers in ein Drama um Leben und Tod geraten?

Die Antwort darauf war leicht: in dem Moment, als ich David zum ersten Mal auf den Stufen von *Sorrow* in die Augen geblickt hatte.

»Wenn du meinst«, murmelte ich, aber ich glaubte nicht daran, dass ihm das gelingen würde.

Er versuchte, mich von sich fortzuschieben, um mir ins Gesicht zu sehen, doch ich hielt ihn fest und so schlang er einfach die Arme wieder um mich. Seine Fingerspitzen berührten meinen Nacken und die feinen Härchen dort richteten sich auf. »Ich wäre froh, wenn du allein zurückfahren würdest«, sagte er. »Du fühlst dich hier nicht wohl und jetzt, wo Charlie wieder da ist, ist es dir vermutlich kaum zuzumut...«

»Spinnst du?« Nun nahm ich den Kopf doch von seiner Brust fort und sah zu ihm hoch. »Du glaubst ja wohl nicht im Ernst, dass ich dich hier allein lasse! Mit dieser schwarzen Witwe.«

Er lächelte bei der Bezeichnung, die ich Charlie verpasst hatte, und ich legte noch einen drauf: »Auf keinen Fall lasse ich dich allein in ihren Klauen.«

Auf Davids Lippen lag noch immer ein Lächeln. »Deine Metaphern verrutschen. Spinnen haben keine Klauen.«

Ich gab ihm einen kleinen Knuff. »Du weißt, was ich meine!«

»Natürlich weiß ich das.« Er legte mir eine Hand unter das Kinn. Die Gänsehaut in meinem Nacken verstärkte sich und rann von dort aus nach unten. Sein Gesicht war meinem nun ganz nah und sein Blick hielt mich gefangen. »Du musst sie nicht fürchten«, flüsterte er.

Seine Nähe machte mich schwindelig. Schwindelig – und verletzlich.

»Versprich mir eins«, flüsterte ich.

Er sah mir in die Augen. »Was, Juli?«

Ich wollte ihn darum bitten, mich niemals zu verlassen. Genau genommen wäre mir sogar ein feierlicher Schwur in diesem Moment sehr recht gewesen. Aber dann kam mir das einfach nur albern vor, also meinte ich stattdessen so leichtherzig wie möglich: »Erst Lizz. Jetzt Charlie. Werde bloß nicht arrogant bei all den schönen Mädchen, die dir hinterherlaufen.«

Er hob eine Augenbraue, dann grinste er. »Versprochen. Du

musst keines dieser schönen Mädchen fürchten, auch Charlie nicht.« Er biss ganz kurz die Zähne aufeinander. »Erst recht Charlie nicht. Ich hoffe, das weißt du.«

»Das weiß ich«, murmelte ich.

»Gut.« Davids Lippen überwanden auch noch die letzten Millimeter zu meinen. Das Kribbeln auf meinem Rückgrat verzehnfachte sich, als er mich erneut küsste. Und es vertausendfachte sich, als er seine Hand unter mein T-Shirt wandern ließ.

Wenn zwei Menschen sich sehr nahe sind, haben sie das Bedürfnis zu flüstern. Weil dann auch ihre Herzen sich nahe sind und laute Worte nicht nötig. Davids und mein Herz waren sich an diesem Abend so nah, dass wir schließlich gar nicht mehr reden mussten.

7

Es war schon nach Mitternacht. Ich lag kurz vor dem Einschlafen in Davids Arm. Mit geschlossenen Augen lauschte ich auf seinen Atem.

Ich konnte spüren, wie er mich sanft an der Schläfe berührte, dort, wo die dicke Beule sich noch immer ab und zu mit einem dumpfen Pochen bemerkbar machte. Ich schlug die Augen auf und er nahm die Hand weg. In seiner Miene konnte ich erkennen, dass er daran dachte, woher ich die Beule hatte. Auch vor meinem inneren Auge stand die Szene so plastisch, als sei sie erst vor ein paar Minuten passiert. *David, wie er voller Verzweiflung auf sein Klavier eindrischt. Ich selbst, die versucht, ihn davon abzuhalten. Der zornige Stoß, den er mir versetzt, und dann der gläserne Couchtisch, der auf mich zugerast kommt ...*

Ich nahm Davids Hand weg.

»Schlaf«, flüsterte er.

Ich hatte hier auf *Sorrow* schon sehr viele sonderbare Träume gehabt. Der, der mich in dieser Nacht heimsuchte, war allerdings der sonderbarste von allen. Eigentlich kein Wunder, wenn man bedachte, wie sehr ich an diesem Tag emotional durchgeschüttelt worden war. Erst Davids Ausraster am Morgen, der mir diese fiese Beule und eine Gehirnerschütterung beschert hatte. Dann die Szenen auf den Klippen. Der Blick in die Mündung der Pistole, wenn sie auch ungeladen gewesen war. Und schließlich Charlies wundersame Wiederauferstehung und ihre Drohung, sich erneut in die Tiefe zu stürzen.

Von allen Dingen, die geschehen waren, war es offenbar dies, was mich am meisten beschäftigte, denn ich träumte von Charlie. Und ich sollte erst viel später die Bedeutung dieses Traums begreifen.

Ich träumte, dass ich über den Pfad hoch zu den Klippen lief. Es war kalt und windig, aber trotzdem schien die Sonne vom Himmel und verlieh jedem Baum, jedem Busch und Felsen am Wegrand ein surreales Leuchten, das alles wie radioaktiv wirken ließ. Möwen kreisten am Himmel über mir und ihr Kreischen hörte sich an wie das von Dämonen, die eben erst der Hölle entstiegen waren.

Jemand war hinter mir her und mit dieser sonderbaren Klarheit, die man manchmal im Traum hat, wusste ich, dass es Charlie war.

Ich versuchte, ihr zu entkommen, aber vergeblich. Sie war schneller als ich. Schritt für Schritt holte sie auf und egal, wie sehr ich mich auch bemühte, ich kam einfach nicht richtig voran.

Dann hatte sie mich eingeholt, doch statt mir etwas anzutun, was ich die ganze Zeit befürchtet hatte, überholte sie mich einfach und lief nun vor mir.

Und in mir verwandelte sich das Entsetzen in kaum auszuhaltenden Horror. Ich wusste, dass ich Charlie aufhalten musste, wenn nicht etwas Furchtbares passieren sollte. Ich rannte also weiter, aber auch jetzt fühlte sich jeder einzelne Schritt an, als wate ich durch etwas Zähes, Flüssiges. Etwas, das mich festhalten wollte.

Ich öffnete den Mund, wollte hinter Charlie herrufen und

sie warnen, doch auch das konnte ich nicht. Alles, was ich hervorbrachte, war ein Krächzen, das die Möwen über mir mit höhnischem Kreischen beantworteten.

Charlie jedoch reagierte nicht darauf.

In ihrem roten Kleid rannte sie vor mir davon, direkt auf den Abgrund zu. Noch einmal versuchte ich, sie zu warnen, und diesmal kreischte ich selbst wie diese dämonischen Möwen. Und dann war es zu spät.

Charlie erreichte den Abgrund. Eine schreckliche, unendliche Sekunde lang hing sie in der Luft, dann fiel sie. Im Fallen drehte sie sich zu mir um und ich sah sie lächeln. Ihre langen schwarzen Haare flatterten um ihren Kopf, während sie wie in Zeitlupe in die Tiefe stürzte und meinen Blicken entzogen wurde.

Auf einmal war der Widerstand fort, gegen den ich die ganze Zeit gekämpft hatte. Ich stürzte zu der Kante und merkte erst jetzt, dass es nicht die Klippen von Gay Head waren, sondern eine niedrige Mauer aus roten Ziegelsteinen. Ich kauerte mich davor und starrte hinter Charlie her.

Sie lag nicht in der Brandung und auch nicht auf den Felsen, sondern hing wie eine große bleiche Puppe aufgespießt auf den Spitzen eines schmiedeeisernen Zaunes. Ich sah, wie ihr Bauch sich rot färbte, wie sie den Mund öffnete. Ihr Schmerzensschrei jedoch ging im Kreischen der dämonischen Möwen unter ...

Ich zuckte so heftig zusammen, dass ich davon aufwachte. Es war dunkel im Zimmer, nur ein schmaler Mond schien durch das offene Fenster und ich konnte das Donnern der Brandung hören.

»Alles okay?«, hörte ich David verschlafen ganz dicht neben mir murmeln.

Ich fuhr mir mit der Zunge über die Lippen. Mein Mund war

ganz trocken. »Ja«, behauptete ich. »Alles gut. Schlaf weiter.« Aber als ich selbst die Augen wieder schloss, tanzte das Bild aus meinem Traum über die Rückseite meiner Lider.

Charlie. Und die blutrote Zaunspitze, die aus ihrem Leib ragte.

»Also, das ist so ziemlich die bescheuertste Idee, die man nur haben kann!«

Tags drauf hatte Miley schlechte Laune. Was ich irgendwie verstehen konnte.

Wir standen vor dem Spiegel in meinem Zimmer und überlegten, was wir anziehen sollten. Am Vormittag waren Summer und Charlie plötzlich aufgetaucht und hatten Jason, David und mich zum Dinner eingeladen. Einfach nur ein kleines, privates Essen zur Feier von Charlies Rückkehr, hatte Summer gesagt. Jason hatte die Einladung so kategorisch abgelehnt, dass Charlie ganz blass geworden war und David fast nichts anderes übrig geblieben war, als zuzusagen.

Wenn das nicht der perfekte Kopfsprung mitten in die Katastrophe werden würde, dann würde ich den sprichwörtlichen Besen fressen.

»Ich weiß«, murmelte ich nun und zog ein weißes T-Shirt aus dem Schrank. Allzu viele Klamotten hatte ich nicht dabei, vor allem nichts, was man in dieser Gesellschaftsschicht als dinnertauglich bezeichnet hätte. Irgendwie war ich nicht davon ausgegangen, dass es eine Wiederauferstehung zu feiern geben würde. Man sollte eben besser auf alles vorbereitet sein.

Miley ließ sich auf mein Bett plumpsen und hopste einmal auf der Matratze auf und ab. »Warum noch mal besteht er darauf hinzugehen? Immerhin muss er schweinemäßig wütend auf Charlie sein.«

Mit *er* war David gemeint.

»Er hat ja nicht darauf bestanden«, antwortete ich.

Genau genommen hatte er sogar mir die Entscheidung überlassen und ich hatte schließlich mehr oder weniger seufzend eingewilligt, und zwar ohne so recht zu wissen, warum eigentlich. Vielleicht wollte ich einfach nur jede Gelegenheit nutzen, um Charlie zu zeigen, dass sie keinen Anspruch mehr auf David hatte.

»Warum gehen wir dann?«, wunderte sich Miley. Ich hatte David gesagt, dass ich nur mitgehen würde, wenn auch sie uns begleitete.

»Frag nicht!« Ich legte das T-Shirt zurück an seinen Platz. Plötzlich musste ich an die Poolparty in Zac Gontermans Haus denken. Damals war David noch der Meinung gewesen, sich für Charlies Tod bestrafen zu müssen. Er hatte sich absichtlich dem Zorn und der Verachtung der anderen ausgesetzt. Es war tiefe Verzweiflung gewesen, die ihn dazu getrieben hatte. Die Verzweiflung, die man empfindet, wenn man vor lauter Trauer gar nichts mehr spüren kann und alles, wirklich alles besser ist als diese unendliche pechschwarze Leere in einem. Sogar Scham und Schmerz.

Und Schuldgefühle.

Aus irgendeinem Grund hatte ich das unterschwellige Gefühl, dass er noch immer unter diesen Schuldgefühlen litt, auch wenn ich mir nicht so richtig erklären konnte, warum das so war. Schließlich war Charlie am Leben. Ihr Sturz von den Klippen war ein Unfall gewesen. Sie war nicht gesprungen, weil er sie sitzen lassen hatte, und schon gar nicht hatte er auf sie geschossen. Es gab überhaupt keinen Grund mehr für ihn, sich schuldig zu fühlen.

Ich dachte daran, wie David gestern in Jasons Arbeitszimmer diesen Flashback gehabt hatte, und erzählte Miley davon.

Sie schaute verwundert. »Wieso das? Es ist doch nie ein Schuss gefallen.«

Das stimmte. Vielleicht also erinnerte David sich ja an etwas ganz anderes, das ebenso furchtbar war. Der Stoß fiel mir ein, durch den ich auf den Couchtisch gefallen war. Die Art und Weise, wie David letzte Nacht über meine verletzte Schläfe gestreichelt hatte, zeigte mir, dass er sich deswegen noch immer Vorwürfe machte. Plötzlich spürte ich, dass ich die Sache selbst noch nicht richtig verdaut hatte, dass sie mir sehr viel mehr Angst machte, als ich mir bisher eingestanden hatte. Weil David in diesem Moment ganz offensichtlich nicht er selbst gewesen war.

Früher oder später glaubt jeder in diesem Haus an Madeleines Fluch, hörte ich Jason sagen, und ohne dass ich es verhindern konnte, fragte ich mich, ob ihr Geist David nach wie vor quälte. Weil mir das zu bescheuert vorkam, suchte ich nach einer anderen, einer rationalen Erklärung. Was, wenn David noch immer unter irgendwelchen Nachwirkungen dieser Droge litt, die Henry ihm wochenlang verabreicht hatte?

Oder er ist schlicht und einfach verrückt.

Der Gedanke ließ sich nicht unterdrücken. Ich schauderte.

»Hast du versucht, mit ihm darüber zu reden?«, fragte Miley.

»Noch nicht wirklich.«

»Dann tu es, Süße!« Sie nahm das T-Shirt, das ich eben in der Hand gehabt hatte, faltete es auseinander und hielt es in die Höhe. In geschwungenen violetten Buchstaben stand ein Spruch darauf, den ich irgendwann einmal lustig gefunden hatte.

Don't grow up. It's a trap.

»Originell!« Miley grinste. Danach wurde sie wieder ernst. »Okay. Dass *er* seine verqueren Gründe hat, zu diesem Dinner zu gehen, kann ja sein. Und dass du Charlie beweisen willst, dass sie abgemeldet ist, auch. Aber warum noch mal muss ich da mit hin?«

Vielleicht, weil ich das allein nicht durchstehe?

Ich sagte das nicht laut, aber Miley schien es mir von der Nasenspitze ablesen zu können. Sie seufzte. »Das wird ein Mordsspaahaaß«, flüsterte sie mit dumpfer Geisterbahnstimme. Dann breitete sich erneut ein Grinsen auf ihrem Gesicht aus. »Ich glaube, ich weiß, warum ich mit auf diese bescheuerte Party gehe.« Sie zog eine schmale schwarze Hose aus dem Schrank und hielt sie in die Höhe. »Damit ich mitkriege, wie dieser dummen Kuh die Augen aus dem Kopf fallen, wenn sie kapiert, zu wem Mr Dreamboy in Zukunft gehört.«

Mr Dreamboy himself klopfte eine Weile später, und als Miley »Nur herein!« zwitscherte, steckte er den Kopf durch die Tür.

»Seid ihr ...« Der Rest der Frage blieb ihm im Hals stecken.

»... fertig!«, ergänzte Miley für ihn. »Du siehst aus, als hätte dir jemand mit dem Hammer vor die Stirn geschlagen!«, begrüßte sie ihn lachend.

Tatsächlich hatte David den Mund aufgeklappt und wirkte dadurch ein klein wenig beschränkt. »Wow«, machte er. »Du weißt schon, dass wir nur zu einem informellen Dinner gehen?«

Ich unterdrückte ein Lächeln und genoss das warme Prickeln, das seine Bewunderung in meinem Magen auslöste. Wie ein Laufstegmodel breitete ich die Arme aus und drehte mich einmal um die eigene Achse. »Nehmen Sie mich so mit, Mr Bond?«

Er betrat das Zimmer. Natürlich trug er diesmal nicht den Smoking, der vor ein paar Tagen Anlass für mich gewesen war, ihm diesen Spitznamen zu geben. Stattdessen hatte er sich für eine schwarze Hose und ein schlichtes weißes Hemd entschieden. Über seine Schulter hatte er eine dünne graue Lederjacke geworfen.

»Du siehst umwerfend aus!«, sagte er.

Miley hatte einige Mühe darauf verwendet, mich so aufzubrezeln, dass ich nicht aufgebrezelt aussah. Sie hatte mich in die schmale Hose gesteckt, die meine schlanke Figur sehr vorteilhaft betonte. Dazu hatte sie mir ein schlichtes graues T-Shirt mit einem weiten U-Boot-Ausschnitt ausgesucht. Meine Haare hatte sie irgendwie verhext, denn sie hielten brav in der losen Steckfrisur, die sie mir verpasst hatte. Wenn ich mich selbst an so etwas versuchte, sah ich spätestens nach zwei Minuten aus wie ein explodiertes Huhn. Zu guter Letzt hatte sie auch noch mein Gesicht mit einem dezenten Smokey-Eyes-Look versehen.

Ich trat neben David und hielt den einen Ärmel meines T-Shirts gegen seine Lederjacke. Der Farbton passte genau. »Partnerlook.«

Er schob seine Hand unter meine etwas zu lange Halskette mit dem gläsernen Herzen daran und betrachtete es. Dann zog er mich an sich, vergrub die Nase in meinen Haaren und sog tief die Luft ein. »Du riechst gut!«

Ich hielt ganz still und spürte, wie die Wärme seiner Hände auf meinen Rücken überging.

Über Davids Schulter hinweg sah ich Miley an. »Danke!«, formte ich lautlos mit den Lippen.

Sie zwinkerte mir zu.

Wir waren schon halb aus der Tür, als mein Handy und das von David fast gleichzeitig klingelten. Auf meinem Display erschien die Nummer meines Vaters. Ich wandte mich ab und hielt mir das eine Ohr zu, um ungestört telefonieren zu können, während David sein Gespräch ebenfalls annahm.

»Hey, Juliane«, meldete mein Dad sich. Er klang abgespannt. Müde. Wenn er gut drauf war, nannte er mich niemals bei meinem vollen Namen. »Ich bin's! Ich habe gesehen, dass du ein paarmal versucht hast, mich zu erreichen.«

Das stimmte. Nach Charlies Auftauchen hatte ich noch mehrfach bei ihm angerufen. Er war kein einziges Mal drangegangen und irgendwann hatte ich vermutet, dass er es wieder mal versäumt hatte, seinen Akku aufzuladen – und danach schlichtweg vergessen hatte, dass es Handys überhaupt gab.

»Wo bist du?«, fragte ich jetzt.

Seine Antwort wurde von einem lang gezogenen, theatralischen Seufzer eingeleitet. »In New York. Die Fluggesellschaft hat allen Gestrandeten Hotelübernachtungen besorgt und uns vor ein paar Stunden wieder zum Flughafen gekarrt. Aber der Anschlussflug lässt noch immer auf sich warten, fürchte ich.«

»Blöd.«

»Wie geht es dir?«, erkundigte er sich.

Ich überlegte, was ich ihm sagen sollte. Ich hatte so viel zu erzählen, dass wir einen halben Tag dafür brauchen würden. Aber das Telefon schien mir nicht das passende Medium für dieses Gespräch zu sein. Andererseits wollte ich ihm natürlich die Sensationsnachricht so schnell wie möglich mitteilen.

»Charlie ist wieder aufgetaucht«, sagte ich darum. »Sie lebt. Es war alles ein Riesenirrtum.«

Mein Dad schwieg völlig perplex. »Ist das ein schlechter Scherz, Juli?«, fragte er schließlich vorsichtig. Ich stellte mir vor, wie er über die Schulter blickte, um herauszufinden, ob er heimlich gefilmt wurde.

»Nein. Ich fürchte nicht.«

»Sie ...« Er hielt inne. »Uff!«, machte er dann.

Ich drehte mich um und schaute David an, der selbst auch noch am Telefon war, jetzt aber gerade mit einem betrübt wirkenden »Danke, Tim!« auflegte.

»Ja«, wandte ich mich wieder an meinen Vater. »Uff! So ähnlich haben wir alle hier auch reagiert.«

Im Hintergrund wurde zu einem Flug aufgerufen. Ich konnte die Lautsprecherstimme nur verzerrt hören, aber Dad meinte: »Das ist endlich der Flieger nach Paris. Ich sitze hier seit Stunden mit einem Paar aus Deutschland, das Urlaub in New England gemacht hat. Nette Leute, sie ist auch Schriftstellerin. Ich glaube, sie haben langsam die Schnauze genauso voll wie ich.« Ich spürte, dass er mir das sagte, weil sein Verstand noch immer an der Info über Charlie knabberte.

»Lass uns in Ruhe reden, wenn du wieder hier bist«, schlug ich vor. Das gab mir Gelegenheit, das alles erst mal selbst auf die Reihe zu kriegen.

Mein Vater nahm kurz das Handy vom Ohr. Gedämpft konnte ich hören, wie er dem deutschen Paar einen guten Flug wünschte. Dann war er wieder dran. »Das machen wir. – Oh, ich glaube, das sind Informationen, wie es weitergeht«, sagte Dad, als erneut etwas über Lautsprecher durchgesagt wurde. »Ich melde mich, sobald ich in Boston gelandet bin, okay?«

Ich bejahte, dann verabschiedeten wir uns und ich legte auf.

David hielt sein Smartphone noch in der Hand. Er starrte darauf, als sei es schuld an den schlechten Nachrichten, die er offensichtlich erhalten hatte. »Das war Sheriff O'Donnell«, erklärte er. »Er hat mit dem Staatsanwalt gesprochen. Charlie hat keine Straftat begangen, als sie verschwunden ist. Er hatte den Verdacht, dass sie irgendwas mit der vertauschten DNA-

Analyse in Maine zu tun hat, aber offenbar wurde da einfach nur geschlampt. Tim hat keine Wahl, er wird seine Ermittlungen einstellen müssen.«

»Was ist mit Summer?«, fragte ich.

David sah nicht glücklich aus. »Da Charlies Verschwinden keine Straftat ist, ist es egal, was ihre Rolle bei dem Ganzen war. Er kann keine von beiden belangen, auch wenn er es offenbar genauso gern möchte wie ich.«

»Ja, aber er hat Summer doch trotzdem befragt, oder nicht?« Ich war mir sicher, dass der Sheriff, wie wir alle, nur allzu gern gewusst hätte, seit wann diese Irre darüber informiert gewesen war, dass Charlie noch lebte.

David nickte. »Hat er. Aber es scheint nicht allzu viel dabei herausgekommen zu sein. Du hast Summer ja erlebt. Vermutlich war sie ziemlich stoned, als Tims Leute sie verhört haben.« Er zuckte die Achseln. »Alles, was sie noch tun konnten, war, zu recherchieren, wann Henrys Haus verkauft wurde. Das ist tatsächlich erst wenige Wochen her.« Er wirkte plötzlich eher erschöpft als wütend. O'Donnells Nachricht schien ihm wie ein Stein im Magen zu liegen, jedenfalls seinem Gesichtsausdruck nach zu urteilen.

Ich ging zu ihm. »Nimm's nicht so schwer!«

Er warf mir einen sonderbar ausdruckslosen Blick zu, aber gleich darauf nickte er. »Ja. Wahrscheinlich hast du recht.«

Miley stieß eine Faust in die Luft. »Jawohl! Lasst uns zu dieser Party gehen und so richtig Spaß haben!«

8

Summers Haus (im Stillen nannte ich es immer noch Henrys Haus) befand sich in direkter Nachbarschaft zu *Sorrow* und zu Fuß war es ein Weg von nur wenigen Minuten dorthin. Da sich jedoch der Himmel gegen Nachmittag bedrohlich zugezogen hatte und David vermeiden wollte, dass wir durch einen plötzlichen Regenguss alle bis auf die Haut nass wurden, schlug er vor, mit dem Auto zu fahren. Weil sowohl *Sorrow* als auch Summers Haus eine schier endlos lange Auffahrt besaßen, brauchten wir mit dem Wagen fast dreimal so lange, wie wir zu Fuß gebraucht hätten.

Als wir schließlich auf Summers Parkplatz einbogen, fiel mein Blick auf einen flachen, mattschwarz lackierten Porsche mit rosa Plüschhandschellen am Rückspiegel.

»Da hat es einer aber ganz nötig, oder?«, spottete Miley.

David bremste ziemlich abrupt und ich wusste, wieso. Neben dem Porsche standen noch ein paar andere Wagen, unter anderem mehrere dicke SUV und zwei flache Oldtimer, die aussahen, als hätten sie mindestens eine sechsstellige Summe gekostet.

»Wie viele Leute kommen noch mal zu diesem kleinen, privaten Dinner?«, fragte ich mit einem sonderbar hohlen Gefühl im Magen.

David stellte den Schalthebel auf Parken, rammte ihn aber gleich darauf wieder zurück in die Fahrtposition. Mit einem ziemlich aggressiv wirkenden Manöver parkte er seinen Wagen neben dem Porsche ein. »Offenbar mehr, als sie uns verraten hat«, sagte er grimmig.

»Weißt du, wem die Karre gehört?«, fragte Miley, nachdem wir ausgestiegen waren. Sie zeigte auf den schwarzen Porsche.

David antwortete nur knapp. »Mike.«

»Oh«, machte ich und Miley sah mich verwundert an. Natürlich konnte sie nicht wissen, wer dieser Mike war. Sie war im Winter nicht dabei gewesen, als er und David bei dieser fürchterlichen Poolparty aneinandergeraten waren und sich beinahe geprügelt hätten.

»Ein besonders guter Freund offenbar«, sagte sie.

David zog nur die Mundwinkel nach unten.

Ich dachte an die Charlie-Gedächtnisparty vor ein paar Tagen auf den Klippen. »Summer hat bestimmt sämtliche Freunde von Charlie eingeladen«, murmelte ich. Plötzlich fühlte ich mich unbehaglich, und zwar noch viel mehr als damals vor der Poolparty.

David bemerkte es. »Wir können zurückfahren, wenn du willst«, sagte er leise.

Und ob ich das wollte. Leider war das nicht ganz so einfach, denn genau in diesem Moment wurde die Tür geöffnet.

»Wie schön, dass ihr gekommen seid!«, rief Summer uns entgegen.

Melancholische Popmusik drang hinter ihr aus dem Haus und in mir wuchs die Gewissheit, dass wir es hier mit allem anderen als einem privaten, kleinen Dinner zu tun hatten. Summer trug ein schmales, sehr elegant aussehendes Etuikleid, das ebenso schwarz war wie Mikes Porsche. Dazu hochhackige schwarze Pumps und lange schwarze Handschuhe. Sie sah aus, als sei das hier eine Beerdigung, nicht die angekündigte Freudenfeier.

Unwillkürlich fröstelte ich.

»Kommt rein, kommt rein!« Summers Stimme war ein bisschen zu laut und im ersten Moment dachte ich, sie hätte schon ein paar Drinks intus. Als ich an ihr vorbeiging, bemerkte ich jedoch den leicht süßlichen Rauchgeruch, der von ihr ausströmte. Wie es aussah, hatte sie ihre inneren Dämonen mit dem einen oder anderen Joint gezähmt.

Bevor ich mich dazu durchringen konnte, ihr auch nur eine der vielen Fragen zu stellen, die mir auf der Seele brannten, schwirrte sie schon wieder davon, um sich um ihre anderen Gäste zu kümmern.

Ein bisschen schwindelig von der Energie, die sie ausstrahlte, blinzelte ich.

Die Musik, die lief, schien auch diesmal von Hurts zu sein, und kaum hatte ich einen Fuß über die Schwelle gesetzt, da packte mich augenblicklich eine tiefe Beklemmung und presste mir das Herz zusammen.

Das Haus hatte früher einmal Henry Farrisson gehört, jenem Typen, der erst versucht hatte, mich in den Wahnsinn zu treiben, und dann, mich umzubringen. Jetzt hierherzukommen fühlte sich an, als würde ich freiwillig in einen Kübel mit Eiswasser tauchen. Ich hatte am ganzen Körper eine Gänsehaut, und wenn ich mir nicht wieder und wieder geschworen hätte, nicht an Geister zu glauben, hätte ich bestimmt Madeleine irgendwo in einer Ecke stehen sehen.

David spürte meine Beklemmung und ich sah ihm an, dass auch er am liebsten kehrtgemacht hätte. Er legte fürsorglich eine Hand unter meinen Ellenbogen, aber das machte es nicht besser. Seine Finger waren nämlich eiskalt.

Ich drehte mich zu Miley um, aber sie sah mich nur an, als wollte sie sagen: *Gib mir nicht die Schuld!*

Summer schien zu spüren, dass wir kurz vor der Flucht waren. Sie kehrte zu uns zurück und packte uns mit festem Griff an den Schultern. »Kommt gar nicht infrage, dass ihr wieder verschwindet. Charlie freut sich schon so darauf, euch zu sehen. Und Adam auch. Er musste aufs Festland, deshalb kommt er später.« Fröhlich weiter über ihren Exmann plappernd bugsierte sie uns tiefer ins Haus hinein. »Adam war gestern Abend noch hier. Er war völlig aus dem Häuschen, dass Charlie noch lebt.«

Ja, dachte ich dumpf bei mir. *Er hätte das schon viel früher erfahren können, wenn du nicht so durchgeknallt wärst.* Meine Gedanken wanderten zu dem, was Walt erzählt hatte, nachdem er gestern Nachmittag Charlie zu ihrem Vater gebracht hatte und von dort wiedergekommen war. *Der Mann war völlig überwältigt,* hatte Walt gesagt.

Ich tauschte einen langen, schweigenden Blick mit David, dann fügten wir uns in unser Schicksal und wandten uns der Partygesellschaft zu.

Das Haus war früher einmal eine Scheune gewesen und es gab im Inneren kaum Trennwände, was das Ganze sehr loftartig wirken ließ. Ein Eindruck, der noch dadurch verstärkt wurde, dass Summer die hohen weißen Wände nicht mit Bildern verziert und auch kaum Möbel aufgestellt hatte. Bis auf ein paar Hocker am Küchentresen waren die einzige Sitzgelegenheit zwei schreiend pinkfarbene Sofas und ein Sessel in derselben furchtbaren Farbe. Alle drei Möbel waren bereits besetzt.

Auf dem Sessel saß Crystal, ein Mädchen, das ich auf Zacs Poolparty kennengelernt hatte. Crystal und ich waren keine besten Freundinnen, aber wenn wir allein waren, konnten wir es ganz gut miteinander aushalten. Wir hatten uns ein paarmal getroffen, um einen Kaffee oder eine Cola zu trinken, doch ich hatte nicht das Bedürfnis, sehr viel mehr mit ihr zu unternehmen. Im Moment wirkte Crystal aufgekratzt. Ihre Wangen glühten und auch ihre Stimme war ein bisschen zu laut. Sie unterhielt sich mit einem jungen Mann, der in der einen Sofaecke hockte, als hätte ihn jemand gerade eben aus dem Bett gezerrt und dorthin gepflanzt.

Ich hatte ihn noch nie zuvor gesehen.

Er war groß und leicht übergewichtig, trotzdem wirkte er nicht schwabbelig. Eher wie ein Footballspieler, der Defense Line spielte. Seine Hände waren riesig wie Baggerschaufeln. Seine Haare standen wirr in alle Himmelsrichtungen ab und auf den ersten Blick wirkte es, als habe er nicht eine Sekunde damit verschwendet, sich zu kämmen. Erst auf den zweiten Blick merkte man, dass genau das Gegenteil der Fall war. Die lässige, schluffige Haltung, das wirre Haar, die Klamotten, die leicht zerknittert waren, als habe sie jemand aus dem Wäschesack gezogen: All das war wohl kalkulierte Attitüde.

Eure Meinung ist mir scheißegal.

Das war es, was der Typ auszustrahlen versuchte.

Ich musste schmunzeln, weil dieser Plan so grandios danebenging, und das lag unter anderem auch daran, dass er ein großes Smartphone in der Hand hielt und damit immer wieder Fotos schoss – die meisten davon von sich selbst. Ich glaube, ich hatte noch nie zuvor jemanden getroffen, der eitler wirkte als dieser Kerl.

Neben ihm saß eine üppige Blondine, deren Lippen nicht von Mutter Natur stammten und einen Farbton hatten, der perfekt zu der schrillen Sitzgarnitur passte. Ihre Haare waren kunstvoll in Locken gelegt, die aussahen, als habe eben ein Windstoß sie zerzaust. Sie trug ein helles Leinenkleid, das sehr vorteilhaft die Bräune ihrer Beine betonte, und sie wirkte nicht halb so verwahrlost wie der Typ neben ihr. Obwohl auch sie eine eher blasierte Haltung an den Tag legte, die vermutlich cool wirken sollte, schien sie doch an den Menschen ringsherum interessiert. Mit einem Lächeln auf den Lippen betrachtete sie jeden Neuankömmling, als würde sie ihn auf irgendeine Tauglichkeit hin abchecken.

Dass das tatsächlich der Fall war und vor allem, warum sie das tat, sollte ich erst ein paar Tage später erfahren. In diesem Moment hielt ich die beiden einfach nur für East-Coast-Upperclass.

»Juli, David, das sind Jeannette und Robin«, stellte Summer uns vor. Miley rümpfte die Nase, weil sie so offensichtlich übergangen worden war, sagte aber nichts.

Ich schenkte ihr ein entschuldigendes kleines Lächeln, dann gab ich erst Jeannette und gleich darauf Robin die Hand. Jeannettes Finger lagen in meinen wie ein toter Fisch, während Robin meine Hand quetschte wie eine Zitrone.

»Aua«, sagte ich. Und dann: »Hallo!«

Robin schüttelte auch David die Hand. Ich wartete darauf, dass David bei seinem Machogriff in die Knie ging, doch er konnte sich beherrschen. Er war definitiv härter als ich.

»Du bist also der Glückliche!«, sagte Robin.

David kommentierte es nicht.

»Jeannette und Robin sind Freunde von Charlie aus New York«, erklärte Summer uns. »Ich habe sie gebeten, heute Abend mit uns zu feiern.«

»Aha.« Mehr fiel mir dazu nicht ein. Es war also von langer Hand geplant gewesen, dass das hier eher eine Party als ein Dinner werden würde, die Frage war allerdings, ob von Summer oder von Charlie. Vermutlich von beiden zusammen, dachte ich. Ich warf Summer einen wütenden Blick zu, doch sie registrierte meinen Zorn entweder nicht oder aber er war ihr völlig egal. Irgendwie hatte ich immer noch nicht den geringsten Plan, wie ich ihr begegnen sollte. Am liebsten hätte ich sie einfach nur gepackt und so lange geschüttelt, bis ihr unerträglich irrationales Verhalten verschwunden war.

Miley hingegen war schlagfertiger als ich. »Hätten Sie uns doch nur gesagt, dass das hier eine Party ist!«, strahlte sie Summer mit übertrieben falscher Freundlichkeit an. »Dann hätten wir uns ein bisschen mehr Mühe mit unseren Outfits gegeben!« Mit einer schwungvollen Bewegung wandte sie sich ab und streckte Jeannette die Hand hin. »Hi. Ich bin Miley. Cooler Lippenstift. Wie genial von dir, vorher zu checken, wie hier die Möbelfarben so sind.«

Jeannette lächelte blasiert. »Wenn du meinst«, sagte sie.

Um Summer zu entgehen, hatte ich mich unterdessen Crystal zugewandt. Während unseres kleinen Geplänkels mit Summer und den New Yorker Zombies hatte sich Chris zu ihr gesellt, ein Junge, den ich ebenfalls von der Poolparty kannte. Bei unserer ersten Begegnung hatte er versucht, mich anzubaggern, und ich hatte ihn mit dem Hinweis abgebügelt, dass er kaum größer war als ein Hobbit. In der Zwischenzeit waren wir beide recht gute Freunde geworden.

»Hey, Frodo«, neckte ich ihn und erklärte Miley, was es mit dem Spitznamen auf sich hatte.

»Hey, Miss Saigon«, gab er zurück und deutete anerkennend auf mein Outfit und mein Make-up, die tatsächlich ein kleines bisschen fernöstlich wirkten. Ich lachte und er stand auf und drückte mich fest an sich.

»Wie geht es David?«, flüsterte er mir ins Ohr.

»Geht so«, flüsterte ich zurück. Seit Henry tot war, gab Chris sich wirklich alle Mühe, David zu beweisen, dass nicht jeder Typ, der versuchte, sein Freund zu sein, so ein Arschloch und Verräter war wie Henry. Bisher war er allerdings nicht besonders erfolgreich damit gewesen. David hielt ihn auf Abstand, so wie er eigentlich jeden auf Abstand hielt, der ihm zu nahe kommen wollte. Aber Chris gab nicht auf, und das rechnete ich ihm hoch an. Er hatte uns in Boston immer wieder besucht, hatte mit David allerhand unternommen und sich von dessen abweisendem Verhalten nicht ein einziges Mal ins Bockshorn jagen lassen.

Chris ließ mich wieder los und ich bemerkte, dass Jeannette uns beobachtete. Ich kam mir vor wie unter einem Mikroskop.

»Hey, Kumpel«, wandte Chris sich an David. »Krasse Sache, das mit Charlie, oder?«

David nickte nur. Seit wir das Haus betreten hatten, hatte er noch keinen Ton gesagt. Er war ein bisschen blass um die Nase.

Ich hätte ihn gern gefragt, was in seinem Kopf vorging, aber natürlich hätte er mir vor all den Leuten hier nicht geantwortet. Also langte ich nur nach seiner Hand und verschränkte meine Finger mit seinen.

Jeannette sah es. Auf ihrem glatten Gesicht entstand ein neugieriger Ausdruck. Sie beugte sich zu Robin hinüber und machte ihn flüsternd auf uns aufmerksam.

Robin nickte unmerklich.

»Wo bleibt eigentlich Charlie?«, fragte Jeannette in die Runde.

Ich sah mich um.

In einer kleinen Gruppe am Küchentresen standen ein paar

weitere Leute, von denen ich die meisten nicht kannte. Allerdings befand sich Carlos unter ihnen, zusammen mit Miss Schwüle-Schmonzetten-Autorin Kimmi Primrose. Sie schienen sich ziemlich gut zu amüsieren, denn in diesem Moment lachten alle laut über eine Story, die ein Typ mit affektierter Sonnenbrille im Haar und Künstlerschal um den Hals zum Besten gab. Kimmi hielt ein Glas in der Hand, das aussah, als enthielte es Wasser.

Wodka, vermutete ich.

Am entgegengesetzten Ende des Raumes hatte sich noch eine weitere Gruppe zusammengefunden, darunter Lizz und ein paar andere Freunde von Charlie. Und dann war da noch Mike. Er warf David einen langen, schweigenden Blick zu, der alles hätte bedeuten können, von *Komm her und ich geb dir eins auf die Fresse!* bis hin zu *Tut mir leid, Mann!*

Von Charlie jedoch war keine Spur zu sehen.

»Sie ist noch oben«, antwortete Summer auf Jeannettes Frage. »Sie war noch nicht fertig mit Anziehen. Sie kommt gleich runter.«

Miley und ich tauschten einen Blick und sie musste den Mund nicht aufmachen. Ich wusste auch so, was sie dachte:

Was wird das? Der Auftritt ihres Lebens, oder was?

Es wurde tatsächlich ein großer Auftritt, aber bevor es so weit war, ließ Charlie noch ziemlich lange auf sich warten. David und ich machten in der Zwischenzeit eine eher unheimliche Bekanntschaft. Zuerst unterhielten wir und Miley uns mit einigen der anderen Gäste, hauptsächlich mit Carlos und Kimmi. Als Summer mit einem Tablett voller Gläser an uns vorbeischwebte, runzelte Carlos nachdenklich die Stirn.

»Ganz schön schräg, oder?«, sagte Miley.

Er warf ihr einen Blick zu. »Was? Dass sie Schwarz trägt?«

»Ja«, meinte Miley dumpf. »Das auch.«

Er zuckte die Achseln. »Ich dachte mir, sie steht auf Gothic oder so.«

Nein, dachte ich im Stillen. *Sie hat sie nicht mehr alle.* Doch ich biss mir auf die Lippe und schluckte die Worte hinunter.

Carlos betrachtete David eine Weile, dann mich. Auch er schien es für besser zu halten, nicht alles, was ihm in den Sinn kam, auszuplaudern, aber ich wusste trotzdem, was er dachte. Er hatte noch immer kein Verständnis dafür, dass ich David so sehr liebte. Es war ihm deutlich anzusehen.

»Sie könnten mal ein bisschen weniger depressive Musik auflegen«, sagte Kimmi, als das Gespräch ins Stocken geriet.

Ein Lachen stieg in mir auf, das sich eigenartig hysterisch anfühlte. Um es zu unterdrücken, legte ich die Stirn gegen Davids Schulter. »Wo sind wir hier bloß gelandet?«, flüsterte ich. »In einem Film von Tim Burton?«

Er schnaubte leise. »Raus hier?«, fragte er.

Ich nickte nur und er führte mich durch eine der offen stehenden Terrassentüren hinaus ins Freie. Miley blieb bei Carlos, aber ich glaubte zu spüren, wie sie mir hinterhersah.

Wir waren nicht die Einzigen, die der seltsamen flirrenden Atmosphäre im Haus zu entkommen versuchten. Auch einige andere Gäste standen auf der Terrasse herum. David und ich betraten den Rasen und entfernten uns ein Stück vom Haus. Bei einer kleinen Ansammlung von modernen Skulpturen trafen wir auf einen jungen Typen, der eine davon eingehend betrachtete.

Als er uns näher kommen hörte, drehte er sich um.

»Hey«, meinte er. »Habt ihr das dadrinnen auch nicht mehr

ausgehalten?« Er fixierte Davids Arm, der um meine Schulter lag, und dann sah er mir so tief und lange in die Augen, dass ich einfach den Blick senken musste. Im Lichtschein, der aus dem Haus bis hierher fiel, glitzerten seine Augen wie flüssiges Quecksilber.

»Fällt schwer«, sagte David.

»Ja. Ungefähr so müssen sich Menschen fühlen, wenn sie am Vorabend eines Krieges noch mal einen draufmachen.« Der Typ kratzte sich an der Nase. Er hatte ganz kurz geschorenes blondes Haar, sodass es auf den ersten Blick aussah, als habe er eine Glatze. »Seid ihr Freunde von Charlie?«

Wir stellten uns ihm vor, und als David seinen Namen nannte, riss er die Augen auf. »Du bist David?« Wie eben mich sah er jetzt auch David mit diesem sonderbar intensiven Blick an. Dann nickte er. »So langsam verstehe ich.«

»Wovon sprichst du?«, wollte ich wissen. Ein kurzer Seitenblick auf David zeigte mir, dass auch er keine Ahnung hatte, was der blonde Unbekannte meinte.

Der Typ zwinkerte zweideutig. »Na, dass Charlie nicht von dir loskommt! Kein Wunder, so wie du aussiehst. Sie hat in Graceland fast von nichts anderem gesprochen als von dir!«

»In Graceland«, echote ich.

David ließ den Arm von meiner Schulter gleiten. »Wer bist du?«, fragte er.

Da grinste der Typ erst ihn, dann mich breit an. Schließlich streckte er die Hand aus, wie um unsere zu schütteln, aber bevor wir uns auch nur rühren konnten, hob er die Finger an die Stirn und salutierte zackig. »Gestatten«, sagte er. »Samuel Miller.«

9

Samuel!«, ächzte ich.

Samuels Kopf schwang zu mir herum. Ebenso zackig ließ er die Hand wieder sinken. Dann tat er so, als ziehe er einen Hut und verbeugte sich vor mir. »Zu Ihren Diensten!«

Samuel. Der Typ, von dem Charlie gestern auf dem Parkplatz gesprochen hatte. Der Typ, vor dem sie so große Angst hatte. Sie hatte ihn sich nicht ausgedacht!

Samuel existierte wirklich.

David machte einen Schritt halb schräg nach vorn, sodass er zwischen mir und Samuel stand. »Was machst du hier?«, fragte er. Er klang ziemlich abweisend, misstrauisch und auch ein kleines bisschen aggressiv.

Samuel schaute erstaunt. »Wieso? Charlie hat mich eingeladen!« Seine Augen fingen wieder das Licht der Lampen ein und jetzt erst fiel mir eine lange, stark verblasste Narbe auf, die seinen Schädel von dem linken Ohr bis fast hinauf zum Scheitel überzog.

»Hat sie das?«, meinte David. Das Misstrauen in seiner Stimme war nun nicht mehr zu überhören.

Samuel wich ein Stück zurück und hob abwehrend die Hände. »Frag sie, wenn du mir nicht glaubst!«

David sog hörbar die Luft ein. »Das werde ich.« Es klang sogar in meinen Ohren wie eine Drohung.

»Komm«, sagte ich zu ihm. »Lass uns lieber wieder reingehen.«

Drinnen spürte ich, dass David ähnlich aufgewühlt war wie ich. Es schien, als vibrierten die Muskeln und Sehnen unter seiner Haut plötzlich in einem hyperschnellen Rhythmus.

Was bedeutete es, dass Charlie uns im Hinblick auf Samuel nicht belogen hatte? Hieß das, dass sie gar nicht unter Verfolgungswahn litt? Dass ihre Angst tatsächlich eine reale Ursache hatte?

Als Summer an uns vorbeikam, hielt er sie an und fragte sie nach Samuel. »Stimmt es, dass Charlie ihn hierher eingeladen hat?«

Ihr unsteter Blick huschte durch den Raum. »Samuel? Keine Ahnung. Er stand plötzlich vor der Tür und da dachte ich mir, dass es schon seine Richtigkeit haben würde.« Sie entdeckte Samuel, der gerade von draußen hereinkam, zum Küchentresen ging und sich ein paar Cracker und ein Glas mit Orangensaft nahm. Miley stand ganz in seiner Nähe und auch vor ihr zog er seinen unsichtbaren Hut und verbeugte sich. Im Gegensatz zu uns schien Miley das lustig zu finden. Sie lachte auf und gleich darauf waren sie und Samuel in ein angeregtes Gespräch verwickelt.

Wie ich ihn so mit Miley plaudern und scherzen sah, schien Samuel mir nun doch eher harmlos zu sein. Er wirkte nicht im Geringsten wie ein Stalker, vor dem man Angst haben musste. Konnte es sein, dass Charlie ihn eingeladen hatte, damit sie David gegenüber behaupten konnte, er stalke sie? Um ihn zurück auf ihre Seite zu ziehen?

Ich teilte diesen Gedanken mit David und er nickte schweigend. Er beobachtete Miley und Samuel – auch noch, als sich Jeannette und Robin zu uns gesellten. Robin hatte die letzten zwanzig Minuten damit verbracht, Fotos von allen Gästen zu schießen.

»Ich habe dich in der letzten Ausgabe der *Fascination* gesehen«, sagte Jeannette lächelnd zu mir. Sie hatte absolut ebenmäßige schneeweiße Zähne.

Ich verzog das Gesicht. Ich wurde nicht besonders gern an die Fotostrecke erinnert, die auf Jasons Geburtstagsfeier entstanden war. Ich war nicht sehr gut dabei weggekommen, fand ich. Die Reporterin des Hochglanzmagazins hatte damals nicht einmal bemerkt, dass David und ich ein Paar waren. Oder wenn sie es bemerkt hatte, hatte sie es geflissentlich ignoriert, was genau genommen noch deprimierender für mich war.

»Warum machst du so ein Gesicht?«, fragte Jeannette jetzt. »Hast du dir nicht gefallen? Ich fand dich ziemlich gut getroffen, jetzt, wo ich dich persönlich kennengelernt habe.«

Ich war mir nicht sicher, ob das ein Kompliment oder eine Spitze sein sollte. »Klar«, murmelte ich darum nur und schob mich ein bisschen dichter an David, bis unsere Hüften sich berührten. Er legte mir den Arm um die Schulter und ich war froh über seine Nähe. Sie sorgte dafür, dass ich mich weniger unbehaglich fühlte.

Robin machte ein schnelles Foto von uns, das irgendwie lässig, wie aus dem Handgelenk geschossen wirkte.

»Wie fühlt es sich an, dass Charlie wieder da ist?«, fragte Jeannette David.

Was bist du?, dachte ich unwillkürlich. *Etwa eine Reporterin?*

David hob das Kinn ein Stück an. Ganz leicht kniff er die Augen zusammen. Es war eine arrogante Geste, aber Jeannette ließ sich davon nicht beeindrucken. Gelassen sah sie David ins Gesicht und wartete darauf, dass er ihr eine Antwort gab.

»Es spielt keine Rolle«, sagte er endlich.

Jeannette schien etwas einzufallen. »Stimmt. Du hast ja mit ihr Schluss gemacht, bevor sie abgestürzt ist, nicht wahr?«

In einer knappen Geste senkte David das Kinn zu einem Nicken, aber ich hatte gesehen, dass er schlucken musste.

Jeannettes Blick schweifte zu mir. »Und du? Wie geht es dir damit, dass Charlie wieder da ist?«

Ich antwortete schneller als David eben. »Es spielt keine Rolle«, wiederholte ich seine Worte und wandte mich um, weil ich aus den Augenwinkeln heraus wahrgenommen hatte, dass Charlie am oberen Ende der Treppe erschienen war.

Rings um uns herum verstummten sämtliche Gespräche, und das war auch kein Wunder.

Sie sah einfach spektakulär aus.

Sie trug ein knallrotes Kleid, allerdings nicht mit ausladendem Reifrock wie auf dem Gemälde, das Henry von ihr gemalt hatte, und auch nicht wie das, das ich in Taylors Zimmer anprobiert und mit dem ich David so schrecklich geschockt hatte. Das Kleid, für das sie sich entschieden hatte, war kurz und sehr eng geschnitten. Natürlich betonte es ihre Kurven äußerst vorteilhaft. Die Haare hatte sie, genau wie ich, locker hochgesteckt und darüber hinaus mit ein paar Blüten versehen, die gleichzeitig verspielt und ein bisschen übertrieben wirkten. Ihre Augen waren so geschminkt, dass sie aussahen wie die einer Raubkatze, und wieder kam sie mir gefährlich und heimtückisch vor.

»Scheiße«, hörte ich Chris sagen. Er stand nur wenige Meter von David und mir entfernt. Von Charlie, die jetzt die Stufen zu uns Sterblichen hinabschwebte, wanderte sein Blick erst zu mir, dann zu David. »Du hast echt ein Problem, Kumpel, das ist dir klar, oder?«

Ich wusste nicht genau, was er damit sagen wollte.

Chris beugte sich zu mir herüber. »Wie kommt er bloß klar damit, dass sie durchgeknallt ist?«

Ich zuckte nur die Achseln.

David schwieg. Er folgte Charlie mit dem Blick. Und dann, als sie unten angekommen war und direkt auf ihn zusteuerte, als wäre er der einzige Gast auf der Party, wich er einen winzigen Schritt zurück. Ich glaube, außer mir bemerkte es keiner.

Schon gar nicht Charlie.

Sie nahm seine beiden Hände und hielt sie fest. »Schön, dass du gekommen bist«, sagte sie leise. Sie sah ihm sehr lange in die Augen und gerade, als er sich dazu durchringen konnte, etwas zu erwidern, wandte sie sich an den Rest der Anwesenden.

»Schön, dass ihr *alle* gekommen seid!«

Mein Blick fiel auf Samuel. Bei Charlies Erscheinen war er nach draußen in die Dunkelheit geflüchtet.

Sie trank Rotwein. Ich fragte mich, ob das eine gute Idee war bei den Medikamenten, die sie doch eigentlich nehmen musste. Mit dem halb vollen Glas in der Hand wanderte sie von einem zum anderen. Sie redete, scherzte und lachte, als sei es das Natürlichste von der Welt, für sieben Monate unterzutauchen und die gesamte Familie und den Freundeskreis glauben zu lassen, dass man tot sei. Ich hatte das Gefühl, niemand traute sich so recht, sie mit dieser Tatsache zu konfrontieren. Während Charlie bei David, Chris, Miley und mir stand, erwähnte jedenfalls niemand ihr rätselhaftes Verschwinden auch nur mit einer einzigen Silbe. Und bei den wenigen anderen Gelegenheiten, wo sich jemand ein Herz fasste und versuchte, das Gespräch auf genau dieses Thema zu bringen, wehrte Charlie entweder höchst kokett oder, wenn das nichts nützte, auch richtig biestig ab. So biestig, dass bald jedem im Raum klar war, dass man dieses verminte Gelände besser nicht betrat.

Auf diese Weise wurde die Atmosphäre im Laufe der Zeit immer unerträglicher.

Ich konnte mich kaum noch auf unsere Gespräche konzentrieren, und das auch, weil mir die ganze Zeit über Samuel nicht aus dem Kopf ging. Nachdem er sich nach draußen verkrümelt hatte, dauerte es ziemlich lange, bis er wieder reinkam. Und als er das Haus schließlich betrat, achtete er sorgsam darauf, dass Charlie ihn nicht entdeckte. Von ihr abgewandt marschierte er in die Küche, wo er sich ein Bier aus dem Kühlschrank nahm. Die offene Kühlschranktür verbarg ihn dabei vor ihren Blicken.

Ich wurde nicht schlau aus ihm. Hatte er einfach nur Angst davor, Charlie zu begegnen, oder gab es einen anderen Grund für sein Verhalten?

Lagen wir falsch damit, ihn für harmlos zu halten? War er vielleicht doch ein Stalker?

Ich überlegte, ob ich Charlie auf ihn ansprechen sollte, aber dann entschied ich mich dafür, lieber erst mit Samuel selbst zu reden. Auch wenn ich nicht genau wusste, woran ich bei ihm war: Er schien mir trotzdem der angenehmere Gesprächspartner zu sein.

»Ich hole mir mal was zu trinken«, sagte ich zu David, ließ die anderen stehen und umrundete den Küchentresen. Während der gesamte Rest des Hauses mit Edelholzdielen ausgestattet war, lagen in der Küche Terrakottafliesen. Einer der Absätze meiner Schuhe machte ein leises, klickendes Geräusch darauf. Ich hatte ein Steinchen in den Rillen meines Profils.

Samuel stand in der Ecke an die Wand gelehnt da und hielt

die halb ausgetrunkene Bierflasche in der Hand. Als er mich sah, machte er mit der freien Hand eine Art indischen Gruß vor seiner Stirn. »Hallo, schöne Frau.«

Ich ignorierte seinen halb lockeren, halb spöttischen Tonfall und wies über den Küchentresen hinweg zu Charlie. »Warum gehst du nicht und sagst *ihr* Hallo?«

Er grinste nur und trank einen Schluck.

»Sie hat dich gar nicht eingeladen, oder?«, erkundigte ich mich.

»Was hat sie dir erzählt?« Er leerte die Flasche, dann ließ er sie neben seinem Oberschenkel baumeln. »Dass ich sie stalke, vermutlich. Dass sie Angst hat, ich könnte ihr was antun.«

»So was in der Art, ja.« Jetzt da ich vor ihm stand, kam es mir wieder völlig absurd vor, dass Samuel gefährlich sein sollte. Die Art, wie er sich benahm, diese ständigen übertriebenen Gesten und das Grinsen ließen ihn kaum älter als fünfzehn wirken, auch wenn er mindestens schon Mitte zwanzig war.

Er schaute traurig. »War ja klar.«

»He, du wolltest doch nur was zu trinken holen«, sagte Miley und stellte sich neben mich. »Lass David lieber nicht so lange allein, sonst schnapp ich ihn mir noch.« Sie musterte Samuel von Kopf bis Fuß. »Warum kommst du nicht mit zu uns?«

»Gleich.« Er warf einen Blick in seine leere Flasche wie in ein Fernrohr. Dann wandte er den Oberkörper so, dass er mich durch den Flaschenboden hindurch betrachten konnte. »Charlie und ich haben uns in Graceland kennengelernt. Ich habe mich um sie gekümmert, als es ihr wegen diesem Posterboy dort dreckig ging«, sagte er mit einer Bewegung seines Kinns in Davids Richtung. »Und mit dreckig meine ich richtig dreckig. Sie war so weit unten, dass ihr es euch nicht vorstellen könnt. Blass und eingefallen und grau. Es war unmöglich, sie wiederzuerkennen.« Er ließ die Flasche sinken. »Einmal habe ich mit ihr zusammen Fotos von ihr in der *Fascination* angesehen. Ich habe ihr gesagt, dass sie aussieht wie das Mädchen auf den Fotos, aber sie hat gesagt, sie wäre es nicht. Ich habe ihr geglaubt, könnt ihr euch das vorstellen? So kaputt war sie.« Er rülpste leise. »Sorry.« Ein entschuldigendes Lächeln huschte über sein Gesicht, dann wurde er wieder ernst. »Ich habe mich um sie gekümmert. Sie ist meine Freundin. Ich habe nicht die Absicht, sie zu stalken. Alles, was ich will, ist ...«

Der Rest seines Wortschwalls ging unter in dem ohrenbetäubenden Klirren von mehreren Tellern, die auf den Fliesen zerschellten.

Ich zuckte zusammen und fuhr herum.

Charlie stand in dem Durchgang zwischen Wohnraum und Küche. Zu ihren Füßen lagen unzählige Porzellanscherben und der Inhalt eines Schälchens mit Tomatensalsa hatte sich so über die Fliesen verteilt, dass man es auf den ersten Blick für Blut halten konnte. Über die Trümmer des Geschirrs hinweg starrte Charlie Samuel an. »Was ... was machst du hier?«, rief sie.

Ringsherum verstummten die Gespräche. Neugierig und erstaunt richteten die Gäste ihre Aufmerksamkeit auf Charlie und Samuel.

Der wirkte verletzt. »Du hast mich eingeladen, schon vergessen?« Wenn das gespielt war, dachte ich, dann war er ein Anwärter auf die nächsten Oscars.

Charlie schüttelte heftig den Kopf. »Ich ... Schwachsinn!« Sie klang trotzig, fast wie ein kleines Kind, das hartnäckig leugnet, die Vase kaputt gemacht zu haben, deren Scherben es doch in der Hand hielt. Sie stand leicht vorgebeugt da, die Hände zu kleinen, festen Fäusten geballt, und ich hatte den

Eindruck, dass sie durcheinander war. Kurz huschte ihr Blick zu David, dann hatte sie sich wieder im Griff und kehrte zu ihrer Rolle der armen, verfolgten Unschuld zurück. »Ich habe dich nicht eingeladen«, sagte sie. »Ich will, dass du verschwindest! Auf der Stelle!«

Über Samuels Gesicht huschten schnell nacheinander mehrere Emotionen. Der verletzte Ausdruck von eben wurde abgelöst von Begreifen und gleich darauf von einer tiefen Resignation. Offenbar hatte er gerade nicht zum ersten Mal am eigenen Leib erfahren, wie sprunghaft und unberechenbar Charlie sein konnte. Mit einer bedächtigen Geste stellte er seine Flasche auf den Küchentresen. »Das ist nicht dein Ernst, oder?«

Charlie nickte wild. »Und ob!« Sie zitterte jetzt und ich hätte ums Verrecken nicht sagen können, ob es echt war oder einfach nur großes Theater.

»Dir ist schon klar, dass ich extra für heute Abend aus New York hierhergekommen bin?«

Während er das sagte, hatte David offenbar einen Entschluss gefasst, denn er tauchte auf einmal neben Charlie in dem Durchgang auf, nahm sie bei den Schultern und schob sie hinter sich. Dann ging er zwei Schritte auf Samuel zu. »Ich kann mir gut vorstellen, dass sie gesagt hat, du sollst kommen«, sagte er mit einem freundlich-bedauernden Unterton in der Stimme. »Aber vielleicht ist es wirklich besser, wenn du jetzt gehst.«

Samuel jedoch rührte sich nicht. »Ich stalke sie nicht!«, behauptete er. »Sie bildet sich das nur ein. Sie hat gesagt, ich soll kommen.«

David nickte bei jedem seiner Sätze verständnisvoll. »Trotzdem«, sagte er.

»Wer soll gehen?« Summer, die bis eben draußen gewesen war, kam ins Haus geschwebt. Sogar aus der Ferne konnte ich den schwachen süßlichen Duft wahrnehmen, der von ihr ausströmte. Offenbar hatte sie sich die kleine Pause von ihren Gastgeberinnenpflichten mit einem Joint versüßt. Sie wirkte allerdings nicht im Mindesten bekifft. Ihre Blicke schweiften über die Ansammlung von uns Leuten in der Küche, blieben erst an Charlie hängen, dann an David und schließlich an Samuel.

»Warum willst du, dass er geht?«, fragte sie, dann schien sich ihr Körper irgendwie zu straffen. »Du bist unhöflich!« Ihre Stimme, die eben noch normal geklungen hatte, wurde ein ganzes Stück härter.

Charlie schlang die Arme um ihren Leib und senkte den Blick. Hoppla. Was war das denn? Bis jetzt hatte ich sie noch kein einziges Mal so in der Defensive erlebt.

»Ich …«

»Hast du ihn eingeladen oder nicht?«, fiel Summer Charlie kalt ins Wort. Dass die gesamte Gästeschar ihren Auftritt mitverfolgte, schien sie nicht im Geringsten zu stören.

Charlie nickte zögernd. »Ja, schon, aber …« Sie hielt inne, dann fuhr sie auf: »Aber ich dachte doch nicht, dass er wirklich von New York hierherkommt!«

Samuels Blick lag auf ihr, er erschien mir in diesem Moment nur noch traurig. Auf mich wirkte er nicht halb so durchgeknallt wie Charlie oder Summer.

Davids Blicke wanderten unschlüssig zwischen Charlie und Samuel hin und her.

Summer überlegte einen Moment lang. Dann hob sie in einer strengen Geste das Kinn. »Samuel bleibt!«

Charlies Lippen teilten sich, doch sie schien nicht zu wissen, was sie erwidern sollte. Ein Anflug von Zorn erschien in ihrer Miene. Ihre Arme hatte sie noch immer um sich geschlungen und jetzt konnte ich sehen, wie sie ihre Fingernägel in das eigene Fleisch krallte. »Aber ...«

Summer schnitt ihr mit einer energischen Handbewegung das Wort ab. »Schluss! Das hier ist immer noch mein Haus!«

Da gab Charlie auf. »Wenn du meinst«, murmelte sie. Sie wirkte auf mich plötzlich wie ein kleines Kind, das fürchtete, seine Mutter enttäuscht zu haben.

Miley neben mir hob die Augenbrauen. »Heilige Scheiße«, flüsterte sie mir zu.

Ich hatte dem nichts hinzuzufügen.

»Schräg, oder?«, fragte David in mein Ohr und ich zuckte zusammen. Ich stand noch immer in der Küche, nachdem alle anderen zurück in den Wohnraum gegangen waren. Irgendwann während der Konfrontation zwischen Charlie und Samuel war nun auch Adam angekommen. Ich hatte ihn gerade zusammen mit Summer draußen auf der Terrasse entdeckt. Weil ich die beiden so intensiv beobachtet hatte, um herauszufinden, wie er zu all dem hier stand, hatte ich nicht gemerkt, dass David von hinten an mich herangetreten war.

Mit dem Rücken drängte ich mich ganz dicht an ihn und er legte die Arme um mich. Sein Atem streifte mich im Genick und das verursachte mir ein wohliges Schaudern. »Was meinst du?«, fragte ich.

»Die Art, wie Summer Charlie eben behandelt hat. Das war schon immer so. Ihr Verhältnis erinnert mich ein bisschen an meinen Vater und mich.«

Ich dachte an Summers gruselige Charlie-Gedächtnisparty auf den Klippen. Daran, dass sie völlig verzweifelt und neben der Spur gewirkt hatte, obwohl sie da ja schon längst gewusst hatte, dass Charlie am Leben war. »War mir bisher nicht so klar«, murmelte ich.

Ich hatte jetzt ein bisschen länger Gelegenheit, Adam zu beobachten. Sein Verhalten hatte etwas so Euphorisches, Begeistertes, dass ich in ihm kaum den Mann wiedererkannte, den ich im Winter in seinem Inselmuseum kennengelernt hatte.

»Wo ist Charlie?«, fragte ich David.

»Keine Ahnung.« Er klang nicht, als sei es ihm egal. Ich wandte mich zu ihm um und sah in seinen Augen, dass es das auch nicht war. Er machte sich Sorgen, das war deutlich. Aber gleich darauf hörten wir Charlies lautes, irgendwie schrill klingendes Lachen und David entspannte sich ein bisschen.

Solange wir sie lachen hören, ist sie zumindest nicht oben auf den Klippen.

Der Gedanke stand ihm wie mit schwarzem Filzstift auf die Stirn geschrieben.

Um ihn abzulenken, wies ich auf Adam. Nachdem er sein Gespräch mit Summer beendet hatte, war er ins Wohnzimmer gekommen und stand jetzt an eine der leeren weißen Wände gelehnt da. Mit dem Blick folgte er jeder von Charlies Bewegungen, als könne er noch immer nicht begreifen, dass seine tot geglaubte Tochter tatsächlich unter den Lebenden weilte. Immer wieder glitt ein zufriedenes Lächeln über seine Züge.

»Er wirkt wie ein Mann, dem ein unendlich wertvolles Geschenk gemacht worden ist«, sagte David leise.

Ich hörte Charlies Lachen, das in meinen Ohren einmal mehr wie das einer Raubkatze klang. *Ein gefährliches Geschenk,* dachte ich bei mir. Ich sah zu, wie Summer Adam einen farblosen Drink mit einem albernen Schirmchen im Glas gab. Er nahm das Schirmchen heraus und drehte es gedankenverloren zwischen den Fingerspitzen hin und her, während er trank.

Charlie kreuzte seinen Blick und lächelte kurz zurück. Summer versuchte, ihn an der Hand zu berühren, aber er entzog sich ihr mit einem aggressiven Ruck.

»Er ist sauer auf sie«, vermutete ich.

David lächelte schmal. »Wäre ich wohl auch.«

»Erzähl mir etwas von den beiden«, bat ich und er überlegte, wo er anfangen sollte.

»Irgendwie hat sie sich nie wirklich für Charlie interessiert, obwohl sie und Adam sie ja adoptiert haben. Ich habe immer das Gefühl gehabt, dass nur Adam diese Adoption gewollt hat und Summer nicht. Sie war früher Schauspielerin, irgendwo in Plymouth, glaube ich. Eigentlich hat sich immer nur Adam um Charlie gekümmert, so lange, wie ich denken kann.«

Ich sah zu, wie Summer sich selbst einen Drink holte und sich anschließend so demonstrativ bei Adam einhakte, dass er ihr nicht mehr entkommen konnte. Mit ihm zusammen ging sie zu einer kleinen Gruppe von Gästen, bei denen sich auch Kimmi und Carlos befanden. Lächelnd wechselte Summer ein paar Worte mit Carlos. Sie hatte etwas so unfassbar Theatralisches an sich, dass ich sie mir gut auf einer Bühne vorstellen konnte. Vielleicht bei einer Independent-Truppe. Modernes Schauspiel oder so.

»Ich weiß es nicht sicher, aber ich glaube, dass das Theater schuld an ihrer Drogenabhängigkeit ist«, erzählte David weiter.

Ich lehnte mich wieder an ihn. Von der vielen Rumsteherei taten mir langsam die Füße weh. »Sie ist abhängig?« Irgendwie hatte ich es ja schon längst geahnt, aber es laut ausgesprochen zu hören, machte mich ziemlich betroffen.

»Charlie hat mal erzählt, sie habe alles eingeworfen, was irgendwie high macht«, sagte David. »Tabletten hauptsächlich. Irgendwann hat es dann ihre Karriere ruiniert.«

Zusammen mit Kimmi zündete sich Summer selbst gedrehte Zigaretten an. Ich fragte mich, ob die beiden den Tabak mit ein bisschen Gras verlängert hatten.

»Vielleicht ist das der Grund«, fuhr David fort, »warum sie so besessen von Madeleines Legende und dem Fluch ist. Sie ist der Typ Frau, der mit dem Fuß voll auf dem Gaspedal steht. Entweder interessiert sie sich für eine Sache zweihundert Prozent oder gar nicht. Nachdem es mit der Schauspielerei nicht geklappt hat, hat sie irgendwas Neues gebraucht, dem sie verfallen konnte.« David machte eine kleine Pause. »Charlie hat ziemlich darunter gelitten, dass es wieder nicht sie war.«

»Dass es wieder nicht sie war?«, hakte ich nach. Ich hatte Mühe, mir vorzustellen, dass Charlie unter irgendetwas wirklich leiden konnte. Dazu war sie viel zu egozentrisch.

Doch David nickte ernst. »Statt mit ihr hat sich Summer nur mit dieser Legende beschäftigt.« Mit dem Kinn wies er auf Charlie, die gerade Arm in Arm mit Crystal aus dem Obergeschoss nach unten kam. »Sie hat sich immer so verzweifelt um Summers Anerkennung bemüht.« Es lag ein feiner Schmerz in seiner Stimme, der etwas in mir vibrieren ließ.

10

Er ist ganz schön sauer auf sie, oder?« Crystal gesellte sich zu mir. Mit dem Glas in der Hand deutete sie auf David, der gerade auf dem Weg nach oben in Richtung Bad unterwegs gewesen war und dabei einem Wortwechsel mit Charlie nicht mehr hatte ausweichen können. Ich konnte nicht hören, worüber genau sie sprachen, aber an der Art, wie Charlie immer wieder in Samuels Richtung deutete, erkannte ich, dass er das Thema war. Offenbar versuchte sie, David dazu zu bringen, in ihrer Nähe zu bleiben. Alles an ihr schrie lauthals *Beschütz mich!*

David schüttelte mehrmals energisch den Kopf, aber dann schien sie den richtigen Schalter bei ihm gefunden zu haben. Sie sagte etwas ziemlich Kurzes, woraufhin er die Augen schloss und ergeben nickte.

Ich presste die Lippen aufeinander.

»Sieh sie dir doch an«, antwortete ich Crystal. »Er hat ja wohl allen Grund dazu, sauer zu sein.«

Jeannette sah, dass wir uns unterhielten, und schlenderte so unauffällig wie möglich näher. Mittlerweile waren Miley und ich fest davon überzeugt, dass sie für irgendein Klatschmagazin arbeitete.

Crystal wiegelte ab. »Na ja. Wenn man bedenkt, dass *er* derjenige war, der sie so tief in Depressionen gestürzt hat ...« Ihr Blick ruhte auf Charlie und ich konnte einen weichen Ausdruck in ihrer Miene entdecken. Ich hatte gewusst, dass sie Charlies beste Freundin gewesen war, aber jetzt gerade wirkte sie eher, als sei sie in sie verliebt.

Über Jeannettes Gesicht glitt ein interessierter Ausdruck.

Missmutig sah ich Crystal an. »Willst du damit sagen, es ist *seine* Schuld? *Sie* hat ihn doch sieben Monate lang glauben lassen, dass sie tot ist!«

Crystal schien einzusehen, dass ihre Bemerkung etwas daneben gewesen war. »Wennschon!«, erwiderte sie mit einem leichten Achselzucken. Dann wandte sie sich von mir ab, hakte sich bei Jeannette unter und zog sie mit sich fort. »Wenn er sich erst mal wieder eingekriegt hat, wird er einsehen, dass Charlie für ihn bestimmt ist«, hörte ich sie zu ihr sagen. Demonstrativer konnte sie kaum zeigen, dass sie keine Lust mehr darauf hatte, sich mit mir abzugeben.

Jeannette lächelte, als habe ihr jemand ein Staatsgeheimnis anvertraut. Hinter Crystals Rücken gab sie Robin ein Zeichen. Er schoss ein paar weitere Fotos von David und Charlie.

Ich fühlte mich plötzlich, als würde man mir Salz in eine Wunde reiben, die ich bis zu diesem Moment noch gar nicht wahrgenommen hatte. Leicht verblüfft lauschte ich in mich hinein. Hatte ich wirklich Angst, dass David zu Charlie zurückkehren würde? Er hatte mir keinerlei Anlass gegeben, so etwas zu glauben, und doch ...

Robins Kamera richtete sich auf mich.

Um mein Gesicht zu verbergen, das vermutlich wie immer ziemlich genau zeigte, was ich dachte, nahm ich einen tiefen Schluck aus meinem Glas.

Über die Entfernung hinweg schenkte Crystal mir einen Blick, der irgendwo zwischen Mitleid und Gleichgültigkeit pendelte. *Das war es vermutlich mit unserer Freundschaft,* dachte ich. Jetzt, wo Charlie wieder da war, konnte sie offenbar gut auf mich verzichten.

Es war mir egal.

Solange David nicht das Gleiche dachte.

»Kneif mich mal!«, bat ich kurz darauf Miley. Wir hatten einen Platz in der pinkfarbenen Sitzecke ergattert und uns ziemlich geschlaucht darauf niedergelassen.

Sie sah mich erstaunt an, machte aber, was ich gesagt hatte. Ihre Fingernägel gruben sich schmerzhaft in meinen Oberarm. »Wozu das?«, fragte sie.

Ich wies auf David, der sich seit seinem kurzen Gespräch mit Charlie tatsächlich in ihrer Nähe aufhielt. »Sie hat ihn irgendwie dazu gebracht, sie vor Samuel zu beschützen.«

In mir brannte das Verlangen zu erfahren, wie sie das geschafft hatte.

Miley schnaubte verächtlich. »Idiot!«

Ich bemühte mich, es genauso zu sehen wie sie, aber Crystal hatte mich eben doch mehr verunsichert, als ich mir eingestehen wollte.

»He!« Miley knuffte mich am Oberschenkel. »Sag jetzt nicht, du machst dir Sorgen, wegen dieser ... durchgeknallten ...« Ihr fiel kein passendes Wort ein, aber ich wusste ja auch so, von wem sie sprach.

»Natürlich nicht! Ich habe nur irgendwie das komische Gefühl, dass das alles hier nicht real ist.«

Da lachte sie grimmig. »Das habe ich schon lange, Süße! Vielleicht solltest du mich auch mal kneifen, damit ich kapiere, warum wir noch immer hier sind und nicht längst das Weite gesucht haben vor all diesen Zombies.« Sie schaute mir ins Gesicht und das, was sie da sah, versetzte ihr offenbar einen gehörigen Schreck. »Moment mal! Du hast das eben ernst gemeint, oder?«

»Dass ich eine Halluzination habe?«

Sie ächzte leise. »Hast du wieder welche?«, erkundigte sie sich besorgt. »Wahnvorstellungen?«

Ich verzog das Gesicht bei diesem Wort, aber dann sah ich ein, dass Miley damit den Nagel auf den Kopf getroffen hatte. Im Winter hatte ich mich im Wahn beinahe von den Gay-Head-Klippen gestürzt.

Ich schüttelte den Kopf, dabei fiel mein Blick auf die hohe weiße Wand neben dem Sofa. Bis vor Kurzem hatten dort noch Henrys unheimliche Gemälde gehangen. Ich schloss die Augen und hinter meinen Lidern flammte das Bild eines Totenkopfes auf, der mich hämisch angrinste. Der Eindruck war so lebendig, so plastisch, dass ich die Augen rasch wieder aufriss. Es war, als hätte die Erinnerung eines dieser Nachbilder erzeugt, die man manchmal hat, wenn man in ein grelles Licht blickt. Plötzlich glaubte ich, das Bild des Totenschädels auch auf der weißen Wand zu sehen.

Der Titel des Gemäldes fiel mir ein.

Memento moriendum esse.

Bedenke, dass du sterblich bist.

Was, wenn das nicht für alle Menschen galt? Wenn es doch Geister gab ...

Ich ballte die Fäuste bei diesem fürchterlich hirnverbrannten Gedanken.

»Juli?« Miley packte mich am Arm und ich erkannte, dass ich ihr noch keine zufriedenstellende Antwort auf ihre Frage gegeben hatte.

Ich schüttelte erneut den Kopf, energischer diesmal. »Nein«, log ich. »Keine Halluzinationen mehr.«

Miley sah nicht so aus, als glaube sie mir, aber gerade, als sie nachhaken wollte, entschloss sich Charlie, hinaus auf die Terrasse zu gehen. Automatisch wollte David ihr folgen, doch dann blieb er stehen. Unschlüssig wandte er sich zu mir um.

»Was ist?«, rief Miley quer durch den halben Raum. »Ist die Leine, die sie dir angelegt hat, etwa durchgerissen?«

Kurz blitzte Ärger in seinen Augen auf, aber dann holte er tief Luft und kam zu mir. »Kommst du mit raus?«, fragte er.

In mir brannten noch immer die Wunden, die Crystals Worte mir geschlagen hatten. Plötzlich fühlte ich mich innerlich ganz scharfkantig. Ich war zornig, dass wir noch nicht zurück nach *Sorrow* gefahren waren. Zornig, dass wir überhaupt hergekommen waren. Und am meisten war ich zornig auf mich selbst, weil schließlich ich es gewesen war, die die Entscheidung, überhaupt zu dieser bekloppten Party zu gehen, getroffen hatte.

All dieser Zorn verdichtete sich zu einer grellen Flamme hinter meinem Brustbein und ich konnte nicht anders, als eine bissige Antwort zu geben.

»Wieso?«, sagte ich ziemlich kühl. »Ich habe das Gefühl, dass du dich ganz gut mit ihr allein unterhältst.«

Er seufzte. »Ich habe mich *nur* mit ihr unterhalten, Juli.«

Nein, dachte ich und spürte, wie mir die Tränen kommen wollten. *Du spielst ihren Beschützer!*

Alle Anspannung, das Gefühl, den Boden der Realität unter den Füßen verloren zu haben, die Unsicherheit, die ich mit einem Mal empfand, verursachten in mir das unbändige Bedürfnis, um mich zu schlagen.

»Warum auch nicht?«, meinte ich. Und mein Tonfall meinte genau das Gegenteil. »Sie muss dir ja eben etwas ganz und gar Überzeugendes gesagt haben, dass du seitdem an ihr klebst wie eine Klette.«

David runzelte die Stirn. Sein Blick lag schwer auf mir und ich fühlte mich bis auf den Grund meiner Seele durchleuchtet. Trotzig hielt ich ihm stand, wollte, dass er begriff, dass ich mich hyperempfindlich fühlte. Wollte, dass er mich beschützte. Mich, nicht Charlie!

»Sie hat mir gesagt, dass Samuel ein Messer bei sich hat«, murmelte er und zog meinem gesamten irrationalen Ärger damit so gründlich den Stecker, dass ich den Kopf hängen ließ. Ich wollte etwas sagen, wollte mich entschuldigen, aber in dieser Sekunde geschah etwas völlig Unerwartetes.

Draußen auf dem Rasen vor dem Haus begann Charlie zu schreien.

Schlagartig verstummten alle Gespräche. Nur die Musik spielte noch zwei, drei Sekunden, dann war das Lied zu Ende und in der einsetzenden Stille konnte ich meinen eigenen Herzschlag jagen hören.

Gleich darauf schrie Charlie erneut. »Lass mich in Ruhe!«

Und jetzt endlich stürzten die ersten Gäste zu den Terrassentüren. David war unter ihnen und ich ebenfalls.

Charlie stand mit dem Rücken an eine der modernen Skulpturen gepresst, ein Ding aus verrostetem Eisen, das aussah wie ein überdimensionaler Lolli. Sie wurde von jemandem bedrängt, der uns den Rücken zuwandte, und da das einzige Licht, das auf den Rasen fiel, von drinnen kam, konnte ich nicht sofort erkennen, wer es war.

»Hör auf damit, Charlie«, sagte der Jemand und an der Stimme erkannte ich ihn.

Es war Samuel.

Alles, was danach kam, passierte so schnell, dass ich nicht folgen konnte.

Ich sah etwas aufblitzen. Jemand schrie und ich war unsicher, ob ich es nicht selbst gewesen war. David stieß ein entsetztes »Scheiße!« hervor und stürzte vorwärts. Samuel rangelte kurz mit Charlie, dann fuhr er zu David herum. David zuckte zurück. Riss den Arm an sich. Schrie gepresst auf.

Samuel hatte ein Messer in der Hand!

Charlie kreischte.

Ich keuchte. Menschen hasteten an mir vorbei, rechts und links gleichzeitig. Chris und Adam. Sie wollten David zu Hilfe kommen, doch das war gar nicht mehr nötig. Er hatte bereits Samuels Handgelenk gepackt und hielt es fest.

Samuel selbst stand plötzlich sehr still. »Ganz ruhig«, sagte er und atmete schwer dabei. »Charlie hatte das Messer, ich wollte es ihr nur wegnehmen!« Er machte sich aus Davids Griff los und reichte ihm die Klinge auf der flachen Hand.

David nahm sie. Der Blick, mit dem er erst Samuel und gleich darauf Charlie ansah, sprühte Funken.

Charlie bebte. »Er wollte mich umbr...«

»Weißt du, was?«, fuhr Samuel sie an. »Du bist noch immer völlig krank im Kopf! Ich hatte nie vor, dir irgendwas anzutun. *Du* warst es doch, die mich in New York die ganze Zeit angemacht hat! *Du* hast mich glauben lassen, dass du auf mich stehst, dass du mit meiner Hilfe über ihn«, er wies auf David, »hinwegkommen willst. Und das Einzige, Charlie, wirklich das Einzige, das du mir vorwerfen kannst, ist, dass ich bescheuert genug war, dir auch noch zu glauben!« In einer wütenden und resignierten Geste warf er die Hände über den Kopf. Dann wies er auf eine Stelle an Davids Unterarm. »Sorry, Mann. War wirklich keine Absicht.« Mit diesen Worten wandte er sich ab und stapfte wütend über den Rasen davon in die Dunkelheit.

Die Partygäste standen noch ein paar Sekunden lang sprachlos da.

Nur Charlies leises Schluchzen war zu hören.

David hingegen suchte über die Entfernung hinweg meinen Blick. Seine dunklen Augen schimmerten im Licht der Deckenlampen.

Sein Hemdsärmel war dunkelrot.

Als Samuel zu ihm herumgefahren war, hatte er ihn mit dem Messer getroffen und verletzt.

»Das ist nur ein Kratzer!«, sagte Adam.

David saß auf einem der Barhocker am Küchentresen und ließ ihn den Unterarm untersuchen. Der Schnitt befand sich nur wenige Millimeter neben der frisch verheilten Wunde, die von dem Glastisch herrührte, den er auf Jasons Geburtstagsparty zerschlagen hatte. Davids rechter Ärmel war bis über den Ellenbogen hochgekrempelt, sodass von dem Blut daran nicht mehr viel zu sehen war.

Charlie hockte mit Crystal und ein paar anderen auf der pinkfarbenen Couchgarnitur. Sie schluchzte noch immer, aber jetzt nicht mehr so heftig. Mit jeder Sekunde, die verging, wurde mir ihr Theater unerträglicher.

Während Adam sein Blut abwischte, streckte David den linken Arm in meine Richtung. Ich ging zu ihm, schob meine Finger in seine Hand und klammerte mich an ihm fest. Seine Handfläche war schweißnass.

»Mach so was nie wieder!«, murmelte ich.

Er schenkte mir ein schwaches Lächeln. Gleich darauf zog er Luft durch die Zähne, weil Adam Desinfektionsmittel auf die Wunde gesprüht hatte.

Mein Herz jagte noch immer. Was, wenn Samuel ihn mit

dem Messer woanders getroffen hätte? Was, wenn er jetzt schwer verletzt hier auf dem Boden liegen würde, mit einer heftig blutenden Wunde am Bauch statt nur diesem kleinen Schnitt an seinem Arm?

Was würde ich dann tun?

»Hey«, sagte er sanft. »Es ist alles okay! Es war nur ein kleiner Unfall.« Dann sandte er ein grimmiges Kopfschütteln in Charlies Richtung.

Mir schossen Tränen in die Augen. »Scheiße!«, murmelte ich und genau in diesem Moment kam endlich wieder Leben in Charlie. Sie sprang auf und eilte auf David zu. Mit einer großen Geste fiel sie ihm um den Hals und küsste ihn. Er drehte den Kopf zur Seite, sodass sie nicht seine Lippen traf, sondern nur seine Wange. »Danke!«, flüsterte sie ihm zu.

Er sah sie ernst an und schwieg. Dann schüttelte er leicht den Kopf. »Lass dich behandeln, Charlie«, sagte er.

Die Wirkung, die dieser Satz bei ihr hervorrief, ließ mich schaudern. Anstatt sich entrüstet von ihm abzuwenden, wurde ihr Lächeln psychotisch. Sie schmiegte sich eng an ihn. Mit den Fingerspitzen strich sie über die Stelle an Davids Seite, an der sich das Tattoo befand. »Du weißt, dass ich auf harte, kompromisslose Typen stehe«, raunte sie ihm zu.

Heilige Scheiße!

Davids Augen weiteten sich, ehe er sich mit einem Ruck von Charlie losmachte. »Lass dich behandeln«, wiederholte er mit rauer Stimme.

Sie wich einen Schritt zurück. Überlegte. Dann schien sie zu begreifen. Übergangslos wich der irre Ausdruck aus ihren Augen und die Traurigkeit kehrte zurück. Und wiederum einen Sekundenbruchteil später schoss sie einen Blick auf mich ab, der mir die Haut in Streifen vom Leib geschnitten hätte, wäre er eine Klinge gewesen. »Du weißt schon von all den Geheimnissen, die dein geliebter David so mit sich rumschleppt?«, fragte sie honigsüß.

Mir grauste es vor ihr. Ich wandte mich an Adam, der mit ausdruckslosem Gesicht dastand und seine Adoptivtochter ansah. Ich wollte ihm sagen, dass er sie hier fortschaffen sollte, aber genau in diesem Moment, als wenn all das, was heute Abend geschehen war, noch nicht genug gewesen wäre, klingelte mein Handy. Ich war zu sehr mit Charlie beschäftigt, darum achtete ich kaum darauf. Doch Miley, die nur schlecht ein klingelndes Handy ignorieren konnte, kam zu mir und zog es aus meiner Hosentasche.

»Mr Wagner?«, meldete sie sich. »Gerade ist es ganz schlecht ...« Dann verstummte sie. Ihre Augen wurden riesengroß und ihr Gesicht furchtbar blass. »Oh Gott!« Ihre Stimme war nur noch ein Hauch. Sie ließ das Handy sinken. »Dein Vater, Juli«, wisperte sie. »Sein Flugzeug ist abgestürzt.«

11

Alles, was danach kam, lief in Zeitraffer ab und ich kann mich nur noch an Teile davon erinnern.

Ich weiß noch, dass Miley das Handy sinken ließ und dass Adam es ihr abnahm und selbst ranging. Er lauschte, dann sagte er: »Verstehe.« Ohne sich zu verabschieden, legte er auf, strich sich über das Kinn. »Er lebt, Juli!«, sagte er erleichtert. »Das ist das Wichtigste.«

Irgendjemand führte mich zu der Couchgarnitur und drückte mich in die pinkfarbenen Polster. David eilte zu mir, setzte sich neben mich.

Miley kam auf meine andere Seite und zog mich in ihre Arme. »Er lebt, hast du gehört?«

Ich machte mich wieder los. Nickte mechanisch. Ich musste mich zusammenreißen. *Zusammenreißen!* Seltsamerweise war das das Einzige, was ich denken konnte. Nur wenn ich mich zusammenriss und stark war, würde Dad wieder gesund werden. Tief atmete ich durch. »Was ... ist passiert?« In der kurzen Pause zwischen den beiden ersten Worten schossen mir die Tränen in die Augen und ich konnte sie nicht zurückhalten.

»Das Flugzeug, in dem er saß, ist bei der Landung außer Kontrolle geraten und über die Landebahn hinausgeschossen. Dein Vater wurde schwer verletzt, aber er ist am Leben.« In seinem Schock hatte Adam das Bedürfnis, es zu wiederholen: »Er ist am Leben!«

Wie ich anschließend nach *Sorrow* zurückgekommen war, weiß ich nicht mehr. Ich erinnere mich nur noch daran, dass Jason Theo bat, mich mit dem familieneigenen Kleinflugzeug auf der Stelle nach Boston zu fliegen. Das Flugzeug war eine kleine zweisitzige Maschine, was bedeutete, dass weder Walt noch David mich begleiten konnten. David versprach mir, gleich am nächsten Morgen die erste Fähre zu nehmen und nachzukommen.

Als ich kurz darauf in dem Flieger saß, den Theo steil nach oben in den Himmel zog, warf ich einen Blick durch das kleine Seitenfenster hinaus auf die Insel.

Sorrow war von hier aus nicht zu sehen, aber ich musste trotzdem daran denken. Ich dachte an das alte Herrenhaus und an das, was Madeleine Bower zu Grace gesagt hatte.

Es wird ein Unglück geschehen, Miss Wagner. Jemand, den Sie sehr lieben, ist in großer Gefahr.

Und Jasons Worte hallten in mir nach.

Früher oder später glaubt jeder, der hier lebt, an diesen Fluch.

Vielleicht, dachte ich, sollte ich endlich mal die Möglichkeit in Betracht ziehen, dass es Madeleines Geist wirklich gab.

»Dad!«

Ich stürzte in das Zimmer der Intensivstation und an das Bett meines Vaters.

»Gott sei Dank!«

Weil auf dem Logan Airport in Boston wegen des Flugzeugunglücks und auch wegen der noch immer nachwirkenden Fluglotsenstreiks eine Landung unmöglich gewesen war, hatte Theo den Norwood Memorial Airport angesteuert. Mit einem Mietwagen waren wir dann die gut zwanzig Meilen bis Boston gefahren und hatten das Krankenhaus gegen vier Uhr morgens erreicht – nur um festzustellen, dass wir uns bis zum Beginn der offiziellen Besuchszeiten um acht gedulden mussten.

Ich war Theo dankbar dafür, dass er die ganze Zeit bei mir blieb, und das sagte ich ihm auch. Er lächelte. »Master David hat mich darum gebeten.«

Dad lag in einem Berg aus hellgelben Kissen und sonderbarerweise erinnere ich mich noch genau an das zarte Blümchenmuster auf dem Bezug. Ein Sauerstoffschlauch führte an seinen beiden Ohren vorbei und bis unter die Nase. Eine Hälfte seines Gesichts war geschwollen und dunkelblau angelaufen. Sein rechtes Bein hing in einer Schlinge und irgendein Monitor gab in regelmäßigen Abständen leise Piepstöne von sich.

»Hey, Süße!«, sagte Dad und rang sich ein Lächeln ab, das wegen der aufgeplatzten Lippe ein bisschen aussah wie das von Frankensteins Monster. »Was hast du mit deinem Kopf gemacht?«

Er war nur mit knapper Not dem Tod entkommen und alles, was ihn interessierte, war diese dämliche Beule an meiner Schläfe? Ich hatte auf dem Weg zum Inselflughafen geheult und auch im Flugzeug nach Boston, und jetzt schossen mir schon wieder Tränen in die Augen. »Nichts Schlimmes. Aber was machst du denn?«, flüsterte ich.

»Ich wusste schon, warum es bescheuert ist, in ein Flugzeug zu steigen.«

Am liebsten hätte ich mich in seine Arme geworfen, ihn gedrückt und vor allem: mich von ihm drücken und trösten lassen. Doch ich wusste nicht genau, wie schwer er verletzt war, also ließ ich es bleiben. Manchmal ist es ziemlich hart, sich erwachsen und vernünftig zu verhalten.

Schniefend sank ich also auf die Bettkante, langte nach Dads Hand und klammerte mich daran fest. »Wie geht es dir?«

»Den Umständen entsprechend. Ich habe eine Gehirnerschütterung und eine gequetschte Niere. Hast du schon mal rosa gepinkelt? Sieht ziemlich beängstigend aus, ist aber nicht so schlimm, behaupten die Ärzte.«

Seine halbwegs intakte Gesichtshälfte sah so komisch verzweifelt aus, dass ich unter Tränen auflachte. »Mann, Dad!«

Er klopfte mit der freien Hand gegen die Gipsschiene, in der sein Bein eingeschlossen war. »Am schlimmsten ist der hier. Aber die Ärzte sagen, sie kriegen alles wieder hin.«

Erleichterung flutete meinen Körper und es fühlte sich an, als würde jeder einzelne Muskel in mir nachgeben. Mit hängendem Kopf schielte ich meinem Vater ins Gesicht. »Ich habe einen Mordsschrecken bekommen, das kannst du mir glauben!« Ich überlegte, was jetzt zu tun wäre. »Weiß Mama schon Bescheid?«

Er nickte. »Sie ist mein zweiter Notfallkontakt nach dir. Ich habe vorhin mit ihr telefoniert. Deinetwegen wollte sie kommen, aber ich habe ihr gesagt, dass du mir die Augen auskratzen wirst, wenn ich behaupte, dass du nicht allein zurechtkommst. Sie hat mir nicht geglaubt. Du wirst sie selbst noch mal anrufen müssen.«

Ich musste lächeln. »Mache ich.«

Ich verbrachte fast zwei Stunden an Dads Krankenbett und er erzählte mir, dass Walt von der Insel aus bei ihm angerufen hatte, als Theo und ich in der Luft gewesen waren. Er und Miley planten, heute ebenfalls zurück nach Boston zu kommen. Ich telefonierte mit meiner Mutter und überzeugte sie davon, dass ich ganz gut allein zurechtkam und dass es wirklich nicht nötig war herzufliegen.

Und dann, als ich vor lauter Müdigkeit schon nicht mehr richtig geradeaus gucken konnte, schlug Dad vor, dass ich ging. Ich sagte ihm, dass ich später am Tag noch einmal vorbeikommen würde, aber mit einem Blick in mein erschöpftes Gesicht bestand er darauf, dass ich mich erst mal richtig ausschlief. »Ich bin morgen auch noch hier«, meinte er, also versprach ich ihm, am nächsten Tag wiederzukommen. Gleich darauf verließen Theo und ich das Krankenhaus. Die morgendliche Stadtluft kam mir im Vergleich zu der windigen Atmosphäre von Martha's Vineyard dick und ungesund vor, aber trotzdem sog ich sie so tief ein, wie ich nur konnte.

Statt mir ein Taxi zu rufen und selbst wieder nach Martha's Vineyard zurückzukehren, bestand Theo darauf, mich nach Hause zu bringen, was ich bereitwillig zuließ. Als er jedoch vorschlug, mich auch noch ins Haus zu begleiten, lehnte ich ab. »Nicht nötig«, sagte ich mit einem kleinen Lächeln. »Ich bin Ihnen sehr dankbar dafür, dass Sie mich hergeflogen haben, aber ich glaube, ich würde jetzt gern ein bisschen allein sein.«

Er zögerte, doch dann nickte er. Nachdem er sich von mir verabschiedet hatte – nicht ohne dabei die Stirn zu runzeln –, stieg er schließlich in seinen Mietwagen und fuhr davon.

Ich blieb allein zurück, froh darüber, dass innerhalb der nächsten Stunden David eintreffen würde.

Muffige, abgestanden riechende Luft hüllte mich ein, nachdem ich die Haustür aufgeschlossen und den Flur betreten hatte. Ich warf meine Reisetasche in eine Ecke und öffnete das Fenster in meinem Zimmer so weit wie möglich. Der Lärm der Stadt kam mir ungewohnt laut vor, so, als sei ich monatelang auf der Insel gewesen und nicht nur knapp eine Woche.

Seufzend blieb ich mitten im Raum stehen und überlegte, was ich als Erstes tun wollte: duschen oder schlafen gehen.

Ich entschied mich dafür, David anzurufen. Als ich mein Handy anschaltete, sah ich, dass er schon ein paarmal versucht hatte, mich zu erreichen, und als ich seine Nummer wählte, war er innerhalb von Sekunden am Apparat.

»Hey!«, begrüßte er mich. »Ich habe mich schon gefragt, wann du dich meldest. Wie geht es deinem Vater?«

Der Klang seiner Stimme trieb mir schon wieder die Tränen in die Augen. Ich schluckte schwer und hoffte, dass er es nicht hören konnte. »Gut so weit.« In knappen Worten schilderte ich, was genau mein Dad hatte und dass es nicht lebensgefährlich war.

»Gott sei Dank!«, murmelte David.

Dann waren wir beide eine Weile lang still.

»Kommst du klar?«, erkundigte er sich schließlich.

Da war etwas in seiner Stimme, das mich aufhorchen ließ. »Warum fragst du?« Ich stand noch an der Stelle, an der ich mein Handy aus der Tasche genommen und gewählt hatte.

»Nur so«, antwortete David. »Ich bin gerade dabei, meine Sachen zu packen. Die erste Fähre geht in einer guten Stunde.«

Während er sprach, setzte ich mich auf mein Bett. Die Vorhänge bauschten sich sachte in dem Luftzug, der durch die geöffneten Fenster drang. Der Anblick erinnerte mich an einen Geist und ich rieb mir über die Augen. »Irgendwas hast du«, sagte ich David auf den Kopf zu. »Du klingst so komisch.«

Er schwieg. Ich glaubte zu hören, wie er seine Schranktür öffnete, und stellte mir vor, dass er einen Stapel T-Shirts herausnahm und in seine Reisetasche packte. »Es ist nichts, Juli«, behauptete er, doch sein ungezwungener Tonfall klang irgendwie künstlich.

»Lüg mich nicht an! Ich höre doch, dass etwas passiert ist.«

Plötzlich hatte ich das Gefühl, eine Handgranate ans Ohr zu halten und kein Telefon. »Charlie«, vermutete ich.

Er stieß einen kleinen Ächzer aus. »Ich fürchte, ja.«

Ich starrte auf die wehenden Vorhänge und für einen Sekundenbruchteil änderten sie die Farbe, waren nicht mehr hellgelb, sondern mit einem Mal blutrot. Ich blinzelte. »Was hat sie jetzt wieder gemacht?«

»Sie ist noch mal auf die Klippen hoch. Aber heimlich diesmal, ohne dass ich es mitbekommen habe. Wir haben nur davon erfahren, weil Grace es zufällig gesehen und mich informiert hat.« Er verstummte. Ich konnte ihn atmen hören und hätte zu gern gewusst, was er gerade tat.

»Du bist hinterher«, murmelte ich.

»Natürlich.«

»Und?«

»Sie stand am Rand der Klippen. Und sie weinte.«

»Sie konnte sehr ausdrucksvoll weinen«, zitierte ich etwas, das er selbst im Winter zu mir gesagt hatte. Dass er sie außerdem ein manipulatives Miststück genannt hatte, musste ich nicht hinzufügen. Er verstand auch so, was ich sagen wollte.

Er stieß ein winziges, mutloses Lachen aus. »Ich weiß! Das Schlimme ist, dass sie diesmal echt verzweifelt wirkte.«

Ich ließ mich rücklings auf das Bett sinken und starrte gegen die Decke. »Was sagt Walt dazu?«, fragte ich und kniff mir in den Nasenrücken.

»Er sieht die Gefahr, dass sie sich etwas antut, hat aber wiederholt, dass ich mich für Charlies Verhalten nicht verantwortlich fühlen darf.«

»Hm.« Ich überlegte, was ich jetzt sagen sollte. David fürchtete, dass Charlie diesmal tatsächlich seinetwegen springen könnte. Und natürlich war es völlig egal, ob sie das aus Verzweiflung tat oder aus schrecklich fehlgeleiteter Berechnung und dem Willen, ihn zu bestrafen. Wenn sie sich diesmal wirklich umbrachte, dann würde das auch ihn kaputt machen. Das konnte ich absolut nachvollziehen. Was ich allerdings nicht nachvollziehen konnte, war, warum er der Meinung zu sein schien, dass nur er Charlie davon abhalten konnte, Selbstmord zu begehen. Was war mit Adam? Was mit Summer? Okay, Summer wäre vermutlich eher nicht diejenige, die ich um Hilfe bitten würde, aber Adam? Warum ließ David nicht Adam Charlie dazu bringen, sich wieder in Therapie zu begeben?

Ich seufzte tief. Plötzlich fühlte ich mich genauso, wie ich mich damals gefühlt hatte, als ich David auf den Stufen von *Sorrow* zum ersten Mal gegenübergestanden hatte.

Gläsern.

Empfindlich.

»Bist du dir sicher, dass sie dich nicht doch einfach manipuliert?«, fragte ich.

Er seufzte ebenfalls. »Nein. Ich dachte, dass ich sie jetzt endlich durchschauen könnte. Aber offenbar kann ich das immer noch nicht, Juli.«

Ich biss die Zähne zusammen. Ich wollte ihn hier bei mir haben. Und ich wollte, dass es ihm gut ging, dass er all die schrecklichen Dinge endlich hinter sich lassen konnte, die er erlebt hatte. Auf keinen Fall wollte ich, dass er sich erneut so schreckliche Vorwürfe machen musste wie im Winter. Ich wollte Charlie packen und schütteln, bis sie vernünftig wurde. Ich wollte, dass sie wieder verschwand. Ich wollte ... ich wusste nicht, was ich wollte.

Oder doch.

Ich wollte David. Weil ich ihn so unfassbar liebte. Ich liebte ihn unter anderem auch wegen dieser stillen, ritterlichen Art, die er an sich hatte. Ich liebte ihn dafür, dass er sich verantwortlich fühlte für die Dinge, die in der Welt schiefliefen, dass er diesen himmelschreiend romantischen Beschützerinstinkt hatte. Und ich hasste es, dass ausgerechnet dieser Beschützerinstinkt ihn in ein Dilemma stürzte. Ich wollte nicht, dass er sich zwischen mir und Charlie entscheiden musste, und sei es auch nur in der banalen Frage, ob er jetzt zu mir kam oder bei ihr auf der Insel blieb.

»Wenn ich die Fähre noch kriegen will, muss ich langsam los«, sagte David in meine Gedanken hinein. Im Hintergrund war das Geräusch eines Reißverschlusses zu hören, als er seine Reisetasche verschloss.

In diesem Moment traf ich eine Entscheidung. »Nimm eine spätere«, murmelte ich.

»Kommt gar nicht infrage! Ich komme auf jed...«

»Ich stehe nicht am Abgrund, David!«, unterbrach ich ihn ziemlich schroff und fügte mit sanfterer Stimme hinzu: »Nicht wie sie. Meinem Dad geht es gut, er wird wieder gesund werden. Kümmere dich darum, dass Charlie professionelle Hilfe annimmt, und dann komm so schnell wie möglich her.«

Es fühlte sich pervers gut an, vernünftig sein zu können und gleichzeitig schmerzhaft romantisch und melodramatisch.

Es dauerte eine halbe Ewigkeit, bis er seine Stimme wiederfand. »Oh Gott, wie sehr ich dich liebe, weißt du das?«

»Ich liebe dich auch.« Ich schloss die Augen. »Vergiss das bloß nicht!«

»Im Leben nicht.« Er lachte gepresst.

»David?«, murmelte ich und krampfte die Spitzen von Zeigefinger und Daumen in meine inneren Augenwinkel, bis ich Feuerräder sah.

»Ja?«, fragte er.

»Pass auch auf dich selbst auf, ja?«, bat ich.

Er versprach es mir. Dann legten wir auf. Ich hatte das Gefühl, dass sich die Welt in rasendem Tempo um mich drehte.

Und dass mein Herz erneut Risse bekam.

Nachdem ich bestimmt zehn Minuten an die Decke gestarrt und mich in meiner lustvollen Traurigkeit gesuhlt hatte, rief ich Miley an. Ich erreichte sie ebenfalls beim Packen und ich erzählte ihr, dass es meinem Vater einigermaßen gut ging.

Ich konnte sie seufzen hören, als sie die Nachricht hörte. »Gott sei Dank!«, stieß sie hervor. »David war gerade hier. Er hat gesagt, dass er jetzt doch nicht mit nach Boston kommt.« Sie schnaufte. »Was ist da los, Juli?«

Ich erzählte ihr von meinem Telefonat mit ihm.

»Was für eine Scheiße«, brummelte sie. »Kann man diese Tussi nicht einfach zwangseinweisen?«

Ich unterdrückte ein bitteres Lachen. »Das wäre vielleicht eine gute Idee.«

Wir redeten noch ein bisschen über David und darüber, wie sehr er sich für Charlie verantwortlich fühlte, obwohl sie doch auseinander waren. Genau wie ich eben in Gedanken gebrauchte Miley ein paarmal das Wort *ritterlich* und ich war mir nicht ganz sicher, ob sie es ironisch oder völlig ernst meinte. Mittlerweile war ich so müde und ausgelaugt, dass ich kaum noch einen Satz zu Ende brachte. Kein Wunder, schließlich hatte ich die ganze Nacht über kein Auge zugetan. Ich verabschiedete mich von Miley und legte auf. Kurz dachte ich daran, dass ich eigentlich hatte duschen wollen, aber dann war ich auch schon eingeschlafen.

Ich erwachte, weil es an der Haustür klingelte.

Im ersten Moment war ich völlig desorientiert und fragte mich, warum Grace nicht öffnen ging – bis mir wieder einfiel, dass ich ja nicht mehr auf *Sorrow* war. Ich rappelte mich auf und warf einen Blick auf mein Handy.

Acht Uhr abends durch. Ich hatte knapp neun Stunden geschlafen, aber es fühlte sich an, als sei ich eben erst ins Bett gegangen.

Mit bleischweren Gliedern wankte ich zu meiner Zimmertür und stolperte dabei über meinen Koffer, der unausgepackt mitten im Weg lag. Violett Sandhursts Tagebuch fiel heraus und landete auf dem Boden. Missmutig hob ich es auf. Vielleicht sollte ich das mal zu Ende lesen. Irgendwann. Ich legte es auf meinen Nachtschrank und ging, um zu öffnen. Im Flur jedoch fiel mein Blick in den Spiegel.

Na toll!

Ich sah aus wie Frankensteins Braut. Meine Haare standen wirr und stumpf in alle Himmelsrichtungen ab, weil ich irgendwann im Flugzeug zwar die Spangen gelöst hatte, mit denen Miley mich frisiert hatte, aber natürlich hatte ich vor dem Schlafengehen das Haarspray nicht ausgebürstet. Ebenso hatte ich mich nicht abgeschminkt und die Smokey Eyes, mit denen ich gestern Abend zu Summers und Charlies Party gegangen war, sahen jetzt aus wie die Maske von einem der Panzerknacker.

Nicht zu ändern. Es klingelte erneut. In mir erwachte die Hoffnung, dass es vielleicht David war. Dass er es sich anders überlegt hatte und doch gekommen war. Eilig rannte ich nach unten und öffnete.

»Du«, murmelte ich enttäuscht.

Es war nicht David. Es war Walt.

Von oben herab sah er mich an. »Ja. Schon wieder nur ich.« Er hatte eine Papiertüte von irgendeinem Chinaimbiss dabei und in der anderen Hand zwei Flaschen Cola. Beides hielt er in die Höhe. »Ich dachte mir, dass euer Kühlschrank nicht mehr allzu viel hergibt.«

Seine Worte machten mir klar, dass ich fast vierundzwanzig Stunden nichts gegessen hatte. Mein Magen knurrte laut. Walt lachte. »Darf ich reinkommen – auch wenn ich nicht David bin?«

Ich kam mir durchschaut vor. »Klar.« Mit einer einladenden Geste öffnete ich die Tür ganz.

Wir aßen am Küchentisch und direkt aus den Pappschachteln. Während Walt die mitgebrachten Sachen samt Essstäbchen auspackte, wusch ich mir rasch das Gesicht und fuhr mir mit der Bürste ein paarmal durch die Haare. Dann holte ich mir eine Gabel. Ich hatte das Gefühl, dass mir ein durchaus ernstes Gespräch bevorstand, und ich wollte mich ganz darauf konzentrieren können, statt meine Gehirnkapazitäten mit dem Jonglieren von glitschigen Nudeln zwischen zwei runden Holzstäbchen zu verschwenden.

»Wann seid ihr von *Sorrow* weg?«, fragte ich ihn, nachdem ich Walt erst mal einen ausführlichen Bericht darüber gegeben hatte, wie es Dad ging.

»Heute Mittag. Wir haben die erste Schnellfähre nach Boston genommen.«

Die, mit der eigentlich auch David hatte kommen wollen ...

Ich kämpfte die Sehnsucht nach ihm nieder und auch den fiesen kleinen Anflug von Enttäuschung, dass er wirklich nicht mitgekommen war.

»Wie geht es Charlie?«, fragte ich. »Hast du noch mal mit

ihr gesprochen?« Ich stocherte mit der Gabel in meinen Nudeln herum, weil ich auf ein paar Nüsse gestoßen war. Warum in aller Welt musste man gebratene Nudeln mit Nüssen vermischen? Missmutig schob ich die Dinger in eine Ecke der Pappschachtel.

Walt nahm einen Schluck Cola. »Habe ich. Aber mich interessiert erst mal viel mehr, wie es dir geht. Was du empfindest.«

Ich kannte diese Psychologenspielchen schon von ihm, darum wusste ich, dass ich mitmachen musste, wenn er sich nicht als furchtbare Nervensäge entpuppen sollte. »Verwirrung«, sagte ich. »Es ist so viel passiert, dass ich das Gefühl habe, überhaupt nicht klarzukommen. Es fühlt sich an, als sei mir permanent schwindelig.«

»Und wenn du zur Ruhe kommst, woran denkst du dann als Erstes?«

Ich lauschte in mich hinein. »Unterschiedlich. An Charlie.« Ich lauschte weiter. »Ich finde sie gruselig. Und ich habe Angst, dass sie mir David wegnimmt, trotz all seiner Beteuerungen.«

Walt wartete.

»An Dad.« Ich lachte verlegen. »Ich schäme mich ein bisschen, dass er mir nicht zuerst eingefallen ist.«

»Er wird wieder gesund werden, das weißt du«, sagte Walt, doch ich merkte auch ihm die Sorge um meinen Vater an. »Was ist mit den Minuten oben auf der Klippe? Als David und ich die Waffe auf dich gerichtet haben?«

Die Erinnerung an diesen furchtbaren Moment war bis gerade eben unter all dem anderen Müll verschüttet gewesen. Aber als ich jetzt daran dachte, wurde mir beinahe wieder genauso mulmig wie vorgestern auf den Klippen. »Es geht wohl, denke ich. Ich träume nicht davon oder so.«

»Sag mir Bescheid, wenn du das Gefühl hast, dass sich das ändert.«

»Mache ich.« Ich schob mir eine Gabel Nudeln in den Mund, ehe ich Walt die Frage stellte, die mir seit dem Aufwachen auf der Seele brannte. »Glaubst du, Charlie ist wirklich imstande zu springen?«

Er nickte und wirkte dabei sehr ernst. »Auf jeden Fall. Ich habe sie zwar nicht eingehend untersucht, aber Selbstmordabsichten sollte man immer ernst nehmen. Besonders bei Menschen mit bipolaren Störungen, wie Charlie sie meines Erachtens hat.« Er verzog das Gesicht, als habe er gerade etwas sehr Dummes gesagt. Ich wusste, dass er normalerweise nicht über seine Patienten sprach, aber genau genommen war Charlie ja nicht seine Patientin. Und ich war viel zu begierig darauf, mehr über sie und ihre Macken zu erfahren, um groß auf Walts ethische Befindlichkeiten Rücksicht zu nehmen.

»Bipolare Störung«, wiederholte ich also, um ein bisschen mehr aus ihm herauszulocken.

»Landläufig sagt man auch manisch-depressive Störung dazu«, erklärte er und das sagte mir etwas. Menschen, die darunter litten, waren phasenweise schwer depressiv und dann wieder so aktiv und energiegeladen, dass man sie kaum ertragen konnte.

Ich nickte. »Das würde ihr sonderbares Verhalten auf der Party erklären.«

Zu meiner Überraschung schüttelte Walt den Kopf. »Manische und depressive Phasen dauern lange, oftmals Wochen oder sogar Monate.«

»Sie war Monate in dieser Klinik!«

»Ja, eine bipolare Störung würde das erklären. Allerdings nicht dieses schnelle Schwanken zwischen Verzweiflung und Manie, das sie an den Tag legt.«

Ich nahm meine Colaflasche und trank einen Schluck. Die kalte Flüssigkeit zog mir schmerzhaft die Kehle zusammen. Langsam stellte ich die Flasche wieder auf den Tisch und rückte sie so hin, dass sie genau auf dem feuchten Kreis stand, den sie hinterlassen hatte.

»Glaubst du, dass David ihr helfen kann?«

»Nicht im klinischen Sinne, falls du das meinst. Vielleicht kann er dazu beitragen, dass sie nicht springt. Und vielleicht kriegt er sie dazu, Hilfe anzunehmen, aber mehr auch nicht.«

»Adam sollte dafür sorgen, dass sie Hilfe annimmt.«

»Ja«, sagte Walt. »Am besten sie beide zusammen. Ich habe Adam die Telefonnummer von einem meiner Kollegen gegeben, an den er sich wenden kann.« Er blinzelte zweimal nacheinander. »Wegen Charlie und wegen Summer.«

»Summer ...« Ich überlegte, ob ich Walt nach Summers schrägem Verhalten fragen sollte, doch jemand anders war mir natürlich weitaus wichtiger, darum erkundigte ich mich: »Hast du David geraten, bei Charlie zu bleiben?« Ich wollte hören, dass er Ja sagte, denn das hätte mich irgendwie beruhigt.

Aber er sagte nicht Ja. »Ich habe ihm erklärt, dass er für Charlies Probleme nicht die Verantwortung trägt.«

»Ja. Genau das hat er mir gesagt.« Die Cola gurgelte in meinem Magen. »Er ist nicht schuld, wenn sie springt.«

»So ist es.«

»Nur dass er genau das denkt.«

»Du machst dir Sorgen um ihn«, sagte Walt mir auf den Kopf zu.

Ich nickte. Dann fiel mir etwas ein. »Kann es sein, dass er noch immer Flashbacks hat?«, fragte ich.

Walt klang nicht überrascht, als er sich erkundigte: »Wie kommst du darauf?«

Ich erzählte ihm von der Szene in Jasons Arbeitszimmer, davon, wie David erstarrt war, als höre er noch immer diesen Schuss in seiner Erinnerung. »Er *hat* Flashbacks, nicht wahr?«

Walt überlegte lange, was er antworten sollte. »Die menschliche Psyche ist nicht so einfach zu verstehen wie ein Automotor, Juli. Aber du kannst sicher sein: Ich kümmere mich um David, versprochen.«

Ich nickte langsam. »Schon klar«, sagte ich.

Er betrachtete meine missmutige Miene. Ein kleines bisschen ließ er sich davon beeinflussen. »Wenn er wirklich Flashbacks hat«, sagte er, »dann war das auslösende, traumatische Ereignis dafür vermutlich nicht Charlies Sturz von der Klippe.«

Mir kroch ein Schauder über den gesamten Leib. »Sondern?«

Walt zuckte die Achseln und machte jetzt endgültig dicht. »Woher soll ich das wissen?«

In mir hallte das wider, was Charlie auf der Party zu mir gesagt hatte:

Du weißt schon von all den Geheimnissen, die dein geliebter David so mit sich rumschleppt ...

12

»Walt war gestern Abend hier«, erzählte ich David am nächsten Morgen, als wir telefonierten. Er hatte mich angerufen, und weil ich keine Lust hatte, über Charlie zu reden, hatte ich mich für dieses Thema entschieden.

David seufzte. »Den könnte ich jetzt hier gut gebrauchen.«

Für Charlie.

Er sagte es nicht, aber es hing deutlich in den Zeilen zwischen seinen Worten.

Ich unterdrückte ein Stöhnen. So viel zum Thema *Wir vermeiden es, über durchgeknallte Exfreundinnen zu reden.*

»Ich habe Walt auf deine Flashbacks angesprochen«, wich ich aus.

Er machte ein leises Geräusch, irgendwo zwischen Überraschung und Verärgerung. »Es gibt keine Flashbacks mehr, Juli.«

»Wirklich?«

»Ja. Warum auch? Charlie wurde nicht erschossen.«

Charlie, Charlie, Charlie! Wie ich anfing, sie zu hassen!

Mir kam ein Gedanke. Was, wenn David nicht nur ihretwegen auf Martha's Vineyard blieb? Was, wenn er mir aus dem Weg gehen wollte? Weil ich nicht mitkriegen sollte, dass er noch immer unter seinen Flashbacks litt?

»Ich bin nicht sicher, ob ich dir glaube«, murmelte ich.

»Ach, Juli!«

Geheimnisse, wisperte Charlies honigsüße Stimme in meinem Kopf.

Ich wappnete mich für den nächsten Satz. »Du *hast* immer noch Flashbacks, David! Was siehst du?«

»Nichts.«

Wie war es möglich, dass einen ein einziges Wort so wütend machen konnte?

Und wie war es möglich, dass ein einziger Satz sämtliche Wut in Schrecken verwandelte?

»Samuel ist noch immer auf der Insel«, sagte David.

Ich klappte den Mund wieder zu, den ich für eine scharfe Erwiderung geöffnet hatte. »Wie bitte?«

»Vielleicht ist er doch nicht ganz so harmlos, wie er uns glauben machen wollte. Vielleicht ist an Charlies Behauptung, dass er sie stalkt, doch was dran. Jedenfalls muss Samuel sich hier irgendwo auf der Insel einquartiert haben. Ich habe ihn vor Summers Haus rumlungern sehen.«

»Und jetzt?«, murmelte ich und sah jede Chance darauf, dass David in absehbarer Zeit zu mir kommen würde, am Horizont im Nebel verschwinden.

»O'Donnell hat einen seiner Beamten abgestellt, um ein bisschen aufzupassen. Ich glaube, Charlie gefällt es ganz gut, dass jetzt andauernd ein Kerl mit dickem Bizeps und Knarre in ihrer Nähe herumlungert.«

»Kann ich mir vorstellen.«

»Mir gibt das die Gelegenheit, wenigstens für ein paar Stunden von hier zu verschwinden.«

Ich hob den Kopf. »Kommst du her?«

In Davids Stimme lag ein Lächeln. »Rate, wo ich gerade bin.«

Hinter ihm, ganz in seiner Nähe, ertönte ein lang gezogenes, dumpfes Heulen, das ich schon etliche Male gehört hatte.

Die Schiffssirene der Fähre zwischen Oak Bluffs und Woods Hole.

Ein paar Tage später saß ich in Shorts und Tanktop im Boston Common, dem großen Park im Zentrum der Stadt. Ich hatte mich mit Miley in der Nähe des kleinen künstlichen Sees namens Frog Pont verabredet, der schon seit vielen Jahren unser Treffpunkt war. Eigentlich hatte ich vor, bis zu Mileys Ankunft in Violett Sandhursts Tagebuch zu lesen, aber von meiner Bank aus konnte man die Fassaden der Hochhäuser an der Tremont Street sehen und vor allem die Hundewiese davor, auf der sich zwei uralte Pudel ziemlich gelangweilt um einen ebenso alten Tennisball stritten. In meinen Augen sahen sie aus, als wollten sie nur ihrem am Seitenrand wartenden Frauchen eine Freude machen.

Während ich die Hunde beobachtete und das Tagebuch dabei in meinen Schoß sinken ließ, schweiften meine Gedanken zurück.

Davids unerwarteter Besuch war kurz, aber sehr schön gewesen. Es war uns tatsächlich gelungen, Charlie und *Sorrow* und Madeleine Bower aus unseren Gedanken zu verbannen und einfach nur eine gute Zeit miteinander zu verbringen. Natürlich hatten wir meinen Vater im Krankenhaus besucht, aber dieser Besuch war ziemlich kurz ausgefallen. Danach waren wir lange am Charles River spazieren gegangen und hatten anschließend eine Pizza in einem kleinen Restaurant in Little Italy gegessen, bevor David wieder aufbrechen musste, um die letzte Fähre auf die Insel zu bekommen.

Jetzt hier im Park musste ich an die Stunden mit ihm denken und hoffte, dass wir uns so schnell wie möglich wiedersehen würden.

Als mein Handy klingelte, machte mein Herz einen kleinen Hüpfer, doch zu meiner Enttäuschung war es nicht David. Stattdessen meldete sich Chris.

»Hey, Miss Saigon«, sagte er scherzhaft.

»Selber hey, werter Herr Beutlin.«

Er lachte. Dann jedoch wurde er ungewöhnlich schnell wieder ernst. »Ich rufe eigentlich an, weil ich dich was wegen David fragen wollte ...«, meinte er gedehnt.

Das klang nicht gut. Ich richtete mich auf. »Ist was passiert?«

»Genau das wollte ich dich fragen. Du sprichst doch regelmäßig mit ihm, oder nicht?«

Die beiden alten Pudel entdeckten einen kleinen Schnauzer und ließen Tennisball Tennisball sein. Während sie mit ihrem neuen Freund über die Wiese tobten, nahm ich das Telefon ans andere Ohr. »Was ist los, Chris?«

Ich musste ziemlich alarmiert geklungen haben, denn er wiegelte sofort ab. »Gar nichts wahrscheinlich. Adam und David haben es geschafft, Charlie dazu zu bewegen, mit ihnen zu einem Psychiater zu fahren. Offenbar hat der sie dazu gebracht, ihre Medikamente wieder zu nehmen. Es geht ihr sehr viel besser, glaube ich.«

Ich war nicht sicher, ob mich das beruhigen oder vielmehr ängstigen sollte. »Was hat das mit David zu tun?«

Er zögerte. Ich spürte, dass er mir ausweichen wollte. Vermutlich ärgerte er sich inzwischen darüber, dass er mich angerufen hatte. »Chris!«, drohte ich ihm.

Da schnaufte er. »Nichts vermutlich. Ich reagiere über, du kennst mich ja! Ich habe David jetzt eine Weile nicht zu Gesicht bekommen. Adam scheint sich Sorgen zu machen. Er hat mir gesagt, dass David sich bei ihm nach diesem bekloppten

Fluch und nach dem Bell'schen Wahnsinn erkundigt hat. Und da dachte ich, du ... Vergiss es einfach, okay?«

Charlie nimmt ihre Medikamente wieder ... es geht ihr sehr viel besser ...

Das waren die beiden Dinge, die von Chris' Wortschwall bei mir hängen geblieben waren. In meinem Kopf rappelten sie hin und her wie Erbsen in einer Kinderrassel.

Jenseits der Hundewiese betrat Miley den Park und steuerte auf mich zu.

»Klar«, sagte ich ins Telefon. Dabei wusste ich bereits, dass ich Chris' Worte auf keinen Fall vergessen würde. Er hatte David eine Weile nicht zu Gesicht bekommen. Bedeutete das, dass David seine Zeit nur noch mit Charlie verbrachte?

Warum, wenn es ihr doch angeblich besser ging?

»Okay«, meinte Chris gedehnt. »Ich merke schon, es war echt idiotisch von mir, dich anzurufen. Ich wollte dich nicht beunruhigen.«

Miley war jetzt fast bei mir angekommen.

»Hast du nicht«, sagte ich zu Chris. Dann verabschiedete ich mich und legte auf.

»Hi, Süße.« Miley gab mir ein Küsschen auf die Wange und warf sich neben mich auf die Bank. »Mit wem hast du telefoniert?«

»Mit Chris. Charlie geht es offenbar besser.«

Sie drehte sich so, dass sie mich von der Seite her ansehen konnte. »Ist das eine gute oder eine schlechte Nachricht?«

Das wüsste ich auch gern!

Ich zuckte nur die Achseln.

Miley vergaß unser kurzes Gespräch fast augenblicklich. »Ich muss dir unbedingt was zeigen!« Sie begann, in ihrer Tasche zu kramen, und warf mir eine Ausgabe der *Fascination* auf den Schoß, die sie abonniert hatte. »Guck mal auf Seite vier und fünf.«

Zögernd nahm ich die Zeitschrift zur Hand. Es war die aktuelle Ausgabe. Irgendwie hatte ich nach dem Gespräch mit Chris eben keine Lust, sie aufzuschlagen.

»Jetzt mach schon!«, befahl Miley mir, und als ich nicht sofort reagierte, nahm sie das Blatt und schlug die bezeichneten Seiten selbst auf.

Mir blieb die Spucke weg.

Auf der Doppelseite befand sich eine Bilderstrecke von Charlies und Summers Dinnerparty. Ich sah mehrere Aufnahmen von Charlie und David und eine auch von mir.

»Jetzt wissen wir wenigstens, warum Robin so viel geknipst hat«, murmelte ich dumpf, während meine Blicke über die Bilder wanderten.

»Die beiden waren wirklich Reporter!«, schnaubte Miley. »Und ich gehe jede Wette ein, dass Summer sie eingeladen hat!«

Ich wollte ihren Ärger teilen, aber ich konnte es nicht, weil ich dazu viel zu perplex war. Mit der Zeigefingerspitze berührte ich ein Bild von David. Robin war ein guter Fotograf. Davids Blick war in eine unendliche Ferne gerichtet und doch schien er den Betrachter direkt anzusehen. Obwohl es nur ein Foto war, zog sich mir bei seinem Anblick schmerzhaft das Herz zusammen. Die Bildunterschrift, die vermutlich Jeannette verbrochen hatte, lautete: »Noch immer einsam, obwohl er nicht mehr allein ist.«

Ich stieß ein leises Würgen aus.

»Ja«, meinte Miley. »Und es wird noch schlimmer.« Sie blätterte um. David schien ein wirklich heißes Thema zu sein, denn der Beitrag ging auf den nächsten beiden Seiten weiter.

Ich knirschte mit den Zähnen. Hier hatte Jeannette ihren Artikel offenbar mit Archivfotos aufgepeppt. Eines davon zeigte David mit freiem Oberkörper. Sein Tattoo war gut zu erkennen und die Bildunterschrift, eine Übersetzung der Sanskrit-Zeichen, schnürte mir die Kehle zu.

Ich fragte mich, woher die Reporterin dieses Foto wohl hatte.

»Lies, was daneben steht«, forderte Miley mich auf. »Und dann fang an zu kotzen!«

Ich wandte mich dem Text zu. »Aus Insiderkreisen wissen wir, dass David Bell dieses Tattoo Charlie Sandhurst zuliebe hat machen lassen«, hatte Jeannette geschrieben. »Wie wir aus dem direkten Umfeld seiner Exverlobten erfahren haben, hat seine vorübergehende Freundin Juliane Wagner von ihm verlangt, es entfernen zu lassen. Dass er es immer noch trägt ...« Die Zeilen verschwammen vor meinen Augen.

»Vorübergehende Freundin?«, krächzte ich.

Die waren sich ja ganz sicher, dass David zu Charlie zurückkehren würde, und wenn ich mir die Fotos genauer ansah, wusste ich auch, warum. Rechts oben in der Ecke der Seite befand sich ein Bild, das David und Charlie gemeinsam zeigte. Ich hatte nicht mitbekommen, wann genau es aufgenommen worden war, aber es war deutlich, dass es bei der Party entstanden sein musste. Im Hintergrund war das pinkfarbene Sofa zu sehen und sowohl David als auch Charlie trugen die Klamotten, die sie an dem Abend angehabt hatten.

Was das Foto in meinen Augen so schrecklich machte, war der Ausdruck in Davids Gesicht. Er sah Charlie an auf diesem Bild.

Und er lächelte.

Ich schluckte schwer. Täuschte ich mich oder sah er verliebt aus?

»Das ist doch alles lügnerisches Geschmiere!«, sagte Miley, nahm mir die Zeitschrift weg und warf sie neben sich auf die Bank. »Ich habe David keinen einzigen solchen Blick in Charlies Richtung werfen sehen, glaub mir! Das ist in einem günstigen Winkel aufgenommen worden. Sicher hat er in diesem Augenblick nicht sie angesehen, sondern dich!«

Ich nickte mechanisch. Ich wollte ihr das glauben, aber irgendwie ging es nicht.

Es geht Charlie sehr viel besser, hatte Chris gesagt ... Der Satz verwandelte sich in eine Dauerschleife und dann ging er in die Refrainzeile von Hurts *Miracle* über, das ich auf der Party immer und immer wieder gehört hatte.

If you offer salvation, I will run into your arms ...

»Vermutlich hast du recht«, sagte ich leise.

Miley schien sich über meine heftige Reaktion zu wundern. »Lügnerisches Geschmiere«, wiederholte sie, als würde es das besser machen. Als sie sah, dass es das nicht tat, wurde ihre Stimme ganz weich. »Hey! Lass dich doch davon nicht so runterziehen!«

Alles, was sie damit erreichte, war, dass mir jetzt tatsächlich auch noch Tränen in die Augen schossen.

»Ach du Scheiße!«, stieß Miley hervor. Dann zog sie mich in ihre Arme. »Was hast du denn bloß?«

Ich schniefte. Dann erzählte ich ihr von dem Telefonat mit Chris.

»Es geht Charlie besser und jetzt hast du Angst, dass David sich neu in sie verliebt«, brachte sie mein etwas unzusammenhängendes Gestammel auf den Punkt.

Ich nickte und kramte in meiner Hosentasche nach einem Taschentuch.

Miley beugte sich vor, nahm eine Packung Papiertaschentücher aus ihrer Tasche und reichte sie mir. »Du spinnst doch! David liebt dich, Schätzchen. Nur dich!«

Ja, vielleicht. Doch wir sprachen hier von Charlie. Charlie, die es verstand, ihre Reize gezielt einzusetzen. Charlie, die es immer wieder schaffte, die Leute vergessen zu lassen, was für ein manipulatives Biest sie war. Aber manipulatives Biest hin oder her – David war immerhin mit ihr *verlobt* gewesen.

»Juli?«, hakte Miley nach. »Weißt du, was? An deiner Stelle würde ich David einfach anrufen und ihm sagen, wovor du dich fürchtest.«

Wenn sie das sagte, klang es so einfach, dachte ich.

Ich zuckte mit den Achseln und lächelte ihr schief zu.

»Schon klar!«, grummelte sie. »Der edle Ritter und sein geduldiges Burgfräulein gefallen sich in ihren traurigen Rollen.«

Das traf es zwar nicht hundertprozentig, aber sie sagte das so grimmig und gleichzeitig so herrlich ironisch, dass ich lachen musste.

»Was ist?«, schnappte sie.

Ich putzte mir endlich die Nase. »Nichts! Ich dachte nur gerade, dass in einer solchen Geschichte Charlie der Drache wäre.«

Das brachte auch sie zum Lachen. »Stimmt! Oder die böse Hexe.« Sie nahm mir die Taschentuchpackung wieder ab. »Wirst du ihn anrufen?«

Ich versprach es ihr.

Sie richtete den Blick auf das Buch, das ich bei Chris' Anruf in meine Tasche gesteckt hatte und das halb daraus hervorragte. »Was liest du?«

Ich nahm das Tagebuch aus der Tasche und zeigte es Miley. Sie rümpfte die Nase. Sie hatte mir schon ein paarmal geraten, das Ding in die Ecke zu pfeffern, aber irgendwie konnte ich das nicht. Es kam mir vor, als würde Madeleine Bower selbst mich immer wieder dazu treiben, es in die Hand zu nehmen. Jetzt schlug ich es an der Stelle auf, an der ich aufgehört hatte zu lesen, blätterte die letzten beiden Seiten zurück und gleich wieder vor. »Ich habe mich ein bisschen mit den Frauen beschäftigt, die durch den Fluch gestorben sind.«

»*Angeblich* durch den Fluch gestorben sind«, korrigierte Miley und verzichtete netterweise darauf, genervt die Augen zu verdrehen.

»Violett hat sich offenbar am meisten für Mary Willows interessiert.«

Mary Willows war das erste Opfer von Madeleine Bowers Fluch gewesen. Ein Mann namens Jonathan Bell, der Neffe des Erbauers von *Sorrow,* hatte sie erschossen. Auch in Jasons Buch mit den herausgeschnittenen Seiten war von Mary Willows die Rede.

»Violett schreibt, dass Mary ein sehr besonderes Verhältnis zu Madeleine Bowers Geist gehabt hat«, sagte ich. Obwohl die Sonne auf meiner nackten Haut brannte, fröstelte ich plötzlich und ein leichtes Schwindelgefühl überkam mich. Um mich davon abzulenken, sah ich wieder zu der Pudellady hinüber, die gerade ihre beiden Hunde an die Leine hakte und mit ihnen in Richtung Public Garden davonging. Jenseits der Wiese spazierten mehrere Menschen den gekiesten Weg entlang: eine Mutter mit einer quietschgelben Kinderkarre, ein Geschäftsmann, der sich seine Pause mit einem großen Becher Kaffee von Starbucks versüßte. Und ein junger Mann und eine junge Frau, die Hand in Hand dahinschlenderten.

Ich zuckte zusammen.

»Was ist?« Miley folgte meinem Blick.

Ich schluckte. Die beiden Verliebten waren dunkelhaarig und schlank. Im ersten Moment hatten sie ausgesehen wie David und Charlie, aber als sie nun an der Ecke der Wiese stehen blieben, sich einander zuwandten und sich einen Kuss gaben, erkannte ich, dass ich mich getäuscht hatte. Logisch! Charlie und David befanden sich auf Martha's Vineyard, mehr als hundert Meilen von hier entfernt.

»Nichts«, antwortete ich. »Ich fange nur langsam an, David überall zu sehen.« Als die beiden Verliebten voneinander abließen und weitergingen, rieb ich mir über die Augen. »Und Charlie«, fügte ich mit resigniertem Tonfall hinzu. Das Bild von David und Charlie aus der Zeitschrift ging mir einfach nicht aus dem Kopf. Ich überlegte, ob ich Miley erzählen sollte, dass ich letzte Nacht von Charlie geträumt hatte. In diesem Traum hatte sie mich – wie vor ihrer plötzlichen Wiederauferstehung schon einmal – mit geborstenen Zähnen angelächelt.

Miley verfolgte das Pärchen mit den Blicken, bis es hinter ein paar Büschen verschwand. »Tja. Das ist wohl kein Wunder.« Demonstrativ fragte sie: »Was ist nun mit dieser ominösen Mary Willows?«

Ich brauchte ein paar Sekunden, um mich wieder auf unser Gespräch und das Tagebuch konzentrieren zu können. »Sie hatte ein besonderes Verhältnis zu Madeleine Bower«, wiederholte ich, blätterte an eine bestimmte Stelle und zeigte sie Miley. »Violett behauptet, dass Madeleine Mary verraten hat, wie ihr Fluch gebrochen werden kann.«

»Praktisch!« Miley lachte spöttisch auf. »Und wie?«

»Tja«, meinte ich. »Leider bin ich noch nicht so weit.«

Wir suchten ein paar Minuten lang nach Hinweisen darauf, wie man Madeleines Fluch ein für alle Mal ein Ende bereiten konnte, doch plötzlich hob Miley den Kopf und rief: »Ach nee!«

Ich blickte ebenfalls auf und schaute in die Richtung, in die sie wies.

Mir fiel die Kinnlade herunter. Quer über die Hundewiese kam Carlos auf uns zumarschiert. Er strahlte uns über das ganze Gesicht an, und als er uns erreicht hatte, sagte er gut gelaunt: »Hallo, ihr zwei Schönen!«

»Was machst du denn hier in Boston?«, rutschte es mir heraus. David hatte mir am Telefon erzählt, dass Carlos und Kimmi *Sorrow* kurz nach mir verlassen hatten, aber ich hatte keine Ahnung gehabt, dass Carlos in Boston war. Vielmehr hatte ich gedacht, er sei mit Kimmi nach Vegas oder L. A. geflogen, wo sie je ein Apartment besaß. Nein, das stimmt nicht. Das hätte ich vermutlich gedacht, wenn ich auch nur den geringsten Gedanken an Carlos verschwendet hätte.

Statt mir sofort eine Antwort zu geben, wies Carlos auf den freien Platz neben mir. Ich rückte ein Stück zur Seite, sodass er sich setzen konnte. Er hatte ebenfalls Shorts an und ein schwarzes Muscle-Shirt, das seinen trainierten Oberkörper gut zur Geltung brachte. Seine Füße steckten in schlichten ledernen Flipflops und ich ertappte mich dabei, dass ich an David dachte. Er würde sich vermutlich lieber ein Bein abhacken, als in Flipflops durch die Stadt zu laufen.

»Kimmi ist allein nach Vegas geflogen.« Carlos setzte sich zu uns. »Und da ich nichts weiter vorhatte, dachte ich, ich komme nach Boston und sehe nach, ob du klarkommst.«

Ich wusste einen Moment lang nicht, was ich darauf erwidern sollte.

Miley rettete mich. »Sie hat einen Freund. Sie wird mit Sicherheit nicht Lückenbüßer spielen, weil deine Bettgespielin dich überhat.«

Bei diesen unverblümt ehrlichen Worten blieb mir die Spucke weg. »Miles!«, rügte ich sie, aber Carlos lachte nur.

»Lass sie, Juli! Sie hat ja recht.« Er senkte den Blick, sodass seine langen schwarzen Haare ihm ins Gesicht rutschten.

Wieder musste ich an David denken. Wenn *er* mich auf diese Weise ansah, so von unten herauf, leicht befangen und mit einem schüchtern wirkenden Lächeln, wurde mir heiß und kalt gleichzeitig. Bei Carlos hingegen reizte es mich eher zum Kichern. Ich biss mir auf die Lippe und kämpfte um einen möglichst mitleidigen Ton: »Sie hat dich sitzen lassen?« Leider klang meine Frage eher höhnisch.

Carlos schien es nicht zu kümmern. Er lehnte sich zurück und legte die Arme auf die Rückenlehne der Bank. »Na ja. Genau genommen habe ich sie ...« Er war klug genug, nicht weiterzusprechen, denn Miley hatte ihn mit einem gemeinen Funkeln in den Augen fixiert. Er begegnete ihr mit einem breiten, entwaffnend offenen Grinsen. »Was soll's? Wenn ihr es genau wissen wollt: Ja, sie hat mich abserviert. Hatte wohl meinen südländischen Typ über. Ihr neuer Lover ist aus Kanada, habe ich gehört. Hoffen wir, dass er ihr gewachsen ist.«

Ich verdrehte die Augen, während Miley leise vor sich hin gluckste. Dann begannen die beiden, über weniger verfänglichere Themen zu plaudern. Doch das Gespräch rauschte irgendwie an mir vorbei, weil Mileys Worte mir im Kopf herumspukten.

Sie hat einen Freund, hatte sie zu Carlos gesagt.

Ich dachte an David. David, der auf dieser schrecklichen

Insel hockte, zusammen mit Charlie, der es von Tag zu Tag besser ging. David, der Charlie auf diesem Foto so verliebt ansah. Charlie, seine Exverlobte. In diesem Augenblick konnte ich mich eines fiesen Gedankens nicht erwehren: Ja, ich hatte einen Freund.

Aber wie lange noch?

13

Ich habe heute im Park Carlos getroffen«, erzählte ich David bei unserem Telefonat an diesem Abend. Ich saß auf meinem Bett und hatte den Rücken gegen die Wand am Kopfende gelehnt. Von den Stunden im Stadtpark hatte ich einen leichten Sonnenbrand auf den Oberschenkeln und dem Dekolleté und die Haut dort brannte ein bisschen.

»Carlos!« David schien ebenso überrascht darüber, wie ich es gewesen war. Klang er auch ein kleines bisschen beunruhigt? Als Carlos mir damals mit dem Seeigelstachel geholfen hatte, den ich mir eingetreten hatte, war David ziemlich eifersüchtig gewesen. War er es jetzt auch? Ich konnte es nicht sagen und die Unsicherheit und die Entfernung zwischen uns zerrten an meinen Nerven.

Ich griff nach dem Glasherzen an meinem Hals und spielte damit herum. »Kimmi hat ihm den Laufpass gegeben – offenbar für einen jungen Typen aus Kanada.«

»Armer Carlos! Das muss ziemlich an seinem Macho-Ego kratzen.« Ein Schmunzeln lag in Davids Stimme.

»Tut es.« Ich erzählte, wie Carlos versucht hatte, den Eindruck zu erwecken, er habe Schluss gemacht.

David lachte und das Geräusch fuhr mir als Kribbeln bis in den Magen.

»Es geht dir ziemlich gut«, murmelte ich.

Er zögerte. »Warum auch nicht?«, fragte er dann vorsichtig.

Ich presste die Lippen zusammen. *Rede mit ihm!,* hatte Miley von mir verlangt und ich hatte es ihr versprochen. Ich überlegte, wie ich am besten in Worte fassen konnte, was ich empfand.

»Chris hat gesagt, dass es Charlie viel besser geht«, sagte ich. Nicht gerade der tollste Einstieg, das merkte ich an der Art, wie David reagierte.

Plötzlich klang er reserviert. »Was ist los, Juli?«

Ein knappes »Nichts!« lag mir schon auf der Zunge, aber dann erinnerte ich mich daran, wie wütend mich genau dieses eine Wort aus Davids Mund kürzlich gemacht hatte.

»Ich mache mir Sorgen«, gestand ich also.

»Worüber denn?« An der Art, wie er fragte, hörte ich, dass er es sich denken konnte.

»Dass du wieder mit ihr ...«

Statt mir zu versichern, dass ich albern war, schnaubte er nur.

Ich schloss die Augen und erzählte ihm von der Fotostrecke in der *Fascination*.

»Ich weiß«, sagte er. »Summer hat mir den Artikel ganz stolz gezeigt. Ich habe sie ziemlich angebrüllt, fürchte ich. Sie wusste nicht, dass die beiden Reporter waren. Ich vermute, dass Charlie sie eingeladen hat.«

Ich überlegte, was ich sagen sollte. Ich hoffte, dass er seinen verliebten Gesichtsausdruck auf dem Foto von allein ansprechen würde, aber er tat es nicht.

»Samuel ist heute in Charlies Zimmer eingebrochen«, sagte er stattdessen.

Ich zuckte zusammen. »Wie bitte?«

»Er hat ihr einen Brief aufs Kopfkissen gelegt. Summer hat Anzeige wegen Hausfriedensbruch erstattet und O'Donnell hat sich gleich darum gekümmert. Er hilft Charlie, eine einstweilige Verfügung gegen Samuel zu erwirken. Aber das kann ein paar Tage dauern.«

»Und solange sie die nicht hat, bleibst du in ihrer Nähe, vermute ich.« Die Worte kamen heiser aus meinem Mund. Plötzlich war da ein Knoten aus Wut in meinem Magen. Ich wurde nicht schlau daraus. Worauf genau war ich eigentlich wütend?

»Ja«, sagte David unglücklich. »Und es tut mir leid, wenn dir das wehtut, Juli. Das musst du mir glauben. Aber ich habe das Gefühl, ich kann nicht anders.«

Die Wut in meinem Magen verwandelte sich von einem Augenblick auf den anderen in etwas Monströses. Alles Verständnis für Davids Ritterlichkeit und Verantwortungsgefühl ging unter in einer riesigen Welle aus Selbstmitleid. »Schwachsinn!«, fauchte ich.

David schwieg. Lange. Dann sagte er: »Juli ...«

»Du willst doch gar nicht mehr zu mir herkommen!« Ich hörte selbst, wie schrill ich klang.

David atmete durch.

»Soll sich doch Adam um Charlie kümmern. Und O'Donnell um Samuel. Aber nein, du musst das alles selbst machen! Warum, David? Weil du dich *verantwortlich* fühlst? Oder doch eher, weil du festgestellt hast, dass du lieber mit Charlie zusamm...«

»Stopp, Juli!«, fiel er mir scharf ins Wort.

Ich klappte den Mund zu und fühlte mich irgendwie ... sperrig.

Er seufzte. »Was, Juli? Was willst du, dass ich tue? Sag es mir!«

Das Sperrige in mir wurde zu Ekel. Ekel über mich selbst. Trotzdem entgegnete ich: »Was *ich* will, David? Was willst *du* denn? Dass ich sage: Komm her, damit du dann *mir* Vorwürfe machen kannst, wenn Charlie springt, statt dir selber?«

Es wurde so still in der Leitung, dass ich glaubte, Davids schnellen Herzschlag zu hören. Gleich darauf begriff ich, dass es mein eigener war. Mir wurde bewusst, wie gemein und unfassbar bescheuert meine Worte gewesen waren, aber ich konnte sie nicht mehr zurücknehmen. Der Selbstekel in meiner Brust wurde noch ein bisschen stärker und mir stiegen Tränen in die Augen. Energisch blinzelte ich sie weg. Auf keinen Fall wollte ich jetzt auch noch anfangen zu heulen, so wie Charlie das tat, wenn sie ihren Willen nicht bekam.

Komm her zu mir, wollte ich sagen, *nimm mich in den Arm und halt mich fest, bis ich mich selbst wieder leiden kann!* Doch ich brachte es nicht über die Lippen. Auf einmal dachte ich daran, wie David im Auto neben mir gesessen und mich gebeten hatte, ihm Luft zu lassen.

»Schon gut«, murmelte ich. Meine Augen brannten jetzt wie Feuer, aber ich schaffte es, die Tränen zurückzuhalten. »Ich komme klar.«

Er klang ganz klein und unglücklich, als er sagte: »Ich rufe dich morgen wieder an, okay?«

»Tu das.« Ich räusperte mich. Dann legte ich auf.

Carlos versuchte noch am selben Abend, mich zu erreichen, doch ich ließ es so lange klingeln, bis die Mailbox sich meldete.

In dieser Nacht träumte ich von *Sorrow* statt von Charlie und in meinem Traum wehte ein eisiger Wind um die Mauern des alten Herrenhauses. Ich irrte durch die langen Flure auf der Suche nach David, aber ich konnte ihn nirgends entdecken, und als ich ihn dann doch fand, saß er im Lilienzimmer und um seine Handgelenke lagen Fesseln aus roter Seide.

Am nächsten Tag besuchte ich Dad im Krankenhaus. Ihm ging es ein wenig besser, aber er würde noch eine ganze Weile nicht zu mir nach Hause kommen. Ich erzählte ihm nichts von meinem Streit mit David und Miley gegenüber verschwieg ich ihn auch. Was ich wenig später bereute, denn obwohl David es versprochen hatte, rief er mich nicht an.

Ich schwankte zwischen Angst und Wut und Verzweiflung. Bestimmt hundert Mal nahm ich das Telefon in die Hand und war drauf und dran, Davids Nummer zu wählen, aber immer wieder dachte ich an das, was er zu mir gesagt hatte.

Lass mir Luft, Juli!

Ich wollte nicht klammern, denn ich wusste, dass Charlie das tat. Mit ihrer schrecklichen Art nahm sie ihm jedes bisschen Luft zum Atmen und ich würde ihr das auf keinen Fall nachmachen.

Um nicht zu riskieren, dass er dachte, ich sei sauer auf ihn, schickte ich ihm eine SMS. Ich schrieb: »Ich möchte dir die Luft lassen, die du brauchst. Aber bitte brich mir nicht das Herz.«

Er antwortete nicht.

Am späten Vormittag dieses Tages rief Carlos mich an und fragte, ob ich nicht Lust hätte, am Abend etwas mit ihm zu unternehmen. »Wir könnten tanzen gehen oder so. Oder wir gehen etwas trinken. Ich habe in der Boylston Street eine nette kleine Bar entdeckt. Rattlesnake heißt sie. Der Barkeeper dort ist ziemlich cool drauf.«

Ich verzichtete darauf, ihm zu erklären, dass ich noch nicht einundzwanzig war und in der Öffentlichkeit keinen Alkohol ausgeschenkt bekommen würde, egal wie cool auch immer der Barkeeper drauf war. »Ich glaube, ich möchte lieber nicht«, antwortete ich nur.

Er überlegte, dann sagte er: »Ich habe dir schon mal gesagt, dass ich keine Ahnung habe, was du an diesem Typen findest. Ich werde es nicht wiederholen. Aber ich hoffe, dass du endlich einsiehst, dass er nicht gut für dich ist.«

Ich nickte, und als mir klar wurde, dass er das nicht sehen konnte, murmelte ich ein unbestimmtes »Wenn du meinst«.

»Ich gebe so schnell nicht auf, Juli!«, schob Carlos nach. Dann verabschiedete er sich und unterbrach die Verbindung.

Ich starrte das Telefon an. David hatte mich vor noch gar nicht so langer Zeit vor Carlos gewarnt. *Pass ein bisschen auf bei dem,* hatte er gesagt, als wir gemeinsam am Strand gelegen hatten.

Ich seufzte.

David. David!

Egal, was geschah: Meine Gedanken wanderten wieder und wieder zu David.

Ich starrte auf das Display meines Handys.

Keine Nachricht.

Am Nachmittag beschloss ich, eine Runde laufen zu gehen. Das entwickelte sich langsam zu einer Art Sucht, klar, aber es war immer noch das beste Mittel, um meine Anspannung in den Griff zu bekommen. Ich lief von zu Hause aus los, die Commonwealth Avenue entlang, dann hinunter zum Charles River und von dort aus in einer Schleife zurück zum Boston Common, wo ich mir eine frisch gepresste Limonade kaufte und mich am Frog Pond auf eine Bank setzte, um den Kleinkindern beim Spielen im flachen Wasser zuzusehen.

Das Getränk in meiner Hand war eiskalt und ein bisschen zu süß. Ein etwa zweijähriges Zwillingspärchen in einheitlichen rosa Badeanzügen vertrieb sich die Zeit damit, mit einer

Schaufel Wasser in einen kleinen Eimer zu schaufeln und es anschließend wieder auszukippen. Irgendwann gerieten die beiden in Streit darüber, wer die Schaufel haben durfte, und das eine Mädchen zog dem anderen das Ding über den Kopf.

Das darauffolgende Gebrüll hallte weithin hörbar durch den Stadtpark. Seufzend erhob sich die Mutter von ihrer Bank, um schlichten zu gehen. Sie sah müde aus, vermutlich ließen die beiden Flöhe sie nachts nicht besonders gut schlafen.

Ich sah zu, wie die Mutter den Streit zu beenden versuchte und schließlich zum unlauteren Mittel der Bestechung griff, indem sie den beiden ein Eis versprach. Von dem Augenblick an war sofort Ruhe.

In schönster Eintracht trotteten die beiden Mädchen hinter ihrer Mutter her zu dem Kiosk, der sich von mir aus gesehen auf der anderen Seite des kleinen künstlichen Sees befand. Sie stellten sich in der langen Schlange an, und während die Mutter in ihrer Tasche nach dem Portemonnaie suchte, begannen die Kinder hinter ihrem Rücken erneut mit ihrer Streiterei.

Ich musste lächeln und nahm einen tiefen Schluck von meiner Limonade. Dabei ließ ich meinen Blick weiterschweifen. Und blieb an einer Gestalt in einem roten Kleid hängen, die von den Büschen hinter dem Kiosk halb verdeckt wurde. Mein Magen drehte sich um und langsam ließ ich den Limonadenbecher sinken.

Schlagartig waren alle Geräusche um mich herum in unendliche Ferne gerückt. Ich hörte das Blut in meinen Adern rauschen, spürte den Schlag meines Herzens als unerträgliches, dumpfes Dröhnen in meinen Schläfen.

Du hast dich getäuscht!, hämmerte ich mir selbst ein. *Du hast dich getäuscht, genau wie gestern an der Hundewiese!*

Die Frau im roten Kleid ging ein Stück weiter den Weg entlang, sodass ich sie besser sehen konnte.

Ich hatte mich nicht getäuscht.

Es war Charlie!

Sie ging auf jemanden zu, der an der Ecke des Kiosks stand, an einer Stelle, an der ich ihn nicht sehen konnte. Ein strahlendes Lächeln lag auf ihren Zügen. Sie streckte beide Hände vor, sodass der andere sie ergreifen konnte. Dann zog sie ihn an sich, umarmte ihn schwungvoll und küsste ihn.

Ich schloss die Augen. Schlagartig war mir schlecht.

Der andere war David.

»Du siehst aus, als hättest du ein Gespenst gesehen!«

Carlos' Stimme ließ mich wie von der Tarantel gestochen hochfahren. Der Limonadenbecher rutschte mir aus der Hand und wäre zu Boden gefallen, wenn Carlos nicht geistesgegenwärtig zugefasst und ihn aufgefangen hätte.

»Hoppla«, sagte er lachend. »Mein Gott, bist du nervös! Was ist denn?« Er bemerkte, dass ich in eine bestimmte Richtung starrte, und folgte meinem Blick. »Ist da wer, den du kennst?«

Ich antwortete ihm nicht. Stattdessen sah ich zu, wie David lachend den Kopf in den Nacken warf und Charlie sanft über die Wange strich.

Das Rauschen in meinen Ohren verwandelte sich in ein schrilles Kreischen. Plötzlich war mir nicht nur schlecht, sondern auch schwindelig. Ich krallte beide Hände um die Sitzfläche der Bank.

»Himmel, da scheint dir aber jemand einen Riesenschrecken einzujagen.« Carlos suchte das gegenüberliegende Ufer des Frog Pond ab. »Wer ist es? Die Frau mit den Zwillingen? Oder der alte Penner mit den Plastiktüten?«

Nur langsam sickerte der Sinn seiner Worte in meinen Verstand. Mühsam riss ich den Blick von Charlie und David los und wandte Carlos den Kopf zu. Meine Lippen teilten sich, aber ich war unfähig, einen Ton zu sagen.

Charlie und David befanden sich genau *zwischen* der Zwillingsmutter und dem Penner, aber Carlos hatte sie mit keinem Wort erwähnt. Sah er sie etwa nicht?

Sein Blick lag jetzt mit echter Besorgnis auf mir. »Du bist kalkweiß«, sagte er, stellte die Limonade neben mir auf die Bank und setzte sich neben mich. »Ist alles in Ordnung?«

Nein! Nicht im Geringsten.

Ich schluckte. Nickte.

Wandte den Blick wieder dem Kiosk zu.

Die Zwillingsmutter war jetzt an der Reihe und gab ihre Bestellung auf. Der Penner hatte seine Plastiktüten neben den Füßen abgestellt und beugte sich über einen Mülleimer, um ihn nach etwas Essbarem zu durchsuchen.

Von Charlie und David jedoch war keine Spur mehr zu sehen.

14

Nachdem ich den Schreck einigermaßen verdaut hatte, war ich so zittrig und neben der Spur, dass Carlos sich anbot, mich nach Hause zu begleiten.

Ich war sogar fertig genug, es nicht abzulehnen, und schlimmer noch: Als er mich erneut fragte, ob wir nicht gemeinsam etwas unternehmen sollten, um mich auf andere Gedanken zu bringen, willigte ich ein. Ich war wie ferngesteuert.

Wir verabredeten uns für den Abend in der Cheesecake Factory, einem beliebten Restaurant im Prudential Center, weil ich einfach keine Lust hatte, mich im Rattlesnake an ein Glas Cola zu klammern. Erst nachdem Carlos sich mehrfach vergewissert hatte, dass es mir gut ging, ließ er mich allein.

Ich wankte in mein Zimmer hoch und warf mich in meinen Joggingklamotten aufs Bett. Blind starrte ich gegen die Decke und versuchte zu begreifen, was da eben im Park geschehen war.

Hatte ich eine Halluzination gehabt?

Carlos hatte Charlie und David ganz eindeutig nicht gesehen.

Ich bedeckte meine Augen mit dem Unterarm. In meinen Ohren kreischte es noch immer unangenehm laut und blutrote Punkte tanzten hinter meinen geschlossenen Lidern.

David. Ist. Nicht. Da. Gewesen.

Ich sagte mir den Satz wieder und wieder vor, wie ein Mantra, aber es fiel mir schwer, mich davon zu überzeugen. Allein der Gedanke, dass die Halluzinationen, die ich im Winter auf der Insel gehabt hatte, plötzlich wiederkehren könnten, jagte mir eine Heidenangst ein.

»Juli!«

Die wispernde Stimme war durch das Kreischen in meinen Ohren kaum zu verstehen. Im ersten Moment dachte ich, dass draußen vor meinem Fenster jemand stehen und nach mir rufen würde. Ich nahm den Arm von meinem Gesicht und lauschte.

»Juli!«, wisperte es wieder.

Und in mir begann alles, wirklich alles zu zittern.

Die Stimme! Ich kannte sie nur allzu gut.

Sie gehörte Madeleine Bower.

»Nein!« Mühsam setzte ich mich aufrecht hin. Legte den Kopf schief, lauschte.

Du hast dich getäuscht!, redete ich mir ein. *Du bist angespannt und ängstlich. Deine Fantasie spielt dir einen Streich.*

Mein Herz hämmerte so heftig, dass mir schon wieder schlecht wurde. Ich versuchte, möglichst flach zu atmen, um besser lauschen zu können.

Die Stimme ertönte nicht noch einmal.

Ich warf mich zurück auf das Bett, starrte gegen die Decke. Sog Luft ein. Stieß sie aus.

Dann raffte ich mich erneut auf, tastete nach meinem Handy. David hatte sich immer noch nicht gemeldet, aber ich pfiff jetzt auf sein *Lass mir Luft, Juli!*. Ich musste auf der Stelle seine Stimme hören oder ich würde komplett durchdrehen. Ich wählte seine Nummer und bekam die automatische Ansage, die mir erklärte, dass der gewünschte Teilnehmer vorübergehend nicht erreichbar war. Also rief ich die Auskunft an und ließ mir die Festnetznummer von *Sorrow* geben. Es klingelte drei-, viermal, dann nahm Grace ab.

»Miss Wagner«, sagte sie, nachdem ich mich gemeldet hatte. »Geht es Ihnen gut?«

Hörte sie die Panik in meiner Stimme oder wusste sie wieder einmal mehr als alle anderen? Hatte Madeleine Bower ihr erzählt, dass sie von jetzt an auch hier in Boston spuken würde?

Ich schlug mir die Handfläche gegen die Stirn, um diesen albernen Gedanken zu vertreiben. Mir war heiß und kalt gleichzeitig und meine Zähne schlugen aufeinander.

»Ich erreiche David nicht auf seinem Handy«, krächzte ich. »Ist er da?«

Gleich! Gleich würde sie mir sagen, dass er und Charlie wirklich nach Boston gefahren waren. Der Gedanke stand für einen Moment ganz klar und deutlich in meinem Hirn, und als Grace bedauernd meinte: »Es tut mir leid, Miss Wagner, aber Master David ist nicht zu Hause«, da triumphierte ich schon.

Doch Grace enttäuschte mich bitter. Sie hüstelte und schob nach: »Ich fürchte, er ist mit Miss Sandhurst nach Oak Bluffs gefahren.«

Oak Bluffs. Von dort aus ging die Fähre aufs Festland ...

»Wollten ...« Ich musste mich räuspern, weil meine Stimme klang wie Fingernägel, die über eine Tafel schrammten. »Wollten sie nach Boston kommen?«

»Das glaube ich nicht.« Falls Grace sich über meine Frage wunderte, ließ sie es sich jedenfalls nicht anmerken. »Sie wollten in zwei Stunden wieder hier sein. Kann ich ihm etwas ausrichten, wenn er zurückkommt, Miss Wagner?«

»Bitte sagen Sie ihm, dass ich ihn dringend erreichen muss.«

Sie versprach es mir und wir legten auf. Danach starrte ich

abwechselnd an die Zimmerecke, aus der ich Madeleines Stimme gehört hatte, und auf das Display meines Handys in der Hoffnung, dass David anrufen würde.

Keiner von beiden meldete sich an diesem Abend wieder.

Gegen fünf Uhr nachmittags war ich so von der Rolle, dass ich dringend etwas zu tun brauchte. Also quälte ich mich aus dem Bett, um erst einmal zu duschen. Meine Joggingklamotten waren klebrig von Schweiß, aber ich hatte das ebenso ignoriert wie die Tatsache, dass ich das Mittagessen verpasst hatte und mein Magen mich mit lautem Grummeln darauf aufmerksam machte. Vielleicht war die Idee, mit Carlos etwas essen zu gehen, doch gar nicht so schlecht.

Das warme Wasser auf der Haut zu spüren, fühlte sich wunderbar und schmerzhaft zugleich an. Ich drehte den Heißwasserhahn auf, so weit, wie ich es ertragen konnte. Als ich nach fast zwanzig Minuten aus der Dusche trat, war ich rot wie ein gekochter Hummer.

Ich machte eine große Sache daraus, meine Haare zu föhnen und zu stylen und mich zu schminken. Keine Smokey Eyes heute, klar. Aber ein bisschen Lidschatten und Wimperntusche konnten ja schließlich nicht schaden.

Als ich fertig mit der Rundumrenovierung war, ging ich in mein Zimmer, suchte mir passende Klamotten aus und schlüpfte hinein. Dann betrachtete ich mich in dem großen Spiegel auf dem Flur. Da es immer noch ziemlich heiß in der Stadt war, hatte ich mich für ein leichtes Sommerkleid mit Korsage und weit schwingendem, knapp knielangem Rock entschieden. Es war aus einem bunt geblümten Stoff, der nicht so ganz zu meiner derzeitigen Stimmung passte, aber was machte das schon?

Vielleicht tat es mir ja zur Abwechslung mal ganz gut, mit jemandem auszugehen, der normal war. Vielleicht konnte dann auch ich wenigstens eine Weile lang so tun, als sei ich normal.

Der Abend mit Carlos begann eigentlich ganz nett, aber es dauerte nicht besonders lange, da wurde er zu einer kompletten Katastrophe.

Wir aßen Pizza in der Cheesecake Factory und unterhielten uns dabei über alles Mögliche, nur nicht über David. Nachdem er seine Riesenpizza verdrückt hatte, entschied sich Carlos für ein Stück Käsekuchen als Nachtisch. Ich verzichtete. Ich hatte ohnehin schon das Gefühl, nach Hause kugeln zu müssen. Eines dieser unfassbar süßen Kuchenstücke, die es hier gab, hätte mich zum Platzen gebracht.

»Du verpasst was!«, behauptete Carlos, nachdem er die Hälfte seines Kuchenstücks innerhalb von Sekunden verputzt hatte.

Ich lächelte. »Glaube ich nicht. Außerdem muss ich aufpassen. Bei dem Berg Pizza, den wir eben verdrückt haben, passt sonst mein Kleid nicht mehr.«

Die Gabel hielt auf halbem Wege zwischen Teller und Carlos' Mund in der Luft an. »Ich finde, du füllst dieses Kleid sehr vorteilhaft aus.«

Ich biss mir auf die Zunge, um nichts Falsches zu sagen. Plötzlich kam mir Carlos' Blick etwas zu klebrig vor. Anzüglich, genau wie zu Anfang, als wir uns gerade kennengelernt hatten. Damals hatte ich mich auch schon ein-, zweimal so gefühlt, als hätte er vor, mich mit seinen Blicken auszuziehen. Sonderbar, dass ich das vergessen hatte.

Um seinem Starren zu entgehen, schaute ich demonstrativ in mein Colaglas.

Er lachte auf. »Was ist? Warum plötzlich so schüchtern?«

Ich zuckte die Achseln. Um ein unverfänglicheres Thema anzuschneiden, fragte ich: »Wohnst du eigentlich im Hotel? Ich meine: Du hast doch keine Wohnung in Boston, oder?«

Er legte den Kopf schief, fixierte mich. Sein Blick war nun definitiv klebrig, aber wahrscheinlich hatte er nur zu viel Käsekuchen gegessen.

»Oh, ein Stück die Straße runter, im Sheraton.« Mit der Gabel in der Hand wies er ungefähr in die Richtung, in der das riesige Hotel lag. »Aus meinem Zimmer hast du eine klasse Aussicht über ganz Boston. Soll ich sie dir zeigen?«

Vergiss es!, dachte ich. »Danke, aber ich habe Boston schon oft genug von oben gesehen«, wehrte ich seinen unverhohlenen Flirtversuch ab. Dann legte ich eine Hand auf meinen vollen Bauch. »Uff. Ich kann mich kaum noch bewegen.«

»Wenn du willst, können wir einen kleinen Spaziergang machen.« Carlos schaufelte auch noch den letzten Bissen Kuchen in seinen Mund. Dann trank er den Kaffee aus, den er sich dazu bestellt hatte, und hielt gleichzeitig Ausschau nach dem Kellner. Der Spaziergang schien beschlossene Sache zu sein und auch die Tatsache, dass er die Rechnung für mich übernehmen würde.

»Ich bezahle selbst!«, protestierte ich, doch er widersprach. Es gab ein längeres Hin und Her und am Ende willigte ich doch ein, mich von ihm einladen zu lassen.

Was der erste von drei ziemlich bescheuerten Fehlern war, wie ich kurz darauf feststellen musste.

Wir verließen das Prudential Center und traten in die Hitze des Sommerabends hinaus. Eine Weile lang gingen wir Seite an Seite die Huntington Avenue entlang und kamen schließlich an den Schrebergärten in der Nähe des Fenwayparks an.

Die alten Bäume, die hier den Weg säumten, rauschten leise im Abendwind. Das Zwitschern der Vögel übertönte fast das stetige Hintergrundbrausen des Stadtverkehrs.

Carlos sog tief die noch immer warme Luft ein und rollte dabei mit den Schultern. »Irgendwie vermisst man die Insel, oder?«

Ich folgte mit dem Blick einem Pärchen, das allen Ernstes Händchen haltend an uns vorbeijoggte. »Findest du?« Ich grinste schief. »Ich eigentlich nicht.«

Ich vermisse nur David.

Der Gedanke fühlte sich an, als würde etwas Scharfes sich in meinem Kopf aufspreizen.

Wir verließen die Gartensiedlung und wandten uns nach links in Richtung Back Bay Fens. Hier, in der Nähe einer kleinen Brücke unter einer alten Platane, passierte es dann: Carlos langte nach meinem Handgelenk und zwang mich, stehen zu bleiben. »Warte doch mal!«

Ich tat ihm den Gefallen. Fehler Nummer zwei. Sein Gesicht war gerötet. Seine Finger umklammerten noch immer mein Handgelenk.

Ich warf einen Blick darauf.

Carlos verstand den Wink mit dem Zaunpfahl nicht. Im Gegenteil. Er zog mich an sich und dann in eine kleine Ausbuchtung, die der asphaltierte Weg kurz vor der Brücke machte. Sie war an drei Seiten von hohen Hecken umgeben. Ich konnte die Geräusche der Stadt durch das Gebüsch hören, aber vor fremden Blicken waren wir hier ziemlich gut geschützt.

Leider.

»Was soll das?«, fragte ich Carlos, der nun auch noch mein anderes Handgelenk packte.

Er antwortete nicht. Jedenfalls nicht mit Worten. Stattdessen drängte er mich rückwärts, bis ich gegen den Stamm der alten Platane stieß. Die Rinde fühlte sich an meinen nackten Schultern schmerzhaft rau an, aber das war es nicht, was mich so schockierte. Es war vielmehr Carlos' grober Versuch, mich zu küssen.

Völlig überrumpelt tauchte ich weg und musste dabei vor Schreck kichern. *Fehler Nummer drei.*

Carlos interpretierte mein Verhalten als Tändelei und das machte ihm noch mehr Mut. Ich hatte eines meiner Handgelenke aus seinem Griff befreit, aber das andere hielt er nach wie vor umklammert. Mit einem ziemlich harten Ruck, der mich empört aufschreien ließ, riss er mich wieder zu sich herum.

»Aua!«, rief ich. »Du tust mir ...«

Den Rest des Satzes erstickte er, indem er mich erneut gegen den Baum drückte. Er presste seine Lippen auf meinen Mund und sein Knie zwischen meine Oberschenkel.

Ich keuchte erstickt. Dann begann ich, mich stärker zu wehren, doch es war zu spät dazu. Ich kam nicht mehr gegen ihn an.

»Hab dich nicht so!«, murmelte er. Seine Rechte lag wie eine Eisenklammer um mein Handgelenk, mit der Linken begann er, an meinem Rock herumzufummeln.

»Lass das!«, schrie ich. Ich konnte seinen Atem riechen, das Bier und die Zwiebeln, die er auf seiner Pizza gehabt hatte. Mein Magen hob sich vor Angst und Ekelgefühl. »Lass mich sofort los!«

Aber er reagierte nicht, sondern fummelte weiter an mir herum. Ich drehte und wand mich in seinem Griff. Mein Handgelenk schmerzte, doch das spürte ich kaum, denn seltsamerweise blitzte plötzlich eine Erinnerung in mir auf. Eine

Erinnerung daran, wie Carlos mich neulich auf einem Parkplatz in Edgartown tröstend in die Arme gezogen und wie David die Situation missverstanden hatte. An jenem Tag hatte er Carlos aus dem Wagen gezerrt und ihm Schläge angedroht, wenn er noch mal Hand an mich legen sollte. Jetzt jedoch war David nicht da. Er war weit weg, auf Martha's Vineyard, wo er gerade Charlie beschützte ...

»Nicht!« Inzwischen kreischte ich fast. Wo waren nur all die Bostoner, die mir an manch anderen Tagen so sehr auf den Geist gingen? Wenn man jemanden brauchte, war natürlich niemand in der Nähe.

»Lass! Mich! Los!« Ich spuckte Carlos jedes Wort einzeln ins Gesicht.

Aber er ließ sich immer noch nicht beeindrucken. Ein weiteres Mal versuchte er, mich zu küssen.

Da reichte es mir. Mit Schwung riss ich das Knie hoch. Und traf genau.

Aufjaulen und Mich-Loslassen waren eins. Mit zwischen die Beine geklemmten Händen klappte Carlos zusammen, allerdings nur, um sich gleich darauf wütend wieder aufzurichten.

»Du Miststück!«, japste er. Er holte aus. Und knallte mir eine, dass mir schwarz vor Augen wurde.

Ich wurde nicht ohnmächtig, aber ich taumelte gegen die Platane. Mein Kopf klingelte, Tränen waren mir in die Augen geschossen vor Schmerz und ich schmeckte Blut an meiner Lippe. Mit dem Handrücken wischte ich es fort.

»Verschwinde auf der Stelle, du Arsch!«, presste ich hervor. »Oder ich zeige dich nicht nur wegen Belästigung an, sondern auch wegen versuchter Vergewaltigung!«

Sonderbarerweise hatte ich in diesem Augenblick kein bisschen Angst mehr vor ihm, obwohl er vor Wut wie rasend wirkte. Vermutlich war es das Adrenalin, das mich nun vorwärtstreten und ihm mitten ins Gesicht starren ließ.

Seine wachsbleichen Züge und der schnelle, qualvolle Rhythmus, mit dem sich seine Brust hob und senkte, waren mir eine innere Genugtuung. Fast hätte ich aufgejubelt, als er tatsächlich vor mir zurückwich.

»Blöde Schlampe!«, zischte er. »Sich beim Abendessen aushalten lassen und dann einen auf spröde machen!«

Ich war inzwischen so aufgepeitscht, dass mir die Worte von ganz allein über die Lippen kamen. »Falls es dir noch nicht aufgefallen ist«, sagte ich ebenso schwer atmend wie er. »Im Gegensatz zu dir bin ich nicht käuflich!«

Das saß!

Carlos wich noch ein Stück zurück. Der wütende Ausdruck in seinen Augen wurde eiskalt, dann jedoch verschwand er und machte Verachtung Platz. »Nicht? Und trotzdem rennst du diesem Bell-Arschloch hinterher. Gib's doch zu: Du bist so geil auf ihn wie Kimmi auf mich.«

Scheißkerl!

Ich war drauf und dran, ihm unter die Nase zu reiben, dass es mit Kimmis Verlangen nach ihm nicht mehr weit her war. Aber mein Kontingent an bescheuerten Fehlern war für heute offenbar aufgebraucht. Statt ihn mit einem solchen Hinweis noch mehr zu reizen, reckte ich das Kinn vor und sagte: »Sieh zu, dass du verschwindest!« Wieder musste ich mir Blut von der Unterlippe wischen. Mir war schlecht von dem Metallgeschmack in meinem Mund.

Ich würde gern behaupten, dass meine Stärke und mein Selbstbewusstsein ihn am Ende verjagten, aber in Wahrheit waren es wohl eher die Stimmen, die jetzt jenseits der hohen Hecken ertönten. Irgendwelche Spaziergänger, die sich lachend über ein Spiel der Red Sox unterhielten.

Carlos wusste, dass er ernste Schwierigkeiten bekommen würde, wenn ich laut zu schreien anfing. Meine blutende Lippe und die Abdrücke an meinen Handgelenken sprachen eine eindeutige Sprache. Trotzdem brachte er sein Gesicht noch einmal ganz dicht an meines.

»Weißt du, was?«, zischte er mir ins Ohr. »Werd doch glücklich mit deinem Scheißvampirlover!« Ruckartig wandte er sich ab und an der Art, wie er mit steifen Schritten davonstakste, konnte ich erkennen, wie gut ihn mein Knie getroffen hatte.

»Das werde ich!«, murmelte ich. »Das werde ich, du bescheuertes Arschloch.«

Kaum dass er weg war, brach ich in Tränen aus.

Nachdem ich mich wieder einigermaßen eingekriegt hatte, verließ ich den Park und hielt mir ein Taxi an. Der Fahrer, ein dürrer Pakistani mit orangefarbenem Turban, behielt mich die ganze Fahrt über im Rückspiegel im Auge, und als wir an einer roten Ampel halten mussten, fragte er behutsam: »Sind Sie sicher, dass ich Sie nicht lieber ins Krankenhaus ...«

»Mir fehlt nichts«, fiel ich ihm barsch ins Wort und gab ihm am Ende der Fahrt als Entschuldigung für meinen unfreundlichen Tonfall ein besonders großes Trinkgeld. Obwohl ich völlig allein im Haus war, schloss ich mich im Badezimmer ein und untersuchte meine Wunden. Kurz vermisste ich Dad, aber dann wurde mir klar, dass es ganz gut war, dass er gerade nicht zu Hause war. Weil ich sonst auch noch ihn hätte beruhigen müssen, nicht nur mich selbst.

Meine Lippe war aufgeplatzt und geschwollen, aber was viel beängstigender war: Das Handgelenk, das Carlos so brutal umklammert hatte, hatte die Farbe von reifen Kirschen angenommen und schmerzte heftig. Ich kühlte es, indem ich ungefähr zwanzig Minuten lang Wasser darüberlaufen ließ.

Anschließend hatte ich mich wieder so weit im Griff, dass ich Miley anrufen konnte. Sie hatte schon geschlafen, aber als ich ihr erzählte, was passiert war, wurde sie hellwach. »Er hat *was?«*, kiekste sie erschrocken.

»Er hat versucht …« Ich sagte es nicht noch mal.

»Scheiße! Wie geht es dir? Wo bist du? Im Krankenhaus?«

»Nein, nein!« Nur mühsam fiel ich ihr ins Wort. »Ich bin zu Hause. Mir fehlt nichts weiter. Nur ein paar Prellungen. Er war mir am Ende wohl doch nicht so ganz gewachsen.« Das Letzte sollte ein Scherz sein, aber Miley quittierte ihn mit einem finsteren Fluch.

»Spinnst du? Du musst dich untersuchen lassen!«

»Miles! Ich bin nicht vergewaltigt worden! Es geht mir gut.«

Sie schwieg einige Sekunden lang. »Du hörst dich nicht gut an.« In jeder anderen Situation hätte sie einen trockenen Scherz gemacht. Dass sie es jetzt nicht tat, zeigte mir, wie furchtbar ich tatsächlich klingen musste.

Ich schluckte gegen den fetten Kloß in meiner Kehle an. Die Sehnsucht, von David in die Arme genommen zu werden, war so übermächtig, dass es wehtat.

»Was jetzt?«, fragte sie schließlich.

»Nichts. Ich komme klar.«

»Bullshit! Ich komm zu dir!« An den Geräuschen, die sie machte, konnte ich hören, dass sie bereits dabei war, sich anzuziehen.

»Nein, Miles! Das musst du nicht. Wirklich.«

»Bin schon unterwegs«, sagte sie nur.

Dankbar legte ich auf.

15

Als Miley vor mir stand, war es mit meiner Selbstbeherrschung vorbei. Ich fiel ihr in die Arme und schluchzte, dass sich mein gesamter Brustkorb schmerzhaft zusammenzog.

»Komm!« Sie führte mich hoch in mein Zimmer und bugsierte mich aufs Bett. Dann setzte sie sich neben mich und hielt mich fest, bis ich mich einigermaßen beruhigt hatte.

»Du musst den Kerl anzeigen!«, sagte sie.

»Damit es mir wie Amy geht?«

In den Zeitungen wurde gerade groß über den Fall einer jungen Frau namens Amy Flogheart berichtet. Sie war vergewaltigt worden und hatte ihren Peiniger angezeigt. Leider hatte sie das Pech gehabt, an einen Trupp von alternden, republikanischen und vermutlich ziemlich notgeilen Polizisten zu geraten, die ihre Aussage aufnehmen mussten. Die Demütigungen, die sie von diesen Kerlen auszuhalten gehabt hatte, standen denen ihres Vergewaltigers – auf ihre eigene Weise – in nichts nach. Und als wäre das nicht bereits genug gewesen, stürzte sich anschließend auch noch die Presse auf sie und zerrte das letzte kleine schmutzige Detail dieser Vergewaltigung ans Licht. Genau genommen war Amy also nicht ein Mal vergewaltigt worden, sondern gleich drei Mal.

Miley seufzte. »Vermutlich besser nicht.«

Ich wischte mir über Nase und Augen. Meine Wimperntusche war verschmiert, das spürte ich an dem klebrigen Gefühl rund um meine Augen. »Er hat mich nicht vergewaltigt, Miles.«

Sie schaute auf mein ramponiertes Handgelenk. »Nein«, murmelte sie. »Zum Glück. Warum zum Teufel hast du dich überhaupt mit dem Arschloch getroffen?«

Tja, warum?

»Vermutlich, weil mir mein Urteilsvermögen abhandengekommen ist«, murmelte ich.

Sie stieß Luft durch die Nase. »Könnte man so sagen.«

Und da berichtete ich ihr von den Halluzinationen. Ich erzählte ihr davon, wie ich David und Charlie erst an der Hundewiese zu sehen geglaubt hatte und dann am Frog Pond. Ich musste mehrfach tief durchatmen, bevor ich auch über Madeleines Gewisper reden konnte.

Miley starrte mich an wie eine Erscheinung. »Du hörst sie flüstern? Hier? Einfach so?« Es fiel ihr schwer, es zu glauben, und jetzt, da ich es aus ihrem Mund hörte, ging es mir nicht anders.

»Ich habe Angst, dass ich durchdrehe, Miles!«

Sie zog mich fester in den Arm. »Kein Wunder«, brummte sie. »Was sagt Walt dazu?«

Ich schluckte. »Ich habe es ihm noch nicht erzählt.« Sie wollte etwas einwerfen, aber ich kam ihr zuvor. »Er würde mich doch sofort einweisen, Miles!«

Ich konnte spüren, dass sie das für Quatsch hielt, aber sie schien zu denken, dass ich für heute genug durchgemacht hatte. Sie schwieg und blieb einfach bei mir sitzen. Irgendwann dann entschied sie, dass sie über Nacht bleiben würde.

Ich hatte schon überlegt, ob ich sie darum bitten sollte, und war froh darüber, dass sie es selbst vorschlug. Die Vorstellung, die ganze Nacht allein in diesem Haus zu sein, ängstigte mich weit mehr, als ich mir eingestehen wollte.

Dankbar sah ich Miley an.

»Hey«, sagte sie und grinste. »Mädelsabend! War längst mal wieder fällig!«

Natürlich hatte ich trotz Mileys Anwesenheit Probleme einzuschlafen. Als es mir endlich doch gelang, träumte ich davon, dass David Carlos an den Handgelenken packte, mit sich zerrte und auf den Gay-Head-Klippen über die Kante stieß.

Der gellende Schrei, mit dem Carlos in die Tiefe stürzte, riss mich aus dem Schlaf. Mein gesamter Körper war mit einer kalten Schweißschicht bedeckt. Ich rieb mir über das Dekolleté und versuchte, mein jagendes Herz zu beruhigen.

»Alles gut«, hörte ich Miley murmeln. »Du hast nur geträumt.«

Ein Blick auf mein Handy sagte mir, dass es inzwischen kurz nach drei war. Das Licht einer Laterne fiel durch einen Spalt in der Gardine und malte einen langen gelblichen Strich quer über Fußboden und Bett. Ich legte mich wieder hin und hatte die Augen schon wieder zu, als ich ein leises Klirren hörte.

»Was war das?«, fragte Miley, bevor ich fürchten konnte, dass ich es mir nur eingebildet hatte.

Das Klirren ertönte ein weiteres Mal. Jetzt erkannte ich auch, was es war. Jemand warf von draußen Steinchen ans Fenster, und das tat eigentlich nur einer.

David!

Mein Herzschlag beschleunigte sich.

Miley schälte sich aus ihrer Decke und setzte sich auf. Sie wusste natürlich davon, dass David oft den Weg über die Mülltonne und das Fenster benutzt hatte, um mich zu besuchen. Ich hatte ihr mehr als einmal davon erzählt. »Ich sehe mal nach«, sagte sie.

Sie stand auf und ging zum Fenster.

Mir kam kurz der Gedanke, dass es auch Carlos sein könnte, der dort unten stand und einen zweiten Versuch starten wollte. Aber bevor ich eine entsprechende Warnung ausgesprochen hatte, hatte Miley schon das Fenster hochgeschoben.

Ich sprang aus dem Bett, halb in Alarmbereitschaft, halb voller Hoffnung.

»Hallo?«, rief Miley in den Garten hinaus.

Ich unterdrückte die Hoffnung in mir. David befand sich auf Martha's Vineyard. Er konnte nicht in unserem Garten stehen und Steinchen werfen.

»Ich bin's«, sagte eine vertraute Stimme und meine Knie gaben nach.

Es war David.

Wie auch früher schon kletterte er über die Mülltonne in mein Fenster und kam mit einem eleganten Sprung vor mir zum Stehen. Anders als früher machte er diesmal allerdings keinen fröhlichen Scherz und ich ließ es ebenfalls bleiben. Ich stand einfach nur da, mit zittrigen Knien und brennenden Augen, und sah ihn an. Er streckte die Hand nach mir aus und berührte mich sanft an der Wange.

Seine Finger waren warm und mir fiel auf, dass seine Knöchel aufgeplatzt und leicht geschwollen waren. Als er bemerkte, dass ich die Verletzung gesehen hatte, nahm er die Hand runter.

Ich schluckte schwer. Was hatte er getan?

An seiner Miene konnte ich erkennen, dass er bereits wusste, was mit mir passiert war. Mein Blick ging zu Miley. Sie zuckte die Achseln, aber ich wusste, dass nur sie ihn angerufen haben konnte. Vermutlich hatte sie es gleich nach unserem Telefonat getan, bevor sie zu mir gekommen war.

Mit dem Kopf wies sie zur Tür. »Ich bin dann mal im Wohnzimmer.« Sie verließ den Raum und zog die Tür hinter sich zu. Gleich darauf konnte ich ihre Schritte auf der Treppe nach unten hören.

Ich wandte mich David zu. Ganz sanft berührte er meine aufgeplatzte Lippe mit dem Daumen und diesmal achtete er darauf, dass er die linke Hand nahm, die, die nicht verletzt war. »Gott, Juli!«, sagte er.

Dann endlich zog er mich an sich und hielt mich ganz fest.

Ich hatte geglaubt, schon an Mileys Schultern meinen gesamten Vorrat an Tränen aufgebraucht zu haben, aber tatsächlich begann ich jetzt, noch einmal zu heulen. Ich fühlte mich schrecklich naiv, weil ich mit Carlos ausgegangen war. Und ich fühlte mich hundeelend, weil ich zugelassen hatte, dass er so etwas mit mir tat. Gleichzeitig war ich froh und dankbar, dass David gekommen war. Dieses ganze Gefühlschaos führte dazu, dass ich erneut ungefähr hundert Jahre lang weinte. David stand da, sehr aufrecht und sehr ruhig, ließ sein Hemd von mir durchnässen und strich mir wieder und wieder zärtlich über den Rücken.

Ich konnte seine Lippen an meiner Schläfe spüren.

»Komm«, sagte er, nachdem ich mich einigermaßen beruhigt hatte. Er ließ mich los und wollte nach meiner Hand greifen, um mich zum Bett zu ziehen, aber ich zuckte vor Schmerz zusammen.

Da erst bemerkte er die Prellung an meinem Handgelenk. Für ein paar lange Sekunden stand er da, hielt meine Hand in der seinen und starrte die Verletzung an. In seinem Gesicht zeichnete sich eine ganze Reihe von Emotionen ab, von Bestürzung über Zorn bis hin zu blankem Hass.

»Ich bringe ihn um«, presste er hervor, dann bugsierte er mich vorsichtig zum Bett, zog mich darauf und nahm mich erneut in den Arm.

Ich strich über seine Brust. Sein Hemd klebte ihm an der Haut und ich konnte ein kleines Stück seines Tattoos durch den nassen Stoff erahnen. »Ich habe dich ganz nass geheult«, sagte ich kläglich.

Er gab mir einen sanften Kuss auf den Scheitel. »Wennschon. Wie geht es dir?«

»Besser als Carlos, vermute ich mal.« Ich musste an Carlos' blau getretene Kronjuwelen denken. »Ich habe mich ganz gut selbst verteidigt.« Mit einer knappen Bewegung des Knies zeigte ich David, was ich meinte.

»Autsch!« Über sein Gesicht glitt ein ganz schwaches Lächeln. »Gut«, sagte er dann grimmig und zog mich noch ein bisschen fester an sich.

Eine Weile schwiegen wir in stillem Einverständnis.

»Warum bist du hier?«, fragte ich schließlich.

Er zögerte, und da mein Kopf an seinem Hals lag, konnte ich spüren, wie er schluckte. »Grace hat mir erzählt, dass du angerufen hast. Sie meinte, du klingst nicht gut, da dachte ich, es ist besser, wenn ich nach dir sehe. Als wir vorgestern telefoniert haben, war ich ziemlich sauer auf dich. Darum habe ich nicht zurückgerufen.« Er schwieg einen Augenblick, bevor er hinzusetzte: »Es tut mir leid.«

»Ich habe dich ganz schön angezickt, oder?«

In seiner Stimme lag ein kleines Lächeln. »Ein bisschen.« Er rutschte ein Stück von mir weg und sah mir ins Gesicht. »Warum ging es dir so schlecht?«

Was sollte ich ihm erzählen? Wo sollte ich anfangen? Während ich noch überlegte, fuhr er schon fort: »Grace behauptet natürlich, dass Madeleine schuld daran ist.«

»Ich habe ihre Stimme gehört«, gestand ich. »Hier im Zimmer.« Weil er furchtbar erschrocken aussah, fügte ich rasch hinzu: »Ich war müde und ein bisschen ausgelaugt, weil du dich nicht gemeldet hast. Ich habe mir das wahrscheinlich nur eingebildet.«

Logisch, flüsterte die Stimme der Vernunft in meinem Hinterkopf.

David stöhnte leise auf. »Ach, Juli! Ich hätte da sein müssen.«

»Du bist jetzt da.« Ich wollte das Gespräch von dem verminten Gelände meiner Halluzinationen weglenken, darum fragte ich: »Hat Miley dich angerufen und dir von Carlos erzählt?«

Er nickte.

So tief ich konnte, sog ich seinen vertrauten Geruch ein. »Gott, es ist so schön, dass du da bist!«

Er schloss die Augen und schluckte ziemlich schwer, aber bevor ich ihn fragen konnte, was er hatte, klopfte es an meiner Zimmertür. »Seid ihr angezogen?«, fragte Miley.

David setzte sich aufrechter hin. »Natürlich. Komm rein!«

Sie kam herein und grinste. »Ich dachte mir, du brauchst mich vielleicht nicht mehr, jetzt, wo er hier ist.«

Ein Anflug von schlechtem Gewissen erfasste mich. Ich hatte keinen einzigen Gedanken daran verschwendet, dass sie vielleicht lieber nach Hause fahren würde, als unten allein in unserem Wohnzimmer zu hocken. »Klar«, sagte ich. »Entschuldige! Fahr. Ich rufe dich morgen an, okay?«

Sie hatte die Tür schon halb hinter sich zugezogen, als ihr etwas einzufallen schien. Noch einmal streckte sie ihren Kopf ins Zimmer. »Du hast ihm hoffentlich von deinen ganzen Halluzinationen erzählt!«, sagte sie.

David neben mir ächzte erschrocken.

»Von deinen *ganzen* Halluzinationen?«, wiederholte er gedehnt Mileys Worte.

Ich warf Miley einen wütenden Blick zu, aber sie schien sich nicht darum zu scheren. Im Gegenteil. Auch sie war wütend. Auf mich, und zwar ebenfalls, weil ich David nichts von den Halluzinationen erzählt hatte. Mit einem ziemlich energisch aussehenden Gesichtsausdruck kam sie zurück ins Zimmer und diesmal schloss sie die Tür hinter sich. »Ich gehe hier nicht eher weg, Süße, bis du David in allen Einzelheiten erzählt hast, was du mir vorhin gesagt hast.«

David rutschte von mir weg. Es sah fast ein bisschen so aus, als würde er Abstand brauchen. Seine rechte Hand krallte sich in die Bettdecke und die Verletzung an seinen Knöcheln sah sehr schmerzhaft aus.

Was hatte er nur gemacht?

Ich konzentrierte mich. Dann erzählte ich David von den beiden Halluzinationen im Park, und wie Miley verlangt hatte, ließ ich kein Detail aus. David unterbrach mich nicht ein einziges Mal. Als ich fertig war, war er sehr blass. Sein Unterkiefer war eine harte Linie, weil er die Zähne zusammenbiss.

Angespannt rieb ich mir über Augen und Stirn und dabei fiel sein Blick erneut auf die Prellung an meinem Handgelenk. Wut flackerte in seinen Augen auf. Ich nahm den Arm runter und verbarg ihn vor seinem Blick.

»Wann wolltest du mir davon erzählen?«, fragte er leise.

Ich wusste es nicht, also schien es mir das Beste zu sein, die Klappe zu halten. Die Atmosphäre im Raum wurde so drückend, dass Miley sich unbehaglich räusperte. »Ich glaube, ich gehe dann mal.« Sie kam zu mir, gab mir einen Kuss auf die Wange und verschwand.

Ich verabschiedete mich nicht von ihr. In mir brodelte es und ich wusste nicht, welches der vielen Gefühle, die ich empfand, das stärkste war. Scham. Ärger. Angst.

Angst?

Wovor?

Ich sah David in die Augen. Noch immer schien er wütend zu sein, aber es war eine unbestimmte Wut. Ich hatte nicht das Gefühl, dass sie sich gegen mich richtete.

Er war noch immer so schrecklich blass.

»Warum bist du sauer?«, flüsterte ich. »Du erzählst mir doch auch nicht immer alle deine Probleme, oder?« Mittlerweile war ich so müde und ausgelaugt, dass ich mich anhörte, als wäre ich betrunken.

Statt etwas zu erwidern, ließ David den Kopf sinken, hob beide Arme und verschränkte die Hände im Nacken. Lange rührte er sich nicht und ich hätte ein Vermögen dafür gegeben, durch seine Schattenhaare einen Blick in sein Gesicht werfen zu können. Endlich sah er wieder auf. Seine Zunge fuhr einmal über seine Unterlippe.

»Das war alles ziemlich viel«, sagte er. »Am besten, du ruhst dich erst mal aus. Ich bleibe die ganze Nacht und passe auf dich auf.« Er rutschte vom Bett und wartete, bis ich mich aus meinem Kleid geschält hatte und in ein langes T-Shirt geschlüpft war, das ich als Nachthemd benutzte. Wie bei einem Kleinkind hielt er mir die Bettdecke hoch, und als ich mich hingelegt hatte, kam er zu mir und zog mich schweigend an sich.

Ich schloss die Augen. Es tat so gut, seine Nähe und Wärme zu spüren, dass endlich die Anspannung von mir abfiel.

Ich wollte noch etwas sagen, aber an Davids Seite gekuschelt schlief ich schließlich ein.

Ich war wieder in den Back Bay Fens. Diesmal jedoch ging ich nicht Seite an Seite mit Carlos durch den Park, sondern ich rannte vor ihm davon.

Meine Füße trommelten über den asphaltierten Weg, mein Atem jagte und ein eisiges Grauen hielt mich in seinem Griff, weil ich wusste, dass ich niemals – niemals – entkommen konnte.

Mit jedem Schritt, den ich tat, kam Carlos ein Stück näher.

»Nein!«, wimmerte ich und verdoppelte meine Anstrengungen. Doch vergeblich.

Ich wurde am Arm gepackt. Herumgerissen.

Jemand stand vor mir, ich sah zornerfüllte dunkle Augen, aber sonderbarerweise konnte ich das Gesicht nicht erkennen, das dazugehörte.

»Nicht!«, schluchzte ich. Ich wollte mich losreißen, konnte mich aber nicht mehr rühren. Wie gebannt schaute ich in diese dunklen Augen, die mir plötzlich so schrecklich vertraut vorkamen.

Mein Gegenüber holte aus. Weit schwang sein Arm zurück. Ich sah zu, wie die Hand ihre höchste Stelle erreicht hatte, wie sie auf mich niedersauste.

Und in diesem Augenblick erkannte ich meinen Gegner.

»Nein, David!«, wimmerte ich, doch es war zu spät. Seine Hand traf mich im Gesicht. Sonderbarerweise fühlte ich keinen Schmerz, nur mein Herz explodierte in einer Wolke aus Staub. Ich wurde herumgerissen, taumelte und das Letzte, was ich sah, war ein gläserner Couchtisch, der auf mich zusauste, mich an der Schläfe traf und alles Empfinden auslöschte ...

»Scht!« Ich wurde geschüttelt und mühsam nur tauchte ich aus meinem Albtraum auf. »Ruhig, Juli!«, hörte ich David sagen. »Du hast geträumt. Nur geträumt!«

Mit einem Ächzen richtete ich mich auf.

Er hatte die Nachttischlampe angeschaltet und in ihrem warmen Schein wirkte seine Miene besorgt und erschrocken. »Es war nur ein Traum«, wiederholte er.

Ich nickte. Diese realistischen Träume würden mich irgendwann noch mal wahnsinnig machen, dachte ich, und gleich darauf: *Bin ich das nicht schon längst?*

David zog mich an sich. Sein Hemd war mittlerweile wieder trocken. Ich legte eine Hand auf seine Brust und lauschte dem schnellen Schlagen seines Herzens.

»Habe ich geredet?«, fragte ich und dachte voller Schrecken daran, wie ich im Traum »Nein, David!« gewimmert hatte.

Er schüttelte den Kopf, doch an seinem winzigen Zögern erkannte ich, dass er log.

Ich wollte ihm ins Gesicht sehen, aber er ließ es nicht zu, dass ich mich von ihm losmachte. »Es war nur ein Traum«, murmelte ich.

Sein knappes Nicken hinterließ ein schales Gefühl bei mir.

Ich erwachte gegen halb sieben. Im Dämmerlicht des Morgens sah ich David neben mir sitzen. Er lehnte mit dem Rücken an der Wand und las. Ich wollte ihn ansprechen, wollte wissen, welches Buch er in den Händen hielt, aber bevor ich auch nur den Mund aufmachen konnte, schlief ich schon wieder ein.

Als ich das nächste Mal wach wurde, war es nach neun. Die Sonne schien durch das offene Fenster. David stand in ihrem Licht und starrte nach draußen in den Garten. In der Hand hielt er noch immer das Buch und jetzt erkannte ich, dass es Violett Sandhursts Tagebuch war.

Ich setzte mich auf.

David schien völlig in Gedanken versunken, denn er hörte mich nicht. Er reagierte auch nicht, als ich aufstand und zu ihm trat. Erst, als ich ihm von hinten die Arme um den Leib schlang, zuckte er zusammen.

»Juli.« Seine Stimme klang heiser.

Ich warf einen Blick in sein Gesicht. Und erschrak. Seine Augen glänzten hell vor zurückgehaltenen Tränen. Meine Gedanken sprangen ruckartig von einem zum anderen: von dem Tagebuch in seiner Hand ... zu Charlie ... zu Carlos. Zu meinem Albtraum in der Nacht ... *David, der mich geschlagen hatte* ... zurück zu dem Tagebuch.

»Was hast du?«, fragte ich behutsam.

Er atmete einmal tief durch, legte das Buch auf die Fensterbank. Dann wandte er den Kopf – ganz langsam, als hoffe er, in der Zwischenzeit der Tränen Herr zu werden. Ganz gelang es ihm nicht, aber er hatte sich trotzdem erstaunlich gut im Griff.

Wie immer.

Da waren sie wieder, diese angestrengte Selbstbeherrschung und der schmerzliche Ausdruck in seinen Augen, den er schon im Winter nicht vor mir hatte verbergen können.

In diesem Moment wusste ich es.

Ein leises Ächzen kam aus meiner Kehle. »Du bist eigentlich hergekommen, um mit mir Schluss zu machen, stimmt's?«

Sein Blick richtete sich auf die Prellung an meinem Handgelenk und ich konnte spüren, dass er schwankte, dass er drauf und dran war, den Kopf zu schütteln.

In mir keimte ein unerträgliches Gefühl, schmerzhaft bis

zum Wahnsinn. Ich fühlte mich schrecklich lebendig und tot zugleich. Bittersüß, dachte ich. Aber es war unendlich viel mehr als der Geschmack von Schokolade und Chili auf der Zunge. Das Gefühl glich eher dem Wunsch, sich ein Messer zu nehmen und es durch das eigene Fleisch zu ziehen, wieder und wieder und wieder, damit da ein Schmerz war, der stärker war als der im Inneren.

»Lüg mich nicht an!«, wisperte ich.

Und da nickte er.

16

Warum?« Es waren mindestens zwei ganze Ewigkeiten vergangen, bis ich in der Lage war, diese Frage hervorzuwürgen. »Ist es wegen Charlie?« Auch ihren Namen auszusprechen fühlte sich unfassbar zwiespältig an. Ich hätte gleichzeitig am liebsten losgeheult und laut gelacht, aber noch größer war das Bedürfnis, mich umzudrehen. Ich war aus irgendeinem Grund sicher, dass Madeleine Bowers Geist in der Ecke meines Zimmers stehen und mich sanft anlächeln würde.

David stöhnte auf.

Du hast es gewusst!, sagte die kleine Stimme in meinem Hinterkopf. *Du hast es seit Wochen und Monaten kommen sehen. Warum haut es dich jetzt so vom Sockel?*

Mechanisch nickte ich. »Verstehe.« Ich starrte auf meine Hände, auf das lilablaue Handgelenk, dessen Anblick David so sehr aus der Fassung gebracht hatte.

»Es ist wegen Charlie«, sagte ich. Diesmal war es keine Frage.

Er blinzelte und plötzlich waren seine Tränen fort und es blieben nur diese furchtbaren roten Augen und der starre Ausdruck seiner aufrechten Haltung. Seine Hände zitterten, als er sich die Haare aus dem Gesicht strich. »Es ist, weil ...«

»Du liebst sie nicht, das hast du mir selbst wieder und wieder gesagt.«

Ja, aber sie nahm neuerdings ihre Medikamente. Es ging ihr besser ...

Er senkte den Blick. »Vielleicht habe ich dich angelogen.«

Ich spürte aus irgendeinem Grund, dass er jetzt log, aber ich wusste nicht, wieso er das tun sollte. Mein Blick fiel auf das Tagebuch, in dem er die ganze Zeit gelesen hatte, und ich begann zu ahnen, was hier gerade passierte. Etwas, das Chris neulich am Telefon gesagt hatte, kam mir in den Sinn.

David hatte sich bei Adam über den Bell'schen Wahnsinn erkundigt. Bei all dem, was Chris über Charlie und darüber, wie viel besser es ihr ging, gesagt hatte, hatte ich diese Info gleich wieder vergessen. Aber nun begriff ich, wie wichtig sie war.

Ich nahm das Buch in die Hand. Auch darin war an mehreren Stellen die Rede von diesem Wahnsinn. Violett Sandhurst spekulierte lang und breit darüber, dass dieser bei den Bells vererbte Wahnsinn mit ziemlicher Wahrscheinlichkeit den wahren Kern der Legende von Madeleines Fluch bildete. Immer wieder hatten Männer aus der Familie Bell ihre Frauen getötet. Und gleichzeitig hatte es eine ganze Reihe von Selbstmorden gegeben, bei denen Frauen von den Klippen in den Tod gesprungen waren. Irgendwann hatten die Leute dann angefangen, daran zu glauben, dass nur ein Fluch der Grund für all diese Unglücksfälle sein konnte. Ein Fluch, demzufolge niemals mehr eine Frau auf Gay Head in der Liebe glücklich werden sollte.

Ob die Legende dieses Fluchs nun entstanden war, weil es den Bell'schen Wahnsinn gab, oder ob es genau umgekehrt war, dass nämlich erst der Fluch dafür gesorgt hatte, dass die Bell-Männer wahnsinnig und ihre Frauen zu Selbstmörderinnen wurden, wusste Violett nicht zu sagen.

In meinen Augen war es aber auch völlig egal.

Weil nur eines wirklich zählte.

»Du glaubst noch immer, dass du eine Gefahr für mich bist!«, keuchte ich und presste das Buch wie einen Schutzschild vor meine Brust.

Er schloss die Augen und kniff sich mit den Fingerspitzen in den Nasenrücken.

»Du behauptest nur, dass du zurück zu Charlie gehst, damit ich dich freigebe!« Ich konnte nur flüstern, so entgeistert war ich. »Tut mir leid, David, aber das ist mit Abstand das Bescheuertste, was dir je eingefallen ist.«

Seine Finger lagen noch immer an der Nase, aber er hatte die Augen jetzt wieder geöffnet. Als er die Hand sinken ließ, sah es aus, als sei alle Kraft aus seinem Körper gewichen. »Samuel«, sagte er auf den ersten Blick zusammenhanglos. »Er war noch mal in Charlies Zimmer und diesmal habe ich ihn erwischt.« Er streckte die Hand aus und nahm mir das Tagebuch weg. Wieder fielen mir seine aufgeplatzten Knöchel auf. Er blätterte kurz in dem Buch herum, dann drehte er es so, dass ich lesen konnte, was auf den Seiten, die er aufgeschlagen hatte, geschrieben stand. Er tippte auf eine Passage in der Mitte. Es war eine von jenen, an die ich eben schon gedacht hatte.

In den Augen mancher, stand da in Violetts Handschrift, *ist es Madeleines Fluch, der dazu führt, dass die Männer der Familie Bell einer nach dem anderen dem Wahnsinn verfallen.*

»Madeleines Fluch gibt es n...«

»Ich habe ihn aus dem Haus geprügelt«, fiel David mir ins Wort und präsentierte mir nun mit voller Absicht seine verletzte Hand. »Samuel. Ich habe ihn gepackt und bin über ihn hergefallen wie ein Berserker. Summer und Charlie haben mich festhalten müssen. Ich ... ich hätte ihn sonst umgebracht, Juli.« Er hielt inne, weil ihn die Erinnerung überwältigte. »Und das ist noch nicht das Schlimmste.« Er erschauderte. Kurz wurde er ganz starr und abwesend, und als er zu mir zurückkehrte, war da eine tiefe Qual in seiner Miene. »Ich habe keine Ahnung, was in diesem Moment über mich gekommen ist«, wisperte er. »Da war plötzlich dieser unbändige Zorn in mir ...«

Seine Worte schnürten mir die Kehle zu, nahmen mir den Atem. Ich wollte ihn an mich ziehen, ihn trösten, aber als ich es versuchte, zuckte er vor mir zurück.

Sein Blick glitt in die Ferne. »Ich ertappe mich bei dem Wunsch, Charlie über den Rand der Klippen in die Tiefe zu stoßen.« Er bedeckte das Gesicht mit beiden Händen, dann zwang er sich, mich anzusehen. »Bisher habe ich mich geweigert, an den Fluch zu glauben, Juli. Ich habe mich mit aller Kraft an meinen Verstand geklammert und mir immer wieder gesagt, dass der Fluch eine Legende sein muss ...«

»Der Fluch *ist* eine Legende!« Ich klang völlig sicher.

David schüttelte den Kopf. »Überleg doch mal: All die vielen Menschen, die gestorben sind. Und all die, die den Verstand verloren haben. Henry. Summer. Charlie. Mein Vater.« Er stöhnte auf. »Dann all die Dinge, die Grace vorausgesagt hat. Der Flugzeugabsturz von deinem Vater ...«

Meine fürchterlichen, hellsichtigen Träume, fügte ich im Stillen hinzu. Die Tatsache, dass ich von Charlies Leiche mit den zersplitterten Zähnen hatte träumen können, bevor ich in der Zeitung gelesen hatte, dass bei der Leiche in Maine die Zähne zersplittert waren. Und dann war da auch noch die Tatsache, dass ich im Traum Mary Willows Gesicht gesehen hatte, und zwar *bevor* David und ich ihr Porträt in der Ahnengalerie entdeckt hatten.

Natürlich sprach ich nichts davon laut aus, aber ich ahnte, dass für David ein Punkt erreicht war. Der Punkt, von dem Jason gesprochen hatte.

Dieser Punkt, an dem früher oder später alle, die auf *Sorrow* lebten, an diesen Fluch glaubten.

Ich schaute auf Davids blutige Knöchel und zitterte innerlich. Wie musste er sich dabei fühlen, sie auch nur anzusehen? Nicht zu wissen, was von einem Besitz ergriff, was einen dazu brachte, einen anderen Menschen krankenhausreif zu prügeln, musste ihm unerträglich sein.

Verstand hin oder her: Davids Angriff auf Samuel war der eine Tropfen gewesen, der das sprichwörtliche Fass für ihn zum Überlaufen gebracht hatte. Das eine Ereignis, das noch fehlte, um ihn dazu zu bringen, an den Fluch zu glauben ...

Mir war so schlecht.

»Bleib hier!«, flüsterte ich. »Walt hilft dir. Hier in Boston ging es dir schon einmal besser, du ...«

Er sah so resigniert aus, dass es mir das Herz zusammenpresste. »Ich habe es mir überlegt, Juli, nicht nur einmal. Ich wollte glauben, dass ich einfach fort von *Sorrow* muss, um Frieden zu finden. Aber heute Nacht habe ich begriffen, dass ich mir etwas vorgemacht habe.«

Wieso heute Nacht?

Ich brauchte ein paar Sekunden, bis ich begriff, was er meinte.

»Meine Halluzinationen«, krächzte ich.

Er nickte. »Es beginnt auch hier.« Seine Stimme wurde immer leiser. Gequälter. »Was, wenn ich auch hier ...« Er stöhnte unterdrückt. »Madeleine wird uns nicht mehr aus ihren Fängen lassen, egal, wo wir uns aufhalten.«

Madeleine.

Ich wollte weinen, aber ich hatte keine Tränen mehr. Meine Augen brannten. Vermutlich waren sie genauso rot wie seine. Ich wollte mich gegen die Umstände wehren, wollte nicht, dass sie wahr waren. »Ich kann es nicht akzeptieren, dass du an diesen Fluch glauben willst!«

Er schaute mir direkt in die Augen. »Nach allem, was geschehen ist, weiß ich nicht, warum du es nicht tust.«

Früher oder später glauben alle an den Fluch ... Ich konnte nicht anders, ich lachte. Es klang hysterisch und schrill wie zerbrechendes Glas.

»Nein, David! Ich akzeptiere das nicht!« Ich zitterte und jetzt hatte ich endlich doch Tränen in den Augen.

Er sah es, biss die Zähne zusammen. Ganz dicht stand er jetzt bei mir. »Du darfst nicht weinen. Nicht um mich. Das könnte ich nicht ertragen.« Er schien kurz davor, mein Gesicht in beide Hände zu nehmen, aber dann zwang er sich, es nicht zu tun. »Sei zornig auf mich, das macht es einfacher.«

»Warum soll ich zornig sein?«, rief ich.

Er sah mich lange an, rang mit sich. »Weil ich zu Charlie zurückkehren werde«, flüsterte er.

Dann kletterte er aus dem Fenster und war fort.

Ich brauchte ein paar Tage, allein, um zu kapieren, was geschehen war. Ich habe mal irgendwo gelesen, dass man verschiedene Trauerphasen durchmacht, wenn man verlassen wird. Genau erinnere ich mich nicht an den Ablauf, aber ich weiß noch, dass alles damit beginnt, dass man leugnet und von tiefer Trauer erfasst wird. Irgendwann, auch daran erinnere ich mich, geht diese Trauer jedoch in Wut auf den anderen über, und das ist dann der Moment, an dem es anfängt, einem besser zu gehen.

David hatte versucht, mir die Trauer zu ersparen und sofort zur Phase der Wut zu kommen. Blöd nur, dass dieser Plan nicht aufgegangen war, dass ich ihn durchschaut hatte. Tagelang fühlte ich mich wie in einen undurchdringlichen, kalten Nebel gehüllt. Ich schlief unfassbar viel, und wenn ich nicht schlief, heulte ich oder saß am Krankenbett meines Vaters und versuchte, nicht zu heulen.

Natürlich spielte ich mit dem Gedanken, einfach nach *Sorrow* zu fahren. *Ich akzeptiere das nicht,* hatte ich zu David gesagt und ich hätte ihm beweisen können, dass ich das ernst meinte. Ich hätte mich in Dads Auto schwingen und zu David fahren können. Aber Chris rief mich an und versprach zu vermitteln. Er erzählte mir auch, dass man Samuel aus dem Krankenhaus entlassen hatte, in dem die Verletzungen, die David ihm beigebracht hatte, behandelt worden waren. Charlie hatte eine einstweilige Verfügung gegen Samuel erwirkt, sodass er sie endlich in Ruhe lassen musste. Gegen David wurde wegen Körperverletzung ermittelt, aber Jasons Anwälte waren gut. Sie würden ihn unversehrt rausboxen. Sie würden aus Samuel einen durchgeknallten Stalker machen und argumentieren, dass David nur Charlie beschützt hatte. Heute frage ich mich manchmal, wie nahe sie der Wahrheit damit kamen. War Samuel nun das arme Opfer von Charlie oder war er doch ein Stalker und gefährlich gewesen? Die Wahrheit lag vermutlich irgendwo dazwischen, wie bei vielen Dingen. Vielleicht ist es genau das, was das Erwachsenwerden ausmacht: zu begreifen, dass Menschen niemals nur gut oder böse sind. Samuel jedenfalls habe ich seit diesen Tagen nie wiedergesehen. Ich hoffe, dass er ein anderes Mädchen gefunden hat, eines, das ihn wirklich liebt.

Dad erzählte ich erst zwei Tage nach dieser Nacht, dass David mich verlassen hatte. Ich wollte ihm seine Gründe dafür erklären, aber er kapierte es nicht. Alles, was er verstand, war, dass David zu Charlie zurückgekehrt war.

»Er hat dich *ihretwegen* verlassen?«, fragte er bestürzt. »Nach allem, was du für ihn getan hast?« Und dann dachte er nach und schob hinterher: »Was für ein Arsch!«

Meine aufgeplatzte Lippe und die Prellung an meinem Handgelenk erklärte ich ihm gegenüber übrigens mit einem Sportunfall. Er war weltfremd genug, mir auch das abzukaufen.

Mit Miley kaute ich diese eine Nacht natürlich wieder und wieder durch und mit ihr diskutierte ich auch stundenlang darüber, ob David nun bescheuert war oder weitsichtig. Sie hielt ihn erst für bescheuert und irgendwann für total bescheuert. Aber die Tage zogen sich hin. David kam trotz aller Hoffnungen und auch trotz Mileys und Chris' Bemühungen, zwischen uns zu vermitteln, nicht zur Vernunft. Im Gegenteil. Ein paarmal rief mich Chris an und erzählte mir, dass David wieder angefangen hatte, mit Charlie auszugehen. Da änderte Miley ihre Meinung über ihn. Am Ende der zweiten Woche glaubte sie, dass er mich komplett manipuliert hatte. In ihren Augen hatte er sich mit Absicht so verhalten, dass ich den Bell'schen Wahnsinn für sein Motiv hielt. Sie glaubte, dass er es getan hatte, um nicht wie ein komplettes Arschloch dazustehen. »Finde dich damit ab, Süße«, sagte sie. »Er ist wirklich zu seiner Charlie zurück.«

Während dieser beiden Wochen versuchte sie ihr Bestes, um mich aufzumuntern. Sie zerrte mich aus dem Zimmer und in die Stadt. Wir gingen ins Kino, ins Fitnessstudio, ins Café. Sie erklärte sich sogar bereit, mit mir joggen zu gehen, jedenfalls so lange, bis ich anfing, meine Runden von fünf erst auf zehn und schließlich auf fünfzehn Meilen auszudehnen.

Ich glaube, ich werde in meinem Leben nie mehr so fit sein wie im Juli und August dieses Jahres. Vermutlich war mein extremes Laufpensum auch der Grund, warum ich in der ganzen Zeit keine einzige Halluzination hatte und warum auch das unheimliche Gewisper in meinem Zimmer verschwunden war. Diese Erklärung jedenfalls gab mir mein Verstand. Ein kleiner Teil meines Hirns allerdings, der von Tag zu Tag größer wurde, war anderer Meinung. Dieser Teil glaubte daran, dass Davids Plan aufgegangen war. Dass Madeleine von mir abgelassen hatte, weil er mich aufgegeben hatte.

Wie war das? *Früher oder später glaubt jeder an diesen Fluch.* Es sah ganz so aus, als hätte Jason recht damit.

Die Verletzungen, die Carlos mir zugefügt hatte, verheilten schneller als die Wunden meines Herzens. Die Prellung an meinem Handgelenk wurde erst grün, dann gelb und bald darauf war sie ganz verschwunden. Von der Platzwunde an meiner Lippe blieb allerdings eine ganz feine Narbe zurück, vermutlich, weil ich in den Tagen nach Davids Verschwinden oft darauf herumkaute und sie immer wieder aufriss.

Wenige Tage, nachdem David mit mir Schluss gemacht hatte, wurde mein Vater aus dem Krankenhaus entlassen. Das hatte den Vorteil, dass ich etwas Sinnvolles zu tun bekam, denn er benahm sich wie ein verzogenes kleines Kind, das rund um die Uhr betreut werden musste. Er trug noch immer ein Gipsbein, sodass er nur wenige Schritte zurücklegen konnte. Es reichte gerade vom Bett bis zur Toilette oder zum Esstisch. Eine Weile lang war er unwirsch und ungeduldig mit sich selbst und auch mit mir, bis ihn irgendwann Jason anrief und daran erinnerte, dass er einen Abgabetermin für seinen neuen Roman hatte. Von diesem Moment an fing er wieder an zu arbeiten und mit meiner Krankenschwestertätigkeit war es weitgehend vorbei.

Und dann, Mitte August, kam der Tag in der Kletterhalle. Und katapultierte mich direkt zurück in die Finsternis.

»Findest du nicht, dass du endlich mal diese Kette abmachen solltest?«

Miley und ich saßen in einem Bus, der uns runter zum Hafen bringen sollte. Dort hatte eine neue Kletterhalle aufgemacht und Miley hatte mich überredet, mich dort mit ihr und ein paar Leuten aus unserem Jahrgang zu treffen. Große Lust auf die anderen hatte ich nicht, aber ich war mitgegangen, weil es ein paar weitere Stunden bedeutete, in denen ich meinen Kopf vom Grübeln abhalten konnte.

Meine Hand wanderte zu dem Glasherzen an meinem Hals. Obwohl es nicht das erste Mal war, dass Miley mir riet, es abzunehmen, trug ich es noch immer. Ich zuckte die Achseln und war froh, dass gleich darauf unsere Endstation vor uns auftauchte. So musste ich Miley auf ihre Frage nicht antworten. Für den Augenblick jedenfalls.

Die Kletterhalle befand sich direkt an der Harbor Front. Es war ein hässlicher Betonklotz, den irgendein Architekt mit einer Menge spitzer Winkel versehen hatte, vermutlich, um ihm dadurch seine Wuchtigkeit zu nehmen. Was eindeutig misslungen war.

Als Miley und ich durch den Eingang traten, schlug mir typischer Turnhallenmief entgegen. Schweiß und Magnesiapuder vermischt mit dem Geruch von Desinfektionsmitteln und PVC.

Ich verzog das Gesicht, aber Miley schien es nicht zu stören. Sie bezahlte für uns beide und schubste mich dann einen Gang entlang in Richtung Umkleidekabine, die mit Terrakottafliesen und bronzefarben getönten Spiegeln überraschend edel ausgestattet war. Eine große Palme stand in einem ebenfalls bronzefarbenen Kübel in einer Ecke und schuf einen Anflug von Tropenatmosphäre.

Fehlt nur noch der Papagei, dachte ich und schluckte, weil meine Gedanken, ohne dass ich es verhindern konnte, zu der Poolparty zurückgewandert waren. Kurz sah ich Davids Körper vor mir, der auf der Wasseroberfläche des Schwimmbeckens trieb.

Um das Bild zu vertreiben, rollte ich mit Kopf und Schultern. Zwischen meinen Schulterblättern knackte es.

Miley warf mir einen langen Blick zu. Ich ignorierte sie und begann, mir meine Sportklamotten anzuziehen.

Ich war fast fertig damit, als sich unsere angekündigten Klassenkameradinnen zu uns gesellten: Gina Myers und Laurie Ronneburgh, zwei Mädchen, mit denen ich es in der Schule genau zehn Sekunden aushielt, bevor mir langweilig wurde.

Beide begrüßten sie mich mit einem Überschwang, als hätte ich kürzlich den Amazonas bereist und sei nur unter Lebensgefahr wieder nach Hause zurückgekehrt.

Na ja. Das mit der Lebensgefahr stimmte immerhin.

Mit zusammengepressten Lippen ließ ich ihre Umarmungen und die übertrieben fröhlich neben meinen Wangen gehauchten Küsschen über mich ergehen.

»Gut siehst du aus!«, behauptete Gina, nachdem sie von mir abgerückt war und mich kritisch beäugt hatte.

Es war deutlich, dass sie aus reiner Höflichkeit log.

»Danke«, murmelte ich.

Gina trug bereits Sportsachen. Sie gehörte zu der Sorte Mädchen, die kein Problem damit hatten, in hautengen Spandexklamotten U-Bahn zu fahren, und genau das hatte sie offenbar auch heute getan. Ihr Körper war vom Hals bis zu den Hand- und Fußgelenken in ein violettes Etwas gehüllt, das so eng saß wie eine zweite Haut.

»Ich habe dein Foto in der *Fascination* gesehen«, erzählte sie, während sie sich über ihre Sporttasche beugte und ein paar Kletterschuhe herausholte. »In der vorletzten Ausgabe.«

»Hm«, machte ich.

»Krass, oder, dass sie wieder zusammen sind.«

Klasse! Das war genau das Thema, das ich gebraucht hatte.

Statt Gina zu antworten, warf ich Miley einen strafenden Blick zu.

Sie zuckte nur die Achseln.

»Ist er echt zu ihr zurück?«, fragte Laurie an Ginas Stelle, während sie ihre üppige Mähne zu einem Knoten zusammennahm und festband. »Obwohl sie ihn so lange glauben lassen hat, dass sie tot ist?«

Ich unterdrückte ein tiefes Seufzen. »Ja«, presste ich hervor. »Und ich wäre euch dankbar, wenn wir über was anderes reden könnten.«

Sie kamen meiner Bitte nach, und während ich mir die Kletterschuhe anzog, hörte ich ihrem belanglosen Geplauder zu. Die Schuhe waren unangenehm eng, aber man hatte mir erklärt, das müsse so sein, um an der Wand genügend Halt zu finden. Nachdem ich mich einigermaßen an das Gefühl gewöhnt hatte, eingeschnürte Füße zu haben wie eine chinesische Palastdame, gesellte ich mich zu den anderen in der Halle.

Außer Miley, Gina und Laurie waren jetzt auch noch ein paar Jungs aus unserem Jahrgang da. Sie warfen mir neugierige Blicke zu, die ich, so gut es ging, ignorierte. Lasen die etwa auch die *Fascination* oder was?

In der Halle roch es noch stärker nach Magnesia als am Eingang und das weiße Pulver lag wie feiner Nebel in der Luft.

Es war einiges los. An zwei rechtwinklig zueinanderliegenden Zehnmeterwänden kletterten mehrere junge Frauen und sie sahen so professionell dabei aus, dass ich bei ihrem Anblick am liebsten sofort geflüchtet wäre. Eine Gruppe Kinder von vielleicht acht oder neun Jahren übte an einer der kleinen Anfängerwände, die nur drei oder vier Meter hoch waren. Ihre aufgeregten Stimmen hallten von der hohen Hallendecke wider. In meinen Ohren klang es wie das Geschnatter einer ganzen Gruppe Delfine.

Laurie, die das Klettern schon von Kindesbeinen an betrieb, steuerte eine Zwanzigmeterwand an, die ganz am anderen Ende der Halle lag. Sie war leer und sie sah ziemlich Ehrfurcht gebietend aus, fand ich. Miley marschierte hinter ihr her, und bevor ich mich auch nur mit dem Gedanken angefreundet hatte, hier gleich wie eine Fliege in der Wand zu hängen, begannen die beiden bereits, sich die Sicherungsgeschirre anzuziehen, die vor der Wand an langen bunten Seilen herabhingen.

Einer der Kletterinstrukteure kam auf mich zu und begrüßte mich mit Handschlag und einem freundlichen Hallo. »Ich bin John. Bist du schon mal geklettert?«

Ich schüttelte den Kopf.

»Ich helfe dir, keine Angst. Es ist nicht gefährlich.« Er griff nach einem der Geschirre vor der Anfängerwand und hielt es mir hin, sodass ich hineinsteigen konnte. Dann half er mir, es vor meinem Bauch zuzuschnallen.

Mein Blick huschte zu Miley und Laurie hinüber, die das Gleiche an der großen Wand taten. Miley schielte in unsere Richtung, und als sie sah, dass ich mich nicht vor dem Klettern drückte, reckte sie den Daumen in die Höhe.

Als John fertig war mit all den Schnallen an meinem Körper, sah er zu mir auf. »Bereit?«

Ich schüttelte den Kopf. »Nicht wirklich.« Ich schaute in die Höhe. Warum nur kam jemand auf die Idee, an bunten

Gumminoppen eine senkrechte Wand hochzuklettern? Eigentlich bescheuert, oder? Wenn ich mich allerdings so umsah, dann schienen die Leute eine Menge Spaß dabei zu haben. Miley war in der Zwischenzeit bereits losgeklettert und auf zwei Metern Höhe abgerutscht. Kichernd hing sie in ihrem Geschirr und ließ sich von Laurie abseilen.

Ich straffte die Schultern. John würde mich halten.

»Dann los!«, forderte ich ihn auf.

Seine Augen lächelten mich an. Er griff nach dem anderen Ende meiner Sicherung und zog prüfend daran, ob die Rolle, über die das Seil lief, funktionierte. Ich spürte einen leichten Ruck an meinem Geschirr. »Ich halte dich, wenn du fällst«, sagte er. Er stellte sich neben mich direkt vor die Wand und zeigte auf eines der gummiüberzogenen Griffstücke, das aussah wie eine orangefarbene Muschel. »Da würde ich den ersten Fuß hinsetzen. Und dann kletterst du so, dass du immer mindestens drei Haltepunkte hast. Entweder beide Füße und eine Hand oder beide Hände und einen Fuß. Versuch's einfach mal!«

Er packte das Sicherungsseil fester und schwenkte es leicht.

Gina und ein paar der Jungs standen am Fuß ihrer eigenen Wand und sahen in meine Richtung, vermutlich, um einen guten Blick auf meinen unvermeidlichen ersten Absturz zu haben.

Ich schaute noch einmal zu Miley hinüber. Sie hing an einer Art Überhang und Laurie feuerte sie begeistert an.

Seufzend konzentrierte ich mich. Den Fuß auf die von John bezeichnete Stelle zu setzen, war kein Problem und auch die ersten Meter gingen erstaunlich einfach. Bevor ich es mich versah, war ich halb oben. Doch dann wurde es schwieriger. Zum einen begannen meine Muskeln zu zittern, die diese Art der Anstrengung überhaupt nicht gewohnt waren. Und zum anderen hatte ich das Gefühl, dass die Griffstücke plötzlich sehr viel weiter voneinander platziert waren als zuvor. Ratlos blieb ich mitten in der Wand hängen.

»Weiter rechts!«, rief John zu mir hoch. »Das blaue.«

Ich streckte meine Hand danach aus, aber ich achtete nicht darauf, dass mein rechter Fuß keinen ganz festen Stand hatte. Prompt rutschte ich ab und fiel. Mit einem leisen Schrei und einem Ruck landete ich in dem Sicherungsgeschirr.

»Nicht schlimm!«, sagte John. »Ich lasse dich runter!«

Er seilte mich langsam ab, und als ich wieder festen Boden unter den Füßen hatte, verspürte ich eine Art Euphorieschub. Ich wusste jetzt, dass mir nichts passieren konnte, und das führte dazu, dass ich Lust bekam, es erneut zu versuchen.

»Noch mal?«, fragte John grinsend.

Ich nickte.

Diesmal kletterte ich ein Stück weiter rechts und hier kam ich höher. Das Sicherungsseil an meinem Geschirr gab mir das nötige Selbstvertrauen. John achtete darauf, dass es die ganze Zeit straff gespannt war, und mehrfach hielt er mich auf diese Weise, bis ich festen Halt gefunden hatte.

»Immer nur einen Griff wechseln!«, riet er. »Nicht Hand und Fuß gleichzeitig.«

Ich nickte konzentriert und merkte, dass ich die Zunge zwischen den Zähnen eingeklemmt hatte. Keine gute Idee für den Fall, dass ich abstürzte.

Genau in dem Moment, in dem ich das dachte, wanderte mein Blick über meine Schulter nach unten. Neben dem Eingang an der Wand lehnte jemand.

David!

Erschrocken ließ ich beide Hände gleichzeitig los. Und fiel.

»He!« John fing mich sicher auf. »Was war das denn?«, fragte er, als ich wieder neben ihm stand, aber ich achtete gar nicht auf ihn.

Mein Blick klebte wie festgenagelt an der Stelle, an der ich eben David gesehen hatte. Sie war leer. Hatte ich mich getäuscht?

Mit fieberhaften Bewegungen versuchte ich, das Sicherungsgeschirr loszuschnallen.

»Was ist denn?« John kam mir zu Hilfe und gleich darauf war ich frei.

Ohne ihm eine Antwort auf seine Frage zu geben, rannte ich in Richtung Eingang.

Von der Gestalt war kein Zipfel mehr zu sehen.

Ich atmete durch. *Eine weitere Halluzination!*, sagte ich mir. *Nur eine weitere Halluzination!*

Mit klopfendem Herzen drehte ich mich zu John um.

»Willst du eine Pause machen?«, fragte er. Er wirkte ein bisschen besorgt.

Ich schüttelte den Kopf. »Ich habe nur gedacht, ich hätte jemanden gesehen, den ich kenne ...« Mein Blick wanderte über Johns Schulter zu der großen Profikletterwand und ich stieß ein entsetztes Keuchen aus.

In der oberen Hälfte der Wand kletterte – David.

Und er war ungesichert.

17

Mit weit aufgerissenen Augen sah ich zu, wie er schnell und geschickt auf über zehn Meter Höhe kletterte. Dort wechselte er die Route und gelangte bis fast unter die Decke.

Zwanzig Meter, gellte es in meinen Ohren. Warum reagierte die Hallenaufsicht nicht? Warum gab es keine Durchsage wie »Sie sind ungesichert! Klettern Sie sofort wieder nach unten!«?

In diesem Moment war jeder Gedanke an eine mögliche Halluzination wie weggefegt. Ich hatte einfach nur Angst um Davids Leben.

Wie gelähmt sah ich zu, wie er zu einem Überhang direkt unter der Decke kam, der aus dunkelrotem Gummi bestand. Die Griffstücke daran waren allesamt silbern und sahen aus wie kleine Türklinken. David packte einen von ihnen und hängte sich daran. Dann ließ er mit der anderen Hand los.

Ich stieß einen spitzen Schrei aus.

»Alles in Ordnung mit dir?« Johns Stimme war meilenweit weg.

David drehte den Oberkörper so, dass er nach unten sehen konnte. Sein Blick begegnete dem meinen.

»Er wird loslassen«, wisperte ich. »Oh Gott, er wird loslassen!«

»Scheiße, was ist hier los?« John war jetzt fast ebenso in Panik wie ich.

Ich starrte zu David hinauf, sah ihm in die Augen, sah selbst über die Entfernung den Schmerz in seinem Gesicht.

»Nicht!«, wisperte ich und streckte eine Hand nach ihm aus.

Er schloss die Augen. Dann ließ er los.

Die Zeit verlangsamte sich. David fiel ...

... und landete mit zerschmetterten Gliedern am Fuß der Gay-Head-Klippen. Ich sah sein Blut, das von der Brandung weggewaschen wurde. Und Madeleine Bower in ihrem roten Kleid, die sich über ihn beugte. Mit einer sanften Geste drückte sie seine Lider zu.

Ich schloss die Augen, und als ich sie wieder öffnete, befand ich mich nicht mehr auf der Insel, sondern wieder in der Kletterhalle. Ich erkannte Miley und John. Ihre Gestalten tanzten vor meinen Augen und es dauerte, bis ich kapierte, dass ich schwankte.

»Juli?«, fragte Miley und ihre Stimme hörte sich an wie von einem ausgeleierten Tonband.

Leise bat ich Miley, mich in die Umkleidekabine zu begleiten. »Schon okay«, beruhigte sie John. »Das hat sie manchmal. Geht gleich wieder vorbei.«

Ich hörte ihn etwas murmeln, das wie »Und dann geht sie klettern?« und »Unverantwortlich!« klang, aber netterweise sorgte er trotzdem dafür, dass wir in der Kabine ungestört waren.

Schwerfällig ließ ich mich auf eine Bank sinken. Dann warf ich den Kopf zurück, sodass er mit Wucht gegen den Spind hinter meinem Rücken knallte. Der Schmerz fühlte sich gut an. Er zeigte mir, dass ich wieder bei Sinnen war.

»Scheiße, das war eine Halluzination, oder?«, fragte Miley.

Mit Daumen und Zeigefinger rieb ich meine geschlossenen Augenlider, bis ich Feuerräder sah. Ich nickte. Mir wurde schlecht und ich legte den Kopf zurück an den Spind.

»Was hast du gesehen?«

»David. Er ist in die Tiefe gestürzt und gestorben.«

Miley nahm meine Hände und setzte sich neben mich. »Willst du einen Schluck Wasser?« Sie war schon halb wieder auf den Beinen, aber ich brauchte ihren Halt und so klammerte ich mich an ihren Händen fest.

»Nein, schon gut. Bleib einfach noch eine Weile hier bei mir sitzen.«

»Ich dachte, du hast das nicht mehr, seit David weg ist.«

»Hatte ich auch nicht. Bis heute.«

Ein Klopfen an der Kabinentür ließ uns beide aufblicken.

»Braucht ihr Hilfe?«, fragte John durch die geschlossene Tür hindurch.

Miley sah mich fragend an.

Ich schüttelte den Kopf.

»Nein!«, rief sie. »Es geht schon wieder. Danke!«

Ich hätte gern Johns Gesicht gesehen, aber das war jetzt vermutlich eher Nebensache.

»Und was gedenkst du, dagegen zu tun?«, erkundigte sich Miley.

»Keine Ahnung.« Ich entzog ihr meine Hände und massierte mein Genick.

»Du gehst damit zu Dr. Schroeder, hast du mich gehört?«

Ich seufzte schwer.

»Hast du mich gehört, Juli?«

»Ja, Mama«, murmelte ich. Gleich darauf klingelte mein Handy.

Ich versicherte Miley, dass es mir wieder gut ging. Dann verließ ich die Umkleidekabine und nahm das Gespräch draußen vor dem Kassentresen an.

»Juli? Ich bin's«, meldete sich eine vertraute Stimme. Trotzdem musste ich kurz überlegen, wer am anderen Ende der Leitung war.

»Adam.« Ich klang noch immer ein bisschen atemlos nach dem eben überstandenen Schrecken. »Ist was mit Charlie?«, fragte ich.

Aber etwas in mir kreischte: *David!*

»Nein!« Adams Antwort kam schnell. »Mit ihr ist alles okay. Es ist David, um den ich mir Sorgen mache.«

David. Wieder sah ich ihn von der Kletterwand fallen und auf den Felsen von Gay Head aufschlagen. Mein Mund war staubtrocken. Ich fuhr mir mit der Zunge über die Lippen. »Was ist mit ihm?«

»Er hat Charlie dazu gebracht, ihre Medikamente zu nehmen, und es ging ihr von Tag zu Tag besser, solange er sich um sie gekümmert hat.«

»Aber?«

»Aber er zieht sich zurück, Juli. Er macht dicht, ich weiß nicht, wie ich es anders ausdrücken soll. Wenn Sie mich fragen, dann benimmt er sich wieder genauso wie damals, als wir alle geglaubt haben, Charlie sei tot.«

Neben dem Eingang der Kletterhalle befanden sich ein paar Sitzplätze aus dunkelrotem Drahtgeflecht. Ich setzte mich auf einen davon und nahm das Handy ans andere Ohr, während ich überlegte, was genau ich Adam sagen sollte. »Er ... er glaubt an den Fluch«, sagte ich zögernd. Das junge Mädchen, das hinter der Kasse saß, warf mir einen verwunderten Blick zu und ich wandte mich ab.

»Das ist nicht Ihr Ernst!«

»Doch.«

Adam schnaufte. »Er ist auf *Sorrow* aufgewachsen, dort glauben alle mehr oder weniger daran. Vielleicht wird es Zeit, dass endlich jemand diesen bescheuerten Fluch bricht.« Er hielt inne, dann quittierte er seine eigenen Worte mit einem peinlich berührten Auflachen. »Mannomann! Jetzt fange ich auch schon damit an.«

Er war einer der vehementesten Leugner dieses Fluches, das wusste ich aus eigener Erfahrung. Mehr als einmal hatte er mich amüsiert oder sogar missgelaunt angesehen, wenn ich mich in seinen Augen allzu gutgläubig mit Madeleine Bower beschäftigt hatte.

»Sie glauben, dass David sich von Charlie zurückzieht, weil er sie nicht in Gefahr bringen will?«, fragte er jetzt.

Er hat es mit mir getan.

»Möglicherweise.« Ich spürte dem Schmerz in meinem Herzen nach, den diese Antwort hervorrief. Bedeutete das nun, dass David sich doch wieder in Charlie verliebt hatte? Grace, das Dienstmädchen, hatte einmal zu mir gesagt, dass nur Frauen, die von einem Bell geliebt wurden, in Gefahr vor Madeleine waren.

»Juli?« Adams Stimme hallte in mir wider und ich begriff, dass ich in Gedanken versunken gewesen war. Er hatte mich etwas gefragt, aber ich hatte ihm nicht zugehört.

»Entschuldigung, was haben Sie gesagt?«, murmelte ich.

»Ich habe gefragt, ob Sie nicht auf die Insel kommen können.«

Ein Teil von mir wollte sofort Ja rufen, aber der andere behielt die Oberhand. Keine Ahnung, welcher von beiden der vernünftige und welcher der bescheuerte war. »Warum?«, erkundigte ich mich, um Zeit zu schinden.

Adam wirkte verlegen. »Na ja …«

Ich wartete.

»Ich bin nicht sicher, ob Charlie in seinem momentanen Zustand der richtige Umgang für David ist, Juli. Sie ist, nun ja … ich habe sie ziemlich verwöhnt, fürchte ich, weil Summer nie wirklich etwas von ihr wissen wollte. Ich hatte das Gefühl, etwas ausgleichen zu müssen. Leider hat das wohl dazu geführt, dass Charlie es nicht gelernt hat, es zu akzeptieren, wenn sie von einem Mann nicht das bekommt, was sie will.«

»Was wollen Sie mir sagen?«, fragte ich vorsichtig.

Er hüstelte. »Sie haben schon einmal dafür sorgen können, dass David nicht von den Klippen springt.«

Seine Worte stießen mir ins Ohr wie eine lange, kalte Klinge. »Ist er wieder selbstmordgefährdet?«, wisperte ich. Im Winter war er es gewesen, aber damals war der Grund dafür das Schuldgefühl wegen Charlies angeblichem Tod gewesen. Da Charlie am Leben war, war ich überhaupt nicht auf die Idee gekommen, dass David erneut in Gefahr sein könnte, sich umzubringen.

Er antwortete nicht sofort. »Ich bin kein Experte«, sagte er dann. »Aber ich fürchte, ja.«

Nachdem wir aufgelegt hatten, fühlte ich mich wie einmal durch eiskaltes Wasser gezogen und ausgewrungen. Ich suchte Walts Handynummer aus meinem Telefonbuch und rief ihn an. Er meldete sich nach dem zweiten Klingeln.

»Juli!« Er klang erfreut, mich zu hören.

In zwei kurzen, dahingehaspelten Sätzen informierte ich ihn darüber, was Adam mir eben gesagt hatte.

Walt seufzte schwer. »Ihr haltet ihn wieder für selbstmordgefährdet?«

»Adam fürchtet es, ja.«

Aus dem Augenwinkel sah ich Miley um eine Ecke linsen. Ich signalisierte ihr, mit wem ich sprach, und sie schien zufrieden. Jedenfalls ließ sie mich in Ruhe telefonieren.

Die Kassiererin hatte sich inzwischen ihrer Arbeit zugewandt und beachtete mich nicht mehr.

»Wundert mich nicht besonders, ehrlich gesagt«, meinte Walt. »Mir scheint, dass seine Depressionen nicht mit Charlies Sturz von den Klippen zusammenhängen. Möglicherweise leidet er unter Langzeitnebenwirkungen von diesem *White Rage.«*

»Langzeitnebenwirkungen?«, wiederholte ich.

»Ja. Ich habe ein bisschen herumgeforscht. *White Rage* ist weltweit auf dem Vormarsch und es gibt inzwischen eine Handvoll Studien dazu. Wenn die stimmen, dann hat die Droge ziemlich schwere Nebenwirkungen, die auch noch lange nach der Einnahme auftreten können. Man weiß noch nicht genau, wie die Wirkstoffe im Gehirn angreifen, aber offenbar sind die Nebenwirkungen an Hormone gekoppelt, die für Stimmungen und Emotionen verantwortlich sind. Große emotionale Anspannung, und zwar egal, ob positive oder negative, kann dazu führen, dass die Symptome des direkten Konsums zurückkehren: Schwindel, Übelkeit. Vielleicht sogar Halluzinationen.«

Halluzinationen!

Darum also hatte ich David am Frog Pond gesehen! Und hier in der Kletterhalle.

Es handelte sich also natürlich nicht um einen Fluch, der mich verfolgte. Und schon gar nicht um einen Geist. Die Droge, die Henry mir verabreicht hatte, war schuld an meinen Visionen. Diese Erkenntnis beruhigte mich – und gleichzeitig verursachte sie mir einen Stromstoß von Megawattstärke.

»Wenn es stimmt, was du vermutest«, sagte ich zu Walt, »wenn Davids Depressionen von der Droge kommen und sich jetzt diese Nebenwirkungen zeigen ...« Ich unterbrach mich, weil der Gedanke, David könnte von den Klippen springen, mich ganz zittrig machte. »Oh Gott!«

»Nicht in Panik ausbrechen«, riet Walt. »Es gibt eine Therapie, die die Langzeitsymptome lindert. Das haben mir jedenfalls die Kollegen gesagt, die daran forschen.«

Das wäre mit Sicherheit eine gute Nachricht gewesen. Wenn David sich hätte behandeln lassen. »Du hast gesagt, die Nebenwirkungen sind an Emotionen gekoppelt. Weißt du, dass er mit mir Schluss gemacht hat?«

»Dein Vater hat es mir erzählt, ja.«

»Dad denkt, dass er zu Charlie zurück ist, aber das stimmt nicht.« Ich erzählte Walt, was der wahre Grund für Davids Rückzug war, und ich erzählte ihm auch, wie rot seine Augen gewesen waren und wie gequält sein Ausdruck. »Genau wie im Winter«, endete ich.

Er dachte nach.

Als er für meinen Geschmack zu lange schwieg, fragte ich: »Kannst du nicht zu ihm fahren?«

Er schnaufte. »Juli, ich kann nicht jedes Mal, wenn auf *Sorrow* irgendwas brennt, tagelang meine eigenen Patienten vernachlässigen. Es gibt auf der Welt auch noch andere Menschen mit Problemen, auch wenn du dir das nicht vorstellen kannst.«

Ein einfaches *Nein* hätte auch genügt, dachte ich, aber bevor ich es aussprechen konnte, schien Walt etwas eingefallen zu sein.

»Sag mal: Hast du eigentlich auch diese Nebenwirkungen?«

Natürlich! Er wusste, dass ich im Winter das *White Rage* ebenfalls verabreicht bekommen hatte.

In meinem Kopf spulte sich eine ganze Reihe von Gedanken ab. Ich hatte Miley versprochen, mit Walt über meine Halluzinationen zu reden. Aber wenn ich das jetzt tat, dann würde er darauf bestehen, mich zu untersuchen. Das würde mir vermutlich jede Chance rauben, zu David zu fahren, und das, obwohl ich auf dieser Welt neben Adam offenbar die Einzige war, die ihm helfen wollte. Erst als ich diesen Gedanken zu Ende gedacht hatte, ging mir auf, dass ich mich offensichtlich bereits entschieden hatte, nach Martha's Vineyard zu reisen.

»Ich habe die Droge nur ein paar Tage genommen«, antwortete ich ziemlich ausweichend auf Walts Frage.

»Juli?«, hakte er nach. Mein Zögern war ihm nicht entgangen. Natürlich nicht.

Ich biss mir auf die Lippe. Sollte ich ihm geradeheraus ins Gesicht lügen? Er würde mich vermutlich sofort durchschauen, dachte ich. Ich musste ihn allerdings nicht anlügen, denn er durchschaute mich auch so.

»Du überlegst dir ernsthaft, zu ihm zu fahren, oder?«, fragte er.

Erwischt!

Ich murmelte ein undeutliches Ja.

Er hüstelte leise. »Es kommt recht häufig vor, dass Menschen mit einer schweren Depression sich einreden, dass ihr Tod besser ist für die Menschen, die sie lieben. Verstehst du, was ich dir damit sagen will?«

Ich glaubte schon, trotzdem murmelte ich: »Nicht wirklich.«

»David hat mit dir Schluss gemacht, um dich zu schützen. Er glaubt, damit erfolgreich zu sein – solange du nicht zu ihm fährst, und er merkt, dass du ihn immer noch so sehr liebst.«

Ich schloss die Augen. »Du glaubst, dass ich ihn in seinen Selbstmordabsichten bestärke, wenn ich hinfahre?«

»Genau das glaube ich. Hast du das verstanden, Juli?«

Noch immer mit geschlossenen Augen nickte ich, aber natürlich sah er das nicht. »Ja«, sagte ich leise.

Die folgende Nacht wurde unruhig. Ich zerbrach mir den Kopf, was ich jetzt tun sollte, was ich überhaupt tun *konnte*. Die ganze Angelegenheit war so verflixt verfahren, dass ich mich in ihr verhedderte, egal, von welcher Seite ich sie auch betrachtete. Am Ende lief es auf Folgendes hinaus: David brauchte Hilfe, aber ich durfte mich nicht in seiner Nähe blicken lassen, weil ihn das vielleicht noch tiefer in seine Depression gestürzt hätte.

Vielleicht.

Sicher war sich Walt nicht gewesen, aber er hatte David ja auch nur ganz kurz therapiert. Ich verspürte Ärger darüber, dass er sich weigerte, zu ihm zu fahren, doch dann wurde mir klar, dass ich ungerecht war. Vielmehr hätte ich ärgerlich auf David sein müssen, weil er sich – wieder mal – weigerte, nach Boston zu kommen und sich helfen zu lassen.

Aber Ärger half mir nicht weiter.

Ich konnte nicht einfach hier herumsitzen und nichts tun. Seufzend nahm ich mein Handy vom Nachttisch und wählte Adams Nummer. Obwohl es weit nach Mitternacht war, ging er sofort dran. »Juli?«, sagte er, statt mich zu begrüßen. »Alles in Ordnung?«

»Nein«, murmelte ich und dann erzählte ich ihm von dem Gespräch mit Walt.

»Er hält es für keine gute Idee, dass Sie herkommen?« Adam klang ziemlich bestürzt.

»Scheint so.« Ich hatte bis eben mit dem Telefon am Ohr auf dem Rücken gelegen, aber jetzt setzte ich mich auf.

Adam sagte nichts.

»Ich weiß nicht, was ich tun soll«, gestand ich.

Er reagierte mit einem sehr sonderbaren Satz. »Charlie hat sein Klavier zum Strand runterschaffen lassen.«

»Was? Warum das denn?« Ich glaubte, meinen Ohren nicht zu trauen.

Adam klang sehr gequält, als er hinzufügte: »Das habe ich sie auch gefragt. Sie fand es eine gute Idee, hat sie gesagt. Sie hört David gern spielen und sie ist gern unten am Strand. Da könne man doch beides verbinden, meint sie.« Er sog Luft ein, hielt sie an. Dann atmete er lautstark wieder aus. Es bereitete ihm hörbar Unbehagen, so über Charlie zu reden. »Ich habe Ihnen gesagt, dass sie nicht gut für ihn ist, Juli. Es kann ja sein, dass Sie die Gefahr für David erhöhen, wenn Sie kommen, aber eines ist ganz sicher: Wenn niemand Charlie Einhalt gebietet ...«

»Warum tun Sie es nicht?«, platzte es aus mir heraus. »Sie ist Ihre Tochter!«

»Das versuche ich ja. Aber ich könnte ein kleines bisschen Hilfe gebrauchen.«

Ich dachte daran, wie David mich gefragt hatte, wie ich nach allem, was geschehen war, nicht an den Fluch glauben konnte. Violetts Tagebuch lag auf meinem Nachttisch. Ich hatte es bis auf die letzten dreißig oder vierzig Seiten durchgelesen, seit David mich verlassen hatte. Mit den Fingerspitzen strich

ich darüber. Dann stand ich auf und lief ein paar Schritte im Zimmer umher. Ein Auto fuhr draußen vorbei. Das Geräusch seines Motors klang tief und blubbernd wie bei einem Oldtimer, einem alten Impala oder so. Langsam ließ ich mich wieder auf die Bettkante sinken. »Ich melde mich wieder«, sagte ich zu Adam.

Kaum dass ich aufgelegt hatte, schaltete ich das Licht an und begann zu lesen.

18

Der Seewind blies mir frontal ins Gesicht und trieb mir Tränen in die Augen. Ich blinzelte nicht dagegen an, sondern hielt den Kopf extra so, dass es noch schlimmer wurde. Es fühlte sich merkwürdig an, wie meine Augäpfel von Minute zu Minute kälter wurden.

Erst als es anfing wehzutun, wandte ich dem Wind den Rücken zu. Das kleine Glasherz an meiner Kette lag in meiner Hand und ich spielte gedankenverloren damit herum.

Nach meinem Telefonat mit Adam hatte ich fast den gesamten Rest der Nacht damit verbracht, das Tagebuch zu Ende zu lesen. Ich war auf der Suche nach einer bestimmten Information gewesen, nach der Information darüber, wie Madeleines Fluch gebrochen werden konnte. Der Grund dafür war ein bisschen kompliziert und gleichzeitig ganz einfach. Ich war der Überzeugung, dass der Bell'sche Wahnsinn – vor dem David solche Angst hatte, dass er deswegen sogar mit mir Schluss machte – in seinem Fall von dem *White Rage* herrührte. Was die anderen Männer in der Geschichte des Hauses Bell zu ihren Taten getrieben haben mochte, darüber wollte ich lieber nicht spekulieren. Ich war vollauf damit beschäftigt, klarzukriegen, dass David inzwischen an den Fluch glaubte. Meine Idee war nun, herauszufinden, wie man den Fluch brechen konnte, und dann so zu tun, als würde ich genau das machen. Denn wenn es keinen Grund mehr gab, Madeleines unheilvollen Worten Glauben zu schenken, würde es David die Entscheidung erleichtern, wieder zu mir zurückzukehren – hoffte ich zumindest. Dafür brauchte ich nur eine Art vorgetäuschtes magisches Ritual durchzuführen.

Ungewöhnlich, ich weiß. Aber was an dieser ganzen Geschichte war nicht ungewöhnlich gewesen, seit ich David zum ersten Mal in die roten Augen geblickt hatte?

So weit, so gut. Dummerweise enthielt das Tagebuch die für diesen Plan notwendigen Informationen nicht. Violett Sandhurst hatte offenbar nie herausfinden können, wie der Fluch gebrochen werden konnte. Zumindest hatte sie in dem Tagebuch nichts darüber geschrieben. Mir blieb also im Grunde gar nichts anderes übrig, als nach Martha's Vineyard zu fahren und dort Nachforschungen anzustellen. Oder?

Im Morgengrauen hatte ich also alle Bedenken wegen Walts Warnung verdrängt, hatte mir Dads Wagen geliehen und mich auf den Weg gemacht. Meinem Vater gegenüber hatte ich behauptet, dass Miley und ich einen Ausflug machen wollten. Weil er inzwischen wieder vollends in seiner Arbeit versunken war, hatte er mich ohne weitere Nachfragen ziehen lassen.

Ab und an hat es wirklich Vorteile, einen arbeitswütigen Schriftsteller als Erziehungsberechtigten zu haben!

Jetzt – mit dem Rücken in Fahrtrichtung der Fähre – ließ mir der Wind die Haare ins Gesicht flattern. Das war so nervig, dass ich mich irgendwann wieder umdrehte. Das Herz in meiner Hand war inzwischen ganz warm von meinen Fingern. Ein Boot der Küstenpatrouille fuhr mit aufgepflanztem Maschinengewehr neben uns her. Meistens war das ein Zeichen dafür, dass sich irgendeine hochgestellte Persönlichkeit auf Martha's Vineyard aufhielt. Vielleicht sogar der Präsident der Vereinigten Staaten persönlich.

Und wennschon.

Meine Gedanken kreisten um David und die Sorgen, die ich mir um ihn machte. Hoffentlich machte ich nicht gerade einen Riesenfehler!

»Geht es Ihnen gut?«

Eine ältere Dame stellte sich neben mich an die Reling und schaute mit mir gemeinsam nach vorn, wo sich langsam die Umrisse der Insel aus dem Dunst schälten.

Ich wandte mich ihr zu. Ich hatte sie schon zuvor gesehen – als sie mit einem jüngeren Mann diskutiert hatte. Offenbar war es darum gegangen, dass sie nach draußen aufs Oberdeck gehen wollte und er dagegen war. Sie trug ein elegantes apricotfarbenes Seidenkleid, das wirkte, als sei es in den Zwanzigerjahren des letzten Jahrhunderts geschneidert worden. Dazu einen ebenfalls apricotfarbenen Schal, den sie lose um den Kopf geschlungen hatte, um ihre Haare vor dem Wind zu schützen. Um Hals und Handgelenk trug sie echt aussehende Perlen.

Sie war mindestens achtzig, wenn nicht sogar noch älter, aber ihre Augen wirkten hellwach und interessiert. Mitfühlend begegnete sie meinem fragenden Blick.

»Ich sah Sie hier an der Reling stehen und dachte mir, dass Sie etwas sehr Trauriges ausstrahlen«, erklärte sie.

Ich zwang mich zu einem Lächeln. »Tue ich das?«

Sie nickte. Ihre faltigen Hände lagen auf der Reling und ich konnte die Adern unter ihrer papiernen Haut sehen. Ihre Fingernägel waren kurz, aber sorgsam manikürt.

»Ich bin auf dem Weg zu meinem ... Freund«, erklärte ich und stockte kurz vor dem Wort *Freund,* weil ich nicht genau wusste, wie David und ich denn nun zueinanderstanden.

»Sie sind noch so jung.« Die Dame nahm eine Hand von der

Reling und machte Anstalten, meine zu tätscheln. Kurz bevor sie mich berührte, besann sie sich allerdings und zog die Hand wieder zurück.

Ein feines, entschuldigendes Lächeln hob ihre Mundwinkel. In diesem Moment wirkte sie wie aus einer anderen Zeit und spontan fragte ich mich, ob ich sie mir nicht einfach nur einbildete.

Es war ein fieses Gefühl, nicht mehr unterscheiden zu können, was real war und was nicht.

»Wenn Sie mit all Ihrer Kraft um ihn kämpfen, dann werden Sie am Ende über die andere triumphieren.«

Ein überraschter, kleiner Kiekser kam aus meinem Mund. »Woher wissen Sie ...?«

»Oh!« Ihr Lächeln wurde breiter und völlig selbstverständlich ergriff sie nun meine Hand. Ihre Haut war trocken und sehr weich. Ich glaubte, den schwachen Duft von Puder zu riechen, der von ihr ausging, doch der scharfe Seewind trug ihn augenblicklich mit sich davon. »Das ist keine Hexerei, mein Kind. Ich habe Sie beobachtet, eine ganze Weile schon. Sie stehen an Bord dieser Fähre und starren zu der Insel hinaus. Dabei spielen Sie die ganze Zeit an diesem kleinen Glasherzen herum, das Sie um den Hals tragen.« Sie deutete auf den Anhänger an meiner Kette. »Und als Sie das Wort *Freund* gesagt haben, haben Sie gezögert, so als seien Sie sich nicht sicher, ob er noch Ihr Freund ist. Den Rest habe ich mir zusammengereimt. Lag ich einigermaßen richtig?«

Ich nickte. »Sie könnten Sherlock Holmes Konkurrenz machen, wissen Sie das?«

Sie lachte leise. »Vielleicht. Nein, im Ernst. Ich bin nur eine dumme, alte Frau, die versucht, sich in der kurzen Zeit, die ihr noch bleibt, nicht allzu sehr zu langweilen. Darum beobachte ich Menschen. Und wenn mir jemand interessant erscheint, dann spreche ich ihn an. So wie eben Sie.«

»Ich bin nicht interessant«, wehrte ich ab.

Sie musterte mich von Kopf bis Fuß, als müsse sie diese Aussage überprüfen. »Es scheint Ihnen nicht bewusst zu sein, Kindchen, aber da ist etwas in Ihnen ... Ich kann mir gut vorstellen, dass Sie Ihre Konkurrentin damit in den Schatten stellen. Wenn Ihr Freund auch nur ein bisschen etwas taugt, dann weiß er das, glauben Sie mir!«

»Sie kennen Charlie nicht.«

»Oh. Nein. Ich kenne sie nicht, aber ich bin mir trotzdem sicher. Und wenn Sie es auch sind, wird Ihr Freund es ebenfalls sehen.«

Ich wunderte mich. Woher hatte sie gewusst, dass Charlie nicht mein Freund war, sondern – *die andere?* Immerhin hätte Charlie genauso gut auch ein Männername sein können.

Ein kleines Frösteln lief mir den Rücken hinunter.

Die Dame fuhr sich mit den Fingerspitzen an die Stirn, als wolle sie sich selbst einen Klaps geben. »Entschuldigen Sie!«, rief sie aus. »Ich ängstige Sie! Das passiert mir häufiger, weil die Menschen nicht verstehen, dass ich einfach nur genau beobachte.«

Ich ließ das so stehen und spielte wieder mit meiner Kette.

Die Dame fasste das kleine Glasherz ins Auge. »Darf ich?«

Als ich die Hand fortnahm, ergriff sie das Herz und betrachtete es. »Es ist sehr hübsch. Vieldeutig, mit den feinen Rissen darin. Wissen Sie, warum wir Menschen uns Schmuck schenken?«

Ich verneinte.

»Wir tun es, um nicht viele Worte machen zu müssen. Ihr Freund hat Ihnen das Herz aus einem bestimmten Grund geschenkt, nicht wahr?«

Ich dachte daran, wie die kleine Schachtel auf meinem Kopfkissen gelegen hatte, am Tag nach unserer ersten gemeinsamen Nacht – und unserem ersten ernsthaften Streit – war es gewesen.

Die alte Dame lachte leise. »So rot, wie Sie werden, will ich lieber nicht nachfragen, was der Grund für dieses Geschenk war. Aber *Sie* sollten sich fragen, was es für *ihn* bedeutet hat. Ich vermute, es war ein *Dankeschön* und gleichzeitig auch ein *Verzeih mir.*«

Sie war wirklich gut. Sie hatte mit beidem recht. Ich presste die Lippen aufeinander, weil ich nicht wusste, wie ich angemessen reagieren sollte.

Sie tätschelte mütterlich meine Hand. »Wir schenken uns Schmuck als Zeichen unserer Zuneigung, meine Liebe. Aber Schmuck kann auch ein Symbol für vergangene Liebe sein. Wenn wir das Geschenk irgendwann einmal zurückgeben, dann sagen wir damit ohne viele Worte: ›Ich liebe dich nicht mehr.‹«

Ich starrte sie nun wirklich an wie eine Erscheinung und ein Gedanke begann, sich in meinem Kopf zu formen.

Sie hob eine Augenbraue. »Was haben Sie?«

»Nichts. Sie haben mir nur vielleicht gerade die Lösung für ein Problem gezeigt.«

Sie lächelte warmherzig. »Wie nett!«

»Tante Cora?« Eine leicht barsche Männerstimme ertönte hinter uns und die Frau wandte sich mit einem Seufzen um.

»Gregor! Musst du immer im unpassendsten Moment stören?«

Ein vielleicht fünfzigjähriger Mann kam auf uns zu. Es war der, mit dem ich sie vorhin diskutieren sehen hatte. Er sah der alten Dame so ähnlich, wie es nur ein Verwandter tun konnte.

Aber er war nicht halb so elegant gekleidet wie sie. Er trug einen normalen, nicht sehr modern wirkenden Anzug und sein Hemd wies in der Bauchgegend Schweißflecken auf.

Wenn er seiner Tante die Rüge übel nahm, ließ er es nicht durchblicken.

»Bringst du schon wieder die Leute durcheinander?«, fragte er, als er zu uns trat und mich kurz musterte. »Sie müssen entschuldigen, Miss. Meine Tante schießt ab und zu etwas übers Ziel hinaus, wenn ihr langweilig ist. Ich hoffe, sie hat Sie nicht allzu sehr belästigt.«

»Nein, nein!«, wehrte ich ab und ärgerte mich darüber, dass es so unverbindlich klang. »Ich habe unser kleines Gespräch sehr genossen, wirklich!«

Cora sah mir in die Augen. »Wenn er es wert ist, kämpfen Sie um ihn, Liebes. Sie haben die Kraft dazu, das sehe ich Ihnen an.«

»Also, Tante Cora!«, rief Gregor aus. »Das reicht jetzt wirklich! Du solltest in Zukunft vielleicht weniger von diesem romantischen Schundzeug lesen.« Er fasste sie am Ellenbogen. Es war eine ziemlich besitzergreifende Geste, aber die alte Dame ließ sie über sich ergehen.

»Reg dich bloß nicht so auf«, tadelte sie ihren Neffen gelassen. »Nur weil du unfähig bist, den Leuten weiter als bis vor die Stirn zu schauen, musst du mich nicht schelten.« Sie schenkte mir ein letztes, warmherziges Lächeln. »Leben Sie wohl«, sagte sie.

Dann folgte sie ihrem Neffen ins Innere der Fähre.

Ich stand da, starrte ihr nach und schämte mich, weil mir kein einziges Wort des Abschieds über die Lippen gekommen war. In meinem Kopf rotierte die Idee, die mir bei unserem Gespräch gekommen war. Vielleicht hatte Cora mir tatsächlich die Lösung für eines meiner Probleme geliefert. Ich nahm das Glasherz und hob es nachdenklich an die Lippen. *Wir geben ein Geschenk zurück und sagen damit ohne viele Worte: »Ich liebe dich nicht mehr«*, hörte ich Cora wieder sagen. Bevor ich meinen neuen Plan allerdings in allen Einzelheiten durchdenken konnte, klingelte mein Handy. Adam war dran. Ich hatte ihn noch nicht wieder zurückgerufen, obwohl ich es ihm ja versprochen hatte.

»Ich bin auf der Fähre«, sagte ich.

Er wirkte hocherfreut. »Was hat Sie dazu gebracht?«

Meine Hand krampfte sich um den Riemen meiner Tasche. »Ihre Großmutter«, sagte ich. »Und eine alte Lady auf der Fähre.«

Er verstand nicht und ich versprach ihm, innerhalb der nächsten Stunde bei ihm zu sein und ihm zu erklären, was ich damit meinte.

Nachdem die Fähre in Oak Bluffs angekommen war und ich Dads Wagen an Land gesteuert hatte, fuhr ich durch den mit Touristen vollgestopften Ort und dann hinaus auf die schmale Landstraße, die nach Westen führte. Der Sommer neigte sich in diesem Jahr früher dem Ende zu, fiel mir auf. Obwohl wir noch August hatten, schien der Indian Summer nicht mehr fern und ein ganz eigenartiger Zauber lag über Martha's Vineyard. Eine Mischung aus Leichtigkeit und Melancholie. Sie verstärkte die Schwermütigkeit in mir noch.

Das hellblau gestrichene Gebäude in Chilmark, in dem sich Adams Museum befand, sah ziemlich verlassen aus. Für die Urlauber auf der Insel war es noch zu früh am Tag.

Adam hatte auf mich gewartet und öffnete die Ladentür, bevor ich auch nur einen Fuß auf die Veranda gesetzt hatte.

»Gut, dass Sie da sind!«

Als er mich in das Hinterzimmer führte, schaute ich überrascht. Auf der Couch saß bereits ein Besucher.

»Chris!«, rief ich aus.

Er stand auf und umarmte mich fest und freundschaftlich. »Adam hat mich angerufen und mir erzählt, dass du kommst.« Er ließ mich los und schaute mir prüfend ins Gesicht. »Du siehst scheiße aus«, kommentierte er.

Ich ließ mich auf die Couch fallen. »Danke, Mr Charmebolzen.« Es tat gut, dass er da war. Er war so wunderbar normal. Sein burschikoses Verhalten ähnelte dem von Miley und erdete mich ein bisschen.

»Genau genommen war er es, der mir klargemacht hat, dass jemand David helfen muss«, erklärte Adam. Er stand in dem Durchgang zum Ausstellungsraum. Der Vorhang, der das Chaos hier hinten vor den Blicken der Besucher verbergen sollte, war zur Seite geschoben und ich konnte ein Stück der Vitrine sehen, in der die Überreste vom Untergang der *City of Columbus* lagen. Der Anblick schnürte mir die Kehle zu und rasch wandte ich den Blick ab und konzentrierte mich auf Chris.

»Wie das?«

Er wirkte unschlüssig. Mit eckigen Bewegungen setzte er sich neben mich. »Da läuft etwas ganz und gar Schräges auf *Sorrow.«* Während er anfing zu reden, ging Adam in seine kleine Küche und machte sich daran, uns einen Tee zuzubereiten. »Ein Blinder mit Krückstock sieht, dass es David nicht gut geht in diesem bescheuerten Haus. Ich meine: Sein Vater scheint ihm die Hölle heiß zu machen. Warum tritt er ihm nicht einfach in den Arsch und haut von hier ab?«

Adam kam mit einer ziemlich kitschigen Teekanne mit Rosenblütendekor aus seiner kleinen Küche. »Da ist immer noch

Charlie.« Er füllte drei Tassen und es roch extrem stark nach irgendwelchen aromatischen Zusätzen. Kirsche oder Erdbeere. So genau konnte ich das bei den amerikanischen Früchtetees nie sagen. »Du kennst sie, Chris. Wenn sie jemanden in ihren Klauen hat, lässt sie ihn nicht mehr so leicht los.« Er reichte mir eine Tasse, ich nahm sie und blies auf die heiße dunkelrote Flüssigkeit. Ein leichter Ölfilm schwamm auf ihrer Oberfläche, Zeichen für zu viel Kalk im Wasser.

»Schon klar«, meinte Chris. »Sie droht ihm damit, doch noch zu springen, damit er bei ihr bleibt. Aber er geht vor die Hunde, Adam! Warum ist er bereit, sich so zu quälen für sie?«

Adam wich meinen Blicken aus, als er eine Vermutung aufstellte. »Weil er sie liebt?«

Chris' Worte hatten etwas in mir ausgelöst. Die vergangenen Wochen war ich unsicher gewesen, hatte geschwankt zwischen dem Glauben, dass David zu Charlie zurückgekehrt war, und der Überzeugung, dass er mir etwas vorgemacht hatte. Doch plötzlich war ich mir sicher. Ich dachte an die roten Augen, die er gehabt hatte, als er mit mir Schluss gemacht hatte.

Energisch schüttelte ich den Kopf. »Er liebt sie nicht. Das hat er nie wirklich.«

Chris wirkte verwirrt. »Irgendwie denke ich das ja auch die ganze Zeit. Aber warum zum Teufel bleibt er dann bei ihr?«

Auf einmal war ich einfach nur müde. Kein Wunder, schließlich hatte ich die Nacht kaum geschlafen. Und die Autofahrt war auch kein Pappenstiel gewesen, weil es ziemlich voll gewesen war auf den Straßen.

»Gott!«, stöhnte ich. »Das alles hier macht mich fertig!« Dann erklärte ich den beiden, was meiner Meinung nach der wahre Grund dafür war, dass David mit mir Schluss gemacht hatte.

Als ich damit fertig war, sah Chris aus, als würde die Sache für ihn jetzt irgendwie mehr Sinn ergeben.

»Das würde ihm ähnlich sehen!«, murmelte er. »Er quält lieber sich selbst, als dir zu schaden.« Ihm fiel noch etwas ein. »Darum ...« Mit einem Ächzer ließ er den Kopf hängen. »Einmal hat er mir erzählt, dass er Träume hat. Jetzt kapiere ich das erst!«

Ich beugte mich ein wenig vor, erwartete, dass er etwas von Schüssen und Blut erzählen würde, aber er verblüffte mich. Er tippte sich gegen die Schläfe. »Er träumt davon, wie du auf seinen Couchtisch gefallen bist.« Dann sah er mir in die Augen, als er hinzufügte: »Er träumt davon, dass er dich umbringt!«

Ich nickte. »Ich weiß.«

»Was macht Sie plötzlich so zuversichtlich, dass er sich nicht *Ihretwegen* umbringt, wie Sie kürzlich noch gefürchtet haben?«, fragte Adam.

Vorsichtig, um mich nicht zu verbrennen, trank ich einen Schluck. Wie ich vermutet hatte, war der Tee stark gesüßt. Ich bemühte mich, nicht das Gesicht zu verziehen, und stellte die Tasse zurück auf den Tisch.

»Ich weiß, es klingt völlig schräg, aber ich glaube, ich weiß, wie wir ihm helfen können. Dr. Schroeder hat mir gesagt, dass der Grund für diese Aggressionen, die David den Bell'schen Wahnsinn nennt, das *White Rage* ist.« In kurzen Worten fasste ich für Adam und Chris zusammen, was Walt mir über die Langzeitnebenwirkungen der Droge erzählt hatte. »Und das kann man behandeln.«

»Also musst du ihn dazu kriegen, sich behandeln zu lassen. Aber wie willst du das anstellen?«, fragte Chris. »Er verweigert sich ja einfach jedem, der ihm helfen will.«

»Genau. Und darum gehe ich zu ihm und rede mit ihm.« Ich lehnte mich auf der Couch zurück und kam den Einwänden der beiden zuvor, indem ich schnell weiterredete. »Und ich bitte ihn, mir zu helfen, diesen Fluch zu brechen.«

Beide starrten sie mich so sonderbar an, als fürchteten sie, ich sei verrückt geworden.

»Jetzt reden Sie schon wie Summer und Charlie«, brummte Adam und natürlich hatte er recht. Summer und Charlie waren besessen von Madeleines Fluch. Ich möglicherweise inzwischen auch. Nur mit dem Unterschied, dass ich nicht vorhatte, an ihn zu glauben. Alles, was ich wollte, war, ihn mir zunutze zu machen, um David zu helfen.

Oder?

Die kleine, gemeine Stimme in meinem Hinterkopf hatte Zweifel an meinem Motiv. *Früher oder später glaubt jeder ...*, dachte ich resigniert. Dann erklärte ich Adam und Chris die Sache mit dem vorgetäuschten magischen Ritual.

Adam hörte genau zu, und je länger ich redete, umso überzeugter schien er von meinem Plan zu sein. Ich war ein wenig verwundert. Eigentlich hatte ich erwartet, dass er mich für bescheuert erklären würde, aber ich war natürlich froh, dass er das nicht tat. Als ich endete, lächelte er. »Gar nicht so dumm. Ich könnte Ihnen dabei helfen rauszufinden, wie man den Fluch bricht. Ich habe noch eine ganze Menge Unterlagen von meiner Großmutter, die ich nie gesichtet habe. Vielleicht finde ich darin, was Sie brauchen.«

»Gute Idee«, sagte ich und fügte nach einigem Zögern noch hinzu: »Möglicherweise weiß auch Summer etwas.«

Adam nickte und schlug vor, sich auch darum zu kümmern – und ich war ihm dankbar dafür. Dann überlegte er. Er klang ziemlich besorgt, als er hinzufügte: »Aber was ist, wenn wir nicht schnell genug sind? Wenn David springt, bevor wir ...«

»Auch dafür habe ich eine Lösung«, fiel ich ihm ins Wort. »Eine alte Lady auf der Fähre hat mich darauf gebracht.« Ich griff nach dem Glasherzen an meiner Kette und hielt es in die Höhe. Dann erklärte ich den beiden, auf welche Idee mich mein Gespräch mit Cora gebracht hatte.

Adam grinste. »Sie verblüffen mich, Juli, wissen Sie das?«

Nur Chris war nicht hinterhergekommen. »Glauben wir jetzt etwa doch alle an den Fluch oder was?«

»David tut es«, sagte Adam. »Das reicht uns.«

Ich verließ das Inselmuseum kurz darauf. Adam, Chris und ich hatten uns noch eine Weile über meinen Plan unterhalten und Adam hatte mich darauf aufmerksam gemacht, dass auch Grace eine gute Quelle für Informationen über den Fluch war. Womit er natürlich recht hatte. Und was mir einen weiteren guten Grund gab, endlich nach *Sorrow* zu fahren.

Natürlich verspürte ich wegen Walts Warnung noch immer Unbehagen. Und dieses Unbehagen war vermutlich der Grund, warum ich aus Versehen an der Abzweigung zum Herrenhaus vorbeifuhr und es erst bemerkte, als ich schon die Einfahrt von Summers Haus sehen konnte. Nachdenklich lenkte ich den Wagen auf den Standstreifen. Summers Haus lag hinter einem flachen Hügel, sodass nicht mehr als die Schornsteinspitze davon zu erkennen war. Eine dünne Rauchfahne stieg daraus empor. Sie hatte eine ungewöhnlich dunkelgraue Färbung.

Im klimatisierten Inneren von Dads Wagen fröstelte ich auf einmal und ich glaubte, keine Luft mehr zu bekommen. Ich ließ die Scheibe der Fahrertür herunter. Ein warmer, nach

Wacholder duftender Windzug drang herein und fühlte sich auf meiner Haut angenehm seidig an.

Tief atmete ich durch.

Adam hatte zwar versprochen, Summer nach dem Fluch zu befragen. Aber wenn ich schon mal hier war, konnte ich den Stier auch genauso gut selbst bei den Hörnern packen, oder? Bevor ich es mir anders überlegte, stellte ich den Automatikhebel des Wagens auf D und rollte langsam die Auffahrt zu Summers Haus hinauf.

Ich sah sie in dem Moment, in dem ich über die Hügelkuppe kam. Sie stand auf dem Rasen und war dabei, die komische Lolli-Skulptur vom Rost zu befreien. In ihren Händen hielt sie einen riesigen Winkelschleifer, der einen Höllenlärm verursachte und eine Menge Staub in die Luft wirbelte. Summer stand inmitten einer riesigen rostroten Wolke. Sie trug zerrissene Jeans und ein altes Männerhemd sowie eine Schutzbrille und Mundschutz.

Ich ließ den Wagen auf dem Parkplatz ausrollen. Plötzlich war ich mir überhaupt nicht mehr sicher, ob es eine gute Idee war hierherzukommen. Ich wollte schon wenden und einfach wieder verschwinden, da drehte sie sich um und entdeckte mich.

Mit einer schnellen Bewegung schaltete sie den Winkelschleifer aus. Dessen schrilles Kreischen verstummte und in der darauffolgenden Stille klang der Leerlauf meines Wagens überlaut. In meinen Ohren war ein sonderbares Hallen.

»Juli!« Summer zog den Mundschutz nach unten, dann schob sie die Brille in ihr wirres, schmutzbedecktes Haar. »Charlie ist leider nicht da.« Metallstaub bedeckte ihren Nasenrücken, den oberen Teil ihrer Wangen und die Stirn. In meinen Augen sahen die roten Streifen aus wie eine Kriegsbemalung.

Ich konnte jetzt schlecht einfach wieder abhauen, also

schaltete ich notgedrungen den Motor ab und stieg aus. Den Zündschlüssel ließ ich stecken. Irgendwie gab mir das ein besseres Gefühl.

»Hallo, Summer!«, grüßte ich. »Eigentlich wollte ich nicht zu Charlie, sondern zu dir.«

»Wie nett!« Sie legte den Winkelschleifer auf den Boden. Dann kam sie quer über den Rasen auf mich zu und gab mir mit einem freundlichen und überhaupt nicht irre wirkenden Lächeln die Hand. »Wie kann ich dir helfen?«

Ich schaute an ihr vorbei auf die Skulptur. Sie war zu einem Drittel vom Rost befreit und die bearbeiteten Stellen glänzten in der Sonne. »Ich würde gern mit dir reden«, sagte ich.

Sie lächelte wieder. »Natürlich. Möchtest du etwas trinken? Einen Eistee vielleicht? Ich habe gerade frischen gemacht.«

Ich lehnte dankend ab. Adams süßer Tee lag mir noch immer klebrig auf der Zunge. Ich hatte vorläufig keinen Bedarf nach weiterem Zucker, aber Summer wirkte so enttäuscht, dass ich sie stattdessen um ein Wasser bat.

Begeistert strahlte sie mich an. Dann verschwand sie im Haus. Als sie wiederkam, hatte sie sich das Gesicht gewaschen und hielt in der einen Hand ein Glas Wasser für mich und in der anderen einen Eistee mit einem Stück Zitrone darin. Mit einer einladenden Geste forderte sie mich auf, mich zu ihr auf die Terrasse zu setzen.

»Also?«, fragte sie, als wir beide saßen. Sie nippte an ihrem Tee.

Ich überlegte, wie ich anfangen sollte. Aus dieser Perspektive sah die Skulptur weniger wie ein Lolli aus als vielmehr wie ein überdimensionales Pantoffeltierchen, dachte ich bei mir und fühlte mich sonderbar zerstreut dabei.

Summer folgte meinem Blick. »Gefällt sie dir?«, fragte sie.

»Ich habe sie zusammen mit diesem Haus gekauft, gleich nachdem ich erfahren habe, dass Charlie noch am Leben ist.« Sie lächelte fast entschuldigend. »War eine Art Kurzschlussreaktion, fürchte ich. *Spontankaufattacke bei emotionalem Stress* würde es ein Psychologe wohl nennen.«

Ich verkniff mir den Hinweis, dass normale Menschen sich bei einer Spontankaufattacke gewöhnlich kein Haus anschafften, sondern eine neue Hose oder vielleicht auch neue Schuhe. »Ich würde gern mit dir über Madeleines Fluch reden«, stieß ich hervor.

Ihre Reaktion war spektakulär. Summer zuckte zurück, als habe ich gedroht, ihr eine Ohrfeige zu verpassen. Ganz kurz wirkte sie verwirrt, aber gleich darauf fing sie sich wieder. Sie blinzelte erst, dann lächelte sie. Es wirkte jedoch nicht mehr so echt und normal wie noch eben. Und eine Sekunde später begann sie, aus vollem Hals zu lachen wie über einen besonders gelungenen Scherz.

Ich war irritiert. Was hatte das nun wieder zu bedeuten? Hatte sie einen Joint geraucht, kurz bevor ich gekommen war? Fand sie mich deshalb plötzlich so lustig?

Sie hatte beim Waschen ein wenig roten Staub an ihrem Haaransatz übersehen. Der Anblick erinnerte mich fatal an Blut, das aus einer uralten Wunde sickerte. Ich versuchte, nicht zu genau hinzuschauen, während ich wartete, dass sie aufhörte zu lachen.

»Der Fluch?« Ungefähr zwei Minuten später wurde sie übergangslos ernst und ein Schauder lief mir über den Rücken. In ihren Augen lag jetzt ein so sonderbares Flackern, dass ich mich in die Höhe stemmte.

Welcher Teufel hat dich bloß geritten hierherzukommen, Juliane Wagner?

Summer erhob sich ebenfalls, und bevor ich auch nur Gelegenheit hatte, den Mund aufzumachen, trat sie ganz dicht vor mich hin. Ganz und gar eigenartig schaute sie mich an.

»Den Fluch brechen«, murmelte sie. »Ja. Man muss ...« Wieder blinzelte sie. Ihre Hand hob sich in einer fast mechanischen Geste und näherte sich meiner Wange.

Ein Eisenring schloss sich um meinen Brustkorb. Ich konnte mich nicht bewegen. Auch nicht, als Summer meine Wange berührte. Ihre Finger waren sehr warm und sehr weich.

»Armes Kind«, wisperte sie und plötzlich standen Tränen in ihren Augen. »Du ...«

Ich hielt es nicht mehr aus. Ich schlug ihre Hand zur Seite und riss ihr damit den Rest des Satzes von den Lippen. Jetzt reichte es! Aber definitiv! Ich machte auf dem Absatz kehrt und rannte zu meinem Auto zurück.

Wie gut, dass ich den Schlüssel hatte stecken lassen.

Als ich auf dem engen Parkplatz gewendet hatte, fiel mein Blick im Rückspiegel auf Summer. Sie hatte sich nicht von der Stelle gerührt. Völlig bewegungslos stand sie da und starrte mir nach.

19

Nur wenig später fuhr ich auf den großen Parkplatz von *Sorrow*. Theo, der sich neben den Fahrzeugen der Bells auch um die Gartenanlage kümmerte, war gerade dabei, ein Stück Rasen zu wässern. Er bemerkte mich in dem Moment, in dem ich ausstieg.

»Miss Wagner, was für eine Überraschung!« Mit einer Bewegung, die aussah, als würde er einem Tier den Hals umdrehen, stellte er den Schlauch ab. Der feine Wassernebel, der über dem Gras gestanden hatte, sank zu Boden und mit ihm verschwand auch ein kleiner Regenbogen. »Kommen Sie, um Master David zu besuchen?«

Ich verdrängte das panikartige Gefühl, das die Begegnung mit Summer eben bei mir ausgelöst hatte, und schlug die Wagentür zu. »Ehrlich gesagt, weiß ich das nicht genau. Mr Sandhurst hat mich gestern angerufen und erzählt, dass es David nicht gut geht.«

Theo nickte nur.

»Wissen Sie, wo er ist?«

»Ich habe ihn heute noch nicht gesehen, also wird er vermutlich auf seinem Zimmer sein. Mr Bell ist im Verlag und Grace ist vorhin zum Einkaufen gefahren. Es ist also niemand weiter im Haus, der Sie reinlassen könnte. Was halten Sie davon, wenn Sie einfach den Seiteneingang nehmen und selbst hoch zu Master Davids Zimmer gehen? Er wird sich sicher freuen, Sie zu sehen.«

Wenn er sich da mal nicht täuschte!

Ich bedankte mich und überlegte, was ich nun tun sollte. Offiziell war ich hier, weil ich mit Grace über den Fluch reden wollte. Aber wie Theo gesagt hatte, war Grace beim Einkaufen. David würde früher oder später sowieso mitbekommen, dass ich da war, also konnte ich meine erste Begegnung mit ihm auch genauso gut gleich hinter mich bringen.

Meine Hand klammerte sich um das Glasherz an meinem Hals.

Während Theo den Schlauch wieder anstellte und eine leichte Brise einen kühlen Tröpfchenschauer auf mich niedergehen ließ, wandte ich mich dem besagten Seiteneingang zu. Durch ihn gelangte ich in einen Gang, in dem die Ahnengalerie der Bells hing, eine ganze Reihe von mehr oder weniger düster aussehenden Menschen in den Klamotten vergangener Jahrhunderte. Vor dem einzigen Bild in der Reihe, das keinen Menschen, sondern eine gemalte Ansicht von *Sorrow* zeigte, blieb ich stehen. Bisher hatte ich mir dieses Bild noch nie genauer angesehen und ich wusste nicht so recht, was mich ausgerechnet jetzt dazu brachte, es zu tun. Es war in Öl gemalt und wirkte so, als hätte der Künstler versucht, William Turner in einer seiner späteren Phasen zu imitieren. Die Pinselstriche waren mit schneller Hand auf die Leinwand geworfen und bildeten ein impressionistisches Bild der Fassade und des sturmgepeitschten Himmels dahinter.

Ein heftiges Frösteln erfasste mich bei dem Anblick.

Eilig wandte ich mich ab, hastete zur großen Eingangshalle und dann so schnell die Treppe nach oben, dass ich über die vorletzte Stufe stolperte. In dem Gang, der zu Davids Räumen führte, blieb ich stehen. Die Tür von Amandas Zimmer war geschlossen, aber sie hatte etwas, das mich wie magisch anzog.

Die beiden Tischchen mit den geschwungenen Beinen und den Blumensträußen standen noch immer rechts und links davon.

Ich presste die Lippen aufeinander. Dann gab ich dem Drang nach, die Tür zu öffnen. Ein schwacher Luftzug wehte mir entgegen und zeigte, dass in dem Raum ein Fenster offen stand. Es roch leicht nach Salz und Tang und auch ein kleines bisschen nach Herbst.

Die weißen Tücher über den Möbeln sahen in meinen Augen noch immer aus wie Eisberge.

Mit klopfendem Herzen wandte ich mich dem Kamin zu. Das zerschossene Gemälde von Charlie hing noch immer dort. Jemand hatte versucht, die zerfetzte Leinwand zu reparieren, aber das hatte nur dazu geführt, dass Charlies Gesicht jetzt aussah wie die Fratze von Frankensteins Braut.

Ich verspürte ein unangenehmes Würgen bei diesem Anblick und verließ das Zimmer darum schnellstmöglich wieder.

Ich musste mir selbst Mut zusprechen, bevor ich mich traute, bei David anzuklopfen.

Niemand antwortete.

Ich klopfte noch einmal. »David?«, rief ich durch die geschlossene Tür hindurch. »Ich bin's.«

Als sich noch immer nichts tat, fasste ich mir ein Herz und prüfte, ob abgeschlossen war.

Das war es nicht. Die Tür schwang, ohne Widerstand zu leisten, auf.

»David?«, rief ich zur Sicherheit noch einmal, und als klar wurde, dass er wirklich nicht da war, betrat ich den Raum.

Die Stelle, an der Davids Klavier gestanden hatte, war leer.

»Miss Sandhurst hat es wegschaffen lassen. Gestern erst.«

Die leise Stimme hinter meinem Rücken jagte mir einen solchen Schreck ein, dass ich einen kleinen Hüpfer machte. Mit einem vorwurfsvollen »Grace!« auf den Lippen fuhr ich herum. »Theo hat gesagt, Sie sind einkaufen.«

Sie lächelte mich entschuldigend an. »Ich bin eben zurückgekommen.« Sie trug noch nicht wieder ihre schwarz-weiße Dienstmädchenuniform, sondern Jeans und T-Shirt. Ich hatte sie noch nie zuvor in einem solchen Aufzug gesehen und in meinen Augen wirkte sie auf einmal völlig fremd. Ihre langen schwarzen Haare hatte sie zu einem schlichten Pferdeschwanz zusammengefasst und nicht, wie sonst, geflochten.

»Theo hat erwähnt, dass er Sie hereingeschickt hat«, sagte sie, »und da dachte ich mir, ich sehe gleich einmal nach, ob ich etwas für Sie tun kann.«

Ich bedankte mich. Dann wies ich auf die leere Stelle, an der sonst das Klavier gestanden hatte. »Mr Sandhurst hat mir davon erzählt.«

Grace' Augen waren sehr groß und sehr dunkel. »Sie tut ihm nicht gut, Miss Wagner. Ich denke, das wissen Sie genauso gut wie ich.«

Ich verspürte einen tiefen Grimm in mir. »Ich beende das. Darum bin ich hier.«

»Was haben Sie vor?«

Ich lächelte, doch die Muskeln in meinem Gesicht fühlten sich starr an. »Ich werde den Fluch brechen, stellen Sie sich vor!«

Sie verschränkte die Arme vor der Brust, eine Geste, die sonderbar selbstbewusst wirkte, gar nicht wie die eines Dienstmädchens. Bisher hatte ich ihr gegenüber immer standhaft behauptet, nicht an den Fluch zu glauben, aber sie schien sich trotzdem nicht im Geringsten über meinen plötzlichen Gesinnungswandel zu wundern. »Ja«, murmelte sie. »Vielleicht ist es an der Zeit dafür.«

»Wissen Sie, wie es geht?«, stieß ich hervor, bevor ich es mir anders überlegen konnte.

Sie jedoch schien mich nicht gehört zu haben. Ihr Blick ging haarscharf an mir vorbei in unendliche Ferne. »Den Fluch brechen …« Zwei, drei Sekunden verstrichen, dann blinzelte sie und sah mir wieder in die Augen. »Nein, Miss Wagner. Ich weiß es nicht, aber ich werde Madeleine für Sie fragen, wenn Sie es möchten.«

Ich ertappte mich dabei, dass ich mit den Zähnen knirschte. »Ja«, gab ich zurück. »Ja, bitte tun Sie das.« Und irgendwie kam ich mir dabei nur noch halb so bescheuert vor, wie es eigentlich der Fall hätte sein müssen.

Grace lächelte schwach. »Das werde ich.« Sie legte den Kopf schief, als lausche sie auf eine unhörbare Stimme. Gleich darauf wirkte sie extrem ernst und besorgt. »Sie sollten besser nach ihm sehen, Miss Wagner.« Sie wies in Richtung Fenster, hinter dem man den Ozean erahnen konnte. »Ich glaube, Master David ist zum Strand runtergegangen.«

Die Sonne brannte auf mich nieder, als ich kurz darauf den Pfad zum Strand entlanglief. Die Wacholderbüsche dufteten würzig. Der Seewind wurde von der Vegetation zu meiner Rechten abgehalten, sodass die Luft über dem sandigen Weg in der Sommerhitze flimmerte.

Trotzdem fröstelte ich.

Eine Kälte saß tief in meinen Knochen und es fühlte sich an, als würde sie nie wieder vergehen. Mehr als einmal warf ich einen Blick über die Schulter zurück, weil ich glaubte, jemand sei hinter mir. Aber jedes Mal sah ich nichts als den leeren Pfad.

Dann plötzlich konnte ich getragene Klaviermusik hören.

In schwachen, kaum wahrnehmbaren Fetzen wehte der Wind sie mir entgegen. Ich hätte beim besten Willen nicht sagen können, was für ein Stück es war. Nur das Frösteln in meinem Innersten verstärkte sich.

Der Pfad führte über eine kleine Kuppe und senkte sich dahinter endgültig dem Meer zu. Die Musik war jetzt deutlicher zu hören und ich erkannte sie. Es war die Mondscheinsonate.

Vor Kummer zog sich mir das Herz zusammen.

Ich musste mich zwingen weiterzugehen.

Das Bootshaus in der Mitte des Bootsstegs wirkte harmlos und malerisch. Wie auf einem der kitschigen Bilder, die sie in Oak Bluffs an zahlungskräftige Touristen verkauften.

Doch anders als auf den Bildern stand am Ende des Steges, dort, wo die Wellen des Atlantiks sich brachen, Davids Klavier.

Ich blinzelte, weil die Szenerie absolut surreal wirkte. Das Klavier auf einem Bootssteg, der offene Ozean dahinter. Die schnell treibenden Wolken am Horizont. Und an dem Klavier, den Rücken zu mir gewandt, David.

Wenn das nicht wieder eine von diesen gruseligen Halluzinationen war, dann wollte ich einen Besen fressen.

Davids Spiel klang über das Wasser und jeder einzelne Akkord drang mir wie ein Nadelstich ins Herz. Einmal, an einer Stelle, an der die Töne hoch wurden und schrill wie ein verzweifelter Schrei, stockte Davids Spiel. Er ließ den Kopf hängen. Dann jedoch spielte er weiter, die Melodie kehrte zu ihrer vorherigen Getragenheit zurück.

Mir schossen Tränen in die Augen – vor Traurigkeit, aber auch vor Entsetzen, weil jede Note mich sicherer und sicherer machte, dass ich nicht halluzinierte. So etwas Schräges konnte sich nicht einmal mein kranker Verstand ausdenken. Das hier war also definitiv real. Real und gleichzeitig so schrecklich irrational und melodramatisch, dass ich am liebsten geschrien hätte.

Ich wollte zu David laufen, wollte seine Hände von der Tastatur fortzerren, wollte ihn in meine Arme ziehen, aber ich konnte mich nicht rühren. Tausend Gedanken schossen mir durch den Kopf. Charlie hatte das Klavier hier herunterschaffen lassen. Weil sie den Strand liebte und Davids Musik und weil sie alles beides gleichzeitig haben wollte. Sie hatte nie gelernt zu akzeptieren, dass sie etwas nicht bekommen konnte. Sie war wirklich völlig durchgeknallt.

Wie gebannt starrte ich auf den Bootssteg. So ein Klavier war unheimlich schwer. Wer hatte ihr dabei geholfen, es den ganzen Weg von *Sorrow* bis hierher zu schaffen? Und – was in meinen Augen noch viel, viel wichtiger war – warum zum Henker sah sie nicht, was sie David damit antat?

Ich musste nur seinen Rücken ansehen, um zu begreifen, wie unfassbar dicht am Abgrund er balancierte. Sie hingegen ...

Mühsam nur machte ich einen einzigen Schritt vorwärts. Blieb wieder stehen.

Ohne sein Spiel zu unterbrechen, hob David den Kopf. Über das Klavier hinweg richtete er den Blick hinaus aufs Meer. Ich war mindestens siebzig, achtzig Meter von ihm entfernt, aber ich spürte, dass er mich bemerkt hatte. Nein: Irgendwie wusste ich es.

Ich machte noch einen Schritt vorwärts. Eine Muschel zerbrach mit einem hässlichen Knirschen unter meiner Sohle.

Dreh dich um!, bat ich im Stillen.

Aber er kehrte mir weiterhin den Rücken zu. Seine Finger tanzten wie von selbst über die Tasten, während er aufs offene Meer hinausstarrte. Ich fragte mich, was er dort draußen wohl sah, und als ich die Hand hob, weil ich mir eine Haarsträhne aus dem Gesicht streichen wollte, merkte ich, dass ich weinte.

Die Mondscheinsonate verklang mitten im Takt.

David wandte den Kopf zur Seite, als lausche er, was ich nun tat.

Dreh dich um!, dachte ich erneut, doch er tat es noch immer nicht.

Und dann zerriss das unsichtbare Band zwischen uns.

Weil Charlie da war.

Sie trat aus dem Schatten des Bootshauses. Offenbar sagte sie etwas zu ihm, denn er nickte. Ich sah mit an, wie sie von hinten die Arme um seinen Leib schlang, während er weiterspielte. Ihre Hand streifte kurz, aber absichtsvoll die Stelle, an der sich sein Tattoo befand.

David sank in sich zusammen, doch gleich darauf richtete er sich kerzengerade auf. Er erwiderte etwas auf Charlies Worte, das sie auflachen ließ.

Glockenhell, fast ein bisschen schrill klang ihre Stimme über das Wasser.

Und jetzt, endlich, drehte David sich um, sodass ich ihn von vorn sehen konnte. Sein Anblick fühlte sich an wie eine Ohrfeige.

Er war sehr blass und auch wieder dünner geworden.

Er geht vor die Hunde, hatte Chris gesagt. *Warum tut er sich das an?*

Meine Knie wurden ganz wackelig.

Über die Entfernung hinweg begegneten sich unsere Blicke. Ohne mich aus den Augen zu lassen, erhob er sich, und weil Charlie ihm im Weg stand, schob er sie kurzerhand zur Seite.

Dann kam er auf mich zu.

»David!«, hörte ich Charlie hinter ihm herrufen. »Was soll das?«

Er achtete nicht auf sie.

Ich konnte mich nicht rühren, wartete, bis er dicht vor mir stand. Seine Augen waren feuerrot.

»Ich hatte dich gebeten, mir nicht nachzukommen«, sagte er.

Ich senkte den Blick, schwieg.

Charlie tauchte neben ihm auf. »Was will sie?« Ihre Stimme war kalt und schneidend.

David wandte kurz den Kopf, ehe er wieder mich ansah. Ich stand da, angespannt und hin- und hergerissen zwischen der Hoffnung, dass er mich gleich in seine Arme ziehen, und der Angst, dass er mich erneut von sich stoßen würde.

Mehrere Sekunden verstrichen, in denen er nach einer Erwiderung zu suchen schien. In diesem endlos langen Augenblick sah ich wieder ein Flackern in seinen Augen, dasselbe Flackern, das ich im Winter so oft gesehen und gefürchtet hatte. Er war innerlich so zerrissen, dass ich seinen Schmerz als Echo tief in mir spüren konnte.

»Keine Ahnung«, sagte er zu Charlie und seine Stimme wurde kälter, als er sich wieder mir zuwandte. »Was tust du hier?«

Es tat weh, seinen Tonfall zu hören. Ich klammerte mich an das, was ich glaubte. Er spielte noch immer Theater, hoffte noch immer, mich durch dieses Verhalten vor dem Fluch zu schützen. Wenn mein Plan gelingen sollte, dann musste auch ich jetzt Theater spielen. Und zwar so überzeugend wie noch nie zuvor in meinem Leben. Also schluckte ich absichtlich schwer und ging dabei in Gedanken durch, was ich mir vorgenommen hatte. All die Dinge, die ich ihm sagen wollte, rasten durch mein Hirn und ich hatte keine Ahnung, ob ich es richtig anpackte. Auf das hier, das wurde mir schlagartig klar, hatte ich mich nicht vorbereiten können, egal, wie oft ich diesen Moment im Auto von Boston hierher durchgespielt hatte.

»Madeleine hat mir eine Vision geschickt.« Es fühlte sich überraschend richtig an, das zu sagen.

Früher oder später glauben alle an den Fluch, hörte ich Jasons Stimme in meinem Kopf.

Ich ballte die Linke zur Faust und hob sie an die Lippen. »Sie hat mir gezeigt, wie du in den Tod stürzt, David. Sie wollte, dass ich wieder herkomme. – Lass mich ausreden!« Die letzten drei Worte stieß ich hastig hervor, weil ich sah, dass er mir ins Wort fallen wollte.

Der Augenblick war gekommen. Das, was nun folgen würde, war es, was mir auf der Fähre eingefallen war und vor dem ich mich so gefürchtet hatte.

Ich hob die Hände in den Nacken und öffnete die Kette mit dem Herzen daran. In Gedanken schickte ich einen Dank an Cora, dass sie mich auf diese Idee gebracht hatte. Es war eine wirkungsvolle Geste, eine, die keine Worte brauchte. Ich nahm die Kette ab und konnte nur hoffen, dass weder meine Stimme noch meine Miene mich Lügen strafen würden.

Einmal in deinem Leben, Juliane Wagner, flehte ich mich selbst an, *krieg einmal ein Pokerface hin!*

Ich reichte David die Kette.

Reflexartig wollte er sie nehmen, aber dann zuckte er davor zurück. »Was hat das zu bedeuten, Juli?« Er hatte seine Rolle plötzlich nicht mehr im Griff, klang verunsichert.

Himmel, ich war es auch!

Scheinbar teilnahmslos ergriff ich seine Hand, drehte sie mit der Fläche nach oben und legte die Kette hinein. »Madeleine hat keine Macht mehr über mich.«

Charlie lachte klirrend, aber ich blendete sie aus.

Die Situation fühlte sich völlig unwirklich an und ich hoffte so sehr, dass ich hier keinen Riesenfehler machte, dass ich mich ganz schwindelig fühlte.

Etwas blitzte in Davids Augen auf, ganz kurz nur, bevor es wieder von dem Schmerz in seinem Blick überdeckt wurde. Es war Hoffnung gewesen. Hoffnung auf Besserung. Auf Rettung.

Charlie drängte sich dichter an David heran. »David!«, schnurrte sie ihm ins Ohr. »Lass sie doch. Sie ist nicht gut für dich!«

Beinah hätte ich gelacht. Über Charlies Talent, die Tatsachen zu verdrehen. Und darüber, wie oft ich diesen Satz in den letzten vierundzwanzig Stunden schon gehört hatte. Am liebsten hätte ich Charlie ins Gesicht geschrien, dass selbst ihr Vater glaubte, dass sie nicht gut für David war. Aber ich durfte nicht aus meiner Rolle fallen. Demonstrativ blickte ich auf die Kette, die rechts und links aus Davids Faust baumelte. Das Glasherz war vollständig in seiner Hand verschwunden und irgendwie kam mir das Bild in diesem Augenblick einfach nur furchtbar passend vor.

Er hob die Faust ein Stück, ließ sie wieder sinken.

Charlie zog an seinem Arm. »Komm, David!«

Mit einem Ruck entzog er sich ihr, aber sie setzte nach, krallte sich an seinem Ellenbogen fest.

Zornig starrte sie mich an und ich verspürte das heftige Bedürfnis, sie zu ohrfeigen. Adam hatte recht: Es ging ihr wesentlich besser. Sie wirkte nicht mehr so flirrend wie am Abend der Dinnerparty, sondern fast normal. Nur dieser intensive Ausdruck stand nach wie vor in ihren Augen. Die Überzeugung, jederzeit das bekommen zu können, was sie haben wollte. Und die Entschlossenheit, alles zu tun, was nötig war, sollte es jemand wagen, sich ihr in den Weg zu stellen.

Ich hielt ihrem durchdringenden Blick stand und wunderte mich, wie leicht das ging. Vor Lizz hatte ich nur Wochen zuvor einen Höllenrespekt gehabt. Ich hatte gefürchtet, dass sie in der Lage sein würde, mir David wegzunehmen. Jetzt kam mir diese Angst völlig kindisch vor und ich fragte mich, was in der letzten Zeit mit mir passiert war. Vielleicht waren einfach zu viele schreckliche Dinge geschehen, als dass ich mich noch wie ein Teenager benehmen konnte. Vielleicht war ich ja innerhalb von wenigen Wochen erwachsen geworden? Obwohl: Wie erwachsen war es schon, mehr und mehr an diesen Fluch zu glauben?

Ich unterdrückte ein hysterisches Lachen.

Davids Lippen teilten sich, schlossen sich wieder. Ich fragte mich, was er in diesem Augenblick in mir sah. Ich erfuhr es nicht, denn Charlie funkelte mich jetzt herausfordernd an. »Warum haust du nicht einfach ab? Du siehst doch, dass er dich nicht mehr liebt!« Sie wandte den Kopf und sah David an, als wolle sie, dass er ihr recht gab.

Er zögerte. Dann starrte er auf die Kette in seiner Hand und schüttelte unsicher den Kopf. »Bitte, Juli«, sagte er. »Geh!«

20

In mir war der starke Drang, David einfach zu packen und vom Strand fortzuzerren. Ich wollte ihn nicht in Charlies Klauen lassen, wollte auch nicht von ihm fortgehen. Nicht während sie ihn in der Hand hatte, so wie er mein Glasherz in der Hand hatte. Nicht während sie langsam immer fester zudrückte. Und dann verspürte ich den Wunsch, Charlie ins Gesicht zu springen und ihr die Augen auszukratzen.

Ich tat weder das eine noch das andere. Weil mir genau in dem Moment, in dem David mich zum Gehen aufforderte, schlecht wurde. *Bitte nicht ausgerechnet jetzt!* Das Blut begann, in meinen Ohren zu rauschen. Ich schaffte es gerade noch, mich abzuwenden, bevor eine Panik nach mir griff, die sogar noch stärker war als die neulich im Bootshaus.

Was für ein Timing!, dachte ich ergeben.

Eben hatte ich noch behauptet, Madeleine habe keine Macht mehr über mich, und jetzt war ich drauf und dran, genau das Gegenteil zu beweisen.

So schnell ich konnte, hastete ich den Pfad entlang und außer Sichtweite.

Bei einem Dornbusch musste ich stehen bleiben, weil mir schwindelig wurde. Schwankend stand ich da, atmete tief durch und rang um mein Gleichgewicht. Meine Hände tasteten nach Halt, aber da waren nur die dünnen, biegsamen Zweige mit all ihren Dornen.

»Juli!«

Das leise Wispern, das hinter mir erklang, ließ mir das Blut in den Adern gefrieren.

Ich fuhr herum, aber natürlich wusste ich längst, wen ich vor mir haben würde.

Madeleine Bower.

Sie streckte die Hand nach mir aus. Bleich war ihr Gesicht. Das Haar klebte ihr nass an Stirn und Wangen. Wasser rann aus ihrem ausladenden roten Kleid und es bildete eine große Lache zu ihren Füßen. Ein feines, aber irgendwie schreckliches Lächeln lag auf ihrem Gesicht. Als sie den Mund öffnete, um etwas zu sagen, sah ich, dass sämtliche Zähne in ihrem Mund zersplittert waren.

»Du wirst springen, Juli!«, wisperte sie.

Ich warf mich herum und rannte los.

White Rage löst emotional gekoppelte Halluzinationen aus, hatte Walt gesagt. Ich hämmerte es mir regelrecht ins Hirn. *Emotional. Gekoppelte. Halluzinationen.*

Dieser Geist war nicht echt!

Ich bildete ihn mir ein, weil die Szene mit David eben mich emotional so angegriffen hatte.

Was ich David gegenüber gerade behauptet hatte, stimmte: Madeleine hatte keine Macht über mich. Weil es sie gar nicht gab!

Ich rannte weiter, unsicher, weil das Schwindelgefühl wieder stärker wurde. Mein Fuß verfing sich in einer Wurzel und der Länge nach schlug ich hin. Mir wurde sämtliche Luft aus den Lungen gepresst. Ein scharfer Schmerz zuckte durch mein Handgelenk.

»Du wirst springen, Juli!«, wisperte Madeleine hinter mir.

Ich rappelte mich auf.

Nur eine Halluzination!

Ich stolperte voran, wusste nicht mehr genau, wo ich war.

Wann kam endlich das Herrenhaus? Noch nie zuvor war mir der Weg dorthin so weit erschienen. Noch nie war ich beim Laufen so atemlos gewesen. Verdammt, ich joggte seit meinem zwölften Lebensjahr ungefähr eine Million Meilen im Jahr, warum nur bekam ich keine Luft mehr?

Das leise Wispern Madeleines verfolgte mich.

»Spring, Juli!«, flüsterte sie, dann begann sie zu lachen. Es war ein hohes, kreischendes Lachen, das mir durch Mark und Bein ging.

Wo war *Sorrow?*

Gleich dort hinter der Biegung musste es sein. Dort waren Menschen. Dort würde ich in Sicherheit sein. Ich warf mich vorwärts.

Umrundete einen großen Findling.

Und stand am Rand der Gay-Head-Klippen.

In meiner Panik hatte ich die Abzweigung verwechselt.

Das war alles, was ich denken konnte, bevor ich auf einem am Boden liegenden Baumstamm zusammensank.

Schwer atmend und zitternd vor Entsetzen schaute ich zurück, ob der Geist mich noch immer verfolgte, aber zu meiner grenzenlosen Erleichterung war keine Spur mehr von ihm zu sehen.

Vielleicht reichte es Madeleine ja, mich auf die Klippen getrieben zu haben. Vielleicht war sie der Meinung, sie müsse mich nicht auch noch über den Rand treiben.

Weil ich von selbst ...

»Stopp!«, sagte ich laut und unterbrach damit das Gedankenkarussell in meinem Kopf.

Ich litt unter den Nebenwirkungen einer chemischen Droge. Madeleines Geist existierte nicht.

Ich würde nicht springen.

Früher oder später glaubt jeder ...

Ich.

Würde.

Nicht.

Springen.

Zögernd hob ich den Kopf. Der Wind war hier oben stärker als unten am Strand, was ja auch kein Wunder war. Ich befand mich fast hundert Meter über dem Meeresspiegel.

Hundert Meter Abgrund. Der Gedanke hatte etwas schrecklich Faszinierendes. Die Kante der Klippen war nur noch wenige Meter entfernt.

Ich rührte mich nicht.

Gleich. Gleich würde ich mich umdrehen und den Pfad zurück bis zur Abzweigung gehen. Ich würde den richtigen Weg einschlagen. Würde Grace bitten, mir ein Zimmer herzurichten, dann würde ich in der Bibliothek einen Hinweis darauf suchen, wie dieser Fluch endlich gebrochen werden konnte.

Gleich.

Obwohl ...

Die Tiefe schien nach mir zu rufen. Lockte.

Ich machte einen winzigen Schritt vorwärts.

So viele waren hier schon abgestürzt. Amanda Bell. Taylor. Charlie.

Henry.

David!

Meine Knie begannen zu zittern und ein Schluchzen entstand in meiner Brust, so heftig, dass es mich fast zerriss.

Nein!, kreischte es in mir.

Ich wollte mich rühren, wollte mich in Sicherheit bringen, aber ich konnte mich noch immer nicht bewegen.

»David«, wisperte ich verzweifelt, aber er kam nicht. Warum sollte er auch? Ich hatte schließlich mein Bestes getan, um vor ihm zu verbergen, was gerade mit mir geschah.

Mein rechter Fuß tastete sich millimeterweise vor.

Und gleich darauf wurde ich gepackt und nach hinten gerissen.

Ich landete auf der Erde, ein dumpfer Schmerz fuhr durch mein linkes Handgelenk, weil ich unglücklich aufkam. Vor lauter Schreck schrie ich und derjenige, der mich zurückgerissen hatte, schrie ebenfalls.

Es war David.

Er war mit mir gemeinsam zu Boden gegangen und jetzt zerrte er mich vom Abgrund weg. Der Bann, der über mir gelegen hatte, war gebrochen. Ich krabbelte weiter rückwärts und dann rollte ich mich atemlos und zittrig auf den Rücken.

Davids Gesicht schwebte riesengroß über mir. »Bist du in Ordnung?«

Ich wusste es nicht. Mir war noch immer schlecht und wie ein Baby krümmte ich mich zusammen. David zog mich an sich, hielt mich und ich konnte spüren, dass auch er zitterte.

»Warum bist du hier?«, gelang es mir schließlich zu krächzen. »Ich dachte, du hättest nicht gemerkt, dass ich ...«

Er warf den Kopf in den Nacken. »Oh, Juli!«

Ich schaute ihm in die Augen, die hell glänzten vor Tränen. Er wich nicht aus. Und in diesem Moment ließ er seine Fassade fallen, so vollständig, dass ich bis tief in seine Seele schauen konnte. Er liebte mich. Mich. Nicht Charlie.

Mich!

Ich hatte mir nicht eingeredet, dass er mir Theater vorgespielt hatte. Es war wirklich so. Ich sah es jetzt in seinen tränenglänzenden Augen. Und ihm war völlig klar, dass ich es sah.

Ich hob meine Hand, wollte seine Wange berühren, aber bevor ich das konnte, tauchte Charlie hinter uns auf und der Zauber des Augenblicks zerstob.

Ihr Blick flog über uns hinweg zu der Kante der Klippen. Plötzlich wirkte sie wieder genauso schrecklich und irre wie neulich bei der Dinnerparty. Ihr Blick flackerte, und als sie ihn auf mich richtete, erkannte ich, dass blanker Hass in ihm loderte. »Warum hast du sie nicht einfach springen lassen?«, flüsterte sie mit ganz heiserer Stimme. Ihre Augen waren trocken, aber sehr weit aufgerissen.

David ließ den Kopf hängen. »Charlie ...«, setzte er an.

»Warum nicht, David?« Leicht vorgebeugt stand sie da, die Fäuste so stark geballt, dass sich ihre Fingernägel schmerzhaft in ihre Handflächen graben mussten. Jeder einzelne Muskel in ihrem Körper sah angespannt aus und der Ausdruck auf ihrem Gesicht hatte nichts, gar nichts Menschliches mehr. Ein trockenes, qualvolles Schluchzen schüttelte sie, als sie nun selbst einen Schritt auf den Abgrund zumachte.

David ächzte, aber er schien wie versteinert.

»David«, hauchte ich.

Da ließ er mich los, sprang auf die Füße. Packte Charlie. Sie wehrte sich, strebte schluchzend auf den Abgrund zu und es kam zu einer kleinen Rangelei zwischen ihr und ihm.

»Lass mich!«, kreischte sie.

Und er brüllte sie an: »Hör auf!«

Ich rappelte mich auf. Ich wollte ihm zu Hilfe kommen, doch ich wusste nicht, wie. Ohnmächtig sah ich mit an, wie er ihre Hände abwehrte, die wie besessen nach ihm schlugen. Er presste ihre Arme an ihren Körper. Dann hob er sie hoch und zog sie vom Abgrund weg.

Sie strampelte und schrie und spuckte. Dann, von einer Sekunde auf die andere, erschlaffte sie in seinen Armen. Ihr Kreischen verstummte, ging wieder in dieses trockene, verzweifelte Schluchzen über. Ihre Haare hingen ihr wirr vor das Gesicht. »Warum ...?«, hörte ich sie flüstern. »Warum lässt du nicht wenigstens mich ein Ende machen?«

Und genau im selben Moment, als sende uns das Universum ein Rettungssignal aus einer anderen Welt, klingelte mein Handy.

Ich ignorierte das Klingeln und half David, Charlie von den Klippen fortzuführen. Irgendwann gab der Anrufer auf, das Klingeln brach ab, aber nur wenige Minuten später ertönte es erneut. Diesmal sah ich auf das Display. Es war Adam.

David nickte mir zu. »Geh ran und sag ihm, was passiert ist. Sag ihm, dass wir mit ihr kommen.«

Charlie hörte es. Sie schüttelte den Kopf. Wie eine große Puppe wirkte sie jetzt, der man die Fäden abgeschnitten hatte und die nun mühsam wieder erlernen musste, wie man sich selbstständig bewegt.

Ich nahm ab. »Adam!«

Offenbar war von dem eben überstandenen Schrecken noch immer etwas in meiner Stimme zu hören, denn er war eine geraume Weile still, ehe er verunsichert fragte: »Alles in Ordnung?«

»Ja«, sagte ich. Im Gegensatz zu Charlie ging es mir tatsächlich relativ gut.

»Sie klingen nicht so, wenn ich ehrlich bin. Wo sind Sie?«

»Auf den Klippen«, sagte ich. »Mit David ...« Aber bevor ich weitersprechen konnte, fiel Adam mir ins Wort: »Wollten Sie springen?«

Er stieß die Frage so hastig hervor, dass ich selbst wieder das Entsetzen spürte, das ich noch eben empfunden hatte. Ich spürte den Wind auf meiner Haut, hörte die Schreie der Möwen über mir. Die Sekunden verrannen.

»Charlie ist auch hier«, sagte ich anstelle einer Antwort und sah Charlie erneut den Kopf schütteln. »Sie ist ziemlich von der Rolle. Ich fürchte, *sie* wollte springen.«

Ein dumpfer, schmerzlicher Laut drang aus Adams Mund. »Dieser ... dieser verdammte Fluch!«

Ich verzichtete darauf, ihn zum zweiten Mal daran zu erinnern, dass er nicht an den Fluch glaubte. Hilfe suchend sah ich David an. Er zuckte die Achseln.

»Geben Sie sie mir mal!«, bat Adam.

Ich reichte Charlie das Telefon, aber sie schüttelte zum dritten Mal den Kopf. Diesmal war es eine wilde, verzweifelte Geste. Ich fragte mich, wie oft Adam sie schon zur Schnecke gemacht hatte, weil sie an diesen Fluch glaubte. Wäre ich an ihrer Stelle gewesen, ich hätte in diesem Moment auch nicht mit Adam reden wollen.

»Sie will nicht mit Ihnen sprechen«, informierte ich ihn.

Er stöhnte leise. »Ich bin schon auf dem Weg!«

»Nein«, wehrte ich ab. »Nicht nötig. Wir bringen Sie zu Ihnen.«

Wir kehrten mit Charlie nach *Sorrow* zurück und dort auf dem Parkplatz ließ David sie kurz in meiner Obhut, um seinen Autoschlüssel zu holen. Auf dem Weg nach drinnen kam er sehr dicht an mir vorbei. Wie zufällig streifte seine Hand meine und verwundert bemerkte ich, dass er versuchte, mir etwas zu geben, ohne dass Charlie es merkte. Ich griff zu.

Als er im Haus verschwunden war, blickte ich in meine offene Hand. Darin lag meine Kette mit dem kleinen Glasherzen.

Mir wurde die Kehle eng.

Sekundenlang vergaß ich alles um mich herum und kämpfte mit den Emotionen, die in mir tobten. Aus diesem Grund bemerkte ich erst, dass Charlie mich beobachtet hatte, als sie mir mit einer groben Bewegung die Kette aus der Hand schlug.

»Er gehört mir!«, zischte sie mich an.

Die Kette flog in hohem Bogen davon und landete irgendwo zwischen den Autos. Ich wollte hinterher, aber da war auch schon David wieder da. Ich erzählte ihm, was Charlie getan hatte. Er half mir kurz beim Suchen, aber zwischen den Autos flüsterte er mir zu: »Vielleicht ist es nicht so gut, wenn du sie vor ihren Augen wieder ummachst. Lass uns nachher gucken, ob wir sie wiederfinden, okay?«

Auf dem Weg nach Chilmark hockte Charlie in sich versunken und trübselig auf Davids Beifahrersitz und sagte kein einziges Wort.

Als wir vor dem Museum hielten und Adam auf die Veranda heraustrat, stieg sie wortlos aus. Mit schweren Schritten ging sie die Stufen hoch, und als Adam den Arm um ihre Schultern legte, um sie ins Haus zu führen, drehte sie sich noch einmal zu uns um. Mir schauderte bei der Leere in ihren dunklen Augen.

»Das war wohl nichts«, sagte David. Wir hatten die gesamte Rückfahrt nach *Sorrow* geschwiegen, bis er auf den Parkplatz eingebogen war und den Wagen abgestellt hatte.

Ich lehnte mich mit dem Rücken gegen die Beifahrertür. »Was meinst du?«

Er starrte geradeaus durch die Windschutzscheibe. »Mein Versuch, dich von *Sorrow* fernzuhalten. Und deinen, mir weiszumachen, dass Madeleine keine Macht mehr über dich hat.«

Weil ich nicht wusste, was ich darauf Kluges antworten sollte, zuckte ich – wieder mal – die Achseln.

»Wolltest du diese dumme Angewohnheit nicht ablegen?«, fragte David und sah mich jetzt endlich an.

Ich konnte nicht anders, ich lachte auf.

Ein weicher Zug erschien um seinen Mund, nicht wirklich ein Lächeln, aber man nimmt, was man kriegen kann.

»Kein *Du musst die Insel unbedingt sofort wieder verlassen, Juli?«,* murmelte ich.

»Würde es etwas nützen?«

Ich schüttelte den Kopf.

»Eben«, sagte er. Er wirkte so wenig zornig und abweisend, dass ich mich nur wundern konnte.

»Warum das ganze Theater?«, wollte ich wissen. »Dass du zu Charlie zurückkehrst und so. Und gleichzeitig erzählst du mir selbst von deiner Prügelei mit Samuel. Du hättest wissen müssen, dass ich die richtigen Schlüsse ziehen würde.«

Diesmal setzte er zu einem Achselzucken an, aber er bemerkte es und zog nur die Mundwinkel nach unten. »Ich habe mich das seitdem auch schon ein paarmal gefragt. Irgendwie hatte ich wohl das Gefühl, dass ich Madeleine etwas vorspielen könne. Dass sie glauben würde, ich liebe Charlie und nicht dich. Dass sie dich deswegen in Ruhe lassen würde. Und irgendwie wusste ich wohl gleichzeitig auch, dass mir das bei dir nie gelingen würde.« Er schien mir anzusehen, wie wenig mich das überzeugte, und schaute verlegen. »Vielleicht hätte ich es auch einfach nur gern gehabt, dass du mich für ein Arschloch hältst, damit du mir nicht nachfährst.«

»Ich halte dich nicht für ein Arschloch.« Ich konnte ihm ansehen, was er dachte: *Warum in aller Welt nicht?*

»Das sehe ich«, sagte er. »Du bist hier.« Er schwieg einige Sekunden lang. »Wie geht es jetzt weiter?«

Ich schaute ihn fragend an und er erklärte, was er sagen wollte: »Ich meine, du hattest doch nie ernsthaft vor, diesen Fluch zu brechen, oder? Du hast Theater gespielt, genau wie ich.«

Unsicher, wie ich darauf reagieren sollte, schwieg ich. Die Ereignisse eben auf der Klippe, das Wiederauftauchen von Madeleines Geist und die Tatsache, dass ich dicht davor gewesen war, in die Tiefe zu springen, hatten mich völlig durcheinandergebracht. Glaubte ich nun an diesen Fluch oder tat ich nur so? Ich hatte das Gefühl, dass ich mir darüber erst mal selbst klar werden musste, bevor ich es mit David erörtern konnte.

»Stimmt«, behauptete ich also. »Aber ich habe mir geschworen, dass ich hier nicht eher wieder weggehe, bis du mit mir kommst.« Walts Warnung hallte in mir wider. »Adam und Chris haben mich angerufen«, fügte ich vorsichtig hinzu. »Und sie haben mir erzählt, dass du wieder selbstmordgefährdet bist.«

David legte den Kopf an die Nackenstütze. »Ja. Sie glauben das.«

Ich dachte an das Klavier auf dem Bootssteg. Daran, wie er darauf gespielt hatte.

Die Mondscheinsonate echote durch meinen Kopf und verursachte mir eine Gänsehaut.

»Bist du es?«, flüsterte ich.

David legte seine geöffnete Hand auf meinen Oberschenkel. Ich schmiegte meine hinein. Die Mondscheinsonate in meinem Kopf brach ab.

»Ich bin froh, dass du da bist«, sagte er.

Meine Gänsehaut verstärkte sich.

21

Wir blieben eine Weile lang Händchen haltend sitzen, dann stiegen wir aus, um nach der Kette zu suchen. Obwohl ich gesehen hatte, dass sie unter einen der Wagen gerutscht war, fanden wir sie nicht, und während wir unsere Suche auf den Rasen neben dem Parkplatz ausdehnten, rief Miley mich an. Siedend heiß fiel mir ein, dass ich ihr nicht gesagt hatte, dass ich angeblich mit ihr auf einem Ausflug war. Dass sie mich meinem Vater gegenüber decken musste.

»Hey, Miles«, meldete ich mich darum mit einem ziemlich schlechten Gewissen. David schaute kurz vom Boden auf und suchte dann weiter.

»Selber hey! Wie geht es dir?«, fragte Miley.

»Ganz gut«, murmelte ich ausweichend.

»Wirklich? Du klingst irgendwie komisch. Soll ich vorbeikommen und wir unternehmen was zusammen?«

Klar. Sie dachte ja, ich wäre in Boston.

»Nein!«, wehrte ich ab und suchte fieberhaft nach dem passenden Einstieg, um ihr zu beichten, wo ich mich wirklich befand. Sie würde mir gehörig den Kopf waschen, wenn sie es erfuhr, das war mal klar.

»Ähm, Juli ...«

Ich horchte auf. Warum klang auch sie schuldbewusst?

»Was ist los?«, fragte ich.

David bückte sich, als ob er etwas gefunden hätte, aber es

war nur eine Dollarmünze. Er steckte sie in die Uhrentasche seiner Jeans und suchte weiter. Wieso war es nur so schwierig, eine Kette wiederzufinden?

Miley wirkte jetzt regelrecht kleinlaut. »Ich ... ich habe Dr. Schroeder angerufen.«

»Du hast was?« Ich versuchte, empört zu klingen, aber in Wahrheit war ich erleichtert, dass sie mir ebenfalls etwas zu beichten hatte. Das würde es mir gleich einfacher machen, zu Kreuze zu kriechen.

»Ich weiß, dass du sauer auf mich sein wirst«, haspelte sie, »aber ich musste einfach wissen, warum du in der Kletterhalle so ... reagiert hast.«

»Ich hatte eine Halluzination.«

»Ja. Genau das hat Dr. Schroeder auch gesagt. Er war ziemlich geschockt, als ich ihm davon erzählt habe, Juli, das kannst du mir glauben. Warum hast du noch nicht selber mit ihm gesprochen? Du hast es mir versprochen! Du ...«

»Ich weiß«, unterbrach ich ihren Redefluss.

»Und wann gedenkst du dann ...« Über mir schrie eine Möwe, und das ließ Miley aufhorchen. »Wo bist du, Juli?«, fragte sie misstrauisch.

Ich holte einmal tief Luft. Und sagte es ihr.

»Was?« Sie schrie das eine Wort so laut, dass ich das Telefon etwas vom Ohr nehmen musste.

»Danke«, sagte ich trocken. »Jetzt habe ich einen Tinnitus.«

»Scheiß drauf!«, knurrte sie. Dann war sie einen Moment still, vermutlich, um Luft zu holen, und als sie weitersprach, überschlug sich ihre Stimme fast: »Auf Martha's Vineyard? Mit den Halluzinationen, die du hast? Spinnst du jetzt total? Was, wenn du in einem Anfall von geistiger Umnachtung von den Klippen springst?«

Wäre ich eben fast.

Ich biss mir auf die Zunge. Danach erzählte ich ihr von David und Charlie, von dem Klavier am Strand, davon, wie David Charlie vor dem Springen gerettet hatte.

Sie hörte sich den Bericht schweigend an. »Krass«, kommentierte sie. »Umso schneller musst du weg von da, das ist dir schon klar, oder?

Natürlich wusste ich, dass ich besser auf der Stelle von hier verschwand. Ich beobachtete David dabei, wie er sich aufrichtete und mit einem resignierten Kopfschütteln die Suche nach der Kette aufgab.

Blöd nur, dass ich nicht ohne ihn fahren würde.

Ich bat Miley, Walt und meinem Vater nichts davon zu verraten, wo ich war. Ich war nicht sicher, ob sie sich daran halten würde, aber das war nun auch nicht mehr zu ändern.

Die Kette mit dem Anhänger blieb unauffindbar. Ich war traurig, dass ich das Herz verloren hatte, aber ich beruhigte mich damit, dass es seinen Zweck ziemlich gut erfüllt hatte.

Als Grace erfuhr, dass ich nicht noch an diesem Tag wieder abreisen würde, wollte sie mir ein Zimmer im Gästehaus geben, doch David schlug vor, dass ich, wie schon einmal, das Zimmer beziehen sollte, das neben dem von seiner Mutter lag. Grace knickste vor ihm und eilte davon, um sich darum zu kümmern.

Ich schüttelte mit einer Mischung aus Verwunderung und Glück den Kopf. »Sogar das Zimmer neben deinem? Ich hätte nie im Leben damit gerechnet, dass du so wenig abweisend sein würdest.«

Ein Schatten fiel auf sein Gesicht.

Oh, oh. Was kam jetzt?

Er senkte den Kopf, sodass ich ihm nicht in die Augen sehen

konnte, als er sagte: »Es gibt da etwas, das ich erfahren habe, nachdem ich mit dir Schluss gemacht habe. Sagen wir, es hat meine Sichtweise auf das alles hier verändert.« Er schaute auf die Knöchel seiner rechten Hand, die in den vergangenen Wochen natürlich längst verheilt waren.

In meinem Magen spannte sich etwas. »Was?«, flüsterte ich.

Da hob er den Kopf, sah mir in die Augen. Ganz gequält sah er plötzlich wieder aus. »Gib mir ein bisschen Zeit. Es ist nicht so einfach, es in Worte zu fassen.«

Das war nicht das, was ich hören wollte, doch ich nahm es hin. »Nur, wenn du mir versprichst, es mir wirklich zu sagen.« Grace erschien mit einem Stapel Bettwäsche oben auf der Treppe und verschwand wieder. »Nicht erst, wenn wir beide Rentner sind, David. Sondern bald.«

Er straffte sich. Ich erwartete, dass er nicken würde. Oder den Kopf schütteln. Er tat jedoch keines von beidem. Er wich mir aus.

Vielleicht sollte ich nicht alles auf einmal erwarten, dachte ich.

Ich ging auf mein Zimmer. Grace war noch damit beschäftigt, das Bett zu beziehen. »Trinken Sie inzwischen wieder Milch zum Zubettgehen?«, erkundigte sie sich.

Ich schenkte ihr ein kleines Lächeln, weil sie so fürsorglich war. »Nein. Geht irgendwie nicht.« Allein bei dem Gedanken daran, Milch zu trinken, drehte sich mir der Magen um. Milch hatte im Winter bei Henrys Intrige eine wesentliche Rolle gespielt. Zwar war sie nicht die Ursache für meine Halluzinationen gewesen, aber das Kalzium darin hatte die Wirkung des *White Rage*, das er mir verabreicht hatte, extrem verstärkt. Aus diesem Grund vermied ich Milch seitdem, wo immer ich nur konnte. Allein die Erinnerung an das Gefühl der fettigen Flüssigkeit in meinem Rachen verursachte mir einen fiesen Brechreiz.

»Das kann ich gut verstehen, Miss Wagner«, sagte Grace.

Ich überlegte, ob sie wohl schon mit Madeleine darüber gesprochen hatte, wie sich der Fluch brechen ließ, aber ich hatte nicht die Energie, sie danach zu fragen. Für heute hatte ich genug von Geistern und vor allem von der schizophrenen Grübelei darüber, ob ich nun an sie glaubte oder nicht.

Ich habe etwas erfahren, das meine Sichtweise auf das alles hier verändert hat, hatte David gesagt.

Ich beschloss, mit meinem Plan erst mal abzuwarten, bis er mir erzählt hatte, was genau das war. Und auf einmal hatte ich das Bedürfnis, Grace gegenüber ein paar Dinge klarzustellen. »Ich habe im Winter Sie im Verdacht gehabt, wussten Sie das?«

Sie nickte ernsthaft. »Das weiß ich, Miss Wagner. Aber ich bin immer auf Ihrer Seite gewesen.«

Ich hatte keine Ahnung, was ich darauf antworten sollte. Plötzlich fühlte ich mich fast so gläsern und zerbrechlich wie ganz zu Anfang.

Grace schüttelte das Bettzeug auf und strich es dann glatt. »Master David – wissen Sie, dass er nur so getan hat, als sei er zu Miss Sandhurst zurückgekehrt?«

Ich nickte. »Und inzwischen weiß er auch, dass ich es weiß.« Die Erinnerung an den kurzen, intensiven Moment des Einverständnisses auf der Klippe fühlte sich gut an.

Grace schien froh darüber. »Madeleine hätte sich nie im Leben von ihm täuschen lassen, Miss Wagner.« Sie ging zur Tür. Dort blieb sie noch einmal stehen und sah mich ernst an. »Und von Ihnen tut sie es auch nicht.«

Weil ich die Nacht über kaum geschlafen hatte, legte ich mich am frühen Nachmittag ein wenig hin. Als ich wieder erwachte, fielen die Strahlen der Sonne schon schräg auf den Rasen vor dem Herrenhaus.

Um richtig munter zu werden, trat ich auf den Balkon hinaus und reckte mich gähnend. *Ist es bis runter zur Terrasse schon immer so tief gewesen?* Der Gedanke durchzuckte mich ganz unvermittelt und ich trat einen Schritt zurück. Ein leichtes Schwindelgefühl erfasste mich, verging aber wieder, bevor ich mir Sorgen darüber machen konnte.

Als ich den Blick hob, sah ich David, der quer über den Rasen ging. Er schien tief in Gedanken, darum bemerkte er mich nicht. Er trug Jeans und die leichte graue Lederjacke, die er auch zu der Dinnerparty angehabt hatte. Seine Haare flatterten im Wind und sein Gesicht wirkte fahl.

Als er an einer der Bänke vorbeikam, die über das gesamte Grundstück verteilt waren, blieb er plötzlich stehen. Sein Blick richtete sich aufs Meer hinaus und dann stand er einfach nur da. Ganz starr und wie weggetreten. Selbst als drinnen in meinem Zimmer mein Handy klingelte und das Geräusch gut hörbar über den Rasen schallte, rührte er sich nicht. Ich fragte mich, was er gerade sah.

Es gibt da etwas, das ich erfahren habe …

Mein Handy hörte auf zu klingeln. David riss sich aus seinem Flashback, aber noch immer grübelnd, sank er auf die Bank.

Ich ging nach drinnen und warf einen Blick auf das Display meines Handys. Walt hatte versucht, mich zu erreichen. Mein Magen verknotete sich, doch ich stellte mich der Tatsache, dass ich früher oder später sowieso auffliegen würde.

Mit leichtem Herzklopfen wählte ich seine Nummer.

»Juli!«, begrüßte er mich. Ich hatte vermutet, dass Miley ihn angerufen und ihm gepetzt hatte, dass ich auf der Insel war. Offenbar hatte ich mich getäuscht, denn Walt klang ganz normal und freundlich, so als wüsste er nicht, wo ich war.

»Ich habe gesehen, dass du mich angerufen hast«, sagte ich.

»Dein Vater hat mich darum gebeten.« Er machte eine Pause.

Darum ging es also. Ich überlegte, wie ich ihm am besten reinen Wein einschenken konnte, aber der Augenblick, wo das gegangen wäre, verstrich ungenutzt.

»Miley hat mir erzählt, dass du wieder Halluzinationen hast«, sagte Walt. »Stimmt das?«

Ich überlegte, ob es sinnvoll wäre abzuwiegeln, aber da ich Walt inzwischen gut genug kannte, versuchte ich es erst gar nicht. »Ja. – Von dem *White Rage,* vermute ich.«

Er schwieg sekundenlang.

»Und du hältst es nicht für nötig, damit zu mir zu kommen?«

»Ich ...« Was sollte ich darauf antworten? »Ich dachte, ich komme damit klar.«

Er schnaubte ungehalten. Dann beschloss er, das Thema zu wechseln. »Willst du mir freiwillig davon erzählen, wo du gerade bist, oder soll ich es dir sagen?«

Doch erwischt! Ich schloss die Augen.

Diesmal dauerte Walts Schweigen länger. Viel länger.

»Woher weißt du es?«, fragte ich, weil ich es schließlich nicht mehr aushielt. »Hat Miley es dir ...«

»Miley hat dich nicht verraten, nein.«

»Woher weißt du es dann?«

»Von David.«

Von David? Ich war sprachlos.

»Ja. Er hat mich angerufen und mir erzählt, dass er dich ein weiteres Mal von den Klippen zerren musste.«

Na wunderbar! Ich hatte nicht die geringste Lust, das jetzt mit Walt durchzukauen. »Er hat noch immer Flashbacks, Walt. Er ...«

»Ich habe dich nicht angerufen, um mit dir über ihn zu reden, junge Dame!«, fiel Walt mir ins Wort. »Fassen wir mal zusammen. Du leidest unter Nachwirkungen von *White Rage,* von denen du weißt, dass sie emotional gekoppelt sind. Du fährst trotzdem nach *Sorrow,* wo vor ein paar Monaten ein Mann versucht hat, dich umzubringen. Und du kehrst zu David zurück, obwohl ich dir davon abgeraten hatte. Zu dem Jungen, der – nur um es der Vollständigkeit halber noch mal zu erwähnen – mit dir Schluss gemacht hat. All das führt dazu, dass David dich auf den Klippen wiederfindet, offenbar mit dem Vorsatz zu springen. Was in aller Welt reitet dich, Juliane?«

Obwohl er sehr ruhig und besonnen sprach, zeigte mir die Tatsache, dass er mich mit meinem vollen Namen anredete, wie sauer er war. »Er hat nicht richtig Schluss gemacht.«

Verflixt! Klang das auch in Walts Ohren so unreif wie in meinen eigenen? Natürlich. Ich verspürte einen massiven Anflug von Scham. »Ich ...« In meiner Kehle steckte plötzlich ein dicker Kloß.

Den Walt offenbar hören konnte. Er seufzte. »Okay. Es nützt niemandem, jetzt durchzudrehen. Ich habe schon mit deinem Vater darüber gesprochen, und weil er mich angefleht hat, habe ich mir zwei Tage Urlaub genommen. Wir kommen, so schnell es geht, zu euch, aber ich kann hier nicht sofort weg. Haltet ihr irgendwie bis morgen durch?«

»Wenn ich gewusst hätte, dass du sofort herkommst, wenn *ich* hier bin, hätte ich mir eine Menge Grübeleien ersparen können«, beschwerte ich mich mürrisch.

Er machte ein undefinierbares, sehr böse klingendes Geräusch. »Spar dir deine Scherze! Und glaub nicht, dass dein Vater und ich das so stehen lassen werden. Dein Verhalten wird mit Sicherheit noch ein Nachspiel haben.«

Ich konnte nur nicken. Sollten sie mich gehörig runterputzen, mir war es egal! Von mir aus konnte Dad mir sogar für den Rest des Jahres Hausarrest geben, wenn er das wollte. Walt kam, um zu helfen. Mir, aber auch David. Das war alles, was zählte. »David hat mir gesagt, er hat etwas rausgefunden. Es muss etwas ziemlich Schlimmes sein. Er will mit mir nicht darüber reden.«

Walt schnaufte schwer. Dann jedoch meinte er: »Hast du einen Anhaltspunkt, was es sein könnte?«

Ich bewunderte ihn für seine Fähigkeit, sich innerhalb einer Sekunde auf ein ganz neues Thema einzulassen und vollständig darauf zu konzentrieren. Ich an seiner Stelle hätte mich selbst vermutlich noch eine ganze Weile länger übel beschimpft.

»Nicht den geringsten«, antwortete ich.

»Okay. Wir kümmern uns morgen darum, wenn ich da bin. Bleibt zusammen, du und David. Lasst euch gegenseitig nicht aus den Augen.«

Ich warf einen Blick durch das Fenster nach draußen. David saß noch immer auf der Bank. Er hatte jetzt die Ellenbogen auf den Knien abgestützt und starrte auf die Erde zwischen seinen Füßen.

»Danke«, sagte ich.

Walt grunzte nur.

Nachdem Walt und ich aufgelegt hatten, beschloss ich, seinen Rat sofort in die Tat umzusetzen. Ich ging zu David runter.

Ich erreichte die Bank gerade, als er quer über den Rasen in Richtung Parkplatz davonging.

»David!«, rief ich hinter ihm her.

Er drehte sich um. »Ich wollte einen kleinen Spaziergang machen«, sagte er. »Kommst du mit?«

Was glaubst du denn? Vielleicht würde er mir ja jetzt verraten, was für ein schlimmes Geheimnis er hütete.

Ich fasste nach seinem Arm. »Wir gehen aber nicht zu den Klippen hoch!«

Er schüttelte den Kopf. »Ich wollte zum Strand runter.« Er befreite sich aus meinem Griff und ging los.

Ich fühlte mich unbehaglich. Viel lieber wäre ich mit David in die andere Richtung gegangen – zu dem Wäldchen vielleicht, durch das Henry und ich im Winter spaziert waren. Aber David war schon ein gutes Stück voraus und ich wusste nicht, wie ich ihn zum Umkehren bringen sollte. Also folgte ich ihm schweigend. Ich fühlte mich dabei beinahe so wie damals bei unserem allerersten gemeinsamen Spaziergang, als wir uns noch fremd gewesen waren. Die lange Trennung schien nicht ganz spurlos an uns vorbeigegangen zu sein.

Während wir Seite an Seite dahinspazierten, suchte ich nach einem Einstieg für ein Gespräch. David hingegen schien ganz zufrieden zu sein mit dem Schweigen zwischen uns. Seine Hand streifte beiläufig durch die Büsche am Wegrand und diese Geste kam mir angenehm entspannt vor. Allerdings nur, bis ich bemerkte, dass die Hälfte dieser Büsche lange, gemeine Dornen hatte.

Demonstrativ trat ich an seine andere Seite.

Aus dem Augenwinkel nur streifte mich sein Blick.

Ich holte tief Luft. »Ich habe dich eben durchs Fenster beobachtet. Du hattest wieder einen Flashback, oder?«

Im ersten Moment wollte er es leugnen. *Wehe!,* dachte ich.

Er zögerte. Dann nickte er.

»Hast du sie noch oft?«

Ein erneutes Nicken.

»Was siehst du?«

Er ging schweigend weiter. Zehn Schritte. Zwanzig. Beschleunigte seinen Schritt.

Ich unterdrückte ein Seufzen. Sah wirklich ganz so aus, als müsste ich mal wieder die Nervensäge spielen, weil David in alte Verhaltensmuster zurückfiel. Ich lief ihm hinterher und fluchte dabei leise vor mich hin.

David bemerkte, dass er mir nicht entkommen konnte, und verlangsamte seinen Schritt wieder. »Einen Schuss«, sagte er.

Die Antwort überraschte mich. Seit Charlie wieder aufgetaucht und klar war, dass sie nicht erschossen worden war, hatte ich geglaubt, dass seine Flashbacks etwas anderes beinhalten mussten. Wenn es allerdings noch immer dieser Schuss war, dann gab es in meinen Augen dafür nur eine einzige Erklärung: Es konnte keine Erinnerung sein.

»Walt denkt, dass *White Rage* emotional gekoppelte Halluzinationen auslöst«, meinte ich. »Noch Monate nach dem Konsum.« Mit wenigen Sätzen erklärte ich ihm, was Walt mir über die Droge erzählt hatte.

David schaute finster. »Ich habe keine *Halluzinationen.* Es sind *Erinnerungen.* Ich kenne den Unterschied!«

Oh ja, dachte ich bei mir. Genauso wie ich wunderbar in der Lage war zu unterscheiden, ob er in der Kletterhalle wirklich in zwanzig Metern Höhe hing und abstürzte oder ob ich mir das nur einbildete.

Der Pfad senkte sich in Richtung Strand. Irgendwo in der Ferne ertönte ein einzelner, schläfrig klingender Möwenschrei. Das Rauschen der Brandung klang gedämpft, so als würde der Atlantik lieber schlafen wollen und könne es nicht.

In mir brannte die Neugier zu erfahren, womit David sich quälte. Aber plötzlich hatte ich Angst. Ihn eben direkt auf seine Flashbacks angesprochen zu haben, war schon riskant gewesen. *Lasst euch nicht aus den Augen,* hatte Walt gesagt. Nicht: *Stochere in Davids Psyche herum.* Besser, ich überließ das ihm. Er hatte gelernt, wie man es anstellte, ohne den Schaden zu vergrößern. Also presste ich die Lippen aufeinander und sagte gar nichts.

Offenbar hatte ich jedoch bereits genug aufgerührt. Denn plötzlich begann David, von sich aus zu reden. »Ich habe dir versprochen, dir zu erzählen, was mit mir los ist.« Seine Stimme klang ein bisschen verloren.

Wir erreichten den Wassersaum und wandten uns nach rechts. Und jetzt endlich nahm David meine Hand. Es fühlte sich gleichzeitig vertraut und fremd an und die Wochen, in denen ich mich so unendlich nach ihm gesehnt hatte, zogen als lange Folge von schmerzlichen Bildern an mir vorbei. Ich drängte mich dichter an David. Als er mir den Arm um die Schulter legte und mich fest an seine Seite zog, fiel ein Gewicht von mir ab. Und in diesem Augenblick erst nahm ich wahr, wie schwer es gewesen war.

Die Wellen plätscherten träge gegen das Ufer. Die Sonne stand nur noch eine Handbreit über dem Horizont und die Luft war samtig. Wenn wir ein normales Pärchen gewesen wären, wäre die Situation an Kitschigkeit nicht mehr zu übertreffen gewesen. Aber wir waren kein normales Paar. Voller Unbehagen hörte ich zu, was David nun sagte.

»In meiner Erinnerung sehe ich die Pistole in meiner Hand. Ich spüre sie. Und ich höre den Schuss. Ich rieche das Schießpulver und dann höre ich meinen eigenen Schrei.« Er hielt inne. Seine Hände zitterten jetzt, auch die Hand, die ich hielt.

Ich fasste fester zu. »›Nein!‹ Ich schreie ›Nein!‹. Und noch mal ›Nein!‹.« Ein tiefes Stöhnen begleitete seine Worte. »Und dann sehe ich das Blut auf ihrem Leib. Es sieht aus wie eine erblühende Blume. Ich weiß, dass sie mich anschaut, voller Entsetzen. Und ich sehe, wie sie abstürzt.«

Sie ...

Er schaute in die Ferne. Kurz wurde sein Blick ganz glasig, sein Gesicht noch eine Spur angespannter. Ich zwang ihn, stehen zu bleiben, nahm nun auch noch seine andere Hand. Ich hielt sie fest umfangen und drückte sie an meine Brust. Vor uns lag der Bootssteg mit Davids Klavier. Dessen schwarzer Lack glänzte im Licht der tief stehenden Sonne. Noch. Bald würden Wind und Wetter ihn matt werden lassen und schließlich das Instrument völlig unbrauchbar machen. Wieder erschien mir Charlies Entschluss, das Instrument hierherschaffen zu lassen, unerträglich irrational.

Davids Schultern sackten nach vorn. Es sah irgendwie geschlagen aus und ich ahnte, dass er noch nicht über die Lippen brachte, was zu erzählen er mir versprochen hatte. Im Grunde wollte ich es auch gar nicht wissen, nicht jetzt jedenfalls. Ich wollte, dass Walt kam und uns half, das hier durchzustehen. Aber noch war Walt in Boston.

»Es ist okay«, murmelte ich.

David sah mich nicht an.

Um die Stille nicht zu drückend werden zu lassen, deutete ich mit dem Kopf auf das Klavier. »Das wird hin sein, wenn ihr es wieder reinschafft.«

David entzog mir die Hände und vergrub sie in den Taschen seiner Jeans. »Vermutlich, ja.«

22

Als David und ich nach *Sorrow* zurückkehrten und die Eingangshalle betraten, stießen wir auf Jason. Er war offenbar eben erst aus dem Verlag heimgekehrt, denn er trug noch seinen dunklen zweireihigen Anzug. Nur die Krawatte hatte er auf Halbmast gezogen. David hatte mir den Vortritt gelassen, darum bemerkte er seinen Vater erst eine Sekunde nach mir. Er blieb stehen und eine Falte erschien zwischen seinen Augenbrauen.

»Dad«, murmelte er mit einem schwachen, distanzierten Kopfnicken.

Jason erwiderte seinen Gruß nicht. Stattdessen starrte er mich an, als sei ich eine Erscheinung. »Ich dachte, du hättest mit ihr Schluss gemacht«, knurrte er.

David trat neben mich. »Hatte ich auch.«

Jason kam auf mich zu. Durch zusammengekniffene Lider musterte er mich missmutig. »Das heißt?«

Ich fühlte mich in der Defensive, obwohl ich doch gar nichts getan hatte.

David spürte mein Unbehagen und legte mir einen Arm um die Schulter. Es war eine ziemlich provozierende Geste, fand ich und noch provozierender war der Tonfall, mit dem er nun meinte: »Das heißt, dass ich mir wieder mal von einer Frau den Schneid hab abkaufen lassen.«

An Jasons Stirn schwoll eine Ader.

Ich beschloss einzuschreiten, bevor hier gleich wieder Blut

fließen würde. Ich befreite mich aus Davids Umarmung und streckte Jason mit einem Lächeln die Hand hin. »Hallo, Jason!«

Er war zu gut erzogen, um mich zurückzuweisen, aber er bekam kaum die Zähne auseinander, als er meine Hand schüttelte. »Hallo, Juli.«

In diesem Augenblick trat Grace aus dem Speisezimmer. »Oh, Master David!« Sie schenkte ihm ein kleines Lächeln. Nachdem ich sie in Jeans gesehen hatte, kam sie mir nun in ihrer Dienstmädchenuniform noch altmodischer und seltsamer vor. »Das Abendessen ist in zehn Minuten fertig. Soll ich für Sie und Miss Wagner noch ein Gedeck auflegen?«

David schoss einen Blick auf seinen Vater ab. »Nein, Grace. Ich glaube, es ist besser, wenn Sie mir und Miss Wagner das Essen auf meinem Zimmer servieren.«

Sie knickste. »Natürlich, Master David.«

David nahm meinen Arm und zog mich mit sich. Wir mussten einen Bogen um Jason schlagen, weil er keine Anstalten machte, uns aus dem Weg zu gehen.

Als wir auf einer Höhe mit ihm waren, nickte David ihm knapp zu. »Gute Nacht, Dad.«

»Mann, Mann, Mann«, sagte ich, nachdem David seine Zimmertür hinter uns geschlossen hatte. »Weißt du, was ich mich frage?«

Er zog seine Jacke aus und hängte sie in einen der Schränke. »Nein.«

Ich wartete, bis er sich zu mir umgewandt hatte. »Wie haltet ihr beide es eigentlich unter einem Dach aus, ohne dass hier jeden Tag Blut fließt?« An seinem Gesichtsausdruck sah ich, dass diese Frage ihn getroffen hatte, und schämte mich. »Entschuldige! Das war unpassend.«

Er schüttelte den Kopf. »Schon okay. Die Wahrheit ist, wir gehen uns aus dem Weg. Wir kommen klar, solange du nicht da bist.« Er zog mich zu der Ledergarnitur in der Mitte seines Zimmers und wir setzten uns.

»Solange ich nicht da bin? Was habe ich damit zu tun?«

Sein einer Mundwinkel hob sich zu einem gefakten Lächeln. »Er hat mittlerweile kapiert, dass nicht Charlie das Mädchen ist, das ich liebe, sondern du.« Seine Worte sandten mir einen so heftigen Schauer den Rücken hinunter, dass ich unwillkürlich die Schultern hob.

»Und?«, krächzte ich mit einem dicken Frosch im Hals.

David spielte mit meinen Fingern, um mir nicht ins Gesicht sehen zu müssen. »Er ist zerfressen von Neid, weil ich dich habe, und er ...« Er brach ab, verkrampfte sich so heftig, dass ich schon fürchtete, er würde wieder einen Flashback haben.

Ich legte meine Hände auf seinen Oberschenkel und dachte dabei an das Gespräch, das ich am Tag von Charlies Wiederkehr mit Jason geführt hatte. »Weil die Frau, die er einmal geliebt hat, tot ist«, beendete ich den Satz für ihn.

»Ja.« So heiser klang David plötzlich, dass ich erschrak. In seinen Augen war ein dunkler Ausdruck erschienen, eine Art Abwehrreflex, der so stark war, dass ich automatisch ein Stück von ihm abrückte.

»Habe ich etwas Dummes gesagt?«

Er schwieg einen Augenblick, schien mit sich zu kämpfen, dann war der dunkle Ausdruck fort. »Nein.« Er rutschte dichter an mich heran. Ich rührte mich nicht. Er legte den Kopf schief. Sein Atem streifte mein Gesicht und noch immer saß ich ganz still. Regungslos vor leisem Glück, weil das, wonach ich mich wochenlang gesehnt hatte, endlich geschah.

»Ich war wirklich ein Idiot zu glauben, dass du mich nicht durchschauen würdest«, flüsterte David.

Ich widersprach ihm nicht, auch wenn ich nicht wirklich das Gefühl hatte, ihn zu durchschauen. Warum blieb er auf *Sorrow*, obwohl es ihm hier so schlecht ging? Und was war das für ein Geheimnis, das er so eisern hütete? Ein Geheimnis, das seine Sichtweise auf alles hier verändert hatte …

»Hör auf zu grübeln, Juli«, flüsterte David. Und dann küsste er mich.

Was den Faden meiner Gedanken so gründlich zerriss, dass ich für eine Weile an gar nichts mehr dachte.

Irgendwann – ich hatte nicht eine Sekunde lang auf die Zeit geachtet – brachte Grace uns das angekündigte Abendessen: Steaks mit Bohnen und Salat. David und ich aßen gemeinsam und ohne viel dabei zu reden, aber als es Zeit wurde, schlafen zu gehen, zögerte ich.

»Vielleicht sollte ich besser in mein eigenes Zimmer gehen«, schlug ich vor. »Wenn Jason mich morgen früh aus deinem kommen sieht, wird er …«

David zog mich in seine Arme und vergrub die Nase in meinen Haaren. »Weißt du, was?«, murmelte er. »Mein Vater ist mir so was von egal!«

Die Sonne war noch nicht aufgegangen, als ich erwachte. David lag neben mir. Eine seiner Hände ruhte auf meinem Bauch und die Wärme, die davon ausstrahlte, fuhr mir als Kribbeln durch den ganzen Körper. Von der scharfen Steaksoße und den Bohnen gestern Abend hatte ich höllischen Durst. Eine Weile lang kämpfte ich dagegen an, aber dann gab ich nach. Ich stand auf, ging ins angrenzende Badezimmer und trank ein paar Schlucke direkt aus dem Wasserhahn.

Als ich zurück ins Schlafzimmer kam, stand Madeleine in der offenen Tür.

So sehr hatte ich mich inzwischen an sie gewöhnt, dass ich nicht einmal mehr erschrak.

Das lange dunkelrote Kleid wehte um Madeleines Leib, als stünde sie in einem Sturm, und auch die Haarsträhnen, die sich aus ihrer Frisur gelöst hatten, tanzten um ihr bleiches Gesicht.

»Was willst du?«, fragte ich.

Sie senkte den Kopf zum Gruß. Dann winkte sie mich näher.

Ich trat einen Schritt auf sie zu.

Ein Lächeln glitt über ihre Züge. Zu meiner Erleichterung war es nicht stark genug, um ihre Zähne zu entblößen. Sie wandte sich ab und trat auf den Flur hinaus.

Ich folgte ihr.

Wir gingen die Treppe hinunter zu den Bildern der Ahnengalerie. Vor dem Gemälde von George Bell blieb sie stehen. Mit den Fingerspitzen strich sie über die Leinwand wie über die Wange eines lebenden Menschen.

Dann kehrte sie um.

Ich folgte ihr erneut. Ihre zärtliche Geste hatte mich sonderbar berührt, so, als sei Madeleine ein Mensch. Jemand, der mir nahestand. Keine Ausgeburt meines unter den Nachwirkungen einer Droge leidenden Verstandes.

Wir gingen die Treppe wieder hinauf. Vor Amandas Zimmer blieben wir stehen und Madeleine deutete auf die Tür.

»Da rein?«, flüsterte ich.

Madeleine nickte.

Die Vasen rechts und links der Tür waren jetzt wieder mit Lilien gefüllt und diesmal hatten die Blumen blutrote Blüten.

Ich streckte die Hand nach der Klinke aus. Meine Finger

zitterten und um sie unter Kontrolle zu bringen, ballte ich sie kurz zur Faust. Dann öffnete ich die Tür. Ich ließ Madeleine als Erstes hindurchgehen.

Sie blieb mitten im Raum stehen, sah mich über die Schulter hinweg an. Als ich mich nicht rührte, winkte sie mich an ihre Seite.

Ich gehorchte auch dieses Mal.

Ich stellte mich neben sie. Und ich folgte ihrem Fingerzeig. Sie wies auf das Bild über dem Kamin und dort hing – als sei es niemals durch Charlies Porträt ersetzt worden – das Gemälde von Amanda Bell.

Dort, wo ihre Stirn und ihre Augen hätten sein sollen, hing die Leinwand in Fetzen ...

Mit einem Ruck fuhr ich in die Höhe. Mir war schwindelig und schlecht und kalter Schweiß bedeckte meinen gesamten Körper. Es dauerte mehrere Minuten, bis ich begriff, dass ich mich nicht im Lilienzimmer befand, sondern in Davids Bett. Er rührte sich neben mir. »Juli?«, fragte er verschlafen.

Ich hatte geträumt.

Geträumt!

Diesmal war Madeleine nur eine Gestalt in einem Traum gewesen, keine Halluzination wie sonst.

Nur ein Traum, Juliane!

Blöd nur, dass ich mich selbst schon in diesem Moment nicht mehr so recht davon überzeugen konnte. Irgendwie war da in mir das starke Gefühl, dass der Traum eine versteckte Bedeutung hatte, aber es sollte noch eine ganze Weile dauern, bis ich in der Lage war, sie zu kapieren.

Als David und ich später zusammen ins Speisezimmer gingen, um zu frühstücken, entdeckte ich Grace, die gerade die

Kaffeekanne auffüllte. Bei ihrem Anblick fiel mir ein, dass ich David noch gar nicht gebeichtet hatte, dass Walt und mein Vater heute kommen würden.

Ganz entgegen meiner sonstigen Gewohnheit, morgens hauptsächlich Obst und Kaffee zu frühstücken, nahm ich mir heute eine Waffel und Sahne. Grace registrierte es mit einem zufriedenen Lächeln. Klar, sie wusste ja schließlich nicht, dass ich mich mit den Kalorien gegen das schwierige Gespräch wappnen wollte, das mir bevorstand.

Ich setzte mich und wartete, bis auch David seinen Teller gefüllt hatte. Da es keinen Weg gab, es schonend anzugehen, sagte ich es einfach.

»Walt und mein Vater kommen heute.«

Grace drehte sich zu mir um, aber das bekam ich nur am Rande mit, denn ich sah David an. Für einen ganz kurzen Augenblick war da nur reine Abwehr in seiner Miene, aber gleich darauf nickte er. Er wirkte erleichtert und gleichzeitig auch angespannt. Wie konnte man nur so zerrissen sein?

»Sie werden mir ordentlich den Kopf waschen«, schob ich nach. »Das ist dir klar, oder?«

David wand sich. »Entschuldige. Ich wollte dir keine Schwierigkeiten machen, aber ...«

»Ich bin froh, dass du Walt angerufen hast«, fiel ich ihm ins Wort. »Jetzt, wo er weiß, dass ich hier bin, kommt er her und dann kann er dir helfen mit deinen Flashbacks ...«

»Es ist nicht nötig, dass mir ein Seelenklempner klarmacht, woher die Flashbacks kommen.«

Das nun machte mich ärgerlich. »Ach? Sind wir jetzt wieder bei dieser Tour, ja?«

Er griff nach dem Messer neben seinem Teller und drehte es auf der Spitze, um mich nicht ansehen zu müssen. »Du hast mich falsch verstanden. Was ich sagen wollte, ist: Ich brauche Walts Konfrontationstherapie nicht mehr. Weil ich mich inzwischen an alles erinnere.«

Sonderbarerweise empfand ich in diesem Augenblick kaum etwas. Alles, was ich denken konnte, war: *Jetzt!* Jetzt würde ich erfahren, was das Geheimnis war, von dem er gestern gesprochen hatte.

Erwartungsvoll sah ich ihn an, doch er enttäuschte mich.

Er legte das Messer zurück an seinen Platz. »Bitte richten Sie für Dr. Schroeder und Mr Wagner Zimmer her, Grace«, befahl er. Dann stand er auf. »Komm mit«, sagte er in fast demselben Befehlston zu mir.

Ich blieb sitzen, weil ich verunsichert war, was nun kommen würde.

Er neigte den Kopf und sein Ton wurde weicher. »Ich würde dir gern etwas zeigen.«

Er verfrachtete mich in sein Auto, dann fuhren wir in Richtung Chilmark, wo wir rechts abbogen und schließlich vor einem ziemlich windschief in den Angeln hängenden Tor aus gebleichtem Holz stehen blieben. Ein verwittertes Schild war halb von wild wachsenden Büschen verborgen, aber trotzdem konnte ich noch lesen, was darauf stand.

Cemetery.

Ein Friedhof.

David schaltete den Motor aus und zog den Zündschlüssel ab. »Es gibt auch einen Friedhof auf Gay Head«, erklärte er mir. »Aber der wurde irgendwann in den Fünfzigerjahren geschlossen. Seitdem beerdigen sie meine Familie hier.« Seine Lippen waren blutleer. Ich konnte den Pulsschlag an seiner Kehle sehen. Sein Herz jagte.

Mir fiel es schwer, mich zu bewegen. Ich sah zu, wie David einmal kurz mit beiden Händen das Lenkrad umklammerte, sich dann einen Ruck gab und ausstieg. Mühsam quälte ich mich selbst ins Freie.

Weil ich mich inzwischen erinnere ... Weil ich mich inzwischen erinnere ... erinnere ... erinnere ...

Dieser eine Satz lief in meinem Kopf in Dauerschleife. Mit steifen Schritten umrundete ich das Auto und folgte David auf das verwitterte Friedhofstor zu.

Er blieb davor stehen. Ich spürte, dass er nicht hier sein wollte, aber bevor ich auch nur einen Ton rausbrachte, stieß er das Tor auf. Irgendwie hatte ich erwartet, dass es sich mit einem schauerlichen Quietschen öffnen würde, doch nichts dergleichen geschah. Die Pforte schwang völlig lautlos auf gut geölten Angeln nach innen.

Einladend und ein bisschen unheimlich zugleich lag ein gekiester Hauptweg vor uns, der von Büschen flankiert war. Die meisten davon hätten einen kräftigen Rückschnitt gebrauchen können.

»Hier lang«, meinte David. Dann ging er voran. Die Büsche wichen zurück und die Gräber, die nun rechts und links lagen, waren alt. Manche schienen trotzdem noch gut gepflegt. Auf einem stand eine Vase mit einem frischen Strauß dunkelroter Rosen. Ich las den Namen auf dem Grabstein und sonderbarerweise erinnere ich mich noch heute daran, obwohl ich ihn seitdem nie wieder gehört habe. Peter W. McNamarra III. Er war vor mehr als achtzig Jahren gestorben und es faszinierte mich, dass ihm nach so langer Zeit noch immer jemand Rosen brachte.

Auf einem anderen Grab flackerte ein rotes Licht still vor sich hin. Der Grabstein enthielt keinen Namen, nur einen einzigen Satz.

Wir sehen uns wieder!

Das klang eher nach einer Drohung als nach einem Spruch, der Hoffnung machen sollte, fand ich und ging rasch weiter.

Vor einem fast völlig überwucherten Grabstein blieb ich erneut stehen. Efeu verbarg einen Teil der Inschrift und ich konnte nur den Vornamen lesen. *Jonathan.* Mein Herz klopfte plötzlich schneller.

David bemerkte, dass ich ihm nicht mehr folgte, und wartete auf mich. Ich bückte mich, schob den Efeu beiseite.

Bell, las ich.

»Ja«, sagte David und ich schauderte.

Jonathan Bell. Der Mörder von Mary Willows. Ob sie hier auch irgendwo lag?

Ich traute mich nicht, David das zu fragen. Schweigend ließ ich die Efeuranken wieder an ihren Platz fallen und wir setzten unseren Weg fort. Eine hochgewachsene, schlanke Frau fiel mir auf, die in einiger Entfernung über den gekiesten Weg dahinhastete. Sie trug ein schmales, leuchtend rotes Kleid, das an diesem Ort furchtbar unpassend wirkte, und natürlich ahnte ich sofort, wer sie war. Aber da sie mir den Rücken zuwandte und von mir fortging, war ich mir nicht sicher. Erst als sie in einen kleinen Seitenweg einbog, der vor der Friedhofsmauer in einer Sackgasse endete, erkannte ich sie.

Es war Summer.

Ihr Kleid sah aus wie das, das Charlie auf der Party angehabt hatte. Dazu hatte sie sich ellbogenlange schwarze Handschuhe angezogen – und einen ausladenden, ebenfalls schwarzen Hut, dessen Schleier sie zurückgeschlagen hatte.

Gruselig.

David schien sie nicht bemerkt zu haben. Er wandte sich in die entgegengesetzte Richtung, und bevor ich mir Gedanken darüber machen konnte, ob Summer eine Halluzination war, standen wir auch schon vor einem weiteren Grab. Ein großer Marmorengel wachte darüber. Er sah traurig aus, seine riesigen Flügel ergossen sich über einen Sockel, in den eine Inschrift eingelassen war. Ein Pelikan war in diesen Sockel eingraviert, außerdem vier Worte.

Beloved Wife and Mother.

Und ein Name.

Amanda Bell.

Ein leises Ächzen rutschte mir heraus.

Davids Gesicht bestand jetzt nur noch aus spitzen Winkeln.

Ich wusste nicht, wie ich reagieren sollte. Lange starrte ich das Gesicht des Engels an, das so fein gearbeitet war, dass es fast lebendig wirkte.

David stand regungslos neben mir, die Lippen zu schmalen Strichen zusammengepresst, in den Augen ein Ausdruck von so großer Qual, dass er ganz entrückt wirkte.

»Er ist schön, oder?«

Die leise Stimme in meinem Rücken ließ mich mit einem Kiekser vorwärtshüpfen. Voller böser Ahnung drehte ich mich um. David rührte sich noch immer nicht.

Vor mir stand Summer.

Ein freundliches Lächeln umspielte ihre Lippen. Ich versuchte, mein dummes Herz zu beruhigen, das angefangen hatte, wie ein Dampfhammer zu schlagen.

»Er ähnelt dir«, sagte Summer zu David. »Das hätte deiner Mutter sehr gefallen.«

Seine Schultern verkrampften sich. »Unsinn!«, flüsterte er. Er hörte und sah Summer auch. Sie war also keine Halluzination.

Summer schaute auf die Inschrift. Ihr Blick war wieder mal

leicht verschleiert. »Und, hast du herausgefunden, wie der Fluch sich brechen lässt?«, fragte sie mich.

Ich schüttelte den Kopf. »Noch nicht.« Bevor ich auch nur irgendeine weitere Erklärung für sie oder für David abgeben konnte, glitt ein wehmütiges Lächeln über Summers Miene.

»Den Fluch brechen«, sann sie vor sich hin.

David schob sich zwischen sie und mich. »Verschwinde, Summer!«, befahl er heiser.

Sie achtete gar nicht auf ihn, sondern wies auf den Marmorengel und sprach weiter ausschließlich zu mir.

»Jeder auf der Insel kannte Amanda. Ich habe immer gesagt: Was bildet sich Monaco eigentlich auf Grace Kelly ein? Martha's Vineyard hatte Amanda Bell. David hat ihr gutes Aussehen geerbt, wusstest du das?«

Ich wusste es. Schließlich kannte ich Amandas Gemälde, das früher im Lilienzimmer über dem Kamin gehangen hatte. Noch einmal verspürte ich das Bedürfnis, Summer nach dem Fluch zu fragen, aber bevor ich das Gespräch darauf bringen konnte, sah sie David an. Sein Körper schien noch immer wie versteinert. »Die Mutter so früh zu verlieren, und das unter so tragischen Umständen!« Sie machte Anstalten, ihm mütterlich die Wange zu streicheln, aber in einer zornigen Geste drehte er den Kopf weg.

Ich hätte am liebsten auf dem Absatz kehrtgemacht und das Weite gesucht. Aber statt es zu tun, hörte ich Summer weiter zu. Sie hatte etwas an sich, das einen in seinen Bann zog.

Genau wie Charlie.

»Man erzählt sich, dass sie unter einer schweren Kindbettdepression litt, als sie von den Klippen gesprungen ist.«

»Ich weiß. David war vier, als es passiert ist.« Die Sätze fielen aus meinem Mund, ohne dass ich sie daran hindern konnte.

David schwankte jetzt. Er schien kurz vor dem Zusammenbrechen.

»Warum kommst du jetzt plötzlich her?«, fragte Summer ihn.

Er schluckte schwer, schwieg.

Die Grabinschrift tanzte vor meinen Augen.

Beloved Wife ...

In meinem Kopf rotierten die Gedanken, aber ich bekam keinen einzigen davon zu fassen.

Beloved Mother.

»Er war noch nie hier an ihrem Grab«, erklärte Summer. Dann wandte sie sich an David. »Zumindest habe ich dich noch nie hier auf dem Friedhof gesehen. Aber weshalb auch. Hierherzukommen muss dir wenig sinnvoll erscheinen, nicht wahr?«

Mein Herz stolperte, wurde aber gleich darauf ganz ruhig. Es war eine trügerische Ruhe. Irgendwie ahnte ich, dass gleich etwas kommen würde, das mich umhaute. »Warum?« Ich flüsterte. Ich fühlte mich wie ferngesteuert.

Davids Lippen bewegten sich in einem stummen Flehen.

Summers Finger strichen liebevoll über die Federn der Engelsflügel. »Na, weil das Grab doch leer ist.«

»Leer?« Wieder krächzte ich, genauso wie zu Beginn unserer kleinen Unterhaltung.

Summer lachte leise. »Natürlich! Amanda Bells Leiche wurde doch nie gefunden. Sag bloß, das wusstest du nicht!«

23

Summer schien der Meinung zu sein, uns jetzt genug aufgewühlt zu haben. Sie warf David einen letzten mitleidigen und irgendwie furchterregenden Blick zu, dann verabschiedete sie sich und stolzierte davon.

Ich starrte ihr nach, als David tief durchatmete.

Weil er in Gedanken versunken schien und ich nicht wusste, was ich tun sollte, legte ich ihm eine Hand auf den Rücken, damit er spürte, dass ich bei ihm war.

Minute um Minute verrann.

Eine alte Frau in staubig aussehenden schwarzen Kleidern und mit einer langstieligen Hacke in der Hand kam an uns vorbei. Neugierig musterte sie uns. Aber natürlich war es auf einem Friedhof nicht ungewöhnlich, Menschen in stummer Verzweiflung herumstehen zu sehen. Sie warf mir nur einen teilnahmsvollen Blick zu und schlurfte weiter. Kurz darauf konnte ich sie irgendwo zwischen den Büschen Unkraut hacken hören. Das Geräusch klang in der von Insekten summenden, warmen Stille wie ein Störfaktor.

»Das war es, was ich dir sagen wollte«, murmelte David endlich.

Ich wartete, dass er weitersprechen würde, aber das tat er nicht. »Tut mir leid.« Jetzt flüsterte er. »Ich würde gern zurückfahren.« Er richtete sich auf. Unter seinen Augen lagen tiefe schwarze Schatten.

Ich ahnte, dass ich ihn unnötig quälen würde, wenn ich eine Erklärung verlangte.

»Natürlich«, sagte ich darum nur.

Beim Auto nahm ich ihm den Schlüssel ab und brachte uns zurück nach *Sorrow*. Die ganze Fahrt über starrte er in so düsterem, irgendwie unendlich schuldbewusst wirkendem Schweigen durch die Seitenscheibe nach draußen, dass ich begann, mich zu fragen, warum er eigentlich so geschockt wirkte. Immerhin hatte er ja gewusst, dass Amandas Grab leer war. Er war aus genau diesem Grund mit mir zum Friedhof gefahren.

Darüber hinaus erklärte sich das leere Grab auch irgendwie von allein. Amanda war von den Klippen gesprungen. Vermutlich war ihre Leiche ins offene Meer gespült worden, wie man das auch bei der von Charlie vermutet hatte.

Davids Reaktion schien also mit dem schrecklichen Geheimnis zusammenzuhängen, das er mir noch immer nicht verraten hatte. Doch ich konnte so viel grübeln, wie ich wollte: Ich hatte nicht die geringste Ahnung, wie alles miteinander zusammenhing.

Zu Hause angekommen stieg David aus dem Wagen und betrat mit schweren Schritten das alte Herrenhaus. Noch bevor wir unsere Zimmer erreicht hatten, wusste ich, dass er mich bitten würde, ihn allein zu lassen. Ich kam ihm zuvor.

»Ich mache mir Sorgen«, sagte ich.

Er starrte knapp an meinem Kopf vorbei. »Musst du nicht. Gib mir ein bisschen Zeit.«

Das war so ziemlich genau das Gegenteil von dem, was ich wollte. Trotzdem nickte ich und sah zu, wie er in seinem Zimmer verschwand und leise die Tür hinter sich ins Schloss drückte.

Weil ich nun immerhin wusste, dass Davids Geheimnis mit seiner Mutter zusammenhing, beschloss ich, in die Bibliothek zu gehen. Vielleicht fand ich in ein paar alten Fotoalben oder Tagebüchern einen Hinweis, der Licht ins Dunkel brachte. Außerdem konnte ich mich dann auch endlich mal mit der Sache beschäftigen, derentwegen ich ja eigentlich offiziell auf die Insel zurückgekehrt war.

Madeleines Fluch. Und die Information, wie man ihn brechen konnte.

Ich warf meine Jacke in meinem Zimmer aufs Bett und ging nach unten in die Bibliothek.

Obwohl es helllichter Tag war, war es in dem altehrwürdigen Raum still und dämmrig. Still und dämmrig und vor allem ungewöhnlich heiß. Trotz der Sommerhitze draußen brannte in dem offenen Kamin ein kräftiges Feuer. Jemand hatte die Vorhänge zu drei Vierteln zugezogen und so das Tageslicht ausgesperrt. Die hohen Bücherregale wirkten in dem schwachen Licht wie aus der Zeit gefallen. Tief atmete ich durch, weil ich das Gefühl hatte, in einer Sauna zu sein. Der Geruch von Papier und Leder und Holzrauch lag in der Luft. Ich wandte mich dem Sachbuchregal zu.

»Kann ich dir helfen?«

Heute war offenbar der Tag der Schrecksekunden. Jasons Frage ließ mich ähnlich heftig zusammenfahren wie vorhin auf dem Friedhof die von Summer. Hastig drehte ich mich um.

Jason saß auf der altmodischen Ledercouch. Sein Kopf ruhte auf der Rückenlehne und seine Beine waren lang ausgestreckt, darum hatte ich ihn in dem Dämmerlicht zuerst nicht gesehen.

»Ich ...« Ich versuchte, mein galoppierendes Herz zu beruhigen. »Ich wollte mir nur etwas zu lesen holen.« Dann trat ich näher. »Warum sitzt du hier im Dunkeln?«

Er lächelte versonnen und setzte sich aufrechter hin. »Ich wollte in Ruhe nachdenken. Entschuldige, ich wollte dich nicht erschrecken. Ich dachte, du hättest mich bemerkt.«

»Hatte ich nicht.« Mein Blick fiel auf das Buch, das er neben sich liegen hatte. Es war das mit den herausgeschnittenen Seiten. Ich wandte den Kopf. Über dem Kamin hing das Gemälde von Amanda, das sich früher im Lilienzimmer befunden hatte, und ich dachte daran, wie ich genau von diesem Bild geträumt hatte. In meinem Traum hatten Jasons Kugeln *Amandas* gemaltes Antlitz zerfetzt, nicht das von Charlie.

Amanda statt Charlie ...

Dieser Gedanke brachte die Puzzleteilchen in meinem Hirn dazu, sich neu zu ordnen. Ein Kribbeln erfasste mein Genick, ganz fein nur, aber es fühlte sich an, als sei Madeleine plötzlich dicht bei mir.

Jason ließ die Fingerspitzen über den blauen Einband wandern.

»Ich war eben an Amandas Grab«, sagte ich und verschwieg absichtlich, dass David bei mir gewesen war.

Jason bewegte sich im ersten Moment überhaupt nicht. Dann nahm er das Buch hoch und legte es auf seinem Schoß ab, als sei es ein kostbarer Schatz. »Gefällt dir der Engel?«

»Ja«, meinte ich, auch wenn ich über alles andere als Engel reden wollte. »Aber er sieht traurig aus.« Die Sehnen in meinem Genick verkrampften sich wie in Erwartung eines Schlages.

Jason lächelte. »Amanda liebte Engel. Sie war fest davon überzeugt, dass jeder Mensch einen eigenen Schutzengel hat.« Sein Gesicht wurde hart. »Wenn sie recht hatte, dann hat ihrer keine besonders gute Arbeit geleistet, schätze ich.« So viel Schmerz sprach aus seinen Worten, dass ich nicht wusste, wie ich reagieren sollte. Wieder strich er über den Einband des Buches. Es war eine herausfordernde Geste, die wirkte, als solle ich ihn darauf ansprechen.

Ich wies auf das Buch. Ich bekam nur noch mühsam Luft. »*Du* hast die Seiten herausgeschnitten, stimmt's?«

Plötzlich erschien es mir ganz logisch. Die Puzzleteile formten sich ganz langsam zu einem Bild.

Amandas leeres Grab und Davids Geheimnis, das offenbar damit zusammenhing. Jasons Trauer, die auch über fünfzehn Jahre nach Amandas Tod noch so frisch zu sein schien wie am ersten Tag. Das Buch. Die fehlenden Seiten, auf denen von Mary Willows die Rede gewesen war ...

»Ja«, sagte Jason schlicht und unterbrach damit den Strom meiner Gedanken.

»Wann?«

»Nachdem Amanda gestorben ist.«

Ich konnte den Blick nicht von dem Buch lassen.

Der Schuss, der Mary Willows tötete ... Das waren die einzigen Worte, die Jason von der Ermordeten übrig gelassen hatte. Mary Willows war erschossen worden.

David erinnerte sich daran, dass er auf jemanden geschossen hatte.

Amandas leeres Grab. Mein Traum von den Einschusslöchern in ihrem Gemälde.

Das Bild, das die Puzzleteile ergaben, war jetzt ganz klar und deutlich. Meine Brust wurde eng und ich bekam kaum noch Luft.

»David?«, keuchte ich. »Darum hasst du ihn so sehr, oder?«

Jason wandte mir den Kopf zu. Sein Gesicht war jetzt bleich und absolut ausdruckslos.

Meine Lippen bewegten sich nun von allein und ich konnte

sie nicht daran hindern, diese schreckliche Erkenntnis in Worte zu fassen. »David hat irgendwie eine Waffe in die Finger bekommen, als er klein war, nicht wahr, Jason?«

Sie ist so schwer, hatte er gewimmert, als Walt ihm bei seiner Konfrontationstherapie die Pistole in die Hand gedrückt hatte. Er hatte dabei wie ein kleines Kind geklungen.

Ein Kind mit einer Waffe in der Hand.

Es war nicht unmöglich. Wir waren in Amerika. Solche Dinge geschahen hier tagtäglich. Und dass Jason Waffen in seinem Haus aufbewahrte, wusste ich nicht erst seit seinen Schüssen auf Charlies Porträt ...

Das Herz in meiner Brust, das seit Wochen in Scherben lag, zerfiel zu Staub. In all den Monaten zuvor hatte ich keinen so furchtbaren Schmerz empfunden. Ich schlug mir die Hand vor den Mund und dann hauchte ich: »David hat seine eigene Mutter erschossen!«

Es war keine Frage und dementsprechend antwortete Jason mir auch nicht.

Wir schwiegen beide. Das Feuer im Kamin knisterte leise vor sich hin und sackte irgendwann in sich zusammen. Das Poltern der zerberstenden Holzscheite klang wie ein Donnerschlag. Hitze und Entsetzen waren wie dicke, erstickende Tücher. Leichentücher.

Langsam ließ ich die Hand sinken.

Seine eigene Mutter ...

Das war es, woran er sich jetzt endlich erinnerte. Und es erklärte auch seine Reaktion an Amandas Grab. David hatte als kleines Kind seine Mutter erschossen. Sein Vater hatte die Tat vertuscht und dann jahrelang darunter gelitten. Das war der Grund für den Hass zwischen ihnen, für all die Probleme von David, die schweren Depressionen, die Flashbacks, sein schreckliches, selbstzerstörerisches Verhalten!

Darum blieb er hier auf *Sorrow*.

Um sich für die Schuld, die er empfand, aber sich all die Jahre nicht erklären konnte, zu bestrafen.

Meine Augen füllten sich mit Tränen. »Deshalb ...« Ich hatte das Gefühl, als würde ich niemals mehr im Leben laut reden können. »Deshalb ... oh Gott!« Langsam drehte ich mich um und ging wie betäubt aus dem Raum.

Instinktiv wollte ich zu David laufen, aber dann setzte mein Verstand ein. Wenn er sah, wie sehr mich das, was ich eben erfahren hatte, schockte, würde er sich nur noch mehr dieser scheußlichen, irrationalen Selbstvorwürfe machen. Besser, ich kriegte mich selbst erst mal wieder ein.

Ich rannte die Treppe runter, und als ich aus der Haustür stürzte, prallte ich gegen jemanden, der gerade im Begriff gewesen war zu klingeln.

»Hoppla!« Mit einem schnellen Griff wurde ich aufgefangen. »Immer langsam!«, sagte eine vertraute Stimme und ich erkannte, wen ich vor mir hatte.

»Carlos!«, japste ich. Der hatte mir gerade noch gefehlt! Sein Griff war fest und erinnerte mich unangenehm an unsere letzte Begegnung in den Back Bay Fens. Mit einem Ruck machte ich mich los. Dann wischte ich mir einmal rechts und links über die Wangen, um meine Tränen loszuwerden.

»Was machst du denn hier?«, quetschte ich hervor.

Er hatte natürlich bemerkt, dass ich weinte, aber er war höflich – oder überrascht – genug, darüber hinwegzugehen. »Eigentlich bin ich im Auftrag von Jason hier. Er hat mir einen Job angeboten.«

Stimmt. Er hatte mir ja mal erzählt, dass er Literatur studiert hatte.

Ein unsicheres Lächeln erschien in seinen Augen und ich vermutete, dass auch er an diesen katastrophalen Abend in Boston dachte. »Aber es ist schön, dich zu sehen«, behauptete er.

Ich war nicht in der Verfassung für Small Talk. »Nicht im Geringsten!«

Er nickte. »Alles in Ordnung mit dir?« Um zu demonstrieren, was er meinte, deutete er mit dem Kinn nun doch auf mein verheultes Gesicht.

Ich seufzte. »Ehrlich gesagt, bist du ungefähr der Allerletzte, mit dem ich darüber reden würde.« Ich wollte an ihm vorbei, aber er ließ mich nicht. Mit voller Absicht trat er mir in den Weg, und als ich ihn böse anfunkelte, hob er beide Hände.

»Hör zu, Juli! Das, was in Boston passiert ist ... Es tut mir unendlich leid! Die Sache mit Kimmi ... Ich war an dem Abend nicht ich selbst, fürchte ich. Ich habe es seitdem mindestens tausendmal bereut, das musst du mir glauben!«

»Nur tausendmal?« Ich fühlte mich, als stünde ich unter Drogen. Das ist meine einzige Erklärung dafür, dass ich in diesem Augenblick allen Ernstes einen sarkastischen Scherz machte.

Carlos' Mundwinkel zuckten nach oben. »Kannst du mir verzeihen? Ich habe mich wie ein Arschloch benommen, und das weiß ich.«

In mir kroch langsam die Wut hoch. Wut auf Carlos. Wut auf die gesamte Situation. Wut auf das, was David als Kind passiert war. Auf die gesamte Welt. Auf Madeleines Geist. Und auf die Ungerechtigkeit des Universums. Weil ich dem Universum jedoch nicht ins Gesicht schlagen konnte, konzentrierte ich mich auf Carlos.

»Ja«, zischte ich ihn an. »Du bist ein Arschloch. Und. Jetzt. Lass. Mich. Vorbei!«

Er erkannte, dass er kurz davor war, sich zum zweiten Mal eine schwere Verletzung einzuhandeln. Mit einem großen Schritt trat er mir aus dem Weg.

»Ich habe dir *ein Mal* wehgetan«, hörte ich ihn hinter mir herrufen. »Und das tut mir leid. Aber *er*, Juli. Er tut dir offenbar jeden einzelnen Tag weh. Denk mal drüber nach!«

Ich verschloss mein Herz gegen seine Worte und überquerte den Parkplatz. Als ich am anderen Ende angekommen war und gerade auf den Pfad zum Strand einbiegen wollte, hörte ich ein Auto und gleich darauf sah ich Walt und meinen Vater die Auffahrt heraufkommen.

Ich wartete, bis sie angehalten hatten, dann stürzte ich ihnen entgegen. Mein Vater hatte sich kaum aus dem Wagen geschält, da fiel ich ihm auch schon um den Hals.

»Dad!«, schluchzte ich.

Er schlang die Arme um mich und hielt mich fest. »Was ist passiert?«

Unter Tränen erzählte ich ihm und auch Walt, der nun ebenfalls ausstieg, was ich eben erfahren hatte.

Dad wurde blass. »David hat als Kind ... was?«, flüsterte er. Diese Eröffnung hatte jeden Funken von Ärger über mich im Keim erstickt. Vergessen war die Gardinenpredigt, die er sich vermutlich auf der Fahrt hierher zurechtgelegt hatte. Er sah einfach nur tief betroffen aus.

Walt war etwas weniger geschockt. Er schloss den Wagen ab, dann bugsierte er uns beide ins Haus. Kurz überlegten wir, ob wir uns ins Speisezimmer setzen sollten, aber ich wollte nur hoch auf mein Zimmer und so begleiteten die beiden mich.

Oben angekommen, drückte Walt mich auf die Kante meines Bettes nieder und sah mir forschend ins Gesicht. Wie um sich der gesamten Sache noch einmal zu vergewissern, wiederholte er das, was ich ihnen eben stammelnd erklärt hatte: dass Amandas Grab leer war. Dass David seine Mutter erschossen hatte. Dass Amandas Tod all die Jahre als Selbstmord hatte durchgehen können, weil man ihre Leiche nie gefunden hatte.

Mein Vater stand wie bestellt und nicht abgeholt mitten im Raum und wirkte wie eine große, verwirrte Eule. »Das ergibt Sinn«, murmelte er. »Darum haben Jason und David auch so ein furchtbar schlechtes Verhältnis!«

Walt sah nicht überzeugt aus, aber er ging nicht auf Dads Vermutung ein. »Jedenfalls erklärt es, warum David diese Probleme hat. Ein solches frühkindliches Trauma muss Spuren hinterlassen.«

Ich klammerte mich an ihm fest. »Kannst du ihm helfen, damit fertig zu werden?«

Er wiegelte ab. »Eine gute Psychotherapie kann einem helfen, mit allem Möglichen fertig zu werden.«

Dad besann sich endlich auf seine Rolle als Vater. Er kam zu mir auf das Bett gekrabbelt und setzte sich neben mich. Er machte Anstalten, mich in seine Arme zu ziehen, aber ich wehrte ihn ab. »Wenn du mich jetzt umarmst, fange ich wieder an zu flennen«, murmelte ich.

»Scheiß drauf!« Er packte mich an den Schultern und zog mich mit einem ziemlich heftigen Ruck an seine Brust.

Ich ließ es geschehen. Tief sog ich den Geruch seines Aftershaves ein, der seit fast achtzehn Jahren immer derselbe war. Früher hatte dieser Geruch allein ausgereicht, dass ich die Welt wieder rosiger sah. Aber früher hatte ich mir mal ein

Knie aufgeschlagen oder war in der Schule gehänselt worden. Es war nie um tödliche Schüsse gegangen.

Und nie um einen Jungen, den ich so sehr liebte, dass sein Schmerz sich anfühlte, als würde ich in Streifen geschnitten.

Ein Schluchzen bildete sich in meiner Brust, aber es steckte fest, sodass ich glaubte, daran ersticken zu müssen. Ich klammerte mich an Dads Arm, krümmte mich.

»Himmel, Walt. Kann man da nichts machen?«, hörte ich Dad fragen.

Es war mir unklar, ob er meinen Krampfanfall meinte oder die Sache mit David.

Walt musterte mich von Kopf bis Fuß. »Du solltest versuchen, ein bisschen zur Ruhe zu kommen. Du siehst furchtbar erschöpft aus. Wenn du willst, gebe ich dir etwas, damit du schlafen kannst.«

»Nein, keine Tabletten«, wehrte ich ab.

Ich konnte Walt ansehen, dass er das für keine gute Entscheidung hielt, doch er widersprach mir nicht. »Ich versuche, mit David zu reden. Wenn wir jetzt wissen, was seine Depressionen auslöst, können wir auch etwas dagegen tun. Du wirst sehen: Es kommt alles in Ordnung, Juli.«

Ich war drauf und dran, ihn zu fragen, ob ich mit zu David gehen könnte, aber dann sah ich von selbst ein, dass er mir das niemals erlauben würde.

»Es kommt alles in Ordnung!«, wiederholte mein Vater Walts Worte. »Vielleicht lässt du zur Abwechslung mal die Erwachsenen machen.«

»Ach? Plötzlich?«, grummelte ich. Das war nun allerdings mehr als absurd. Immerhin war er derjenige gewesen, der auf die Idee gekommen war, dass ausgerechnet ich David aus seinen Depressionen herausholen konnte. Wenn er kurz nach

Weihnachten nicht darauf bestanden hätte, mich mit nach Martha's Vineyard zu nehmen, dann hätte ich David niemals kennengelernt. Dann wäre ich heute ein ganz normaler Teenager in Boston. Dann würde ich vermutlich mit meinen Freundinnen die Zeit beim Bowling und Cheerleading totschlagen.

Ich als hüpfende bunte Puschel schwingende Tussi! Die Vorstellung war so absurd, dass ich ein schrilles Lachen ausstieß.

Dad schaute beunruhigt.

Ich war zu ausgelaugt, um ihm zu erklären, warum ich gelacht hatte. »Nichts«, sagte ich nur.

Dad war nicht einverstanden damit, dass ich mein Zimmer hier im Haupthaus hatte. Er wollte darauf bestehen, dass ich zu ihm und Walt ins Gästehaus zog, aber ich wehrte mich erfolgreich dagegen.

Walt schob ab, um erst einmal mit Jason und schließlich mit David zu reden. Ich bekam ihn den ganzen Rest des Tages nicht mehr zu Gesicht. Dad blieb bei mir und wachte darüber, dass ich mich auch wirklich ausruhte. Es dauerte lange, bis ich ein bisschen runterkam, schließlich schlief ich aber doch ein.

»Es war eine Scheißidee von dir«, war das Letzte, was ich meinen Vater sagen hörte, und es war mir völlig egal, ob er mit mir sprach oder doch eher mit sich selbst.

24

An die Träume, die ich in dieser Nacht hatte, kann ich mich nicht mehr erinnern, aber ich weiß noch, dass ich zum ersten Mal seit Langem nicht mit Schrecken oder unter Tränen aufwachte und dass ich mich darüber wunderte. Im Zimmer war es dunkel und ich war allein. Offenbar hatte mein Vater sich ebenfalls schlafen gelegt.

Ich blieb liegen, lauschte auf die Geräusche des Hauses und das ferne Rauschen des Ozeans, das durch die offene Terrassentür hereindrang. Die Luft war immer noch samtig und warm, doch ich hatte den Eindruck, dass das Wetter kurz davor war umzuschlagen. Ein leichter Druck lag auf meinem Schädel wie manchmal, bevor es anfing zu regnen.

Ich drehte mich auf die andere Seite.

Obwohl ich es versuchte, konnte ich nicht wieder einschlafen. Neugier und Unruhe brannten in mir und machten mich ganz kribbelig. Nachdem ich mich eine Weile lang ruhelos hin- und hergewälzt hatte, beschloss ich, etwas Sinnvolleres mit meiner Zeit anzufangen. Ich stand auf, zog mich an und machte mich zum zweiten Mal innerhalb weniger Stunden auf den Weg zur Bibliothek.

Als ich aus meinem Zimmer auf den Gang trat, fiel mein Blick auf Davids Tür. Ich war kurz davor, zu ihm zu gehen, aber dann überkam mich Angst vor der Begegnung mit ihm. Ich wusste nicht, wie ich mich ihm gegenüber verhalten sollte, jetzt, da ich sein Geheimnis kannte. Also wandte ich mich ab und marschierte die Treppe nach unten.

In der Bibliothek war es nicht mehr ganz so warm, aber es roch noch immer nach dem Holzfeuer. Ich knipste den Lichtschalter an und sah mich um. Die Vorhänge waren zugezogen wie vorhin.

Das blaue Buch mit den herausgeschnittenen Seiten lag auf dem Tischchen neben der Couch. Ich überlegte, ob ich es mit auf mein Zimmer nehmen sollte, entschied mich jedoch dagegen. Es erschien mir nicht richtig. Stattdessen schlug ich es an Ort und Stelle auf und blätterte lustlos darin herum.

Bis mein Blick an einer Reihe Fotos hängen blieb. Ich wusste nicht genau, warum ich innegehalten hatte. Schließlich hatte ich das Buch ja schon früher durchgesehen und dabei nichts Interessantes gefunden. Es waren alte Aufnahmen aus den Dreißiger- und Vierzigerjahren des vergangenen Jahrhunderts und alle zeigten *Sorrow* von innen. Ich sah das Speisezimmer mit den bodentiefen Fenstern. Der Tisch war damals ein anderer gewesen als heute, ein riesiges, hässliches Monstrum mit geschnitzten Beinen, die allen Ernstes in Vogelfüßen endeten. Die Bildunterschrift erklärte mir, dass George Bell den Tisch hatte anfertigen lassen. Die Füße sollten an den Pelikan erinnern, das Wappentier seiner Familie.

Stirnrunzelnd betrachtete ich das Foto genauer. George Bell mochte ein traditionsbewusster Mann gewesen sein, von Biologie allerdings hatte er nicht besonders viel verstanden. Soweit ich mich erinnern konnte, waren Pelikane Wasservögel. Die Tischbeine jedoch sahen eher aus wie Adlerklauen. Ich stellte mir vor, wie der Tisch wohl ausgesehen hätte, wenn er Füße mit Schwimmhäuten gehabt hätte. Vermutlich, als würde er direkt aus Entenhausen stammen. Fast hätte ich bei dieser Vorstellung geschmunzelt. Aber nur fast.

Denn inzwischen hatte ein weiteres Foto meine Aufmerksamkeit auf sich gezogen. Es war vor dem Speisezimmer aufgenommen worden und zeigte die lange Ahnengalerie der Bells. Bei diesem Bild nun kniff ich überrascht die Augen zusammen. An der Stelle, an der sich heute die Ansicht von *Sorrow* befand, hatte früher offenbar ebenfalls ein Porträt gehangen. Es zeigte eine junge Frau, deren Gesicht mir gruselig vertraut vorkam. Konnte es sein ...? Ich hielt mir das Buch dichter vor die Augen, aber auf dem Foto war das Gemälde zu klein, um sicher zu sein. Also blickte ich mich im Raum um. Neben einem der Fenster stand ein alter Sekretär. Ich kramte in den Schubladen nach einer Lupe. Ich fand zwar keine, dafür aber einen dieser altmodischen Lesesteine, halbrunde Glaskugeln, die man in ganz alten Zeiten als Lupen benutzt hatte. Dieser hier vergrößerte Dinge um das Zwei- bis Dreifache. Ausreichend vermutlich.

Mit dem Lesestein in der Hand kehrte ich zu dem Buch zurück und sah mir das Gesicht auf dem alten Gemälde genauer an.

Ich hatte mich nicht getäuscht.

Ein Schauer rieselte mir über den Rücken.

Die Frau auf dem heute nicht mehr vorhandenen Bild war Madeleine Bower.

Seltsam.

Was hatte sie in der Ahnengalerie der Bells zu suchen? In Gedanken ging ich durch, was ich über sie wusste. Sie war auf dem Weg zu ihrer eigenen Hochzeit in Savannah gewesen, als ihr Schiff, die *City of Columbus,* vor den Klippen von Gay Head leckgeschlagen und gekentert war. Bevor sie in den eisigen Fluten umgekommen war, hatte sie die Klippen mit diesem unseligen Fluch belegt. Auf ebenjenen Klippen hatte später George Bell, der Urahn von David und Jason, *Sorrow* erbaut. Eine Weile später war er wahnsinnig geworden. Er hatte das Haus bis auf die Grundmauern niedergebrannt, weil er geglaubt hatte, dass Madeleines Geist ihn verfolgte.

Während ich mir all das ins Gedächtnis rief, starrte ich grübelnd auf Madeleine Bowers Gesicht. Der Lesestein vergrößerte das Foto stark genug, um zu erkennen, dass sie auf dem Gemälde ziemlich traurig aussah.

Ich schlug das Buch zu, legte es an seinen Platz zurück. Den Lesestein packte ich wieder in die Schublade und danach wandte ich mich dem Regal mit den Sachbüchern zu. Hier gab es eine Menge weitere Titel über die Bells, über *Sorrow* und auch über die Geschichte der Insel. Ich entdeckte einen kleinen, alt aussehenden Band, dessen Rücken so abgegriffen war, dass ich den Titel darauf nicht entziffern konnte. Als ich ihn aus dem Regal zog, aufschlug und mir die erste Seite ansah, hatte ich kurz das unheimliche Gefühl, dass Madeleine hinter mir stand.

Ich blätterte ein wenig in dem Bändchen herum. Es enthielt einen kurzen Textteil und eine Menge Kupferstiche und alte Fotos. Alles in allem möglicherweise nichts, was mir weiterhelfen würde, und doch hatte mich die Ahnung von Madeleines Gegenwart davon überzeugt, mir das Buch genauer anzusehen. Ich legte es auf die Couch und suchte aus dem Regal noch zwei, drei weitere heraus, die mir vielversprechend erschienen. Mit dem gesamten Stapel kehrte ich in mein Zimmer zurück.

Mit meinen Errungenschaften warf ich mich aufs Bett und begann zu lesen. Die Schrift in dem schmalen Bändchen war altmodisch und nicht leicht zu entziffern, aber nach einer Weile hatte ich mich daran gewöhnt. Ich erfuhr allerhand Details über die *City of Columbus,* die mich nicht im Geringsten interessierten. Trotzdem las ich weiter, immer in der Hoffnung, vielleicht mehr über die Passagiere an Bord zu erfahren.

Aber diese Hoffnung wurde enttäuscht.

Als ich den Text durchgeackert hatte, war ich zwar eine Fachfrau für Schiffsfragen, aber über Madeleine Bower wusste ich nicht mehr als vorher. Ziemlich lustlos blätterte ich zum Abbildungsteil weiter.

Und setzte mich erschrocken auf.

Eines der Fotos kannte ich bereits. Es war das gleiche, das Grace mir im Winter einmal in einem Bildband gezeigt hatte. Madeleine Bower vor der Bordwand der *City of Columbus.* Das war nicht besonders spektakulär. Aber die Bildunterschrift darunter war es. Ich las sie noch ein zweites und drittes Mal und klappte dann bestürzt das Buch zu.

Im selben Moment wurde mir fürchterlich schwindelig.

Ich brauchte ein paar Minuten, bevor ich das Buch wieder aufklappen konnte, und dann fand ich die Seite nicht auf Anhieb wieder. Hektisch blätterte ich hin und her und gerade, als ich anfing zu glauben, dass ich mir das Bild und vor allem die Beschriftung darunter nur eingebildet hatte, stieß ich erneut darauf.

Und das Schwindelgefühl verstärkte sich.

Die Buchstaben verschwammen vor meinen Augen. Ganz kurz fühlte es sich an, als würden die Wände auf mich einstürzen und sich gleich darauf in unendlich weite Ferne zurückziehen. Ich atmete tief durch.

Dann schaffte ich es, die Schrift zu fokussieren.

Madeleine Bower kurz vor Ablegen der City of Columbus stand dort. Und weiter: *Auf dem Weg zu ihrer Hochzeit mit George Bell.*

Ich hob den Kopf und starrte aus dem Fenster. Der Himmel war pechschwarz. Kein Mond und kein Stern waren zu sehen, auf einmal wirkte die Nacht absolut undurchdringlich und gar nicht mehr samtig. Etwas Scharfes lag in der Luft, prickelte auf meiner Zunge. Vermutlich nur ein weiteres Zeichen dafür, dass es bald anfangen würde zu regnen. Das Buch auf meinem Schoß fühlte sich plötzlich schwer an. Ich stand auf und nahm es mit ans Fenster.

Dass Madeleine Bower auf dem Weg zu ihrer eigenen Hochzeit gewesen war, als sie beim Untergang der *City of Columbus* starb, hatte ich ja schon länger gewusst. Aber dass George Bell ihr Ehemann hätte werden sollen, war mir vollkommen neu. Darum also war der Geist in meinem Traum vor Georges Gemälde stehen geblieben und hatte ihm über die Wange gestreichelt! Dieser Gedanke verursachte tief in mir ein Grauen, das kaum auszuhalten war. Als ich von Madeleine und Georges Bild geträumt hatte, hatte ich keine Ahnung gehabt, dass sie seine Braut gewesen war. Hatte ich also in diesem Traum, genau wie schon damals bei dem mit den zersplitterten Zähnen, einen Blick in die Zukunft getan?

Diese Vorstellung war mir definitiv zu gruselig und darum konzentrierte ich mich lieber auf einen anderen Aspekt dieser Sache.

George Bell hatte *Sorrow* auf den Klippen von Gay Head gebaut. Und zwar, *nachdem* seine Verlobte dort gestorben war. Auf diese Weise hatte er jeden einzelnen Tag seines Lebens das Unglück vor Augen gehabt, das ihm seine Braut geraubt hatte.

Warum tat sich jemand so etwas an? Kein Wunder, dass er

hier niemals zur Ruhe gekommen war. Der Hang zur Selbstquälerei schien in dieser Familie ja geradezu im genetischen Code verankert zu sein.

Ich legte die Stirn gegen die Fensterscheibe. Mein Gesicht spiegelte sich in dem dunklen Glas und direkt hinter mir ...

... stand eine Gestalt in einem roten Kleid.

Ich fuhr herum. Da war niemand. Nur mein dummes Herz klopfte so laut, dass ich es hören konnte. Ich hatte mich gerade wieder dem Fenster zugewandt, als hinter mir ein Geräusch erklang. Leise Schritte, wie von nackten Füßen. Noch einmal wandte ich mich um, sicher, dass ich immer noch allein war.

Aber diesmal war ich es nicht.

Ich stieß einen erschrockenen Schrei aus.

»Entschuldige«, sagte Charlie. »Ich wollte dich nicht erschrecken.«

Lächelnd wies sie hinter sich. »Ich habe geklopft, aber du hast nicht reagiert. Deine Zimmertür war nicht abgeschlossen.«

Ich fasste es einfach nicht. Wie konnte jemand nur so dreist sein, hier mitten in der Nacht einzubrechen?

»Was willst du hier?«, fuhr ich sie an.

Sie ging an mir vorbei, öffnete die Balkontür und trat nach draußen. Als sei es das Natürlichste der Welt, legte sie beide Unterarme auf die Brüstung.

»Reg dich ab! Ich möchte nur reden.« Sie richtete den Blick in die Dunkelheit hinaus. »Frieden schließen vielleicht.« Sie trug keine Schuhe. Ihre Füße waren schmutzig und an der Außenkante ihrer linken Sohle befand sich ein kleiner blutiger Riss. Die Hosenbeine ihrer Jeans waren bis zum Knie hinauf dunkel vor Nässe, so, als ob sie in der Brandung gestanden hatte.

Zögernd trat ich neben sie. »Hast du keine kalten Füße?«

Sie schaute an sich herab, als bemerke sie erst jetzt, dass sie barfuß war. »Oh. Offenbar habe ich meine Schuhe am Strand vergessen.« Sie sah ein bisschen desorientiert aus. Dann lächelte sie wieder. Diesmal hatte ihr Gesicht nicht diesen sonderbar irren Ausdruck, sondern wirkte eigentlich nur traurig.

Ich stellte mir vor, wie sie dagestanden und aufs Meer hinausgestarrt hatte. Und plötzlich musste ich an David denken, der vor noch gar nicht so langer Zeit in der Brandung zusammengebrochen war.

Ich unterdrückte ein Seufzen. »Warum sollten wir beide Frieden schließen?«

Sie warf mir einen Seitenblick zu. »Ich hatte nie vor, ihn so furchtbar zu quälen.« Natürlich ging es hier nicht um sie oder mich. Sondern um David. Einzig und allein um David.

»Aber du hast es getan.«

Sie senkte den Blick auf ihre Hände. »Touché!« Ihre Fingerspitzen wirkten im schwachen Licht der Laternen, die unten auf dem Rasen standen, wie durchleuchtet. Ich glaubte, die feinen Blutgefäße unter ihrer weißen Haut zu sehen. Sie wies in die Finsternis hinaus. »Hörst du das Meer?«

Ich nickte und klammerte die Hände ums Geländer. Noch immer wusste ich nicht, was sie hier wollte. Und das verunsicherte mich mehr, als ich mir eingestehen wollte.

Sie lächelte versonnen. »Ich habe das Meer immer geliebt. Schon als ich ganz klein war. Du auch?«

»Als ich noch sehr klein war, haben wir nicht am Meer gewohnt«, sagte ich.

Sie schloss die Augen. »David hat mir erzählt, dass deine Mutter in Deutschland lebt, stimmt das?«

Nett, dass ihr über mich gesprochen habt!, dachte ich mit einem Anflug von Grimm. Wieder nickte ich. »Ja.«

»Deine Eltern haben sich scheiden lassen.«

»Ja.«

Sie öffnete die Augen, sah mich an. In dem schwachen Licht sah ihr Gesicht noch weißer aus als sonst. »Genau wie meine.«

»Passiert schon mal.« Das Metall des Geländers war kalt unter meinen Händen. Ich glaubte, meinen eigenen Pulsschlag in den Fingerspitzen zu spüren. Eine tiefe Traurigkeit ging von Charlie aus wie ein Geruch, den man nur unterschwellig wahrnehmen konnte, der einen jedoch ganz benommen machte. Sie hatte nichts mehr von der ichbezogenen, irritierenden Art, die sie die ganze Zeit an den Tag gelegt hatte, und das ängstigte mich fast noch mehr als ihr sonstiges Verhalten.

»Bist du deswegen so zu David?« Die Frage war raus, bevor ich richtig darüber nachgedacht hatte.

Charlies Augenbrauen hoben sich fragend.

»Du benutzt ihn. Du quälst ihn, damit du dich selbst besser fühlst, stimmt's?« *Super, Juli! Seit wann bist du Expertin für Küchenpsychologie?*

Charlie antwortete lange nicht. Stattdessen fing sie plötzlich an zu singen. Ich erkannte die Melodie auf Anhieb und sie versetzte mir einen Schlag in die Magengrube.

»... it will not be long, love, 'til our wedding day ... Kennst du das?«, fragte sie unschuldig. »Es heißt *She Moves through the fair.* Es gibt verschiedene Versionen davon. Ich habe sie irgendwann zu einer zusammengefügt. Willst du es ganz hören?«

»Nein!« In meinem Kopf rasten Erinnerungen heran und verschwanden wieder im Nebel. Erinnerungen an die Tage im Winter, in denen ich Madeleine Bowers Stimme wispern gehört hatte und kurz vor dem Wahnsinn gewesen war. Damals hatte ich genau dieses Lied gehört.

»Last night she came to me, my dead love came in«, sang Charlie und ich wollte sie anschreien, damit aufzuhören, wollte um Hilfe rufen.

»David!«, wimmerte ich. Er war gleich nebenan. Er würde kommen und mir helfen, wenn er nur wüsste, dass sie da war.

Charlie beendete die Strophe ihres Liedes und verstummte. Ganz regungslos stand sie da und sah mich an.

Das Rauschen der Brandung vermischte sich mit dem Rauschen in meinen Ohren. In meinem Schädel begann es zu kreischen. Meine Finger krampften sich um das Balkongeländer, als ich leicht nach vorn kippte. Schmerzhaft stieß mein rechter Hüftknochen gegen das Metall einer Strebe.

»Wusstest du, dass es auch in unserer Familie ein Opfer von Madeleines Fluch gibt?«, murmelte Charlie.

Ich konnte nicht antworten. Etwas presste mich zu einem Punkt von Sandkorngröße zusammen. Ich bekam keine Luft mehr.

Sie nickte gedankenverloren. Dann wandte sie den Kopf, sah mich an. Ihre Augen glänzten, als müsse sie gewaltsam die Tränen unterdrücken. »Wir werden alle benutzt, Juli«, sagte sie rätselhaft. Dann zog sie das T-Shirt aus dem Hosenbund und wies auf eine Stelle dicht über ihrem rechten Hüftknochen. Ihre Haut war auch dort sehr zart und so weiß wie Milch, nur eine ungefähr münzgroße Narbe störte die Makellosigkeit. Sie war sternförmig und glatt und sie sah aus, als habe etwas mit großer Wucht das Fleisch durchschlagen.

»Wir werden alle benutzt«, wiederholte Charlie. »Und wir können nicht verhindern, dass die, die wir lieben, uns wehtun. Immer und immer wieder.«

In meinem Kopf drehte sich alles. *Atme, Juli!* Um diese Narbe nicht mehr ansehen zu müssen, richtete ich den Blick auf die Terrasse, die unter meinem Balkon lag. Sie war mit marmornen Platten ausgelegt. Ich glaubte, das Muster dieser Platten zu sehen, das wie an einem Gummiband gezogen auf mich zuraste.

Mir war schrecklich schwindelig. Ich wollte vom Rand des Balkons zurücktreten. Aber ich wagte es nicht, das Geländer loszulassen.

Charlie schien endlich zu merken, dass es mir nicht gut ging. Sie legte mir eine Hand auf die Schulter. »Immer und immer wieder werden wir benutzt«, wiederholte sie leise.

In meinem Kopf schrillten alle Alarmglocken, doch ich konnte mich noch immer nicht rühren.

Und ich konnte auch nichts dagegen tun, dass sie mir einen schmerzhaften Schubs gegen die Schulter versetzte.

Ich taumelte vorwärts, stieß mir ein zweites Mal den Hüftknochen. Dann verlor ich das Gleichgewicht.

25

Ich schrie und wollte mich am Geländer festklammern, aber eine meiner Hände verlor den Halt. Meine Fingernägel kratzten über Metall, brachen ab. Von Charlies Stoß vorwärtsgetragen, wirbelte ich herum. Ein brutaler Ruck fuhr durch meinen Arm.

Und ich hing zwischen Himmel und Erde.

Meine Beine baumelten in der Luft. Ein sengender Schmerz fuhr mir in die Schulter. Was jedoch viel schlimmer war: Gleich darauf spürte ich, wie meine Hand abzurutschen begann.

»Charlie«, wimmerte ich. Ganz leise nur. Fürs Schreien hatte ich keine Kraft mehr.

Charlie war fort, als habe es sie nie gegeben.

Ich rutschte ab und ein Gedanke pulsierte in meinem Kopf: Ich war allein. Allein und völlig hilflos. Nie im Leben würde ich die Kraft haben, mich an einem Arm über die Brüstung zu ziehen.

Hättest du in der Schule doch Klimmzüge geübt!

Dieser ironische Gedanke stand absurd klar in meinem Kopf und dann war da ein anderer.

Ich werde sterben. Hier.

Jetzt.

Mein Arm fühlte sich an, als würde er aus dem Schultergelenk gezogen, aber ich klammerte mich mit aller Kraft an dem kalten Metall fest. Vergeblich.

Ganz langsam wurden meine Finger aufgebogen.
Und dann fiel ich.

»Nein!« Eine so unendlich vertraute Stimme.
Ein weiterer Ruck in meinem Schultergelenk.
Ich schrie auf, wurde am Handgelenk gepackt.
»Juli!«, ächzte David. »Halt still!«
Ich versuchte, nicht zu sehr rumzuzappeln, aber es war unmöglich. Würde er mich festhalten können? Ich wog nicht viel weniger als er selbst.
Licht fiel auf mich nieder. Jemand hatte im Zimmer die Deckenbeleuchtung angeschaltet. In ihrem Schein sah ich David. Er lag auf dem Bauch und hielt mich. Sein Gesicht war verzerrt vor Anstrengung, seine Augen so weit aufgerissen, dass ich glaubte, in seine Pupillen zu stürzen.
»Bitte«, flüsterte ich.
Er knirschte mit den Zähnen. Er würde nicht genug Kraft haben, mich hochzuziehen. Ein völlig absurder Gedanke durchzuckte mich. Ich würde abstürzen. Wie Charlie. Aber ich hatte es nicht bis zu den Klippen gebracht. Ich würde ganz profan und unromantisch auf den Marmorfliesen einer Terrasse mein Leben aushauchen.
»Nein!«, hörte ich David stöhnen, spürte, wie seine Finger an meinem Handgelenk entlangrutschten.
Gleich ist es vorbei.
Ergeben schloss ich die Augen.
Und dann war da noch jemand. Ich hörte, wie sich eine zweite Person neben David auf den Boden warf. Eine weitere Hand packte mich, am Oberarm, knapp über dem Ellenbogen. Ich riss die Augen wieder auf.
»Geben Sie mir Ihre andere Hand!«, schrie Theo.

Ich schaffte es, den zweiten Arm nach oben zu recken. Gleich darauf schlossen sich Theos Finger wie eine Stahlklammer um mich. Das würde mir wieder einen üblen Bluterguss bescheren, dachte ich und vor Erleichterung wurde mir kotzübel.

Mit vereinten Kräften schafften sie es, mich hochzuziehen. Ich wurde über das Geländer gezerrt und prallte ziemlich unsanft auf dem Balkonboden auf.

»Juli!« David warf sich zu mir herum, zog mich an sich. »Gott sei Dank!«

Ich zitterte. So sehr, dass meine Zähne aufeinanderschlugen und meine Hände durch die Luft flatterten wie Vögel, die der Schuss eines Jägers aufgeschreckt hat. David packte meine Arme, klemmte sie zwischen uns fest und drückte mich mit aller ihm zur Verfügung stehenden Kraft an sich.

»Es ist vorbei!«, flüsterte er in mein Haar. »Du bist in Sicherheit! Es ist vorbei!«

Es dauerte eine halbe Ewigkeit, bis der Sinn seiner Worte zu mir durchdrang.

Aufgeregte Stimmen füllten das Zimmer. Mein Vater stolperte herein und hinter ihm Walt. Besorgt und voller Anspannung erkundigten sie sich, was geschehen war.

»Sie wäre beinahe vom Balkon gefallen«, erklärte ihnen Theo. »Mehr wissen wir auch nicht. Ich war auf dem Grundstück unterwegs, um zu kontrollieren, ob für die Nacht alles abgeschlossen ist. Und dabei habe ich sie oben auf dem Balkon stehen sehen. Sie wirkte, als ob irgendwas nicht in Ordnung wäre, also bin ich ins Haus. Aber bevor ich oben war, ist sie offenbar schon abgestürzt.«

Seine Worte sickerten in meinen Verstand. *Sie wirkte, als ob irgendwas nicht in Ordnung wäre.* Von Charlie hatte er kein

Wort gesagt. Schlagartig wurde mir schlecht. Ich machte mich von David los, krümmte mich würgend. *Nicht auch noch vor ihm kotzen,* war alles, was ich denken konnte. Taumelnd kam ich auf die Füße, hastete zur Toilette. Ich schaffte es gerade noch, den Deckel hochzuklappen, bevor ich mich übergab.

David folgte mir. Ungerührt von meinen kraftlosen Abwehrgesten kniete er sich neben mich, um mir die Haare aus dem Gesicht zu halten, während ich das Essen dieses Tages von mir gab. Und auch das der letzten vier Wochen.

»Wir haben sie gehalten«, hörte ich ihn sehr leise sagen. »Es geht ihr so weit gut.«

Ich schaffte es endlich, den Kopf aus der Kloschüssel zu nehmen. Als wäre mir Davids Gegenwart nicht schon peinlich genug, war auch noch mein Vater ins Bad gekommen. Durch die offen stehende Toilettentür tauschte David einen langen, dankbaren Blick mit Theo.

Ich rappelte mich auf. David stützte mich behutsam. Meine Knie waren wackelig, aber ich schaffte es, nicht zusammenzubrechen. Der kleinste Gedanke an das, was eben geschehen war, raubte mir den Atem.

»Komm.« David führte mich ins Schlafzimmer und bugsierte mich auf die Bettkante.

»Wie konnte das denn nur passieren?« Mein Dad setzte sich neben mich und das führte dazu, dass David sich zurückzog. Ich wollte nicht, dass er mich losließ, er sollte mich niemals im Leben wieder loslassen, aber ich hatte nicht mal mehr die Kraft, die Hand nach ihm auszustrecken.

Walts Blick ruhte schwer auf mir und ich konnte die unausgesprochene Frage in seinen Augen lesen.

Bist du von allein gesprungen?

Ich schüttelte hastig den Kopf. »Ich ... Jemand hat mich gestoßen«, flüsterte ich. Trotzdem schlugen meine Worte ein wie eine Bombe.

Sekundenlang war es totenstill im Raum.

Das Rauschen des Meeres drang durch die offen stehende Balkontür. Eine Möwe kreischte, ihr Schrei klang wie der einer verlorenen Seele. Erste Empfindungen durchdrangen den Schleier meines Entsetzens und langsam spürte ich ein dumpfes Pochen in meiner Schulter. Ich versuchte, den Arm zu bewegen. Keine gute Idee. Der Schmerz schoss mir scharf und brennend in Nacken und Fingerspitzen.

Mit einem leisen Ächzen presste ich die Hand auf den Übergang zwischen Schlüsselbein und Schulter.

David fand als Erster seine Sprache wieder. Er beugte sich über mich und packte mein Gesicht mit beiden Händen. Dann drehte er meinen Kopf so, dass ich ihn ansehen musste. »Weißt du, wer es war, Juli?«

Meine Finger begannen erneut, so stark zu zittern, als gehörten sie nicht zu mir. David ließ mein Gesicht los, nahm meine Hände, drückte sie. »Jetzt kann dir nichts mehr passieren. Wir sind alle bei dir!« Er sah in Walts Richtung, dann in Dads. Er war bleich.

»Was genau ist passiert, Juli?«, fragte Walt unendlich ruhig.

Alle starrten mich an, aber ich konnte es einfach nicht aussprechen. Ein Gedanke kreiste in meinem Kopf und kratzte schmerzhaft an der Innenseite meines Schädels.

War Charlie wirklich da gewesen?

Oder hatte ich sie mir nur eingebildet, genau wie David in der Kletterhalle?

Doch dann war da plötzlich ein anderer Gedanke. Er wand sich in meinem Gehirn, zuckte und dehnte sich aus, bis er meine Brust, meinen Bauch, meinen ganzen Körper auszufüllen schien.

Ich habe ihre Berührung gespürt, das Gewicht ihrer Hand auf meiner Schulter.

Den brutalen Schubs, den sie mir gegeben hat.

Sie *war* real gewesen.

Es konnte – es durfte nicht anders sein!

Aus weit aufgerissenen Augen sah ich David an. Er hielt meinem Starren stand, gab mir Halt, aber bevor ich sagen konnte, wer mich gestoßen hatte, erschien Jason im Türrahmen des Zimmers.

In der Hand hielt er eine Waffe.

Alles erstarrte zu Eis. Nur Theo stieß ein kaum hörbares »Scheiße!« hervor. Die Luft schien plötzlich kalt und dick. Das Schwindelgefühl in meinem Kopf vervielfachte sich. In meinen Ohren kreischte es so laut, dass ich Walt kaum verstehen konnte, als er sagte: »Ganz ruhig, Mr Bell!«

Jasons Hand bebte. Vor meinem inneren Auge sah ich, wie er abdrückte, sah, wie David getroffen und zurückgeschleudert wurde. Sah Blut, das wie eine Blume auf seinem Leib erblühte ...

Ein entsetztes Wimmern kam aus meinem Mund und es brachte meinen Dad dazu, mich erneut an seine Brust zu ziehen.

Jason warf Dad einen Seitenblick zu, dann jedoch schaute er wieder seinen eigenen Sohn an. Die Waffe baumelte neben seinem Oberschenkel herab. »Du ... und Amanda ... ihr ...« Seine Stimme klang völlig verändert, leise, erschrocken. Da war nichts mehr von dem lauten, jovialen Jason übrig, als den ich ihn kennengelernt hatte.

Und genau das machte mir eine Heidenangst.

Wie festgeklebt hing mein Blick an der Waffe in seiner Hand.

»Mr Bell!« Walt war ein Stück vorgetreten. Ich verspürte den irrationalen Impuls, mich vor David zu stellen, doch Dad schien das zu merken. Seine Arme um meinen Oberkörper verwandelten sich in Stahlfesseln.

Jasons Kopf ruckte zu Walt herum, aber bevor der weitersprechen konnte, streckte David beide Arme seitlich aus. Es sah aus, als wolle er Jason auffordern zu schießen, und tatsächlich sagte er: »Na los, Dad! Worauf wartest du noch?«

Die Waffe in Jasons Hand hob sich in seine Richtung, hielt aber auf halbem Wege inne. Ich sah Jasons Hand beben. Mit einem tonlosen Wimmern krallte ich mich am Arm meines Vaters fest.

»David!«, mahnte Walt.

David reagierte nicht auf ihn. »Du denkst seit Jahren daran, Dad! Warum tust du es nicht einfach?«

Jasons Hand zitterte stärker.

»Das ist nicht hilfreich, David«, sagte Walt ganz und gar ruhig, aber seine Worte gingen beinahe in dem unter, was David nun hinzufügte.

»Seit ich es weiß ...« Er musste neu ansetzen, weil ihm die Stimme versagte. »Seit ich weiß, dass ich Mom erschossen habe, frage ich mich, warum du mich nicht einfach hinter ihr hergeworfen hast, damals.«

Ich machte einen neuen Versuch, mich aus dem Griff meines Vaters zu winden. Vergeblich. Dad gab nicht nach.

»Lass es, Juli«, verlangte er heiser.

Ich hielt still. Starrte David an. Die Art, wie er dastand – wie jemand, der zu vieles mit sich herumschleppte und nur noch auf den endgültigen Hieb wartete –, fuhr mir bis tief ins Herz.

Walt sagte noch einmal: »Nicht, Junge!«

Aber wieder hörte David nicht. »Ich habe dir Mom genommen. Also warum erschießt du mich nicht, damit es endlich ein Ende hat?«

»Schluss damit!« Walts Stimme klang beinahe selbst wie ein Schuss. »Mr Bell! Er hat Amanda nicht erschossen, habe ich recht?« Sein Gesicht wurde zu einer angespannten, starren Maske und es war das erste Mal, dass ich ihn so sah. So, als sei er sich nicht sicher, ob er die Situation wirklich im Griff hatte.

Jasons Hand zitterte jetzt stärker. Ich sah, wie die Mündung große, unkontrollierte Kreise zog. Vielleicht würde er vorbeischießen ...

David biss die Zähne zusammen.

»Mr Bell«, sagte Walt. »David hat Amanda nicht erschossen. Das wissen Sie so gut wie ich.«

Jason schüttelte den Kopf. Es war genau die gleiche Geste, die ich auch schon bei David gesehen hatte: ein langsames Schwingen des Kinns nach rechts. Ein Innehalten. Dann eine ruckartige Bewegung nach links.

»Nein«, wisperte er. »Das hat er nicht.« Und dann – eine halbe Ewigkeit später – ließ er die Waffe sinken. »Das hat er nicht«, wiederholte er. »Weil ich es war.«

Er?

Ich kam nicht mehr mit. Warum führte die Welt um mich plötzlich diesen irren Tanz auf?

»Ich habe geschossen«, flüsterte David. Und dann, übergangslos, brüllte er: »Ich erinnere mich daran!«

»Du erinnerst dich falsch.« Während er das sagte, trat Walt zu Jason und nahm ihm die Waffe weg.

Es war, als wäre plötzlich wieder genug Luft zum Atmen im Raum. Ich seufzte erleichtert auf und diesmal erlaubte Dad mir, zu David zu gehen. Ich stellte mich neben ihn, doch er schien mich kaum zu bemerken.

»Ich erinnere mich, dass ich die Pistole in der Hand habe und abdrücke«, behauptete er. »Ich sehe, wie Mom blutet.« Er deutete mit der flachen Hand einen Kreis über seiner Bauchgegend an, um zu demonstrieren, wo er Amanda getroffen hatte. »Und dann fällt sie ...« Mit einem Würgen verstummte David. Ich berührte ihn sanft am Arm, aber auch das bemerkte er nicht.

»Du erinnerst dich falsch«, wiederholte Walt. Er hatte geprüft, ob die Pistole gesichert war, und jetzt legte er sie außer Reichweite auf meinen Nachtschrank. Dann wandte er sich an Jason. »Wollen Sie erzählen, was wirklich geschehen ist, Mr Bell? Oder soll ich es tun?«

Jason stöhnte so laut, dass es fast wie ein Schrei klang. Und dann sprudelten die Worte nur so aus ihm hervor. Dinge, die seit fünfzehn Jahren unausgesprochen waren, fielen aus seinem Mund und vor unsere Füße.

»Du warst mit mir auf den Klippen, David. Ich wollte dir zeigen, wie man mit einer Waffe umgeht. Ich wollte dich lehren, sie zu benutzen, wie ein Mann es tut.« Er legte beide Hände auf seinen Bauch, als spüre auch er dort nach all den Jahren noch immer den Nachhall des Schusses. »Deine Mutter ... sie war wütend auf mich. Sie hielt dich für zu jung ...«

Kein Wunder!, dachte ich im Stillen. *Er war vier!* Und ich konnte ein fassungsloses Kopfschütteln nicht unterdrücken.

Amerika, deine Waffennarren!

»Sie kam hinter uns her und fand uns auf den Klippen«, erzählte Jason weiter. »Du weintest. Du wolltest nicht schießen, aber ich habe dich dazu überredet.«

»Du hast mich gezwungen«, presste David hervor. Sein Atem ging flach und schnell.

»Ich habe dich gezwungen, ja. Du musstest mehrere Schüsse abgeben, auf das Meer hinaus. Du hast geweint. Die Waffe war dir zu schwer.«

Meine Erinnerungen wanderten zu dem Tag zurück, an dem Walt und David oben auf den Klippen ihre Konfrontationstherapie durchgeführt hatten.

Die Waffe in meiner Hand. Sie ist schwer, so schwer ..., hatte David damals gewimmert.

Jason ächzte, als würde sein Herz gleich aussetzen, doch dann sprach er weiter. »Deine Mutter ... sie kam dazu und schrie mich an. Sie beschimpfte mich und sie versuchte sogar, nach mir zu schlagen. Ich wich ihr aus. Ich hatte dir die Waffe abgenommen, David, hatte sie in der Hand, als deine Mutter auf mich einschlug. Und da ist es passiert. Es ist einfach passiert.« Ein Schluchzen schüttelte ihn so heftig, dass seine Zähne aufeinanderschlugen. »Es war ein Unfall!«

Eine Ewigkeit lang war es totenstill.

»Du hast Mom erschossen«, murmelte David irgendwann. »Ich habe es mit angesehen. *Ich habe es nur mit angesehen.«*

Jason nickte. Seine Wangen waren jetzt von Tränen überströmt und irgendwie wirkte er erleichtert, dass die Wahrheit nach all den Jahren endlich heraus war. »Als ihre Leiche aufs Meer hinausgespült wurde und nie wieder auftauchte, habe ich entschieden, die Wahrheit zu verschweigen.« Hilfe suchend sah er Walt an. »Es war ein Fehler, nicht wahr?«

Walt nickte behutsam. »Wahrscheinlich schon. Sie haben den Moment verpasst, in dem Sie die Wahrheit hätten aussprechen können – nicht mal mir gegenüber haben Sie gestern Nachmittag ihre Selbsttäuschung zugegeben. Und genau diese Selbsttäuschung führte dazu, dass sich massive Schuldgefühle und Selbsthass in Ihnen angestaut haben.«

Sein Blick glitt zu der Pistole. »Bis es zur Explosion kommen musste.«

Ich hätte am liebsten losgeheult. David hatte seine Mutter nicht getötet! Seine Flashbacks kamen einzig und allein daher, dass er als Kleinkind mit angesehen hatte, wie sein Vater Amanda erschossen hatte.

»Aber warum dann dieser ganze Hass gegenüber David?«, fragte ich. »Warum hast du ihn all die Jahre über glauben lassen, dass er schuld an Amandas Tod ist?«

Jasons Schultern sackten nach vorn. »Ich weiß es nicht genau«, flüsterte er. »Da waren diese Schuldgefühle in mir. Und der Wunsch, jemandem deswegen wehzutun, damit ich nicht allein so leiden muss. Ich habe keine andere Erklärung dafür.«

Ich sandte einen fragenden Blick in Walts Richtung. Der nickte still vor sich hin. »Sie haben die Wahrheit verleugnet, weil sie zu furchtbar war, um daran zu denken. Aber der Selbsthass blieb und Sie konnten ihn nur aushalten, indem sie ihn auf David projiziert haben. Darum haben Sie ihn all die Jahre so abweisend behandelt. Vielleicht sind Sie auch nur deswegen mit Charlie ins Bett gegangen.«

Madeleine hat ihn angetrieben ...

Der Gedanke schoss mir wie ein Stromstoß durchs Gehirn. Damals wehrte ich mich gegen ihn, aber heute weiß ich, dass es mein Unterbewusstsein war, das ihn mir sandte. Heute ist mir klar, dass ich schon in diesem Augenblick ahnte, dass wir das Schlimmste noch nicht überstanden hatten. Dass noch etwas kommen würde, das David und mich bis an den Rand des Abgrunds – und sogar darüber hinaus – treiben würde.

26

»Wie geht es jetzt weiter?«, fragte mein Vater.

»Das hängt davon ab, was du tun willst, David«, sagte Walt. »Wir könnten den Sheriff anrufen«, schlug er mit Blick auf die Waffe vor.

David atmete ein paarmal tief ein und aus.

»Nein«, entschied er schließlich und sah Jason an. »Du hast mich jahrelang damit gequält, dass du mir die Wahrheit verschwiegen hast. Du hast von mir verlangt, Haltung zu bewahren, mich zusammenzureißen. Ein Mann zu sein. Jetzt leb damit!«

Ich wollte, dass seine Worte mitleidig klangen, verständnisvoll vielleicht, aber das taten sie nicht. Im Gegenteil: Es sprach pure Verachtung aus ihnen. Verachtung und genau jene Härte und Familiendisziplin, die Jason selbst ihm durch seine strenge Erziehung eingeimpft hatte.

Jason ächzte leise, rieb sich das Brustbein, als schmerze ihn sein Herz wieder. Dann wandte er sich ab und schlich davon, als habe man ihn geprügelt.

Walt schaute ihm hinterher, unschlüssig, was er jetzt tun sollte. Er entschied sich, bei uns zu bleiben. Ich schaute die Pistole auf meinem Nachtschrank an. Nachdem Jason vor ein paar Wochen auf Charlies Bild geschossen hatte, hatte Theo alle Waffen im Haus weggeschlossen. Entweder man hatte sie in der Zwischenzeit wieder hervorgeholt oder Jason hatte sich eine neue besorgt. So oder so hätte ich gern gewusst, ob diese Pistole die einzige war, auf die er Zugriff hatte.

David lenkte mich von dieser Frage ab, indem er das Gespräch auf meinen Sturz vom Balkon zurückbrachte. »Du hast uns noch nicht gesagt, wer dich gestoßen hat, Juli.« Sein Blick hatte etwas Flirrendes an sich. Vielleicht sah man so aus, wenn man zu viele schreckliche Dinge auf einmal erlebte, dachte ich.

Die Sehnen in meiner Schulter pochten dumpf und ich rieb die schmerzende Stelle. »Charlie«, flüsterte ich.

»Unmöglich!«, entfuhr es Theo. »Sie waren allein auf dem Balkon, Miss Juli. Und ich bin sofort hoch, als es passiert ist. Wenn Charlie bei Ihnen gewesen wäre, hätte sie mir entgegenkommen müssen.«

David wurde totenbleich, während Walt mich prüfend musterte. Ich wusste, dass sie beide in diesem Moment endgültig akzeptierten, dass ich mir Charlie bloß eingebildet hatte.

Nur mein Dad kapierte mal wieder gar nichts. »Wie ist sie denn ins Haus gekommen?«, erkundigte er sich. Niemand achtete auf ihn und er blinzelte irritiert.

Die Angst, dass ich in einem Anfall von Wahnsinn freiwillig gesprungen war, wurde so stark, dass mir schon wieder schlecht wurde.

Walt kam zu mir und legte mir die Hände auf die Schultern.

Ich zog scharf die Luft durch die Zähne, weil es wehtat.

Er nahm die Hände wieder weg, dann betastete er mein Schlüsselbein und das Gelenk. »Sieht nicht so aus, als sei irgendwas kaputt«, konstatierte er. »Aber natürlich bin ich kein Fachmann. Wenn es morgen noch immer so stark schmerzt, dann sag Bescheid.«

»Charlie *war* da«, murmelte ich, unfähig, das Unvermeidliche zu akzeptieren. »Sie *hat* mich geschubst. Ziemlich heftig sogar.« Ich spürte in die Stelle hinein, an der Charlies Stoß mich getroffen hatte. Danach sah ich auf meine Handgelenke, die von Davids und Theos Griffen ganz rot und geschunden aussahen. Ich bekam schnell blaue Flecken. Der Stoß musste ebenfalls einen verursacht haben. Mein gesunder Arm wanderte über meine Schulter nach hinten und ich drückte die entsprechende Stelle.

Nichts. Kein Schmerz. Nicht mal ein dumpfes Pochen.

Walt sah mir ins Gesicht. »Darf ich?«, fragte er.

Ich schluckte. Dann nickte ich und drehte mich um, sodass er mein T-Shirt so weit wie möglich nach oben schieben und meinen Rücken abtasten konnte. Er drückte hier und da, mal schwächer, mal ziemlich stark.

Absolut nichts tat weh.

Endlich ließ Walt den Saum meines T-Shirts wieder fallen. »Keine Prellung.« Er wirkte besorgt. »Gleich morgen besorge ich dir ein Mittel gegen die Nachwirkungen von *White Rage*, Juli!«

Nein!, hämmerte es in meinem Gehirn. *Nein, bitte nicht!*

Und dann endlich nahm ich es hin: Charlie war nicht real gewesen. Ich hatte sie mir nur eingebildet. In einem Anfall der schlimmsten Halluzinationen, die ich je gehabt hatte, war ich über das Geländer geklettert und gesprungen. Und nur weil ich offenbar im allerletzten Augenblick zur Besinnung gekommen war und nach dem Geländer gegriffen hatte, war ich noch am Leben.

Betroffen sank ich neben David auf die Couch. Er griff nach meiner Hand und hielt sie ganz fest.

»Es wird alles wieder gut«, sagte er und in diesem einen Satz steckte so viel von seiner eigenen Qual, dass mir davon ganz anders wurde.

»Verdammt!«, murmelte ich. »Verdammt!«

Mittlerweile hatte mein malträtiertes Schultergelenk angefangen, unangenehm zu schmerzen. Walt gab mir ein paar Schmerztabletten, allerdings nicht, ohne mich noch einmal zu ermahnen, ihm Bescheid zu sagen, sollten die Schmerzen morgen früh immer noch so stark sein.

Ich versprach es ihm.

Mithilfe der Tabletten schlief ich stundenlang, als hätte mich jemand ausgeknockt. Als ich erwachte, war es bereits Nachmittag und es hatte tatsächlich begonnen zu regnen. Wispernd und so fein wie Nebel fiel der Regen vor meinem Fenster zu Boden. Ich setzte mich auf und entdeckte Grace, die gerade dabei war, ein Tablett mit Essen auf meinen Tisch zu stellen.

»Ich wollte Sie nicht wecken, Miss Wagner«, sagte sie und machte einen ganz kleinen Knicks vor mir. Wieder mal kam ich mir vor, als hätte mich eine Zeitmaschine in eine längst vergangene Epoche geschleudert.

»Macht nichts.« Der Schmerz in meiner Schulter hatte ein bisschen nachgelassen. Vorsichtig bewegte ich das Gelenk. Es ging. Es war nicht angenehm, aber ich war mir relativ sicher, dass nichts kaputtgegangen war.

Ab und an ist man sogar für kleinere gute Nachrichten dankbar.

»Wo ist David?«, fragte ich Grace. »Und mein Vater?«

»Ihr Vater befindet sich unten im Speisezimmer. Ich glaube, er und Dr. Schroeder kümmern sich um Mr Bell.«

Jason.

»Wie geht es ihm?«, erkundigte ich mich.

Grace machte eine unbestimmte Handbewegung. »Nicht so gut. Madeleine lässt ihn nicht in Ruhe, fürchte ich.«

Ich legte eine Hand auf die Stelle auf meiner Schulter, an der ich in der Nacht Charlies Hand zu spüren geglaubt hatte.

»Ach, Grace«, murmelte ich matt.

»Ich bin froh, dass Ihnen nichts passiert ist, Miss Wagner.«

Zum ersten Mal, seit ich Grace kannte, sah ich echte Sympathie in ihren Zügen. Sie hatte sich offenbar wirklich Sorgen um mich gemacht.

»Danke«, sagte ich.

»Gern geschehen, Miss Wagner.«

»Bitte. Nennen Sie mich Juli!«

Das Lächeln auf Grace' Gesicht wurde schüchtern. »Ich bin nicht sicher, ob mir das zusteht.«

Ich stieß Luft durch die Nase. »Warum nicht? Wir leben nicht mehr im neunzehnten Jahrhundert.«

Auch wenn es sich manchmal so anfühlt.

Sie zögerte noch immer, auf meine Bitte einzugehen.

»Was ist?«, fragte ich. »Hat Madeleine Ihnen etwa verboten, sich mit mir zu verbrüdern?« Noch während ich den Satz aussprach, kam mir etwas anderes in den Sinn, das ich bei all den Ereignissen – bei den leeren Gräbern, den Blicken in Pistolenmündungen und dem Baumeln am Balkongeländer – fast vergessen hatte. »Hat sie Ihnen eigentlich erzählt, wie man ihren Fluch brechen kann?«

Grace klammerte beide Hände in den Saum ihrer weißen Schürze. »Nein. Es ist ...« Sie schaute mich mit einem schüchternen Lächeln an. »Leider nein. Aber sie hat mir etwas anderes gesagt.«

»Etwas anderes.«

»Ja, Miss Wagner. Sie sagte: ›Lesen Sie den Brief.‹«

Ich unterdrückte ein Seufzen. Wie sehr ich diese Andeutungen und ständigen rätselhaften Äußerungen satt hatte. »Was für einen Brief?«

Doch Grace war bereits auf dem Weg zur Tür. »Ich weiß es nicht, Miss Wagner«, sagte sie. »Bitte entschuldigen Sie mich jetzt.« Eine Sekunde später war sie verschwunden.

Wäre ja auch zu einfach gewesen, dachte ich und laut sagte ich: »Juli, Grace. Bitte nennen Sie mich doch Juli!«

Nur ungefähr zehn Minuten später kam Walt herein. »Grace hat mir gesagt, dass du wach bist. Wie fühlst du dich?«

Ich saß mit dem Tablett auf den Knien im Bett und aß. »Ganz okay so weit. Meine Schulter tut ein bisschen weh, aber nicht schlimm.«

Er nahm sich einen Stuhl und schob ihn an mein Bett. Ich runzelte die Stirn. »Das wirkt irgendwie wie ein Krankenhausbesuch«, beschwerte ich mich.

Er grinste. »David und ich haben die Zeit genutzt und geredet.«

»Wie geht es ihm?«

»Recht gut. Ich habe das Gefühl, dass er erleichtert ist. Er muss sich sehr damit gequält haben, schuld am Tod seiner Mutter zu sein.«

Ich nahm mein Orangensaftglas und trank es halb aus, um meine Gefühle zu verbergen. »Ja«, murmelte ich dann. »In dieser Familie ist der Selbsthass pathologisch.«

Walt pflückte eine Weintraube von meinem Teller. »Du hast zu viele Fachbücher gelesen«, rügte er mich. »Vielleicht solltest du das nutzen und Psychologie studieren.«

Ich schüttelte den Kopf. »Wenn das hier vorbei ist, habe ich ein für alle Mal genug von Bekloppten.«

»Ja. Das ist verständlich.« Er lehnte sich ein wenig zur Seite, um etwas aus der Hosentasche ziehen zu können. Es war eine kleine Schachtel mit Tabletten. Sie hatten einen unaussprechlichen Namen, der in dunkelroter Schrift quer über die Packung gedruckt war. »Das ist das Medikament, das die Nebenwirkungen von *White Rage* bekämpfen soll. Es wird eine Weile dauern, bis es anschlägt, also versprich mir, dass du auf der Hut bleibst, okay?«

Ich nahm die Packung und las die Kurzfassung der Einnahmehinweise auf der Seite. »Danke.« Ich legte die Tabletten beiseite und sah Walt aufmerksam an. »Warum widmest du uns eigentlich so viel Zeit? Ich dachte, du müsstest dich um deine anderen Patienten kümmern?« Es klang ein bisschen so, als würde er mir auf die Nerven gehen, aber das war nicht der Fall. Im Gegenteil. Es war gut, dass er da war, und ich war ihm unendlich dankbar dafür. Nicht nur meinetwegen, sondern hauptsächlich wegen David.

Walt schenkte mir einen Blick, der halb grimmig, halb amüsiert wirkte. »Zum einen ist dein Vater mein bester Freund. Und zum anderen ...« Er machte eine dramatische Pause, dann grinste er fies. »Zum anderen ist euer Fall so interessant, dass ich denke, ich werde ein Buch darüber schreiben.«

»Untersteh dich!« Ich packte eines meiner Kopfkissen. »Es reicht, wenn Dad immerzu meine Teenagerdramen ausschlachtet!«

Das Kissen flog ihm an den Kopf. Er fing es, stopfte es hinter sich, um es bequemer zu haben. Dann redeten wir eine Weile, bis mein Vater sich zu uns gesellte und sich ebenfalls an mein Bett setzte.

Ich verdrehte die Augen. »Krankenhaus, ich sag's ja!«, murrte ich.

Ich war fertig mit Essen. Dad und Walt hatten mich allein gelassen und ich war gerade am Überlegen, was ich jetzt tun sollte, als es an der Tür klopfte.

»Herein!«, rief ich und trank den letzten Schluck Orangensaft.

Die Tür öffnete sich. David stand im Rahmen.

Ich lächelte ihn an. »Ich habe gehofft, dass du kommen würdest.«

Er betrat den Raum, blieb aber an der Tür stehen, nachdem er sie leise hinter sich ins Schloss gedrückt hatte. Wie eigentlich immer trug er Jeans und ein langärmliges Baumwollshirt, das er nur vorn in den Hosenbund gesteckt hatte. Seine Hüftknochen stachen sichtbar hervor. Ein Lederband fiel mir auf, das er mehrfach um sein Handgelenk geschlungen hatte. Als er die Hände in den Hosentaschen vergrub, rutschte es ein Stück an seinem Arm nach oben. Und nun sah ich auch den kleinen gläsernen Herzanhänger, der daran baumelte.

»Du hast ihn wiedergefunden!«, entfuhr es mir.

Er sah an sich herab. »Nicht ich. Theo. Er hat ihn mir vorhin gegeben. Offenbar war er unter seinen Wagen gerutscht. Er hat ihn gefunden, als wir beide Charlie nach Hause gefahren haben.« Er nahm die Hand wieder aus der Tasche und betrachtete das kleine Herz. »Leider ist er wohl drübergefahren. Die Kette hat es nicht überlebt.« Er machte sich daran, das Lederband aufzuknoten, um mir das Herz wiederzugeben. Aber ich hielt ihn zurück.

»Behalt es!«

Erstaunt sah er mich an.

»Wenigstens noch eine Weile. Bis wir sicher sind, dass wir das alles hier endgültig überstanden haben. Gib es mir dann zurück, wenn alles gut ist, okay?«

Er überlegte, aber dann versprach er, es so zu machen. Ich stellte mein Essenstablett zur Seite, schwang die Beine aus dem Bett und ging auf ihn zu. Zwei Schritte vor ihm blieb ich stehen.

»Wie geht es dir?«, fragten wir beide absolut gleichzeitig.

Lachend fielen wir uns in die Arme.

»Ach, David!«, murmelte ich.

Er zog mich an sich, schlang die Arme um meine Schultern, strich mir über den Rücken, den Nacken, die Haare. Ließ mich wieder los, jedoch nur, um mein Gesicht mit beiden Händen zu fassen und seine Stirn gegen meine zu legen. Seine dunklen Augen verschwammen zu einem einzigen.

»Ich bin so froh, dass dir letzte Nacht nichts passiert ist.« Er löste seine Stirn von meiner und küsste mich.

Als er sich zurückzog, strich ich ihm über die Lippen. »Ich auch. Wenn Jason auf dich geschossen hätte ...« Es grauste mich noch im Nachhinein, wenn ich nur daran dachte. Die Angst, die ich empfunden hatte, lag wie der Nachhall von etwas Ekligem, Metallischem hinten auf meiner Zunge. »Ich möchte das nie wiedersehen müssen, David. Nie wieder ...«

Seine Hände lagen noch immer um meinen Kopf, seine Daumen strichen mir über die Wangen. Ganz kurz schien etwas in seinen Augen auf, etwas sehr Düsteres, das mir einen Schrecken einjagte, aber sogleich wieder verging. »Ich weiß«, sagte er leise. Dann ließ er mein Gesicht los und zog mich zum Bett.

Geraume Zeit später – es war schon dämmrig im Zimmer und der Regen hatte aufgehört – lag ich an Davids Brust und weinte.

Aus seiner Kehle kam ein gequältes Geräusch. »Gott, Juli.

Langsam mache ich mir Gedanken, warum du immer in Tränen ausbrichst, wenn wir miteinander schlafen.«

Die Schriftzeichen seines Tattoos wirkten in dem schwachen Licht wie Löcher, durch die ich bis in seine Seele schauen konnte. Ich legte meine Hand darauf. »Es ist nicht deine Schuld.« Das war es wirklich nicht. Ich war so sehr angefüllt mit Wehmut, dass ich mir ganz weich und nachgiebig vorkam. Die Erinnerung an all die furchtbaren Dinge der letzten Zeit, an die Tage und Wochen, die wir verschwendet hatten, ballte sich in meiner Brust zu einem harten Knoten zusammen, der sich anfühlte, als würde er pulsieren. Und jetzt, wo David neben mir lag, entspannt und friedlich, ging mir ein unendlich trauriger Gedanke nicht mehr aus dem Kopf.

Selbst Davids Fingerspitzen, die an meiner Seite entlangkrabbelten und auf meinem Hüftknochen liegen blieben, konnten diesen Gedanken nicht verscheuchen. »Was denkst du?«, fragte er.

Ich hob den Kopf und wischte mir die Tränen von den Wangen. Ich wollte es ihm nicht sagen. Ich wollte ihn nicht ebenfalls traurig machen. Doch ich wusste auch, dass er mich nicht in Ruhe lassen würde, bevor ich nicht den Mund aufgemacht hatte.

»Ich frage mich ...«, murmelte ich und unterbrach mich wieder. Dann fasste ich mir ein Herz. »Hast du oben auf den Klippen gestanden, in den zwei Wochen, in denen wir nicht zusammen waren? Hast du springen wollen?«

Ich wollte, dass er mich auslachte, wollte, dass er mich ein Dummerchen nannte und rief: »Selbstverständlich nicht!« Aber das tat er nicht. Er wurde ganz und gar ernst und still.

Der Knoten in meiner Brust dehnte sich aus, raubte mir jede Kraft. Ich schaffte es mit Mühe und Not, die Hand zu heben und sie an Davids Wange zu legen. »Hast du?«

Sein Blick war sehr schwer und sehr dunkel, als er nickte.

Ich musste die Zähne zusammenbeißen, um nicht einen hohen Jammerlaut auszustoßen.

»Mehrmals«, schob er nach.

Und da schloss ich die Augen.

27

Warum hast du es nicht getan?«, fragte ich ungefähr eine Million Jahre später.

Er ächzte. Ich spürte, dass er nicht darüber reden wollte, aber ich musste es einfach wissen.

»Manchmal habe ich da oben gestanden und eine Stimme in meinem Kopf sagte mir, dass es das einzig Richtige wäre. Dass du besser dran bist, wenn ich fort bin.«

Es war genau das, wovor Walt mich gewarnt hatte.

»Aber irgendwo tief in mir wusste ich auch, dass das Unsinn ist. Außerdem war da noch Adam. Er hat mir klargemacht, was es für dich bedeuten würde, wenn ich wirklich springe, Juli. Als ich das nächste Mal oben war, habe ich an dich gedacht und ich konnte nicht springen. Weil ich wusste, dass es dich zerstören würde.«

Guter alter Adam!

Ich schluckte. »Weißt du, was ich tun würde?«

Er nahm meine Hand, küsste sie.

»Ich würde hochgehen und hinter dir herspringen«, flüsterte ich.

»Ich weiß«, sagte er.

In diesem Augenblick flackerte unendlich plastisch und absolut grell ein Bild vor meinem geistigen Auge auf. Ich sah ihn und mich. Hand in Hand am Rand der Klippen. Und ich sah uns fallen.

Ich zuckte so heftig zusammen, dass David mich losließ.

Die Welt um mich herum begann sich zu drehen, schneller und schneller, und mir wurde so schlecht, dass ich mich aufsetzen und tief durchatmen musste. Madeleine Bower stand mitten im Raum und winkte mir mit einem herausfordernden Lächeln zu. Wasser rann ihr in einem breiten Strom aus den Haaren über die Stirn, und als ich einmal blinzelte, hatte sich ihr Gesicht in meines verwandelt und das Wasser in Blut und ich hatte aus irgendeinem Grund das Gefühl, dass ich die Zukunft sah.

»Du siehst sie immer noch, oder?« David schaute in die Richtung, in die ich starrte.

Madeleine winkte ihm zu, als könne auch er sie sehen.

»Sie ist nur eine Ausgeburt von dieser Scheißdroge«, presste ich hervor und unterdrückte den Impuls, noch eine von Walts Tabletten zu nehmen. *Nur zwei am Tag,* hatte er mich ermahnt. *Auch wenn sie nicht sofort anfangen zu wirken. Auf keinen Fall mehr!* »Nur eine Ausgeburt dieser Droge. Genau wie Charlie auf dem Balkon.«

David blinzelte, als ich Charlie erwähnte. Ich wollte nicht über sie sprechen, aber etwas ging mir plötzlich nicht mehr aus dem Schädel.

Dieser fiese Verdacht, dass ich neuerdings hellsichtige Träume hatte. Träume, in denen ich einen Blick in die Zukunft werfen konnte.

»Sie hat mir einiges erzählt«, sagte ich mit ganz und gar leiser Stimme.

David rührte sich nicht.

Angst krabbelte von meinem Magen die Speiseröhre hinauf bis in meine Kehle und ich konnte nichts dagegen tun. Nichts, außer sie in Worte zu fassen. »Sie hat mir dieses

Lied vorgesungen. *She moves through the fair.* Du erinnerst dich.«

An seinem verzerrten Gesicht konnte ich sehen, dass er sich sehr wohl erinnerte. Henry hatte dieses Lied über versteckte Lautsprecher abgespielt, um mich in den Wahnsinn zu treiben.

»Mein Unterbewusstsein hat das wieder hervorgekramt, klar«, redete ich weiter und ich sprach jetzt ein bisschen lauter und schneller, um mich selbst zu überzeugen. »Wahrscheinlich habe ich auch irgendwo mal aufgeschnappt, dass es von diesem Lied verschiedene Versionen gibt und dass Charlie sie zu einer zusammengefügt hat.«

»Das hat sie dir auf dem Balkon erzählt?«

Ich nickte. *Und noch ein paar andere Dinge,* dachte ich dumpf. Vor meinem geistigen Auge erschien Charlies Gestalt. Ich sah sie ihr T-Shirt hochheben und auf diese kreisrunde Narbe deuten. Von dieser Narbe hatte ich definitiv noch nie zuvor gehört, da war ich mir sicher. Ich zögerte, David davon zu erzählen. Dass Charlie eine Halluzination gewesen war, hatte ich mühsam akzeptiert. Aber wenn Charlie diese Narbe in der Realität auch hatte, dann würde *White Rage* als Erklärung dafür nicht mehr taugen. Dann hatte ich nur noch übernatürliche Erklärungen für diese Halluzination. War ich mutig genug, dem ins Auge zu blicken?

»Was noch, Juli?«, fragte David.

Ich schaute Madeleine an, die noch immer da war. Sie lächelte fein.

»Nichts weiter«, log ich und mit einem Seufzen legte ich mich flach auf den Rücken, um Madeleine nicht mehr ansehen zu müssen. David tat es mir gleich. Er verschränkte die Hände hinter dem Kopf. Das Glasherz an seinem Lederband baumelte hin und her, wenn er sich bewegte.

Vor meinem Fenster setzte der Regen wieder ein. Ich hörte seinem leisen, flüsternden Rauschen zu, während es dunkel wurde. Zu Hause in Boston hatte ich dieses Geräusch immer geliebt, aber hier erschien es mir jetzt unheimlich. Ich widerstand dem Drang, Licht zu machen. David neben mir atmete tief und gleichmäßig und ich versuchte, mich seinem Rhythmus anzupassen.

Irgendwann schlief ich ebenfalls ein, und als der Traum kam, begrüßte ich ihn wie einen alten Freund.

Ich stand auf den Klippen. Der Regen fiel auf mich nieder und hüllte mich ein. Sonderbarerweise war mir nicht kalt, und das, obwohl sich die Regentropfen in Eis verwandelten, in dem Moment, in dem sie aufkamen.

»Juli«, hörte ich David sagen.

Ich drehte mich um. Ich hatte zuvor auf das Meer hinausgeblickt, aber trotzdem stand jetzt auch David am Rand des Abgrunds. Ich machte einen Schritt auf ihn zu.

»Bleib, wo du bist!«, rief er mir zu. Er sah so panisch aus, dass ich gehorchte. Seine Lippen teilten sich und dann hauchte er: »Lauf!«

Im selben Sekundenbruchteil fiel ein Schuss. Laut gellte er durch die regenfeuchte Luft, brach sich weit draußen auf dem Meer. Ich begriff nicht, was geschehen war. Verwirrung packte mich, so heftig, dass ich einen Schrei ausstieß. Die Welt begann, sich in einem wilden Tanz um mich zu drehen. David war hinter mir. Vor mir. Wieder hinter mir. Ganz nah. Unendlich weit entfernt.

Noch immer hallte der Schuss vom Meer wider.

»Nicht weinen, Juli!«, hörte ich David flüstern und endlich gelang es mir, seine Gestalt mit dem Blick zu fixieren.

Die Welt hielt an, aber dafür verwandelte sich der Boden unter mir in brüchiges Glas.

Davids Miene war schmerzverzerrt, sein Mund ein stummer Schrei. Ein dunkelroter Fleck erblühte auf seiner Brust wie eine Blume. Rot. So schrecklich rot.

»Nicht weinen.«

Nicht weinen.

Nicht weinen.

Die Bäume und Felsen wisperten diese zwei Worte und ich wusste, dass sie recht hatten. Ich durfte nicht weinen, weil David dann sterben würde.

Aber ich konnte nichts dagegen tun. Lautlos rannen mir die Tränen über das Gesicht. Und David wankte. Der Abgrund war so dicht hinter ihm. Ich sah seinen Fuß abrutschen, obwohl ich den Blick nicht von dem Blut auf seiner Brust abwenden konnte.

»Nein, David!«, kreischte ich.

Die Tränen auf meinen Wangen wurden zu Eis.

Dann sah ich ihn fallen. Ich stürzte vorwärts. Ohne zu zögern, flog ich über die Kante hinaus ins Leere.

Im nächsten Moment kniete ich unten am Strand in der Brandung. David lag in meinen Armen. Er war bei Bewusstsein. Ein schmaler Blutfaden rann aus seinem Mundwinkel. Seine Hand näherte sich meinem Gesicht, ich presste meine Wange hinein. Seine Haut war eiskalt, seine Augen rot. So schrecklich rot. »Verzeih mir!«, hauchte er. Dann fiel seine Hand kraftlos herunter und alles Leben wich aus seinem Blick.

Tiefe nachtschwarze Verzweiflung fraß sich in mich, verwandelte meine Knochen, meine Arme und Beine, mein Herz in Asche. Über Davids Leichnam brach ich zusammen und schrie, wie ich noch nie in meinem Leben geschrien hatte …

Und als ich erwachte, hatte ich das absolut grauenhafte Gefühl, dass meine Träume sich endgültig gewandelt hatten. Es waren keine Träume mehr.

Sondern Blicke in die Zukunft.

»Hast du wieder geträumt?« Davids Stimme kam vom Fenster her. Seine Gestalt war ein dunkler Umriss vor einem dunklen Himmel, an dem kein einziger Stern leuchtete.

Ich wusste nicht genau, ob ich meine Stimme unter Kontrolle hatte. Die düstere Verzweiflung aus meinem Traum hallte noch in mir nach. Es ängstigte mich irgendwie, dass ich, ganz anders als sonst, diesmal nicht weinend aufgewacht war.

»Ja«, murmelte ich.

Er drehte sich nicht zu mir um. »Ich auch.«

Mit zitternden Gliedern schälte ich mich aus den zerwühlten, schweißnassen Laken und stand auf. Meine Hände tasteten in der fast vollständigen Finsternis nach David, fanden ihn. Meine Arme schlangen sich um seinen Brustkorb. Seine Schulterblätter stachen hervor, als er sich straffte. Er war ganz kalt und so regungslos wie der Marmorengel auf Amandas Grab.

»Wie lange stehst du hier schon so?«, fragte ich gegen seinen Rücken.

»Eine Weile«, sagte er.

Der Regen wisperte eine unheimliche Melodie. Ich glaubte, eine leise Frauenstimme singen zu hören.

Last night she came to me, my dead love came in …

Ich schloss die Augen und legte meine Wange gegen Davids Wirbelsäule. »Was hast du geträumt?«

Ich rechnete nicht mit einer Antwort und ich bekam sie auch nicht. Jedenfalls nicht sofort. »Sag du erst.«

Wie in meinem Traum sah ich wieder den Tod in seinen Augen … Und wieder spürte ich, dass etwas Furchtbares passieren würde. Wir waren nur noch einen Schritt von der Katastrophe entfernt, dessen war ich mir in dieser Sekunde ganz sicher. »Ich war auf den Klippen«, flüsterte ich und hoffte, dass er nicht mehr wissen wollte.

»Du hast im Schlaf meinen Namen geschrien.«

Ich nahm meine Wange von seiner Wirbelsäule und legte stattdessen die Stirn dagegen. *Frag nicht! Bitte nicht!* »Erzähl mir lieber von deinem Traum«, bat ich ihn.

Und zu meiner Überraschung tat er es jetzt. Er umklammerte meine beiden Hände, die an seiner Brust lagen. »Ich habe geträumt, dass ich dich erschossen habe«, sagte er.

Und das war der Moment, in dem ich mir schwor, diesem Scheißfluch ein für alle Mal ein Ende zu machen.

28

Miley rief mich am nächsten Morgen um kurz vor halb neun an, als David gerade im Bad war und duschte.

»Hey, Miles!« Mit dem Telefon in der Hand wollte ich schon auf den Balkon hinaustreten. Aber mein Sturz über das Geländer war erst anderthalb Tage her und ich hatte die Tatsache, dass ich gesprungen war, noch nicht verdaut. Besser, ich hielt mich von der Brüstung fern und blieb in der Balkontür stehen.

»Ich wollte mal hören, wie es dir geht«, sagte Miley. In ihren Worten schwang der schwache Vorwurf mit, dass ich mich gestern nicht gemeldet hatte. Ich erklärte ihr, dass ich fast den ganzen Tag verschlafen hatte. Dann erzählte ich ihr in allen Einzelheiten, was passiert war.

»Krasse Scheiße!«, kommentierte sie. In meinen Ohren klang das so unfassbar jugendlich, dass ich mir schlagartig steinalt vorkam.

»Wann kommt ihr zurück? Ich meine, jetzt, da klar ist, was David hat, könnt ihr doch genauso gut hier in Boston ...«

»Walt will noch mal mit David und Jason zu den Klippen hoch. Er meint, je mehr Details er in Erfahrung bringen kann, umso gezielter kann David sich dem stellen, was damals passiert ist.« Da Davids Erinnerungen nur bruchstückhaft waren und Jason sich über die Jahre seine eigene Version der Geschichte zurechtgelegt hatte, wollte Walt auf Nummer sicher gehen. Das hatte er mir gestern Abend bei unserem Gespräch erklärt. Ich hegte die heimliche Vermutung, dass er auch aus wissenschaftlicher Sicht extrem an dem Fall interessiert war. »Außerdem hofft er, dass er die beiden miteinander versöhnen kann«, fügte ich hinzu. »Und David ist auch noch nicht fertig mit Charlie, glaube ich.«

»Nicht im Ernst!«

Ich lehnte mich mit der Schulter gegen den Rahmen der Balkontür. Der Rasen am Haus glänzte noch nass vom Regen, aber ein kräftiger Seewind blies bereits die Wolken davon. Über dem Atlantik waren schon die ersten blauen Flecken Himmel zu sehen. Später am Tag würde es vermutlich wieder warm und sonnig sein. »Doch. Das Problem mit ihr ist ja noch nicht gelöst.«

»Was für ein Problem?«, grummelte Miley. »Was kümmert diese furchtbare Tussi euch denn noch?«

»Sie war mal Davids Verlobte, Miles. Ich kann schon irgendwie verstehen, dass er sich verantwortlich fühlt.«

Hinter Miley lief irgendein Musikstück, das ich nicht kannte. Es hatte einen harten, hämmernden Beat. »Er fühlt sich für jeden Scheiß verantwortlich«, sagte sie. »Er ist ein bescheuerter, selbstloser weißer Ritter.« Sie seufzte tief. »Und ich fürchte, genau das macht ihn so sexy.«

Ich musste schmunzeln. »Er hat schon noch ein paar Fehler.« Es erfüllte mich mit einer unerklärlichen Wehmut, über David zu sprechen, darum wechselte ich abrupt das Thema. »Hey, ich habe dir noch gar nicht erzählt, dass Carlos hier aufgetaucht ist.«

»Carlos?«

Während Miley ausprobierte, wie viele Schimpfwörter ihr innerhalb von zehn Sekunden einfielen, trat ich versuchsweise einen Schritt auf den Balkon hinaus. Kein Schwindelgefühl.

Gut.

Miley beendete ihre Schimpfkanonade. »Was hast du gemacht? Ich will jedes schmutzige Detail wissen!«

Also schilderte ich ihr meine unverhoffte Begegnung mit Carlos in allen Einzelheiten. Früher hätte sich dieses Gespräch völlig normal und teenagerhaft angefühlt, aber das tat es jetzt nicht mehr. Ob in meinem Leben überhaupt noch irgendwas teenagerhaft sein würde?

»Du bist viel zu nett zu ihm gewesen, weißt du das?«, kommentierte Miley meinen Bericht.

»Wieso? Was hätte ich denn deiner Meinung nach tun sollen?«

»Na, ihm noch mal in die Eier treten!«

Das reizte mich zum Lachen. Nach all dem Düsteren, das in der letzten Zeit passiert war, tat das einfach nur gut. »Du bist unmöglich, Miles«, sagte ich grinsend.

Sie kicherte. »Klar. Darum magst du mich ja.«

Nach diesem Telefonat steckte ich mein Handy in die Hosentasche und kehrte ins Zimmer zurück.

David war da. Ohne dass ich es mitbekommen hatte, war er aus der Dusche getreten und lehnte mit verschränkten Armen an der Wand neben der Badezimmertür. Von dort aus hatte er mich durch die offene Balkontür gut beobachten können.

»Bewachst du mich etwa?«, fragte ich.

Er stieß sich von der Wand ab. »Sagen wir, ich fand es ein bisschen beunruhigend zu sehen, dass du auf den Balkon gegangen bist.« Er trug nur seine Jeans und war barfuß. Die Haut rund um sein Tattoo glänzte noch feucht. Seine Haare waren nass und glänzten ebenfalls. Ein einzelner Wassertropfen glitzerte an einer der Strähnen, die ihm in die Stirn hingen. *Bescheuerter, selbstloser weißer Ritter,* sagte Miley hinten in meinem Kopf.

Und: *Sexy.*

Er kam auf mich zu. »Mit wem hast du telefoniert?«

»Mit Miley. Schönen Gruß. Sie lässt dir ausrichten, dass du besch…« Ich unterbrach mich.

»Was? Dass ich bescheuert bin?« Er grinste. »Na, das wussten wir ja auch schon ohne ihre gelehrte Expertise.« Dicht vor mir blieb er stehen. Der Wassertropfen löste sich von seinen Haaren und landete auf seiner Wange. Ich wischte ihn fort. Wie konnte man jemanden nur so lieben, dass es schon wehtat, ihn auch nur anzusehen?

»Mir ist eingefallen, dass ich mich noch gar nicht bei Theo bedankt habe«, murmelte ich mit belegter Stimme. »Dafür dass er dir geholfen hat, mich zu retten.«

David nahm meine Hand und gab mir einen Kuss auf die Innenfläche. »Ja. Das solltest du wirklich nachholen.« Sachte strich er mir über die Finger und den Daumenballen. Ein Kribbeln ging von seiner Berührung aus und wanderte hinauf zu meinem Genick.

Ich hielt ganz still.

Bis er mich losließ und so den Zauber zerstörte. »Ich gehe kurz zu Walt und frage ihn, wann wir zu den Klippen hochwollen«, sagte er. »Was hältst du davon, wenn du schon mal runter zum Frühstücken gehst?«

Als ich das Speisezimmer betrat, war ich allein und ich war auch ein bisschen froh darüber. Halb hatte ich befürchtet, Jason zu treffen, den ich seit der schrecklichen Nacht nicht wieder zu Gesicht bekommen hatte. Ich war davon ausgegangen, dass er sich im Lilienzimmer vergraben hatte und seinen Wahn pflegte. Eigentlich hielt ich es für einen Fehler, dass David den Sheriff nicht gerufen und ihm gesagt hatte, dass Jason Amanda getötet hatte. Aber Walt meinte, dass auch Jason nichts weiter war als ein Opfer. Ein Opfer der Umstände.

Klar.

Ich hatte gerade mit dem Essen begonnen, als Grace hereinkam und Besuch anmeldete. »Es ist Miss Sandhurst«, sagte sie.

Ich schluckte das Rührei hinunter, das ich im Mund hatte, und überlegte, was ich jetzt tun sollte.

»Sie möchte eigentlich zu Master David«, erklärte Grace. »Ich hielt es für besser, erst Ihnen Bescheid zu sagen.«

Wie wäre es mit einem der Erwachsenen gewesen?, dachte ich leicht entnervt. Musste ich nun auch noch die Herrin von *Sorrow* spielen, nur weil gerade alle im Haus beschäftigt waren?

Mir graute vor einer Begegnung mit Charlie, und während ich mich noch überfordert fühlte und überlegte, was ich tun sollte, erschien sie auch schon hinter Grace in der Tür. Rücksichtslos drängte sie sich an ihr vorbei, blieb mitten im Raum stehen und sah sich suchend um.

»Er ist nicht hier«, bemerkte ich.

Sie wirkte sehr getrieben, aber sonderbarerweise nicht wirklich enttäuscht. Mit einem undurchschaubaren Lächeln wandte sie sich mir zu. Sie hatte ihr glänzendes dunkles Haar zu einem losen Zopf geflochten, der ihr über die rechte Schulter hing. Ihre Beine steckten in zerrissenen Jeans, in deren Bund vorne ein weites T-Shirt mit schwarzem Batikmuster gesteckt war. Ihre Hüftknochen und ihr flacher Bauch kamen dadurch ziemlich gut zur Geltung. Ihre Füße steckten in Ballerinas, wie ich sie auch gern trug.

Unwillkürlich sah ich an mir hinab. Abgesehen davon, dass meine Jeans nicht zerrissen waren und mein T-Shirt nur einfarbig schwarz war, hatten wir uns für ganz ähnliche Klamotten entschieden. Wie konnte es sein, dass ich mir gegen sie trotzdem wie ein Mauerblümchen vorkam? Vielleicht lag das ja an diesem Flirren, das sie umgab.

»Er ist noch nicht unten«, erklärte ich ihr. »Er war lange auf in der Nacht.« Erst als die Worte heraus waren, ging mir auf, dass sie sehr zickig klangen. Und dass man sie auch falsch verstehen konnte. Anzüglich nämlich.

Meine Wangen erhitzten sich und ich genoss einen kurzen, stillen Triumph, weil Charlies Miene sich verfinsterte. Dann jedoch nahm sie den Kampf auf. Sie hob das Kinn und taxierte mich von Kopf bis Fuß. Ich musste an die Nacht auf dem Balkon denken. Zum wiederholten Male drehte sich mir der Magen um bei dem Gedanken, wie real sie dort gewirkt hatte.

»Wenn du meinst.« Sie lächelte auf eine Art, die mir einen Schauer über den Rücken rinnen ließ. Völlig selbstverständlich trat sie zur Anrichte, nahm sich einen Kaffee und gesellte sich zu mir. Grace zog sich still und unauffällig zurück.

»Am besten, ich warte einfach auf ihn.« Sie trank einen Schluck. Als sie die Tasse absetzte, sah ich Lippenstift an dem Porzellan, der mir bis zu diesem Augenblick gar nicht aufgefallen war.

Warum benutzte jemand Lippenstift, der exakt die Farbe der eigenen Lippen hatte?

»Dir ist schon klar, dass du David nicht ewig behalten wirst, oder?«, fragte sie ganz harmlos.

Ihr Lächeln begann, an meinen Nerven zu zerren. Hallo? Konnte mal jemand diese Irre wegsperren bitte?

»Nur zu deiner Info«, machte ich nun meinerseits einen Versuch, sie zu verunsichern. »David trägt mein Herz am Handgelenk. Überleg mal, was das zu sagen hat.«

»Klar.« Mit einer Geste, bei der tatsächlich Unsicherheit durchschimmerte, griff sie zu dem silbernen Reif an ihrem eigenen Arm. Der Stein daran schimmerte blutrot und das, was sie dann sagte, zog mir förmlich den Boden unter den Füßen weg. »Was hat er dir gesagt? Dass er die Kette gefunden hat? Die Wahrheit ist: Ich habe sie ihm gegeben.«

Sie *hatte David die Kette gegeben ...?*

Was machte das denn bitte schön für einen Sinn? Diese Frage schoss mir durch den Kopf und ich brauchte eine Weile, um meine Fassung wiederzufinden. »Was für eine miese Tour fährst du hier eigentlich?«, fragte ich und ärgerte mich darüber, dass ich nur flüstern konnte.

Die Stille, die darauf folgte, war dröhnend laut.

In Gedanken ging ich den Tag durch, an dem ich nach *Sorrow* zurückgekehrt war. Ich hatte David unten am Strand die Kette gegeben. Er hatte sie mir nach meinem Fast-Kopfsprung von den Klippen zurückgegeben. Charlie hatte sie mir auf dem Parkplatz aus der Hand geschlagen. Und wir alle waren erst zu Adam gefahren, bevor David und ich vergeblich nach der Kette gesucht hatten. Weil Theo sie in der Zwischenzeit gefunden hatte. Das war es jedenfalls, was David mir gesagt hatte.

Warum sollte er mich anlügen?

»Lass dich nicht von ihr verunsichern.« Auf einmal stand David in der Tür, ohne dass Charlie oder ich ihn hatten kommen hören. »Sie behauptet Dinge, die ihr durch den Kopf schießen, einfach nur, weil sie es kann. – *Was* willst du, Charlie?«

Auf ihrem Stuhl fuhr Charlie zu ihm herum. »David!« Mit einer fahrigen Bewegung zog sie einen Brief aus ihrer hinteren

Hosentasche. Er war fliederfarben. »Ich … ich habe hier was, das du unbedingt lesen musst.«

David stand ganz aufrecht da. Ausdruckslos schaute er auf den Brief und ich hätte ein Vermögen gegeben zu erfahren, was er dachte. An dasselbe wie ich vermutlich. Daran, wie lange er den ersten dieser Briefe mit sich herumgetragen, wie sehr er sich deswegen gequält hatte.

Ich versuchte, aus dem Flackern in seinen Augen schlau zu werden, aber es war unmöglich. Es hätte alles heißen können, von *Scher dich zum Teufel!* bis hin zu *Warum quälst du mich immer noch?*.

Sein Blick streifte mich, dann konzentrierte er sich wieder auf Charlie. »Was soll das?«, murmelte er.

Sie stand auf, dann ging sie auf ihn zu und hielt ihm mit einer eindringlichen Geste den Brief hin. »Das hier ist wirklich wichtig, es …« Sie verstummte, als sei sie plötzlich völlig verzweifelt. Ich empfand gleichzeitig Bewunderung und Abscheu für sie. Jede ihrer Bewegungen, jedes ihrer Worte schien genau berechnet zu sein. Ihre Verzweiflung allerdings wirkte so echt, als habe sie ihre schauspielerischen Fähigkeiten von ihrer Adoptivmutter erlernt. »Es ist wirklich wichtig, David, aber ich kriege das irgendwie nicht hin. Darum habe ich es aufgeschrieben. Bitte lies es!« Wieder kam sie mir getrieben vor, so, als glaube sie diesmal selbst, was sie da sagte.

Davids Nasenflügel bebten. Er weigerte sich, den Brief zu nehmen, wartete einfach ab, was sie nun tat.

Sie drückte ihm den Umschlag gegen die Brust, doch er regte sich noch immer nicht.

»So wie beim letzten Mal, ja?«, sagte er mit flacher Stimme. »Als du mich anschließend sieben Monate hast um dich trauern lassen.«

Sie wurde ein wenig blass. Dann wandte sie sich ab, kehrte zum Tisch zurück und legte den Brief auf den Tisch. Ihre Hände zitterten stark. »Ich weiß, dass du noch sauer auf mich bist«, wisperte sie, ohne David dabei anzusehen. »Und ich hoffe, du kannst mir irgendwann verzeihen. Aber egal, was auch immer du für mich empfindest: Lies den Brief, David. Ich flehe dich an!«

Ich sah, wie er die Lippen aufeinanderpresste, und wusste, was er sich fragte. Wie *on the edge* war sie? Bestand die Gefahr, dass sie geradewegs zu den Klippen hochmarschierte? War sie bereit, ihre allerletzte Waffe im Kampf um ihn zu zücken?

Ihr Blick wanderte zu den bodentiefen Fenstern hinaus in Richtung Klippen. David ballte die Fäuste.

Du verflixtes Biest!, dachte ich.

»Ich glaube, ich gehe dann besser mal«, flüsterte sie mit genau dem richtigen Anteil von Schmerz in der Stimme.

David trat einen Schritt ins Zimmer, um ihr Platz zu machen. Sie blieb bei ihm nicht stehen, aber ganz und gar absichtsvoll streifte ihre Hand seine Faust. »Lies ihn!«, flehte sie. Gleich darauf war sie verschwunden.

David rührte sich sekundenlang nicht, dann trat er an den Tisch, nahm den Brief und drehte ihn nachdenklich in den Händen. Ich hätte am liebsten mit den Fingernägeln Furchen in die Tischplatte gekerbt.

David überlegte einen Augenblick, dann ging er mit dem Brief in der Hand zur Anrichte hinüber, wo mehrere Stövchen mit Teelichtern darin standen. Er hob die Teekanne von einem. Mit zusammengepressten Lippen hielt er den Brief über die Kerze. Der Geruch von kokelndem Papier füllte den Raum und der Brief zerfiel zu Asche. Genau in diesem Moment setzte mein Herzschlag aus. Etwas, das Grace gesagt hatte, kam mir in den Sinn.

Lesen Sie den Brief!

Was, wenn Madeleine von genau diesem Brief gesprochen hatte?

Ich beantwortete mir diese Frage sofort selbst. Dann war es jetzt definitiv zu spät dafür.

Ich unterdrückte ein Seufzen. »Warum behauptet sie, dass du mich anlügst?«, fragte ich David.

Er drehte sich zu mir um. »Sie will uns verunsichern. Dich vor allem.« Er hob das Handgelenk mit dem Herzen hoch. »Mit solchen Kleinigkeiten fängt sie an. Sie unterstellt einem Lügen. Stück für Stück untergräbt sie das Vertrauen zwischen Menschen, um einen Keil zwischen sie zu treiben. Irgendwann wird sie behaupten, dass ich ihr etwas angetan habe, pass auf. So wie viele der Alteingesessenen hier auf der Insel weiß auch sie über den Bell'schen Wahnsinn Bescheid, Juli. Ich kann mir vorstellen, dass sie plant, ihn gegen uns zu verwenden, damit du mich aufgibst.« Er seufzte. »Oder damit ich dich aufgebe, wie ich es schon einmal getan habe. Damit sie mich zurückhaben kann.« Er kam zu mir an den Tisch und gab mir einen Kuss auf den Scheitel. Noch ehe ich auf seine Worte reagieren konnte, wechselte er abrupt das Thema. »Walt, mein Vater und ich gehen in einer halben Stunde zusammen auf die Klippen.«

Als sei das ihr Stichwort gewesen, gesellten sich nun auch Walt und Dad zu uns.

»Können wir?«, fragte Walt. »Jason wartet draußen in der Halle.«

David sah nicht so aus, als würde er gleich in Begeisterungsstürme ausbrechen. Aber er stand von seinem Platz auf. »Bringen wir es hinter uns«, sagte er.

29

Als sie weg waren, rümpfte mein Vater die Nase. »Und was machen wir solange?«, fragte er. Er hatte sich ein bisschen Eigelb auf das Hemd gekleckert und kratzte daran herum.

Vergeblich natürlich.

Ich hatte mir diese Frage auch schon gestellt. »Ich würde gern Amandas Grab noch mal einen Besuch abstatten.«

Dad ließ den Fleck Fleck sein. »Warum das?«

»Ich habe das Gefühl, dass es mir helfen würde.« Das war gelogen, denn eigentlich wollte ich aus einem ganz anderen Grund auf den Friedhof. Nachdem Charlie hier aufgetaucht war, ging mir mein Gespräch mit ihrem Phantom jetzt gar nicht mehr aus dem Kopf.

Eines dieser Dinge, die sie auf dem Balkon zu mir gesagt hatte, konnte ich vielleicht überprüfen. Wenn ich meinem Vater allerdings gesagt hätte, dass ich die Aussage einer Halluzination kontrollieren wollte, hätte er mich sofort in eine geschlossene Abteilung einweisen lassen. Zu Recht vermutlich.

Und trotzdem ...

»Früher oder später glauben wir alle an den Fluch«, sagte ich kryptisch.

Dad runzelte die Stirn.

Ich räusperte mich. »Es wäre schön, wenn du einfach mitkommen würdest«, fügte ich hinzu.

Das verwitterte Tor, das auf den Friedhof führte, stand heute offen.

Es wehte ein scharfer Wind vom Meer her, der das Tor in seinen Angeln hin- und herschwenkte. Dad hielt es fest, sodass wir beide hindurchgehen konnten.

Als wir den gekiesten Hauptweg betraten, fühlte ich mich so mulmig, dass ich am liebsten kehrtgemacht hätte.

Die Gräber rechts und links hatten sich nicht verändert. Nur die roten Rosen ließen ein wenig die Köpfe hängen. Und das Grablicht flackerte heute ein bisschen mehr als neulich. Die kleine Flamme hinter dem roten Glas zuckte und wand sich, als leide sie Schmerzen.

Ich atmete durch.

Dann marschierte ich den Weg entlang bis zu der Kreuzung, an der ich das letzte Mal Summer gesehen hatte. Zögernd blieb ich stehen. Sollte ich?

Wusstest du, dass es auch in unserer Familie ein Opfer von Madeleines Fluch gibt?, hatte Phantom-Charlie auf dem Balkon zu mir gesagt. Summer hatte neulich hier ein Grab besucht. Vielleicht bot mir das einen Hinweis.

Ich schlug den schmaleren Weg ein, der als Sackgasse vor der Friedhofsmauer endete. Gleich darauf stand ich vor einem Grab, das statt von einem Stein von einer Art Mausoleum gekrönt wurde. In das Giebeldreieck war ein Name eingraviert.

Ich starrte die antike Schrift an.

Dad stellte sich neben mich. »Wer ist das?«, fragte er. Er wirkte ein bisschen ratlos, schließlich hatte ich ihm gesagt, dass ich zu Amandas Grab wollte.

Ich hatte Mühe, meine Zähne auseinanderzubekommen. »Das ist Adams Großmutter«, sagte ich.

Der Name auf dem Grabgiebel lautete *Violett Sandhurst.*

Aber das war es nicht, was mich so schockierte. Es war der Zusatz, der darunterstand.

Zwei Worte.

Geborene Willows.

»Sie war Mary Willows Schwester.«

Die Stimme fuhr mir wie ein Messer in den Leib. Hastig wirbelte ich herum. »Charlie!« Die Welt kam nicht mit bei meiner hastigen Drehung und ich spürte, wie mir schon wieder schwindelig wurde.

»Mary war um einige Jahre älter als Großmutter.« Charlie stand vor mir, mit ihrer Jeans und dem schwarzen Batik-T-Shirt. Ich konnte eine dicke Gänsehaut auf ihren Armen sehen.

War das jetzt bloß wieder eine besonders echt wirkende Halluzination?

Bevor ich eine Antwort auf diese Frage hatte, trat mein Vater vor.

»Charlie«, sagte er. Okay. Wenn er sie ebenfalls sah, musste sie real sein. Ihm fielen bei ihrem Anblick beinahe die Augen aus dem Kopf. Er war gewöhnlich nicht der Mensch, der sich von Äußerlichkeiten blenden ließ, aber Charlies Auftreten schien ihn zumindest zu beeindrucken. Er lächelte strahlend. »Was für ein Zufall, Sie hier zu treffen!«

Ich wusste nicht, ob ich lachen oder schreien sollte.

»Kein Zufall«, sagte Charlie. »Ich bin euch nachgefahren.« Sie gab Dad die Hand. »Sie müssen Julis Vater sein. Wie nett, Sie kennenzulernen!« Sie warf mir einen schrägen Blick zu. »Juli und ich haben uns ein bisschen angefreundet. Ich war neugierig darauf, was für ein Mensch ihr Vater wohl ist.«

Wir hatten uns angefreundet? Zugegeben: Ich war ein bisschen neben der Spur, aber wohl kaum genug, um das verpasst zu haben.

Sie will dich verunsichern, erklang Davids warnende Stimme in meinem Kopf.

Ich blickte Charlie in die Augen, die wieder diesen irren, radioaktiv wirkenden Ausdruck hatten. »Angefreundet«, sagte ich nur.

»Hm«, machte mein Vater. Nicht mal er, dem von seinem Literaturagenten eine – wörtlich – *unfassbar hirnrissige Gutgläubigkeit* vorgeworfen wurde, kaufte Charlie das ab. Und jetzt schien er am eigenen Leib zu spüren, dass etwas mit ihr nicht stimmte. Seine Miene verfinsterte sich.

Charlie sah es und wechselte abrupt das Thema. Lächelnd wies sie auf die Grabinschrift. »Sie waren Schwestern. Das war vermutlich der Grund, warum Violett sich so intensiv mit dem Fluch beschäftigt hat.« Über ihr Gesicht flog ein Schatten. »Es muss sie sehr gequält haben. Ich meine: die eigene Schwester, erschossen von einem Kerl, den sie geliebt hat. Sie war noch sehr klein, als es passiert ist, aber es hat sie umgetrieben.« Charlie schüttelte sich. »Ich hätte es nicht gekonnt. Mich so in diese Sache zu vergraben, meine ich. Ich glaube, ich wäre fortgegangen und hätte versucht, es zu vergessen.«

»*Du* interessierst dich auch für diese Legende«, erinnerte ich sie.

»Stimmt.« Sie lachte. Von einem Baum ganz in der Nähe flog ein Vogel auf und flatterte dicht über unsere Köpfe hinweg. Charlie strahlte mich an. »Lass uns lieber von den Lebenden reden! Wo ist eigentlich David?«

Er ist gerade oben auf den Klippen.

Ich antwortete ihr nicht. Mein Vater stand neben mir, unschlüssig, ob er sich an dem Gespräch beteiligen oder es beenden sollte. Charlie faszinierte ihn, das konnte ich ihm ansehen. Es war die Faszination des Schriftstellers, der eine interessante Vorlage für eine Figur vor sich hatte.

»Stimmt es, dass *Jason* damals Amanda erschossen hat, nicht David?«, fragte Charlie.

Sie war überraschend gut informiert, dachte ich und fragte mich, wer diese Information wohl gestreut hatte. Immerhin hatte David entschieden, den wahren Todesgrund seiner Mutter zu verschweigen.

Ich zuckte nur die Achseln.

»Armer David!«, murmelte sie. »Wie muss er sich damit fühlen? Zu wissen, dass sich die Geschichte wiederholt, muss ihn förmlich irre machen.«

Der Vogel kehrte zurück und setzte sich auf denselben Ast, auf dem er zuvor schon gehockt hatte. Es war eine Taube, das sah ich jetzt. Sie hatte ein schmutzig graues Gefieder und ihre Augen blickten stumpf und glanzlos auf uns nieder.

Wieso wiederholte sich die Geschichte?

Ich starrte Charlie an. *Sie will dich verunsichern,* dachte ich. *Lass das nicht zu!*

Sie wich einen halben Schritt zurück. »Sein Vater schießt auf seine Mutter. Und er ...« Sie brach ab, ließ einige Sekunden verstreichen, wie um die Spannung zu erhöhen.

Nicht manipulieren lassen!

Aber ich konnte nichts dagegen tun, dass meine Augen zu der Stelle über ihrer Hüfte wanderten, wo ihr Phantom mir die Narbe gezeigt hatte.

Sie bemerkte meinen Blick. »Sein Vater schießt auf seine Mutter und er auf seine Verlobte«, beendete sie jetzt den Satz von eben. Ihre Hand wanderte zu ihrem T-Shirt. Ich war wie hypnotisiert, sah zu, wie sich ihre schlanken Finger um den Saum schlossen und ihn anhoben. Ein winziges Stück nur, aber es reichte, um ihre blasse Haut zu enthüllen.

Ihre blasse Haut und die sternförmige Narbe darauf.

Ich spürte, wie der Boden unter mir ins Wanken geriet. Die Welt schien aus den Angeln geraten zu sein. Das war er endgültig. Der Beweis, dass Madeleine für meine Halluzinationen verantwortlich war.

Charlie hatte diese Narbe tatsächlich!

Und ich hatte vor der Nacht auf dem Balkon nicht die Spur einer Ahnung davon gehabt.

Ein Gefühl breitete sich in mir aus, als würde die Realität in tausend Splitter zerbersten. Nur mit Mühe klammerte ich mich an den letzten Rest meines Verstandes, an das, was ich gerade noch so begreifen konnte.

»Du hast gesagt, dass niemand geschossen hat«, flüsterte ich. »Auf der Party. *Niemand hat auf mich geschossen,* hast du gesagt ...« Meine Stimme brach.

Sie lächelte sanft. »Das war gelogen. Ich habe gesehen, wie er sich quält. Ich wollte ihn beschützen. Als ich gesehen habe, dass er sich an den Schuss nicht erinnern kann, wollte ich, dass das so bleibt.«

Je mehr sie sagte, umso schriller klangen ihre Worte in meinen Ohren.

Ich trat einen Schritt zurück. »Nein!«, stieß ich hervor. »Das ist alles ... das ist nicht wahr! David hat mich gewarnt, dass du behaupten würdest, er sei gewalttätig.«

Noch immer lächelnd schüttelte sie den Kopf.

»Nein!« Ich machte noch einen Schritt nach hinten. Meine Ferse stieß gegen die Umrandung des benachbarten Grabes.

Mit einem Fuß trat ich in die weiche Erde, sackte ein und geriet ins Taumeln.

Mein Vater bewahrte mich vor dem Hinfallen. »Schluss jetzt!«, rief er. »Das ist doch irre!«

Endlich war ich fähig, wieder einigermaßen klar zu denken.

»Du bist krank!«, zischte ich Charlie an. »Völlig krank!«

Sie lachte weiter, laut und lauter.

Ich hatte das Bedürfnis, ihr ins Gesicht zu schlagen. Meine Hand war schon erhoben, doch Dad griff zu und hielt mich am Arm fest.

»Wir gehen jetzt!«, entschied er und auf einmal klang er sehr bestimmt.

Charlie war jetzt nicht mehr ansprechbar. Ihr Lachen verwandelte sich in eine Art Kreischen, das so unheimlich und schrill war, dass es mir den Magen umdrehte.

»Was hast du nur?«, entfuhr es mir.

»Was ich habe?«, kreischte sie. »Du hast keine Ahnung, was ich habe! Keine!« Ihr Lachen brach unvermittelt ab und ging in ein Schluchzen über, das zutiefst verzweifelt klang. Sie sackte in sich zusammen, ihre Hände gruben sich in die weiche Erde von Violetts Grab.

Mein Vater sah mich unglücklich an. Dann entschied er sich zur Abwechslung mal dafür, sich wie ein brauchbarer Erwachsener zu verhalten. »Komm«, sagte er, beugte sich zu Charlie hinunter und zog sie auf die Füße. »Wir bringen dich besser nach Hause.«

Sie ließ es geschehen, dass er den Arm um sie legte und sie zum Auto führte. Ihre Lippen bewegten sich jetzt nur noch tonlos. Offenbar wiederholte sie einen einzigen Satz wieder und wieder. Ich konnte nicht verstehen, was es war.

Dad bugsierte sie auf den Beifahrersitz und schnallte sie an, während ich mich hinter den Fahrersitz setzte. Als mein Vater außen um das Auto herumging, drehte Charlie sich zu mir um.

Ihre Augen waren trocken, obwohl sie noch eben von Schluchzern geschüttelt worden war. Ihre Lider sahen feuerrot aus. Bevor mein Vater die Fahrertür geöffnet hatte, hob sie die Stimme und nun konnte ich verstehen, was sie die ganze Zeit murmelte: »Spring doch endlich, Juli. Spring!«

Mir war noch immer schlecht vor Bestürzung, als wir vor Adams blau gestrichenem Schindelhaus hielten. Dad holte Charlie aus dem Auto, führte sie die paar Stufen auf die Veranda hoch, und weil die Museumstür verschlossen war, klingelten wir.

Adam öffnete. Seine Augen weiteten sich, als er uns sah. »Um Himmels willen!« Mit einem Blick erfasste er die Situation. Er ließ uns rein und bat Dad und mich, im Hinterzimmer Platz zu nehmen. Dann brachte er Charlie nach oben in die Wohnung über dem Museum und kümmerte sich um sie.

Er blieb mehr als zwanzig Minuten fort. Als er wiederkehrte, sah er etwas beruhigter aus. »Ich habe ihr ihre Medikamente gegeben. Sie schläft jetzt.« Mit einem Ächzen ließ er sich auf die Couch fallen, nur um sofort wieder aufzuspringen. »Was hat sie getan?«

»Sie ist mir gefolgt«, sagte ich. »Ich war mit Dad auf dem Friedhof. Sie hat eine ziemlich gruselige Show abgezogen.«

»Jesus Christus!« Er legte die Hände wie zum Gebet aneinander und bedeckte Mund und Nase damit. Für ein paar Sekunden stand er regungslos da, schien nicht zu wissen, was nun. Dann besann er sich auf sein Allheilmittel bei sämtlichen Katastrophen: Er begann, Tee zu kochen. Während er auf diese Weise seine Hände beschäftigte, berichtete ich ihm in allen Einzelheiten von Charlies Ausraster auf dem Friedhof.

Er drehte sich nur ein einziges Mal um, und zwar, als ich erwähnte, dass wir an Violetts Grab gewesen waren. Als er zur Couch kam und mir eine volle Teetasse reichte, sagte ich gerade: »Sie hat mir ihre Narbe gezeigt.«

»Ihre Narbe?«, fragte er leicht verwirrt.

Ich nahm ihm die Tasse ab. Mit der freien Hand wies ich auf meine Hüfte, um zu zeigen, von was für einer Narbe ich gesprochen hatte.

»Ah!« Adam gab auch meinem Vater eine Tasse, dann setzte er sich zu uns. »Wie sonderbar.«

Um mich zu sortieren, trank ich einen Schluck von dem Tee. Er war stark, schwarz und schmeckte im Gegensatz zum letzten Mal sehr bitter. Aus reiner Höflichkeit stürzte ich die Hälfte davon hinunter und stellte die Tasse dann fort. Ein kühler Luftzug wehte unter dem Vorhang hindurch, der Ausstellungsraum und Hinterzimmer voneinander trennte. Ungewöhnlich kalte Luft strich mir an den Schienbeinen entlang.

Schaudernd kreuzte ich die Beine und erzählte Adam nun auch noch den Rest der Geschichte. Wie wir Charlie zum Auto gebracht hatten und was sie dort zu mir gesagt hatte. Beide, er und mein Vater, rissen entgeistert die Augen auf.

»Das ist doch ...«, fuhr mein Vater hoch. »Sie sollten sie einweisen lassen, das ist Ihnen klar, oder?«

»Hm. Vermutlich.« Adam stellte seine Tasse auf den Tisch.

»Wenn Walt nicht gerade zusammen mit David oben auf den Klippen wäre, könnten wir ihn bitten, nach ihr zu sehen«, sagte mein Vater.

Adam schien einige Sekunden lang über diese Möglichkeit nachzudenken, dann sagte er: »Übrigens habe ich herausgefunden, wie dieser Fluch gebrochen werden kann.«

Der Themawechsel kam mir ein bisschen abrupt vor und

in der nächsten Sekunde stand Adam auf. »Warten Sie einen Moment!« Er ging in den Ausstellungsraum und kramte eine Weile dort herum.

»Das ist doch ...«, hörte ich ihn murmeln. »Wo hab ich nur ...«

Er steckte den Kopf durch den Vorhang und bat uns um Entschuldigung, weil er kurz nach oben in die Wohnung gehen musste, um etwas zu holen. Er sah ein wenig beunruhigt aus.

Als er wiederkam, reichte er mir einen Stapel Briefe. Sie waren mit einem fadenscheinigen Seidenband verschnürt, das vermutlich irgendwann einmal blau gewesen war. Ziemlich unschlüssig, was ich damit anfangen sollte, drehte und wendete ich die Briefe hin und her.

Adam deutete darauf. »Lesen Sie den obersten!«

Ich löste die Schleife. Das Band zerbröselte fast unter meinen Händen.

Der oberste Brief war an Violett adressiert. Er stammte von einem gewissen James Aldridge aus New York. Aldridge schien Professor für Ethnologie zu sein, jedenfalls dem Namen seines Instituts nach zu schließen. Ich zog den Brief aus dem Umschlag und faltete ihn auseinander.

Der Professor hatte eine unfassbar krakelige Handschrift gehabt. Ich musste die Augen zusammenkneifen, um sie entziffern zu können.

»Ich habe tief in den Archiven gegraben«, hatte Aldridge an Violett geschrieben. »Und stellen Sie sich vor: Ich bin tatsächlich fündig geworden, liebste Freundin! Sie hatten von Anfang an recht. Die Legende ist unvollständig und es reizt mich zu untersuchen, wie es dazu kommen konnte. Ich erspare es Ihnen, den Stand meiner Überlegungen zu dieser überaus spannenden Frage zu erörtern, sondern komme lieber gleich zu dem, was Sie am meisten interessiert. Es gibt tatsächlich einen

Weg, Madeleines Fluch zu brechen. Ein Handlungsreisender, der mit ihr zusammen an Bord der *City of Columbus* war und das Unglück überlebte, erzählt in seinem Tagebuch davon. Ihm zufolge hat er Madeleine, nachdem sie die Insel verflucht hat, noch ein paar Minuten über Wasser halten können, bevor ihn seine Kräfte verließen und sie unterging. Der Mann behauptet, mit ihren letzten Atemzügen soll Madeleine ihren eigenen Fluch abgeschwächt haben. Er wird nicht für alle Zeiten gelten, sondern nur so lange, bis ...« Ich war unten auf der Seite angekommen und drehte sie rasch um. »... bis zwei wahrhaft Liebende gemeinsam von den Klippen springen«, las ich vor.

In diesem Augenblick wurde draußen vor dem Haus ein Motor angelassen, irgendein kleiner Sportwagen, dachte ich beiläufig.

Adam jedoch zuckte erschrocken zusammen. Sekundenlang schien er wie erstarrt, aber ich glaubte zu sehen, wie die Gedanken hinter seiner Stirn wirbelten.

»Adam?«, flüsterte ich. Er sah so erschrocken aus, dass mir ganz mulmig wurde. »Was ist?«

»Das war Charlies Wagen.« Adam starrte mich an. Dann stürzte er die Treppe hoch, kam gleich darauf wieder herunter. »Sie ist weg«, ächzte er. Schon war er an der Tür, langte nach dem Autoschlüssel, der dort an einem Haken hing. »Kommen Sie!«, drängte er.

Für den Bruchteil einer Sekunde fühlte ich mich wie gelähmt. Dann sprang ich auf die Füße und hetzte hinter ihm her zu seinem Wagen.

Mein Vater folgte uns mit einem verständnislosen Ausdruck auf dem Gesicht. Wir stiegen ins Auto, die beiden Männer vorn und ich auf dem Rücksitz. Adam rammte den Zündschlüssel ins Schloss und raste los.

»Erklärt mir mal einer, was hier los ist?«, erkundigte sich mein Vater.

Ich übernahm das Reden, weil Adam sich aufs Fahren konzentrieren musste. »Adam glaubt, dass Charlie sich etwas antun will.« So viel hatte ich inzwischen begriffen. Meine Hände krampften sich um die Metallstäbe der Nackenstützen, als der Wagen um eine Kurve schlidderte.

Mit konzentrierter Miene brachte Adam ihn wieder unter Kontrolle, dann nickte er zur Bestätigung meiner Worte. »Sie ist bestimmt auf dem Weg zu den Klippen. In dem Zustand, in dem sie sich befindet, ist sie absolut imstande, sich in die Tiefe zu stürzen.«

Die Klippen.

Ich schloss die Augen.

David befand sich in diesem Augenblick auf den Klippen.

30

Ruhig!, ermahnte ich mich selbst. Walt war bei David. Er würde zu verhindern wissen, dass etwas Schlimmes geschah.

Meine Augen waren noch immer geschlossen. Auf einmal flammten Horrorbilder vor meinem inneren Auge auf. Ich sah David mit einer erblühten dunkelroten Blume aus Blut auf der Brust und ich dachte daran, dass ich schon ein paarmal das Gefühl gehabt hatte, dass meine Visionen mir die Zukunft zeigten.

Konnte es sein ...

Ich ächzte abgrundtief. »Adam«, wisperte ich und riss die Augen wieder auf. »Hat Charlie eine Waffe?«

Unwillkürlich ging er mit dem Fuß vom Gas. Mein Herz setzte aus, als sich uns von rechts ein Lkw näherte, aber Adam trat das Gas voll durch und war über die Querstraße hinweg, bevor es gefährlich wurde.

»Ich besitze eine«, antwortete er mir dumpf.

»Kommt Charlie da dran?« Meine Finger krampften sich so fest um die Nackenstützen, dass sich meine Nägel schmerzhaft ins Fleisch bohrten. »Kennt sie Aldridges Brief?«

Zwei wahrhaft Liebende müssen springen ... Was, wenn Charlie diesen Brief gelesen hatte? Was, wenn sie durchgeknallt genug war, um sich und David für diese Liebenden zu halten? Was, wenn sie David ... mit einer Waffe ... wenn ich in meiner Vision gesehen hatte, wie David wirklich erschossen wurde ... Meine Gedanken wirbelten wild durcheinander.

Adam schüttelte den Kopf. »Charlie kennt den Brief nicht. Ich hatte ihn in meinem Nachtschrank eingeschlossen.«

Gut! Ich schöpfte schon Hoffnung, dass David nicht in Gefahr war, doch Adam machte sie zunichte, indem er sagte: »Ich habe allerdings nicht kontrolliert, ob die Waffe noch da ist. Sie könnte sie durchaus ...«

Blut auf Davids Brust.

Ich würgte.

Adam warf mir im Rückspiegel einen raschen Blick zu. Unter seinem rechten Auge zuckte es heftig. Mit einer Hand ließ er das Steuer los und zerrte sein Handy aus der Hosentasche. Der Wagen geriet gefährlich ins Schlingern bei diesem Manöver, aber Adam brachte ihn gleich wieder unter Kontrolle. Er reichte mir das Handy nach hinten. »Rufen Sie Summer an! Sagen Sie ihr, wohin Charlie unterwegs ist.«

Skeptisch nahm ich das flache Telefon und starrte es an. »Sind Sie sicher, dass das eine gute Idee ist?«

Er nickte und trat erneut vor einer Kurve hart auf die Bremse. »Summer tickt ganz ähnlich wie Charlie. Vielleicht schafft sie es, zu ihr durchzudringen.« Die Reifen unseres Wagens gerieten auf den Seitenstreifen und rumpelten über eine Kante. Ich klammerte mich an den Griff der Autotür. Dann suchte ich Summers Nummer aus dem Verzeichnis, während Adam gleichzeitig wieder Gas gab.

Mein Vater auf dem Beifahrersitz begann, leise vor sich hin zu murmeln.

Bete für mich mit, dachte ich dumpf und wählte.

Adam brachte den Wagen auf dem Parkplatz von *Sorrow* zum Stehen. Ich hatte schon die Tür auf, bevor wir ganz ausgerollt waren, aber als ich ins Freie sprang, überfiel mich eine

Halluzination mit solcher Wucht, dass meine Knie unter mir nachgaben.

Charlie, die nach Davids Hand griff ... Ein kaltes, triumphierendes Lächeln auf ihren Lippen und dann, als diese Lippen sich teilten, zersplitterte Zähne und eine schwarze, verwesende Zunge ...

Ich musste mich an der Dachreling des Wagens festklammern.

»Juli?« Dads Stimme dröhnte mir in den Ohren. Sein Gesicht schwebte dicht vor mir und ich glaubte, die Worte aus seinem Mund als Feuer hervordringen zu sehen.

Bitte nicht!, flehte ich. *Nicht jetzt durchdrehen! Nicht ausgerechnet jetzt.*

Die Halluzination verging so schnell, wie sie gekommen war. Ich riss mich zusammen, ließ die Reling los. »Alles in Ordnung«, krächzte ich.

Über meinem Kopf kreischten ein paar Möwen.

Es klang, als lachten sie mich aus.

Auf dem Pfad zu den Klippen begann mein Herz zu jagen. Es fühlte sich an, als trete mir ein Pferd von innen gegen die Rippen. Ich bekam kaum noch Luft, rang verzweifelt nach Atem.

»Was hast du?«, wollte mein Vater wissen. Wieder hörte ich die Worte nicht, sondern sah, wie sie aus seinem Mund drangen. Feuriger Nebel, der auf mich zuwallte und mir ins Gesicht schlug.

Ich wimmerte auf.

»Da sind sie!« Auch Adams Stimme war Feuer, als er den Arm hob und nach vorn deutete.

David und Walt kamen uns auf dem Pfad entgegen! Sie unterhielten sich miteinander und schienen guter Dinge zu sein.

»David!« Ich stolperte auf ihn zu.

Jetzt erst bemerkte er mich. Erstaunt sah er mich an, erkannte, dass etwas nicht stimmte. »Juli!«

Ich fiel ihm förmlich in die Arme. »Du lebst!«

»Was hast du denn?« Er fing mich auf, hielt mich fest. Seine Augen! Sie leuchteten grell und auch seine Worte waren Feuer. Jedes einzelne fühlte sich an, als würde es mir die Haut versengen.

Ich schrie auf.

»Was hat sie?«

»Juli! Um Gottes willen!«

»Charlie! Wo warst du?«

Die Stimmen vermischten sich, verwandelten sich in tosenden Lärm, in brüllendes Feuer, das über mir zusammenschlug, mich einhüllte, versengte. Meine Sinne waren übernatürlich geschärft. Ich nahm die Möwen am Himmel wahr, die Vögel in den Bäumen, die Grashalme unter meinen Füßen. Die Wellen, die sich unten an den Klippen von Gay Head brachen.

Komm!, flüsterte der Ozean. *Komm. Ich warte auf dich!*

Ich spürte Davids Gegenwart. Die von Dad. Von Walt und Adam. Und auch die von Charlie. Ich hörte sie etwas sagen, aber ich war nicht mehr in der Lage zu begreifen, was. Ich sah Madeleine, die abseits des Pfades in den Wacholderbüschen stand und mich sanft anlächelte.

Mit dem Zeigefinger winkte sie mich zu sich, dann deutete sie in Richtung Klippen.

Komm!, flüsterte das Meer wieder.

»Ruhig, Juli!«, sagte David. Seine Augen waren so schrecklich gleißend und seine Zähne nur noch geborstene, scharfe Kanten.

Mit einem panischen Schrei riss ich mich los. Warf mich herum.

Und rannte.

Schneller, als ich jemals zuvor in meinem Leben gerannt war.

»Nein!«, gellte Davids Stimme hinter mir her, aber ich reagierte nicht darauf. Ich wollte nur weg von hier. Weg von allem.

Ich wollte, dass es aufhörte. Dass das Feuer wegging.

Komm, lockten die Wellen. Sie würden die Flammen löschen. Dann würde ich endlich Ruhe haben. Dunkel würde es sein.

Still. Und ...

Friedlich.

Jemand war hinter mir, aber ich schaffte es, ihm zu entkommen. Meine Füße flogen über den weichen Boden. Das Donnern der Brandung kam näher und näher und dann war es heran. Die Kante der Klippen tauchte vor mir auf.

Gleich würde ich in das Wasser tauchen und dieses Feuer löschen ...

Etwas Schweres prallte gegen mich, riss mich zu Boden.

»Juli! Nicht!« Flammen schlugen mir aus Davids Mund ins Gesicht, verbrannten meine Haut, mein Fleisch.

Ich kreischte, schlug um mich, biss, kratzte, aber er hielt mich fest. Mit seinem ganzen Gewicht nagelte er mich auf den Boden.

»Nicht!«, stöhnte er.

Die Brandung dröhnte in meinen Ohren. Ich wollte, ich musste ...

Und dann war es übergangslos vorbei.

Das Feuer war fort. Davids Augen waren wieder schwarz und tief, nicht glühend wie die von einem Dämon. Ich konnte seine Worte wieder hören, statt sie als Flammen aus seinem Mund schlagen zu sehen.

»Ganz ruhig!«, keuchte er. »Ganz ruhig!«

Nur das Dröhnen der Brandung war noch immer da und in der Sekunde, als mir das bewusst wurde, bemerkte ich, wo ich mich befand.

Die Kante der Klippen war keinen Meter von uns entfernt. Ich glaubte, das Knistern des Gesteins unter mir zu spüren.

»Weg da, David!«, sagte Walt sehr eindringlich. »Sofort!«

David packte mich, zerrte mich auf die Füße. Der Boden schwankte und diesmal lag es nicht an meinen Wahnbildern. Wir taumelten, weil der Felsen wegsackte.

David riss mich mit sich und wir prallten gemeinsam auf festem Boden auf, während hinter uns die Kante der Klippen mit einem Ächzen abbrach und in die Tiefe rauschte.

»Was um alles in der Welt war das?« Mein Vater stand neben mir und starrte mich aus riesengroßen Augen an. Augen, die nicht mehr glühten, sondern unfassbar geschockt aussahen.

Abgehackt erzählte ich von den Visionen, die ich gehabt hatte, und mit jedem Wort ging es mir ein bisschen besser.

David hatte die Arme um mich geschlungen, als wolle er mich niemals mehr loslassen.

Schon während meines Ausrasters hatte ich gespürt, dass Charlie zu uns gestoßen war, aber richtig wahr nahm ich sie erst in diesem Augenblick. Sie stand etwas abseits von uns und sah uns an wie Statisten in einem Stück, in dem sie Regie führte.

Sie hatte sich umgezogen, bevor sie aus dem Museum verschwunden war. Sie trug jetzt ein dünnes blutrotes Kleid, das der Wind flattern ließ. Mit beiden Händen presste sie es sich gegen die Beine. Sie hatte sich auch die Hände gewaschen, aber unter ihren Fingernägeln befand sich noch immer Erde vom Friedhof. Trauerränder, schoss es mir durch den Kopf.

Und dann war da noch jemand.

Summer. Mein kurzer Anruf aus dem Auto musste sie von der Arbeit an ihrer Skulptur weggeholt haben, denn sie war über und über mit rostrotem Staub bedeckt. Ich wusste nicht genau, ob ich froh sein sollte, sie zu sehen. Das Ganze hier entpuppte sich gerade irgendwie als eine Art irrsinniges Familientreffen, dachte ich mit einem Anflug von rabenschwarzem Humor. Fehlte eigentlich nur noch Jason, aber der war nirgends zu sehen. Irgendwann später einmal erzählte mir David, dass er, bereits eine halbe Stunde bevor Dad, Adam und ich auf den Klippen angekommen waren, nach *Sorrow* zurückgekehrt war.

Ich beendete meinen Bericht über die Flammen, die ich aus Davids Mund und Augen hatte schlagen sehen. Plötzlich hatte ich das Gefühl, noch nie so klar im Kopf gewesen zu sein wie in diesem Augenblick. »Ergibt irgendwas davon einen Sinn?«, fragte ich.

Walt nickte. »Man nennt das synästhetische Wahrnehmung. Du hattest einen Horrortrip.«

»Wie kommt so was?«, fragte mein Vater.

»Scheint so, als habe sie wieder Drogen genommen.«

Ich schüttelte den Kopf. »Ich habe keine Dr...«

»Jemand muss sie dir verabreicht haben«, fiel Walt mir ins Wort.

Mein Vater fuhr zu Charlie herum. »Du wolltest, dass sie springt!«

Charlie rührte sich nicht, aber David bugsierte mich nun in die Arme meines Vaters. Wie ein Berserker ging er auf Charlie los. »Du Miststück!« Er hatte die Hand schon erhoben, um sie zu schlagen, doch Walt fiel ihm in den Arm.

»Ganz ruhig, Junge!«, mahnte er.

Erst wehrte David sich gegen seinen Griff, dann gab er schließlich nach. »Schon gut«, sagte er.

Da ließ Walt ihn los.

»Du wolltest Juli von Anfang an loswerden«, wandte David sich an Charlie. »Weil du mich für dich allein wolltest.« Er stöhnte unterdrückt. »Aber sie umbringen, Charlie, sie über die Klippen treiben, so wie Henry damals? Das ...« Die Stimme versagte ihm. »Wie konntest du nur?«, fügte er ganz und gar tonlos hinzu.

Charlie schüttelte wild den Kopf. In diesem Moment sah sie überhaupt nicht mehr irre oder entschlossen aus, sondern nur noch verwirrt und hilflos. Ihr Blick irrte zu Summer.

Die machte einen Schritt auf Charlie zu, fast so, als wollte sie sie beschützen. Es löste ein seltsames Gefühl in mir aus, die beiden so nah beieinander zu sehen. Charlie. Summer ...

»Weil der Fluch gebrochen werden muss.« Summers Worte hingen in der Luft und ich hatte das Gefühl, dass alles ringsherum erstarrte. Endlich glaubte ich zu begreifen. Tief holte ich Luft, dann machte ich mich aus der Umarmung meines Vaters los.

Wir werden alle benutzt, hörte ich Charlie hauchen. Und Davids Stimme sagte: *Sie hat sich immer so verzweifelt um Summers Anerkennung bemüht.*

Was auch immer Charlie getan hatte, ob sie mir nun tatsächlich irgendwie Drogen eingeflößt hatte oder nicht – sie hatte es nicht freiwillig getan.

Sie wurde dazu gezwungen!

Mein Blick ruhte nun auf Summer. Summer, die in Charlies

geblümtem Kleid eine Abschiedsparty für sie auf den Klippen gegeben hatte, obwohl sie doch längst wusste, dass ihre Tochter noch lebte. Summer, die bei Charlies Wiederauferstehungsdinner in Trauerkleidung erschienen war.

Summer, die besessen war von Madeleine Bowers Fluch.

»Du«, flüsterte ich. »Du steckst dahinter! Du hast Charlie dazu gebracht, dieses Spiel zu spielen. Du kennst den Wortlaut, wie der Fluch gebrochen werden kann, nicht wahr? Du wusstest, dass zwei wahrhaft Liebende gemeinsam von den Klippen springen müssen, damit endlich Ruhe ist.«

Obwohl ich mich Summer zugewandt hatte bei diesen Worten, bekam ich am Rande mit, wie Charlies Augen plötzlich riesengroß wurden. Ihr Mund öffnete sich, schloss sich wieder und auf einmal wurde sie aschfahl. Verwirrt schossen ihre Blicke zwischen ihrer Adoptivmutter, mir und Adam hin und her.

Etwas ganz anderes jedoch beherrschte meine Gedanken. David und ich. Die letzten beiden Opfer von Madeleine Bower.

Und danach endlich ...

... *Frieden.*

Die Vorstellung hatte etwas schrecklich Verlockendes.

Ich biss die Zähne zusammen. »Du steckst hinter allem!«, wiederholte ich gepresst.

Summer war schon die ganze Zeit totenblass gewesen, aber jetzt erschienen zwei dunkelrote Flecken auf ihren Wangenknochen und ließen ihr Gesicht wie das einer Totkranken wirken. Sie schüttelte den Kopf. Es war eine rohe, abwehrende Geste. »Nein!«, widersprach sie. »Nein! So war es nicht!«

»Doch, Summer!«, rief David an meiner Stelle. »Du bist völlig fanatisch, was Madeleines Fluch angeht. Du hast die Tatsache ausgenutzt, dass Charlie verzweifelt um deine Anerkennung ringt. Und dass sie so schrecklich labil ist. Habe ich recht?

Darum hast du Charlies Aufenthalt in Graceland bezahlt. Darum hast du ausgerechnet Henrys Haus gemietet. Du hast von Anfang an alles geplant.«

Charlies Aufenthalt in der Graceland-Klinik, dachte ich.

Die Schecks, die immer regelmäßig geschickt worden waren, um Charlies Rechnungen zu bezahlen ... Aus dem Augenwinkel sah ich Madeleine in ihrem roten Kleid am Rand des Abgrunds stehen und nach mir winken.

Zwei wahrhaft Liebende müssen springen, wisperte sie.

Charlie erstarrte, als habe sie es auch gehört. Für ein paar Sekunden wirkte sie ganz und gar aufgelöst, so, als sei ihr in diesem Moment etwas sehr Wichtiges und Furchtbares klar geworden. Sie warf den Kopf in den Nacken und begann zu lachen. So laut und schrill lachte sie, dass sie sogar die Möwen übertönte, die über unseren Köpfen ungerührt ihre Kreise zogen.

»Falsch!«, stieß sie nach einem keuchenden Atemstoß hervor. »Zwei wahrhaft Liebende.« Und wieder: »Falsch! Es ist alles so falsch!« Dann verwandelte sich ihr abgehacktes Lachen in eine Art Schluchzen. »Alle werden wir benutzt.« Ihr Blick war auf Adam gerichtet, als sie das sagte, und Adams Hand schob sich in seine Jackentasche. Ein Lächeln glitt über Madeleines Züge und da endlich begriff ich endgültig. Alles um mich herum wurde ganz schrecklich klar und strahlend. Mein Körper verwandelte sich in Glas, so dünn und zerbrechlich, dass ich fürchten musste zu zerspringen, wenn ich mich auch nur bewegte.

»Du!«, keuchte ich.

»Ja.« Ein Lächeln glitt über Adams Züge, und während er zu Summer und Charlie hinüberging, zog er eine Waffe.

Langsam richtete er sie auf David.

Sobald Adam bei ihr angelangt war, sackte Charlie in sich zusammen wie eine Puppe, der jemand die Fäden abgeschnitten hatte. Wie ein Häufchen Elend hockte sie da, in der Nähe der Klippen, aber auf sicherem Grund. Ihre Hände krallten sich in die weiche Erde. »Du hast mich angelogen.« Sie wiegte sich vor und zurück, während sie diese Worte vor sich hin murmelte. »Angelogen. Die ganze Zeit hast du mich angelogen!«

Adam nickte gelassen. »Stimmt.«

Charlies Kopf ruckte hoch. »Nur Juli sollte sterben!«, wisperte sie. »Das hast du mir versprochen. Nur Juli ...«

Adam zuckte gleichgültig die Achseln.

Mir wurde eiskalt.

David starrte in die Mündung von Adams Waffe und die rote Blume aus Blut blühte vor meinem geistigen Auge auf.

»Mr Sandhurst.« Walt schob sich vorsichtig ein Stück näher an Adam heran. »Bitte! Seien Sie vernünftig!«

Doch Adam schüttelte bedächtig den Kopf. »Ich hatte gehofft, dass das hier nicht nötig sein würde«, sagte er. »Aber wie es aussieht ...«

»Mr Sandhurst!«, wiederholte Walt. »Warum tun Sie das?«

»Weil *er* Madeleines Fluch brechen will!«, wisperte Charlie, ohne dafür den Kopf zu heben. Sie lag zusammengekrümmt vor Adams Füßen und die Waffe zeigte über sie hinweg genau auf Davids Brust. »Er. Nicht Summer.« Sie stieß einen Laut aus, der klang, als komme er von einem verwundeten kleinen Tier. »Und er hat mich angelogen. Warum hast du das getan, Dad? Warum hast du mir erzählt, dass nur Juli springen muss, um den Fluch zu brechen? Warum hast du mir verschwiegen, dass auch David sterben ...«

Adam sah kühl auf sie nieder. »Weil du sonst nie im Leben mitgemacht hättest, so sehr, wie du in ihn vernarrt bist.«

Die Gedanken in meinem Kopf hatten sich in Watte verwandelt, aber so viel immerhin begriff ich: Adam hatte Charlie über den wahren Wortlaut des Fluchs im Unklaren gelassen. Charlie kannte Professor Aldridges Brief wirklich nicht. Sie hatte geglaubt, dass es reichen würde, mich über die Klippen zu treiben – auch wenn ... Ich war unfähig, diesen Gedanken bis ganz zu Ende zu denken, denn nun nahm Adam auch noch die zweite Hand an die Waffe. »Zwei wahrhaft Liebende müssen springen«, wisperte er. »Dann wird endlich Ruhe sein.«

Davids Blick streifte mich bei den Worten *zwei wahrhaft Liebende,* ehe er ihn wieder auf die Mündung der Waffe richtete. Ganz hoch aufgerichtet stand er da, so bleich, dass er fast durchscheinend wirkte. Ich machte einen Schritt auf ihn zu.

»Bleib, wo du bist, Juli!«, sagte er heiser. Er räusperte sich und fasste Adam fest ins Auge. »Was willst du tun?«, fragte er ihn. Mir sackten fast die Knie weg, so ruhig und gefasst klang er auf einmal. Beinahe, als sehne er Adams Schuss geradezu herbei. »Wenn es stimmt, was du eben gesagt hast, nützt es dir gar nichts, mich zu erschießen.«

Er hatte recht! Weil er dann nicht mehr springen konnte. Aber er *musste* springen, wenn der Fluch gebrochen werden sollte. Ein Anflug von Hoffnung ließ mich die Hände senken, doch gleich darauf erkannte ich, dass es keinen Grund für Hoffnung gab.

David trat einen Schritt näher an Adam und die Waffe heran. Sein Gesicht war sehr entschlossen und ich wusste, was er vorhatte. Auf keinen Fall würde er sich von Adam dazu zwingen lassen, in die Tiefe zu springen. Weil das automatisch auch meinen Tod nach sich gezogen hätte.

Wenn Adam ihn allerdings erschoss und damit seinen eigenen Plan zunichtemachte, bestand die Möglichkeit, dass ich leben würde.

Blut auf seiner Brust ...

Tränen schossen mir in die Augen. Für eine Sekunde war ich blind und taub und so unendlich verzweifelt, dass die Welt von mir fortzurücken schien und ich ganz und gar still wurde.

»Hören Sie, Mr Sandhurst«, hörte ich Walt wie durch dicken Nebel hindurch sagen. »Noch ist niemandem etwas geschehen. Wenn Sie mir jetzt die Pistole geben, wird alles gut, das verspreche ich Ihnen!«

Die Welt stürzte auf mich ein und legte sich mit einem solchen Gewicht auf meine Schultern, dass ich beinahe zusammenbrach.

Adam schüttelte zornig den Kopf. Er wirkte inzwischen vollständig weggetreten, so, als habe Madeleine ihn fest in ihrem Griff. Seine Finger krümmten sich um den Abzug.

Charlie richtete sich höher auf.

»Ich werde *nicht* springen, Adam!«, sagte David eindringlich.

»Nein!«, hauchte ich. Und noch einmal »Nein!«, weil ein Lächeln auf Adams Zügen erschien. Charlie hatte sich jetzt auf die Füße gerappelt und stand genau in der Schusslinie.

Adam schien es nicht zu kümmern. Er beachtete sie nicht einmal.

»Mag sein«, sagte er über ihre Schulter hinweg zu David. »Aber wie sieht es jetzt aus? Springst du jetzt?« Dann richtete er die Pistole auf mich.

31

Für eine Sekunde überlegte David es ernsthaft, das konnte ich ihm ansehen. Sein Blick wanderte in die Tiefe und er biss die Zähne zusammen. Etwas war in seinen Augen, das mich in finstere Verzweiflung stürzte.

Die Mündung der Waffe war riesengroß und schwarz.

»David!«, flüsterte ich.

»Bitte ...«, hauchte mein Vater. »Adam! Lassen Sie Juli ...«

David sah mich an.

»Spring!«, befahl Adam. Seine Stimme hatte nichts Menschliches mehr. Charlie bedeckte Mund und Nase mit den Händen, als David einen Schritt auf den Abgrund zumachte. Als er dicht davor stehen blieb.

»Lass Juli gehen!«, bat er. »Ich werde springen, aber lass sie gehen!«

Hoffnungslosigkeit presste die kläglichen Reste meines armen Herzens zusammen. »Nein, David«, flüsterte ich. »Wenn du springst, springe ich auch, das weißt du. Dann hat er gewonnen.« Wenn David sich erschießen lassen konnte, um mich zu retten, dann konnte ich das genauso gut. Um *ihn* zu retten. Ich zwang mich, Adam in die Augen zu sehen. In diesem Moment wurde mir eines bewusst: Egal, wie auch immer David sich jetzt entscheiden würde: Ich würde mit ihm sterben, so oder so.

Mein Vater machte einen Schritt in meine Richtung, wurde aber von Walt zurückgehalten.

»Mr Sandhurst«, versuchte Walt noch einmal, Adam zur Vernunft zu bringen. »Es sind hier oben schon so viele Menschen gestorben. Sie haben es hier und jetzt in der Hand, dem ein Ende zu machen, aber dazu ist es nicht nötig, diese beiden jungen Menschen zu töten. Alles, was Sie tun müssen, ist, mir die Waffe zu geben!«

»Das wird er nicht tun!« Mit einer mechanischen, abgehackten Bewegung machte Charlie einen Schritt auf Adam zu. »Nicht wahr, Dad? Weil du besessen bist von Madeleines Fluch! Du! Nicht Summer oder ich. Du!« Sie wimmerte leise. »Warum hast du mir nicht die W…«

»Schnauze!«, fuhr Adam sie an. Sein Blick hatte jetzt etwas Wildes, Hasserfülltes. Aus kalten, wahnsinnigen Augen fixierte er mich.

»Spring, David!«, sagte er. Sein Zeigefinger krümmte sich stärker.

»Bitte, Dad!«, flehte Charlie.

Und David sprang.

Es war, als würde der feine Staub in meiner Brust, der irgendwann vor Urzeiten einmal mein Herz gewesen war, in grellen Flammen aufgehen. Es tat so weh, dass ich zusammenbrach.

»Nein!«, kreischte Charlie. »David!«

Im selben Augenblick fiel der Schuss.

Etwas traf mich mit der Gewalt einer Dampframme, aber nicht in die Brust, sondern am Kopf. Ich wurde nach hinten gerissen, spürte jedoch sonderbarerweise überhaupt keinen Schmerz. Menschen schrien.

Die Kante der Klippen raste auf mich zu. Etwas lief mir dick und klebrig in die Augen, blendete mich.

Dann kippte die Welt aus den Angeln.

Und ich stürzte ab.

Eiskalt schlug das Wasser über mir zusammen, raubte mir den Atem, die Orientierung und jedes bisschen Kraft. Rings um mich herum brodelte die Brandung. Ich wurde herumgewirbelt, in die Tiefe gezogen, doch gleich darauf geriet ich in eine Zone, in der es ruhiger war. Sonnenstrahlen brachen sich in der Wasseroberfläche. Sie schillerten golden. Ganz friedlich. Ich streckte die Hand danach aus. Rote Schlieren stiegen von meinem Kopf auf, wirbelten in Richtung Licht davon. Meine Lunge begann zu schmerzen, in meinen Ohren war ein tiefes, summendes Dröhnen.

Ein Schatten stieß auf mich zu, ich sah eine Hand, die sich nach mir ausstreckte. Eine Gestalt in einem roten Kleid, das sich sachte in der Dünung hin- und herbewegte.

Meine Lungen wollten explodieren. Dunkelheit kroch von den Rändern meines Sichtfelds heran. Ich spürte, wie jemand nach mir griff.

Zu spät!

Im nächsten Moment stürzte Finsternis auf mich ein.

»Nein, Juli! Nicht!«

Die Stimme schien aus einem anderen Universum zu kommen.

»Atme, Juli! Oh bitte, atme!«

Ich wusste, dass ich diese Stimme kannte, aber ich wusste nicht, zu wem sie gehörte. War es nicht eigentlich auch egal? Mir war ganz warm, ganz behaglich zumute. Ich fühlte mich, als würde ich schweben. Um mich herum leuchtete ein strahlendes Licht und dann ... fühlte es sich an, als würde ich wie an einem Gummiband in meinen Körper zurückgezogen. Ich spürte mich wieder. Meine Lungen, meine Kehle, mein Gaumen – alles stand in hellen Flammen.

Mein Brustkorb zog sich krampfhaft zusammen.

Ich wollte schreien, konnte aber nur husten. Wasser stieg mir in der Kehle hoch, brach aus Mund und Nase hervor.

Es tat so weh!

Ich krümmte mich. Jemand drehte mich auf die Seite, hielt mich, bis alles Wasser aus mir herausgeflossen war.

Dann ließ der Schmerz ein bisschen nach und ich konnte die Augen aufschlagen.

Undeutlich schwebte ein Gesicht über mir. Dunkle Haare, aus denen das Wasser tropfte und über bleiche Wangen rann. Dunkle Augen. Schmerzhaft rote Augäpfel.

David!

Ich wollte mich aufsetzen, doch jeder Muskel in meinem Leib war aus Pudding.

»Oh, Juli! Gott sei Dank!« David zerrte mich an sich, hielt mich fest. Lachte. Weinte. Alles gleichzeitig.

Der nasse Stoff seines Hemdes rieb an meiner Wange.

Ich dachte an die Hand, die nach mir gegriffen hatte, die Frau in dem roten Kleid.

Was war geschehen? Ich hatte nicht die geringste Ahnung. Ich erinnerte mich noch an den Schuss. Daran, dass mich ein Schlag am Kopf getroffen hatte. Ich lauschte in mich hinein. Mir tat jede Faser weh – jeder Knochen, jeder Muskel. Und der Kopf. Ich tastete über meinen Haaransatz. Meine Finger stießen gegen eine grell schmerzende Wunde an der Schläfe. Blut klebte an meiner Haut. Später erfuhr ich, dass die Waffe versehentlich losgegangen war, als Adam David hatte springen sehen. Zu meinem Glück hatte er den Schuss verrissen. Aus diesem Grund hatte mich die Kugel nur gestreift und nicht getötet.

»David«, krächzte ich.

»Ja!«, rief er. Erleichtert.

Mit seiner Hilfe setzte ich mich auf. Tropfnasse Kleidung klebte mir am Körper und ein paar Fetzen Tang an der nackten Haut meiner Unterarme.

Völlig erschöpft legte ich den Kopf gegen Davids Brust, lauschte dem schnellen Schlagen seines Herzens, während über den Strand mein Vater auf mich zugerannt kam und meinen Namen schrie.

32

Ich danke Ihnen!« Summer stand an dem offenen Grab, in das eben der Sarg langsam hinabgelassen worden war. Mit leerer Miene nahm sie die Beileidsbekundungen der anderen Beerdigungsteilnehmer entgegen. Ich wusste, dass sie starke Medikamente erhalten hatte. Medikamente, die wirksamer waren als Handschellen, die sie eigentlich hätte tragen sollen.

Der Sarg in der Grube war schneeweiß und mit roten Lilien geschmückt.

Rot.

Charlies Lieblingsfarbe.

Während der Trauerzeremonie waren mir sämtliche Ereignisse noch einmal durch den Kopf gegangen. Ich kannte inzwischen alle Einzelheiten, weil David, Dad und Walt sie mir erzählt hatten. Außerdem hatte natürlich das Sheriffsdepartment eine Untersuchung durchgeführt.

Nachdem David gesprungen und ich angeschossen abgestürzt war, hatte Charlie nicht gezögert. Sie war uns nachgesprungen. Sie war eine extrem gute Schwimmerin, das hatte sie ja schon bei ihrem ersten Sturz von den Klippen bewiesen. Sie war es gewesen, die nach mir gegriffen und mich gerettet hatte. Sie hatte mich an die Oberfläche gezerrt und weit genug in Richtung rettendes Ufer gebracht, sodass David mich schließlich an Land ziehen konnte. Sie selbst hatte es nicht geschafft. Ihre Leiche war am Abend ein Stück den Strand hinunter angespült worden.

Diesmal würde sie nicht zurückkehren, das war sicher.

Ich starrte auf die roten Blumen und mir kamen tatsächlich die Tränen.

David zog mich fester an sich. Er hielt sich sehr aufrecht. Seine Hand lag auf meiner Schulter und ab und an verkrampfte sie sich, sodass sie sich schmerzhaft in mein Fleisch krallte. Dann streichelte ich sanft seinen Unterarm, bis er sich wieder entspannte.

Dad stand auf der anderen Seite neben mir und wirkte an diesem Ort so fehl am Platz wie überall außer an seinem Schreibtisch. Ich war ihm dankbar für seine Berechenbarkeit. Sie war mein Anker, würde es vielleicht immer sein. Egal, wie es mit David und mir in Zukunft weitergehen würde.

Wir verzichteten darauf, Summer unser Beileid auszusprechen. Zu wenig wussten wir noch darüber, was genau ihre Rolle in diesem Spiel gewesen war, als dass wir ihr unsere Anteilnahme hätten entgegenbringen können. Alles, was klar war, war, dass sie Adam über Wochen und Monate geholfen hatte, seinen teuflischen Plan in die Tat umzusetzen. Aus diesem Grund hatte man sie auch verhaftet. Statt ins Gefängnis war sie jedoch in eine geschlossene psychiatrische Anstalt eingeliefert worden, aus der man sie nur für Charlies Beerdigung und nur unter strengster Bewachung für ein paar Stunden herausgelassen hatte.

Langsam gingen Dad, David und ich mit dem Rest der Trauergesellschaft in Richtung Ausgang und ließen Summer an Charlies offenem Grab zurück. Mein Blick fiel auf den Pfleger, der sie bewachte. Er war der Einzige, der ihr noch zur Seite stand.

Als wir den Friedhof durch das verwitterte Tor verließen, hörte ich zwei alte Frauen in Schwarz miteinander reden.

»Was für eine Tragödie!«, sagte die eine. »Die arme Summer! Ich hatte ja bei diesem Adam schon immer ein mulmiges Gefühl!«

So?, dachte ich. *Ich irgendwie nicht.*

Ich hatte Nächte damit verbracht, darüber nachzugrübeln, wie Adam mich über seine wahren Absichten so lange hatte täuschen können. Und nicht nur mich. Weder David noch irgendjemand anders war jemals auch nur auf den Gedanken gekommen, dass hinter der freundlichen Fassade des Inselmuseumsbesitzers ein kranker, psychopathischer Geist steckte. Letzten Endes hatte er seine Rolle derart überzeugend gespielt, dass er sogar Charlie hatte täuschen können, was mir – absurderweise – das Leben gerettet hatte. *Du hast mich angelogen*, hatte Charlie Adam auf den Klippen vorgeworfen. Er hatte ihr den wahren Wortlaut aus Professor Aldridges Brief verschwiegen. Aus gutem Grund. Denn hätte er Charlie gegenüber auch nur angedeutet, dass sie nicht nur mich, sondern auch David über die Klippen treiben musste, hätte er sie niemals dazu gebracht, bei seinem Plan mitzumachen.

»Die arme Charlie!«, hörte ich die andere alte Dame sagen. »Sie war immer so ein reizendes Mädchen. Alle mochten sie.«

Mein Dad schnaubte, verzichtete jedoch auf einen Kommentar.

Ich warf David einen Seitenblick zu. Sein Gesicht war wächsern, ebenso wie seine Lippen. »Ja«, flüsterte er so leise, dass nur ich es hören konnte. Mehr sagte er nicht.

Vielleicht würde er sich irgendwann an etwas Gutes erinnern können, das er mit ihr erlebt hatte. Egal, wie schwer Charlies Persönlichkeitsstörung auch immer gewesen sein mochte, über eines bestand für mich keinerlei Zweifel: Sie hatte ihn tief und aufrichtig geliebt. Vielleicht war er der einzige Mensch gewesen, den sie überhaupt jemals hatte lieben können.

»Was geschieht jetzt mit Adam?«, wollte die erste Frau wissen. Doch ihre Gesprächspartnerin zuckte nur mit den Schultern.

Nachdem er geschossen hatte, hatte Charlies Vater die Waffe sinken lassen und war auf die Knie gefallen. Walt hatte ihm die Pistole ohne Gefahr abnehmen können. O'Donnell hatte ihn verhaftet und seitdem versuchten er und seine Leute, Adam zum Reden zu bringen.

Walt war als psychiatrischer Berater der Polizei engagiert worden. Ich hoffte, dass man mit seiner Hilfe früher oder später herausbekommen würde, warum das alles geschehen war. Es hätte nicht nur mir geholfen, mit der Sache besser klarzukommen, sondern auch David.

Ich seufzte.

Ich wollte das alles hier nur noch hinter mir lassen. Ich wollte mit David nach Boston zurückkehren und endlich – endlich! – zur Ruhe kommen.

»Glauben Sie, dass Sie das können, Miss Wagner?« Grace hatte sich während der Beerdigung in gebührendem Abstand gehalten, aber jetzt tauchte sie plötzlich neben mir auf.

Ich blieb stehen und sah ihr in die Augen, die so groß und dunkel waren, dass ich mich darin spiegeln konnte. Ich wunderte mich nicht darüber, dass sie wusste, was ich gerade gedacht hatte. Ich hatte längst eingesehen, dass sie hinter die Dinge schauen konnte.

»Dass wir zur Ruhe kommen können?«, fragte ich zurück.

Sie lächelte und nickte.

»Wenn Madeleine zur Ruhe kommt, vielleicht.« Ich überlegte, ob ich die Frage stellen sollte, die mir auf der Zunge lag.

Haben wir den Fluch gebrochen?

In Professor Aldridges Brief war die Rede davon gewesen, dass zwei Liebende gemeinsam von der Klippe springen mussten. David war gesprungen. Und Charlie auch. Meinen eigenen Abflug konnte man vermutlich eher nicht als Sprung bezeichnen.

Ich sah David an. Er schwieg.

Grace lächelte noch immer. »Wir werden sehen.«

Mir rann ein Frösteln über den Rücken, aber ich erwiderte das Lächeln. Meine Mundwinkel fühlten sich ziemlich steif an dabei.

David gab mir einen Kuss auf den Scheitel. »Lass uns von hier abhauen«, sagte er.

Abhauen. Zur Ruhe kommen. Das war der Plan.

Dumm nur, dass Madeleine mit uns offenbar noch nicht ganz fertig war.

Theo wartete beim Wagen auf uns. Er hatte darauf bestanden, uns zu Charlies Beerdigung zu fahren, denn er war davon überzeugt gewesen, dass von uns keiner in der Lage war, ohne Unfall am Friedhof anzukommen.

Als wir jetzt auf ihn zugingen, bemerkte ich sein besorgtes Gesicht und schlagartig war ich in Alarmbereitschaft.

»Was haben Sie?«, fragte David ihn.

Er hielt das Handy hoch, mit dem er eben noch telefoniert hatte. »Das war Mr Bell.«

Jason war nicht mit zu der Beerdigung gekommen. Seit Charlies Tod hatte er sich erneut im Lilienzimmer verkrochen und immer öfter davon geredet, sich selbst anzuzeigen, um endlich für Amandas Tod zur Rechenschaft gezogen zu werden.

Ich war eher der Ansicht, dass er sich selbst einweisen sollte, aber seine Meinung zu allem, was mit psychischen Erkrankungen und ihrer Therapie zu tun hatte, kannten wir ja zur Genüge. Walt versuchte ab und zu, zu ihm durchzudringen. Bisher ohne Erfolg. Jason verbrachte seine Tage mit dem blauen Buch mit den herausgeschnittenen Seiten auf dem Schoß im Lilienzimmer. Immerhin hatte er es inzwischen akzeptiert, dass David Charlies Bild abgehängt und verbrannt hatte. Er tobte deswegen nicht mehr herum, sondern wirkte zunehmend apathisch.

»Er hat etwas ganz Komisches gesagt«, meinte Theo nun.

David griff haltsuchend nach der Dachreling des Wagens.

Mir wurde ganz anders, als Theo hinzufügte: »Er sagte: *Jetzt ist es endlich gut, Theo!* Und dann hat er noch gemeint: *Sagen Sie meinem Sohn, es tut mir leid.* – Wissen Sie, was er damit meinte, Master David?«

»Oh Gott!«, wisperte David. Dann kam Leben in ihn. Mit einem Ruck riss er die Wagentür auf. »Schnell, Theo, fahren Sie uns zurück nach *Sorrow!*«

Wir kamen zu spät.

Und wir wussten es schon, bevor wir die letzte Kurve der langen Auffahrt hinter uns gelassen hatten.

Am Himmel über *Sorrow* stieg eine dicke pechschwarze Rauchwolke auf.

David stöhnte bei ihrem Anblick so tief und gequält, dass ich Angst um ihn bekam.

Theo jagte den Wagen mit Höchstgeschwindigkeit um die letzte Kurve und bremste am Rande des großen Parkplatzes. Dichter ranzufahren, war unmöglich.

Sorrow stand in hellen Flammen. Rote Glut loderte aus allen Fenstern und auch aus dem bereits halb eingefallenen Dach. Der Geruch von brennendem Holz biss mir in die Nase, legte sich wie einen fettiger Film auf meine Zunge.

»Dad!«, flüsterte David. »Nein, Dad!«

Ich brauchte länger, um zu kapieren, als er. Ich suchte nach Jason, erwartete, ihn irgendwo auf dem Grundstück zu sehen, vielleicht mit einem Benzinkanister in der Hand oder wenigstens mit dem Feuerzeug, mit dem er sein Haus angezündet hatte. Aber ich konnte ihn nirgends entdecken.

»Dad!« Diesmal schrie David seinen Schmerz zum Himmel hinaus.

Und da endlich begriff ich.

33

Das alles ist jetzt mehr als ein Jahr her.

Ich sitze am Schreibtisch in unserem Haus in Boston. Wenn ich aus dem Fenster schaue, kann ich David sehen, der unten im Garten mit meinem Vater zusammen Holz hackt.

Obwohl es eigentlich zu kalt dazu ist, habe ich das Fenster geöffnet und höre, wie die beiden miteinander scherzen. Ich liebe es, David anzusehen, wenn er es nicht ahnt.

Ich liebe es, ihn lachen zu hören, denn es zeigt mir, dass er auf dem besten Wege ist, gesund zu werden.

Sorrow liegt hinter uns und mit ihm auch Madeleines Geist. Und Charlie.

Adams Prozess beginnt in einigen Tagen und es ist der Polizei endlich gelungen, die Ereignisse dieser langen, schlimmen Monate so weit wie möglich zu rekonstruieren. Sheriff O'Donnell persönlich hat David und mich angerufen und uns die Details erzählt. Danach ist es offenbar Henrys Racheplan gewesen, der Adam erst auf die Idee gebracht hat, Madeleines Fluch zu brechen. Dass er an diesen Fluch glaubte und warum er das all die Jahre so gut geheim gehalten hat, ist eines der großen Rätsel, die man vielleicht nie lösen wird. Walt vermutet, dass es mit Scham und irgendeiner kindlichen Demütigung zu tun hat. Er hat mir eine lange Erklärung geliefert, von der ich nur die Hälfte verstanden habe. Demnach muss Adam als Kind seine Großmutter Violett vergöttert haben. Es scheint, als habe er einen prügelnden Vater gehabt und eine alkoholabhängige Mutter, die ihm gegenüber genauso gleichgültig war wie Summer gegenüber Charlie. Violett muss die Einzige gewesen sein, die Adam so etwas wie Wärme und Geborgenheit schenkte. Und sie erzählte ihm oft von Madeleine und ihrem Fluch, über den sie ja intensiv forschte, nachdem er ihr in so jungen Jahren die Schwester geraubt hatte. Den Fluch, der verhinderte, dass jemals eine Frau auf Gay Head in der Liebe glücklich wurde. Als Violett schließlich starb, so meinte Walt, muss Adam sich völlig verlassen und vermutlich auch im Stich gelassen gefühlt haben. Dieses Gefühl hat er tief in sich vergraben, und als Charlie im Winter von den Klippen stürzte und man sie für tot hielt, kam es wieder hoch. Als Henry dann versucht hat, mich umzubringen, beschloss Adam in einem gedanklichen Zirkelschluss, der wahrscheinlich auf ewig nur seinem eigenen kranken Hirn logisch erscheinen würde, dass es seine Aufgabe war, dem Fluch ein für alle Mal ein Ende zu bereiten.

Summers Flucht in die Schauspielerei und schließlich in die Drogensucht muss eine Reaktion auf eine ziemlich kranke Beziehung zu Adam gewesen sein. Walt meint, dass Adam unfähig ist, normale Beziehungen einzugehen. Für ihn geht es darum, Menschen zu besitzen, sie mit allen Mitteln festzuhalten, damit sie ihn nicht wieder verlassen. Im Grunde also hat er sich ganz ähnlich wie Charlie verhalten und Walt findet das interessant, weil Charlie ja eigentlich gar nicht Adams leibliche Tochter ist. Er hat mir gesagt, dass ihn dieser Fall zu ein paar Studien über die Frage nach genetischen und sozialen Faktoren von psychischen Störungen inspiriert hat. Zurzeit schreibt er einen Fachartikel darüber. Ich bin froh, dass er seine Drohung, über David und mich zu schreiben, nicht wahr gemacht hat.

Adam ist also durch Henry auf seinen absurden Plan gebracht worden. Kurz nach Henrys Tod erfuhr er dann, dass Charlie noch lebte, aber das brachte ihn, warum auch immer, nicht mehr von seinem Plan ab. Im Gegenteil. Inzwischen hatte er mitbekommen, wie sehr David unter ihrem angeblichen Tod litt – und wie sehr er mich liebte. Er verlangte von Charlie, weiterhin »tot« zu bleiben, und schmiedete einen Plan, uns beide zurück nach Martha's Vineyard zu holen. Weil wir jedoch zwischenzeitlich fest zusammen und glücklich waren, war es für Adam nicht mehr so leicht, David und mich zum Selbstmord zu treiben. Davids Flashbacks spielten ihm zwar in die Hände, reichten allein aber nicht aus. Also holte er Charlie auf die Insel und brachte sie dazu, den Geist für mich zu spielen, um mich in die Verzweiflung und schließlich über die Klippen zu treiben – und David hinterher. Wie genau er sich das alles vorgestellt hat, ist unklar, sicher ist inzwischen aber so viel: Adam hat Charlie tatsächlich manipuliert. Er hat ihr gegenüber behauptet, dass eine junge Frau, die einen Bell wahrhaftig liebt, *vor dessen Augen* springen muss. So wollte er dafür sorgen, dass Charlie David und mich gemeinsam auf die Klippen lockt. Den wahren Wortlaut aus Professor Aldridges Brief musste er ihr verschweigen, weil er wusste, dass Charlie David noch immer liebte. Da ihre Wankelmütigkeit und ihr eigenes egozentrisches Verhalten ein Risikofaktor für ihn waren, bezog er auch Summer in seinen Plan mit ein und brachte sie dazu, ebenfalls auf Charlie einzuwirken. Ihm kam die Tatsache zugute, dass Charlie sich so sehr nach Summers Anerkennung sehnte. Ob er sich Summers schrecklich irrationales Verhalten zunutze gemacht hat oder ob dieses Verhalten – ihre schrägen Verkleidungen, die Party auf den Klippen und alles andere – vielmehr eine Folge seines irren Planes war, werden wir wohl nie erfahren.

Sicher ist hingegen, dass Summer, kaum dass sie auf der Insel zurück war, Charlies Armreif auf mein Kopfkissen gelegt hat. Das sollte mich dazu bringen, wieder an den Geist zu glauben.

Etwas, womit Adam dann aber dummerweise gar nicht gerechnet hat, war der Flugzeugunfall von meinem Dad und dass ich deswegen die Insel unvorhergesehenerweise wieder verließ. Und vermutlich hat er die Rechnung auch ohne Samuel, Charlies Stalker, gemacht, durch den David sich so sehr in seine Angst vor dem Bell'schen Wahnsinn steigerte, dass er mit mir Schluss machte. Adam musste mich also irgendwie auf die Insel zurücklocken. Er und Charlie ließen das Klavier zum Bootssteg runterschaffen, um mir gegenüber Davids Selbstmordabsichten plausibel zu machen. Natürlich erhöhte das Davids Qual beträchtlich und es führte ihn dann ja auch ein paarmal auf die Klippen, um zu springen. Was Adam allerdings verhindern musste, bis ich da war. Denn wäre David allein gesprungen, hätte das ja seinen Plan zunichtegemacht, demzufolge zwei Liebende *gemeinsam* springen mussten.

Manchmal bedauere ich es heute, dass David Charlies Brief verbrannt hat. Wer weiß, was sie darin geschrieben hat? Ab und zu frage ich mich, ob am Ende alles ganz anders gekommen wäre, wenn wir ihn gelesen hätten. So wie Madeleine es mir ja geraten hat ...

Aber wir haben es nicht getan und so konnten die Ereignisse ihren Lauf nehmen. Charlie folgte mir von *Sorrow* aus auf den Friedhof, um mich weiter zu manipulieren. Als Dad und ich sie dann nach Hause zu Adam schafften, nutzte der die Gelegenheit, mir mit seinem ekligen Tee eine weitere Dosis *White Rage* einzuflößen. Als Dad ihm gegenüber erwähnte, dass David sich in diesem Augenblick gerade auf den Klippen befand, musste er schnell handeln. Ich stelle mir vor, wie er nur so getan hat, als würde er den Brief des Professors suchen. Er brauchte einen Vorwand, zu Charlie hochzugehen und ihr zu befehlen, mit dem Auto zu den Klippen zu fahren. So konnte er Dad und mir gegenüber so tun, als fürchte er um ihr Leben, und so bekam er uns alle endlich – endlich – zusammen oben auf die Klippen.

Heute, wo ich das alles weiß, kommt mir Charlies Verhalten noch viel furchtbarer vor, denn ich habe kapiert, dass es aus einer unendlich großen inneren Zerrissenheit und Verzweiflung herrührte. Adam, der Mann, den sie ihren Vater nannte und der in ihren Augen der Einzige gewesen war, der sie um ihrer selbst willen liebte und sich für sie interessierte, sah in ihr nichts weiter als ein Werkzeug für seinen irrsinnigen Plan. Er hat sie glauben lassen, dass er sie auch noch verlassen würde, wenn sie nicht tut, was er von ihr verlangt. Es macht mich unendlich traurig, daran zu denken, dass Charlie Adam erst in den Minuten oben auf den Klippen durchschaut hat. Was muss sie gedacht und gefühlt haben, als ihr klar wurde, dass Adam Davids Leben völlig egal war?

Walt hat mir gegenüber einmal gesagt, ich solle froh darüber sein, dass alles genau so gekommen ist, wie es am Ende kam. Wenn Charlie von Anfang an in Adams wahren Plan eingeweiht gewesen wäre, dann wäre sie auf den Klippen niemals so entsetzt und enttäuscht von Adam gewesen. Und dann wäre sie mir vermutlich nicht aus lauter Verzweiflung nachgesprungen ...

Mir wird immer noch die Kehle eng, wenn ich das auch nur denke.

Wenn ich hingegen über Adam nachdenke, verspüre ich eine unglaubliche Fassungslosigkeit und einen Hass, der so tief sitzt, dass er wehtut. David ergeht es ähnlich – auch wenn wir nie darüber reden, weiß ich das.

Walt hilft David zu begreifen, dass meine Rettung durch Charlie auch ein Zeichen von ihr war. Ein Zeichen, dass sie ihn freigegeben hat, weil sie wollte, dass er mit mir zusammen glücklich wird.

Die Polizei hat übrigens auch Jasons Leiche in den Trümmern von *Sorrow* gefunden. Sie hat nachgewiesen, dass er das Herrenhaus angezündet hat.

Im Grunde hat sich die Geschichte also wiederholt: Der erste Herr von *Sorrow* hat es niedergebrannt – und der letzte auch.

David hat entschieden, es nicht wieder aufbauen zu lassen. *Es hat genug Tote gefordert,* hat er gesagt und ich habe ihn umarmt dafür. Seit er diese Entscheidung gefällt hat, habe ich Madeleine nicht wiedergesehen. Vielleicht war er es also, der ihr am Ende Frieden geschenkt hat. Vielleicht sind aber auch einfach nur die Medikamente, mit denen Walt uns behandelt, der Grund dafür, dass Madeleine fort ist.

Eigentlich ist es mir egal.

David hat seit Monaten nicht mehr von dem Bell'schen Wahnsinn gesprochen und er träumt auch nicht mehr davon, mich zu töten.

Ich selbst träume noch manchmal von all den schrecklichen Dingen, die geschehen sind. Aber auch bei mir wird das immer seltener.

Am Fuß meiner Schreibtischlampe lehnt eine Ansichtskarte. Die Gay-Head-Klippen sind darauf zu sehen. Nicht *Sorrow,* nur die Klippen, an denen sich die Brandung schäumend bricht.

Grace hat mir diese Karte geschickt, ich weiß es, weil David ihre Handschrift erkannt hat.

Es steht nur ein einziger Satz auf der Rückseite.

Vergessen Sie niemals die Zaunspitzen!

Die Zaunspitzen.

Vor Kurzem erst habe ich mit David über all die Dinge gesprochen, die Charlies Phantom mir auf meinem Balkon gesagt hat. Das meiste davon lässt sich rational erklären.

Wenn ich unbewusst wahrgenommen habe, dass Charlie von Adam benutzt wurde, dann erklärt das, wie ich es in meine Halluzinationen einbauen konnte. Wenn ich irgendwo – vielleicht auf Zacs Poolparty – aufgeschnappt habe, dass Charlie die verschiedenen Versionen von *She moves through the Fair* zu einer zusammengesetzt hat, dann hätte sie das in meiner Vision zu mir sagen können. Und sicher habe ich auch irgendwo gelesen, dass Violett eine geborene Willows war.

Was bleibt, ist diese kreisrunde Narbe an ihrer Hüfte, die Charlie mir auf dem Balkon gezeigt hat. Diese Narbe, die sie in der Realität auch hatte. David hat versucht, mich auch deswegen zu beruhigen. »Charlie ist als kleines Kind mal von einer Mauer auf einen Metallzaun gefallen«, hat er mir erzählt. »Daher hat sie die Narbe. Du hast das vermutlich wie die anderen Sachen auch irgendwann einmal aufgeschnappt.«

Ich habe genickt, als würde ich ihm glauben, aber die Wahrheit ist, dass diese Narbe und die Geschichte mit den Zaunspitzen mir immer noch schlaflose Nächte bereiten.

Wovon David nämlich nichts weiß, ist dieser eine Traum, den ich gleich in der ersten Nacht nach Charlies Wiederauferstehung hatte.

Der Traum, in dem ich gesehen habe, dass sie als kleines Kind auf die Zaunspitzen gefallen ist. Ich habe hin- und herüberlegt, aber ich bin mir hundertprozentig sicher, dass ich dieses Wissen niemals irgendwo aufgeschnappt habe.

Wer also, wenn nicht Madeleine kann mir diesen Traum gesendet haben?

Ich werde damit leben müssen, dass ich die endgültige Antwort auf diese Frage nie erhalten werde.

Unten im Garten hat David die Axt abgestellt und trinkt einen Schluck aus einer Wasserflasche. Das T-Shirt ist ihm aus der Hose gerutscht, und als er sich bückt, kommt sein Tattoo zum Vorschein. Er hat es nicht wegmachen lassen, und das ist okay für mich. Wir beide haben so viele Narben davongetragen – sichtbare und unsichtbare. Das Tattoo gehört zu ihm, wie seine Vergangenheit mit Charlie zu ihm gehört. Ohne sie und ohne unsere Erinnerungen wären wir nicht die Menschen, die wir heute sind. Ohne Charlie wäre David nicht der Mann, den ich aus tiefstem Herzen liebe.

Während ich das denke, spiele ich mit dem kleinen Anhänger an meinem Hals. David hat ihn mir wiedergegeben und ich trage ihn an dem Lederband. Mein echtes Herz ist dabei, sich wieder zu einem Ganzen zusammenzusetzen, und das fühlt sich gut an. Vielleicht werden irgendwann alle seine Risse geheilt sein, aber irgendwie ahne ich, dass da immer eine dünne Schicht bleiben wird, die es überzieht wie graue Asche. Eine dünne Schicht Schmerz.

Auch das ist okay für mich.

David scheint zu spüren, dass ich ihn ansehe. Sein Blick wandert an der Hausfassade empor und er entdeckt mich hinter dem Fenster.

Ein Lächeln gleitet über seine Züge. Ich schaue ihm in die Augen und ich wünsche mir nur eins: dass sie nie wieder so rot sein werden wie zu Beginn unserer Geschichte.

Willst du noch mehr über Julis und Davids Geheimnisse erfahren?

Unveröffentlichtes Bonusmaterial findest du ab sofort auf:

www.herzausglas-trilogie.de

Kathrin Lange

Herz in Scherben

Ein Schuss hallt in Davids Kopf wider. Plötzlich ist die Erinnerung da und er weiß nicht, ob sie etwas mit Charlies Tod und den schrecklichen Ereignissen auf Martha's Vineyard zu tun hat. Fünf Monate sind seitdem vergangen, aber nun zieht eine dunkle Ahnung David mit Macht auf die Insel zurück. Seine Freundin Juli folgt ihm voller Sorge. Doch entgegen aller Befürchtungen ist es nicht der Inselfluch, der den beiden das Leben schwer macht, sondern die arrogante Lizz. Sie tut alles, um Juli von Davids Seite zu verdrängen. Als dann plötzlich eine Mädchenleiche auftaucht, beginnt Juli zu zweifeln. Was geschah wirklich im Winter auf den Klippen? Und welche Rolle hat David dabei gespielt?

Arena

Auch als E-Book erhältlich

384 Seiten • Klappenbroschur
ISBN 978-3-401-50789-7
www.arena-verlag.de